ROSE SNOW

Acht Sinne
BAND 2 DER GEFÜHLE

für Sebastian

Bibliografische Information der Deutschen Nationalbibliothek
Die Deutsche Nationalbibliothek verzeichnet diese Publikation in der Deutschen
Nationalbibliografie; detaillierte bibliografische Daten sind im Internet über
http://dnb.dnb.de abrufbar.

© Rose Snow 2018
Herstellung und Verlag:
BoD - Books on Demand, Norderstedt
Umschlaggestaltung und Satz: Rose Snow
Umschlagsmotiv: Alexander Kopainski

ISBN: 9783746062143

Besucht uns im Internet:
www.rosesnow.de

Die Ministerien

Im festgelegten Rhythmus von acht Jahren wechseln die Ministerien der Sinnlichen Welt ihre Zuständigkeit. Hatte das Ministerium des Erstaunens im letzten Zyklus die Schirmherrschaft über die Templer inne, so ist es nun verblüffenderweise für die Magiebegabten verantwortlich.

Da parallel auch der Wechsel der Gestalter in diesem Acht-Jahres-Rhythmus möglich ist, (ich erinnere an Arkadius, der bereits zum siebten Mal in Folge wiedergewählt wurde – erstaunlich!) kann es zu wahrhaft verblüffenden Kombinationen kommen, die dem einen oder anderen Gestalter eine unschöne Überraschung bescheren – aber ich sage, was ist das Leben ohne Überraschungen! (Es wäre wie ein magischer Laden ohne Magie.)

Gestalter Arkadius aus dem Ministerium des Ekels wurde in der jetzigen Amtsperiode mit der Leitung der Templer betraut – und jedermann weiß, dass ihm (als ehemaligem Beschützer) diese Berufung genauso widerstrebt, wie einem Beschwörungsstein das Tageslicht. Aber lasst euch selbst von der Rotation der Zuständigkeiten in den Zauber des Erstaunens versetzen:

Ministerium der
Wut:
Beschützer

 Ministerium der
Wachsamkeit:
Wächter

 Ministerium des
Erstaunens:
Magiebegabte

 Ministerium der
Angst:
Künstler

 Ministerium des
Ekels:
Templer

 Ministerium der
Freude:
Reisende

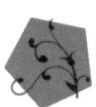 Ministerium der
Trauer:
Naturverbundene

 Ministerium des
Vertrauens:
Heiler

(Ich gestehe, dass ich selbst überlegt hatte, mich zur Wahl des grünen Gestalters zu stellen. Es war ein Moment der tiefen Faszination für dieses Amt, ein Moment, dem der überraschende Wunsch entsprang, meinem Land etwas zurückzugeben – ich war erstaunt über meine eigene Entschlossenheit.

Doch zu welchem Preis? Ich hätte meine Berufung zum Reisenden niederlegen müssen und zu meiner eigenen Verblüffung war ich noch nicht bereit. Das Reisen in die andere Welt erfüllt mein Herz mit der Kraft der Verwunderung, eine Kraft, die ich nicht verlieren möchte. Aber wer weiß, was die kommenden Sonnenläufe noch bringen werden? Lasst euch überraschen!)

Aus: „Geständnisse eines grünen Trägers",
geschrieben von Barlur

Kapitel 1

„Heilige Wachsamkeit! Hier siehts ja aus, als ob ein Sandsturm durchs Zimmer getobt wäre!" Der Manager des Turms der Achtsamkeit schlug theatralisch die Hände vor dem Gesicht zusammen und besah sich kopfschüttelnd das Szenario.

Ich lehnte mich müde an die Wand und rückte den Schultergurt meiner Provianttasche zurecht.

„Schon gut", murmelte ich. „Ich bezahle die Reinigung. Sag mir einfach, wie viel es kostet."

Der Manager strich sich über das Kinn und ein verschlagener Ausdruck huschte über sein Gesicht.

„Nun, ich fürchte, für meinen Aufwand muss ich dir fünfunddreißig Währungsblätter berechnen."

„Fünfunddreißig?", wiederholte ich entrüstet und spürte meine Gesichtslinien heiß werden. „Das ist nicht dein Ernst."

„Hast du eine Ahnung, wie lange es dauert, den ganzen Sand wieder aus allen Ritzen zu bekommen?", fragte er mich anklagend. „Ich sage fünfunddreißig Blätter und keines weniger!"

Ich starrte ihn an. Seine Augen funkelten gerissen und ich spürte deutlich, dass er versuchte, mich übers Ohr zu hauen. Konzentriert legte ich meine Finger auf die Wange und verband mich mit meinem Sinn.

Wie beim letzten Mal hatte ich das Gefühl, ein gelber Schleier legte sich über die Welt. Die Konturen in dem kleinen Raum gewannen an Klarheit und wurden gestochen scharf. Ich sah jeden Riss in der weißen Holzmaserung der Betten, jeden Farbspritzer auf der goldenen Wand und jedes Sandkorn auf dem schmutzigen Boden. Na los, bewegt euch, verlangte ich innerlich und starrte angestrengt auf ein Häufchen Sand, das sich unter meinem Blick leicht zu kräuseln begann.

„Was wird das denn?", schnappte der Manager gereizt. Ich presste weiterhin die Finger gegen meine Wange und ignorierte ihn. Wenn es mir gelänge, den Sand selbst aus allen Ritzen zu bekommen, konnte er mir unmöglich fünfunddreißig Blätter verrechnen. Und das war wichtig, denn so viel Geld hatte ich nicht mehr.

Die Magie pulsierte pochend durch meinen Körper und erfüllte mich mit gelber Hitze. Ich befahl dem Sand, sich zu erheben, stellte mir vor, wie er in die Höhe flog und aus dem Zimmer schoss, doch außer dem sanften Kräuseln passierte nichts. Angespannt kniff ich die Augen zusammen und versuchte, die Magie zu zwingen, mir zu gehorchen, doch es war, als versuchte man, mit nassen Händen ein rutschiges Stück Seife festzuhalten. Je mehr ich mich bemühte, desto schneller flutschte sie davon.

Frustriert stieß ich die Luft aus und riss die Hand von meiner heißen Wange. Je länger ich vergeblich versuchte, die Magie unter meine Kontrolle zu bringen, desto stärker brannten meine Fingerspitzen.

Der Manager betrachtete mich noch immer feindselig, doch als er begriff, dass ich aufgegeben hatte, schlich sich ein zufriedenes Lächeln in sein Gesicht.

„Fünfunddreißig Blätter also", fasste er die Situation zusammen.

Ich atmete tief durch.

„Zehn", sagte ich fest. „Für einen gelben Träger, der darin geübt ist, Sand zu beherrschen, ist es ein Leichtes, hier Ordnung zu schaffen."

„Ach ja?", echauffierte sich der Manager. „Und wie viele Wachsamkeitsträger beherrschen diese Fähigkeit? Denkst du, die Wächter aus dem Ministerium kommen hierher, um bei mir aufzuräumen?" Mit einer theatralischen Bewegung riss er eine der Bettdecken hoch und glitzernder Sand rieselte auf die darunterliegende Matratze.

„Zehn", wiederholte ich bestimmt. „Gestern hat mein Begleiter eine Tränenmassage von einer Trauerträgerin namens Charleen erhalten. Wusstest du, dass die Wächter Charleen ihre Lizenz für Tränenmassagen entzogen haben? Ihr Etablissement in der Schwarzweißen Stadt wurde deshalb gesperrt. Und das bedeutet", ich trat einen Schritt auf ihn zu, „dass du in deinem Turm illegal arbeitende Sinnträger beschäftigst."

„Was? Nein! Davon wusste ich doch gar nichts!", stotterte der Manager.

Ich sah ihm fest in die Augen. „Das ist unerheblich. Ich sehe schon eine fette Geldstrafe und jede Menge Papierkram auf dich zukommen."

Der Sinnträger leckte sich nervös über die Lippen.

„Wir können uns sicher einigen", sagte er nach einer kurzen Pause.

Ich sah ihn aufmerksam an. „Möglicherweise."

„Mit fünfzehn Blättern komme ich dir schon sehr entgegen."

„Zwölf", sagte ich und griff in meine Tasche.

Der Manager zögerte noch einen Moment. „Also gut. Zwölf", schnaubte er schließlich und schnappte nach meinem letzten Geld, das ich ihm entgegenhielt.

Als ich aus dem Turm der Achtsamkeit hinaus in die sengende Sonne trat, schloss ich für einen Moment die Augen. Seit ich auf diese Welt gekommen war, lief nichts so, wie ich es mir vorgestellt hatte – und nun stand ich hier, mit buchstäblich nicht mehr als dem, was ich am Körper trug und fühlte mich schrecklich. Simeon war tot, die Spinner ebenso und der grüne Lichtstein war im Besitz der Totaa. Und Ben hatte mich verlassen. Was sollte ich nun tun? Allein nach dem gelben Wächter suchen, den ich während Cleos Tränenlesung gespürt hatte?

Ich schluckte trocken und mir wurde die Aussichtslosigkeit meines Unterfangens bewusst. Hatte Ben recht? Hatte ich mir alles nur eingebildet? Hatten mich meine Schuldgefühle nach jedem Strohhalm greifen lassen, selbst wenn keiner mehr vorhanden war? Hatte mich mein Wächterinstinkt im Stich gelassen? So schwer es mir fiel, musste ich mir eingestehen, dass ich tatsächlich nichts in der Hand hatte.

Ein leises Rascheln erregte meine Aufmerksamkeit und ich drehte mich in seine Richtung. Neben dem Wasser spuckenden Brunnen richtete sich eine Frau vom Boden auf und versteckte rasch etwas hinter ihrem Rücken. Es war die rote Trägerin, die dem Wächter die Fußmassage gegeben hatte. Ich runzelte die Stirn und betrachtete das Büschel Gras mit den gelben Blumen zu ihren Füßen. Hatte sie da eben eine davon gepflückt?

„Du bist eine, oder?" Die Spuckemasseuse mit den roten Haaren kam etwas näher und starrte mich aus erweiterten Pupillen eindringlich an. Dabei glommen ihre roten Gesichtslinien.

„Ich bin eine was?", fragte ich und zog eine Augenbraue hoch.

„Du bist eine." Ihre Gesichtsmuskeln zuckten mehrmals wie elektrisiert. „Eine Wächter-Anwärterin."

Ich kniff die Augen zusammen. Irgendetwas stimmte nicht mit der dünnen Frau.

„Das ist richtig", sagte ich langsam.

Sie schüttelte den Kopf. „Richtig? Nichts ist richtig", fauchte sie. „Die Wächterprüfung ist schon morgen. Die anderen trainieren schon die ganze Zeit. Und du? Stehst hier rum und bringst uns einen Sandsturm ins Haus. Sandstürme vertreiben uns die Kundschaft, das können wir hier nicht gebrauchen, keiner von uns." Ein schwerer Klumpen landete in meinem Magen. „Die Wächterprüfung ist schon morgen?", wiederholte ich entsetzt. „Aber … aber wieso? Laut meinen geschenkten Erinnerungen finden die Prüfungen doch immer acht Tage nach dem Abschluss des Triangels statt?!"

„Deine geschenkten Erinnerungen. Pah." Sie sah mich abschätzig an. „Haben sie dir nicht verraten, dass die Wächterprüfungen oft vorverlegt werden? Quirin schätzt es, auf diese Weise die Wachsamkeit der Anwärter zu prüfen."

Ich holte tief Luft. Verdammt, ich hatte nicht mehr viel Zeit.

„Weißt du, wie ich zum nächsten magischen Portal komme, das mich zur Pyramide der Wachsamkeit bringt?", fragte ich rasch und versuchte das nagende Gefühl in meinem Bauch zu ignorieren.

„Das nächste magische Portal ist etwa fünfhundert Schritte da entlang", sagte sie und deutete eine breite Straße aus Glas hinunter. Ich folgte der Bewegung ihrer Hand und entdeckte gelbe, zerriebene Blütenblätter zwischen ihren Fingern. Dabei musste es sich um Sinnesschärfer handeln – das würde auch ihre erweiterten Pupillen und die fahrigen Bewegungen erklären. Als Wächterin müsste ich den Besitz der Drogen ahnden, aber noch war ich ja keine.

„Danke", sagte ich und wandte mich in die angegebene

Richtung.

„Allerdings ist das Portal schon seit Wochen kaputt", zischte sie und kratzte sich hektisch am Kopf, während ihre Augen wild hin und her huschten. Ich versuchte, ruhig zu bleiben.

„Und das nächste funktionierende magische Portal?", fragte ich. „Wo ist das?"

Sie schnaubte. „Das ist eine Tagesreise entfernt. Nützt dir aber nichts, weil kein magisches Portal direkt zur Pyramide führt."

Ich erschrak. „Das heißt, ich muss zu Fuß zum Ministerium gehen?"

Sie schüttelte wegwerfend den Kopf. „Der Weg bis zur Wachsamkeitspyramide ist viel zu weit. Folgst du den befestigten Pfaden, dauert das zwei Tage."

„Zwei Tage?", hauchte ich und schluckte trocken. Was würde passieren, wenn ich nicht rechtzeitig zu meiner Prüfung kam? Durfte ich dann auf den nächsten Termin warten? Und was machte ich so lange ohne Blätter?

„Und wenn ich direkt durch die Wüste gehe?", fragte ich und schirmte meine Augen gegen die Sonne ab. Von hier aus sah die reflektierende Spitze der Pyramide gar nicht so weit entfernt aus und ich dachte daran, dass ich vor Kurzem sowieso durch die Wüste hatte gehen wollen. Egal was passierte, ich durfte die Wächterprüfung keinesfalls verpassen.

Die Masseuse lachte. „Wenn du dich traust." Sie kam einen Schritt näher und legte wie ein Vogel den Kopf schief. „Ich habe schon lange niemanden mehr durch die Wüste gehen sehen. Dieser Weg erfordert größte Wachsamkeit. Du darfst nicht schlafen. Und deine Aufmerksamkeit darf niemals nachlassen."

„Was passiert, wenn meine Aufmerksamkeit nachlässt?", fragte ich und blickte zu den Sanddünen, die sich wie lebende Tiere langsam durch die endlose Weite bewegten.

Ihre dottergelben Augen starrten mich an, ohne ein einziges Mal zu blinzeln. „Probier es besser nicht aus." Sie schien einen Moment zu überlegen, dann holte sie ihre Faust hinter dem Rücken hervor und hielt mir eine Handvoll zerriebener Blumen hin. „Hier. Wirst du vielleicht brauchen." Und bevor ich noch ein Wort sagen konnte, drehte sie sich um und verschwand im Turm der Achtsamkeit.

Ich betrachtete die Blütenblätter in meiner Hand. Es waren wilde Wachsamkeitsblumen. Man konnte sie getrocknet rauchen oder die frischen Blumen einfach im Mund zerkauen. Manche zerdrückten auch die Blüten, um sich den Saft in die Augen zu reiben – so wie es die Wutträgerin getan hatte.

Dank meiner geschenkten Erinnerungen wusste ich, dass es verboten war, Sinnesschärfer ohne entsprechende Genehmigung einzusetzen, da ihre Auswirkungen oft fatal waren. Dennoch steckte ich die Blumen nach kurzem Zögern zu meinem Proviant. Ich wusste schließlich nicht, was mich in der Wüste erwartete und die Warnung des grauhaarigen Wächters tauchte in meinen Gedanken auf. Für den Besitz von Wachsamkeitsblumen verhaftet zu werden, war immer noch besser, als gesetzestreu und tot zu sein.

Ein Anflug von Unbehagen überkam mich, als ich über den großen Platz ging und an den Rand der Wüste trat. Der Wind blies mir den heißen Sand in die Augen und ich drehte blinzelnd den Kopf zur Seite. Wenn ich diesen Weg nahm, brauchte ich unbedingt Wasser. Mit raschen Bewegungen öffnete ich meine Tasche und holte den Trinkbeutel daraus hervor. Er enthielt noch immer das Wasser aus dem Trauerland. Ich schüttete es in den Sand und ging zu dem Wasser spuckenden Brunnen, wo ich meine Vorräte auffüllte. Als mein Beutel voll war, trank ich davon so viel ich konnte und füllte ihn ein zweites Mal bis zum Rand mit Wasser.

Dann trat ich zurück an den Rand der Wüste. Sie sah wild und ungezähmt aus, was sie in meinen Augen wunderschön machte. Dennoch wusste ich, dass ich sie nicht unterschätzen durfte. Die Sonne wanderte am Himmel höher und die Luft erwärmte sich um drei Grad. Höchste Zeit, endlich aufzubrechen. Ich fasste mein Ziel ins Auge, setzte meinen Fuß in den heißen Sand und marschierte los, ohne mich noch einmal umzusehen.

Die erste Stunde gelang es mir gut, konzentriert zu bleiben. Aufmerksam behielt ich die Dünen im Auge, die sich wie riesige Landwale träge über die Landschaft wälzten. Es schien jedoch keine Gefahr von ihnen auszugehen und ich begann mich zu fragen, ob die Spuckemasseuse mir einfach nur Angst machen wollte, als sie behauptet hatte, der Weg erforderte meine allergrößte Wachsamkeit. Abgesehen von der Hitze war die Wanderung beinahe angenehm, und ich genoss die Stille und die Einsamkeit um mich herum. Während die Zeit dahinfloss, wanderten meine Gedanken wiederholt zu Ben. Es ärgerte mich, dass er sich bei der erstbesten Gelegenheit aus dem Staub gemacht hatte, aber andererseits hatte ich mir auch nichts anderes von ihm erwartet. Ben dachte nur an sich selbst, Ben mochte nur sich selbst und für eine Handvoll Blätter würde er über Leichen gehen. Ich leckte mir über die Lippen, die sich schon nach dieser kurzen Zeit rau und rissig anfühlten, und warf einen Blick in den Himmel. Die Sonne hatte noch lange nicht ihren Höchststand erreicht, trotzdem hatte die Hitze bereits so zugenommen, dass ich das Gefühl hatte, bei lebendigem Leib geröstet zu werden. Ich wischte mir den Schweiß von der Stirn und konzentrierte mich auf den Weg, der vor mir lag. Nichts als Dünen und Sand, soweit das Auge reichte. Nichts als trostlose Eintönigkeit und eine Pyramide, die kein bisschen näher zu rücken schien. Ich blieb für einen Moment stehen und nahm meine ausgestreckte Hand als Maßstab. Kam ich wirklich so langsam voran, wie es aussah? Oder hatte ich mich beim ersten Maßnehmen geirrt?

Ich setzte mich wieder in Bewegung. Schon nach kurzer Zeit fühlte sich meine Zunge pelzig an und meine Glieder wurden bleischwer. Wann hatte ich am Brunnen getrunken? Dem Stand der Sonne nach zu urteilen, war es erst vor wenigen Stunden gewesen. Trotzdem brauchte ich jetzt einen Schluck Wasser. Zumindest einen kleinen. Schwankend öffnete ich die Schnallen meiner Tasche, setzte den Wasserbeutel an meine Lippen und trank.

Eine sanfte Bewegung unter meinen Fußsohlen ließ mich innehalten. Der Sand kitzelte meine Haut und plötzlich rutschte ein Stück davon unter mir weg. Erschrocken hüpfte ich zur Seite und verschüttete dabei etwas von dem kostbaren Nass.

Verdammt. Was war das gewesen? Meine Augen suchten den Wüstensand ab, der völlig ruhig vor mir lag, als ob ich mir das eben nur eingebildet hätte. Meine Wachsamkeitslinien erglühten. Ich packte den Trinkbeutel weg und setzte vorsichtig einen Fuß vor den anderen. Der Durst kehrte nach kürzester Zeit zurück, doch ich ignorierte ihn so gut ich konnte und marschierte Stunde um Stunde weiter. Einfach nur vorwärts, auf die Pyramide zu. Einmal kreuzte eine riesige

Wanderdüne meinen Weg und ich konnte wählen, ob ich sie umrunden oder über sie hinwegklettern wollte. Ich entschied mich fürs Klettern. Kurz vor dem Kamm der Düne verließen mich meine Kräfte. Es war so heiß, dass meine Fußsohlen bei jedem Schritt brannten und in meinen Schläfen pochte ein erbarmungsloser Schmerz. Weitergehen, einfach weitergehen, redete ich mir selbst gut zu, immer einen Schritt vor den anderen setzen und nicht die Konzentration verlieren. Ich wiederholte dieses Mantra noch, als ich bereits mit Händen und Knien im Sand lag und nach Atem rang. Ich konnte nicht mehr weitergehen. Mein Durst war so stark, dass ich das Gefühl hatte, vor Tagen das letzte Mal getrunken zu haben. Kurz befiel mich der schreckliche Gedanke, dass das Wasser aus den Steinen nur eine Illusion gewesen war, eine Illusion, die nur kurze Linderung verschaffte, ohne den Durst wirklich zu löschen.

Dieser Moment der Unachtsamkeit reichte. Der Sand unter mir begann sich zu drehen, schneller und immer schneller, bis er sich zu einem gigantischen Trichter erweiterte, der sich unter meinen Füßen öffnete. Ich schrie auf und sprang, sprang so weit ich konnte und schaffte es gerade noch so, mich vor dem Mahlstrom zu retten. Meine Wachsamkeitslinien brannten sich zusätzlich zur Sonne in meine Haut, während ich schwer atmend über den Kamm der Düne robbte und durch den heißen Sand kullerte. Dieses Ding, vielleicht war es die Wüste selbst, spürte, wenn ich mich nicht konzentrierte. Es wartete nur darauf, dass ich in meiner Wachsamkeit nachließ. Das hatte die rote Trägerin gemeint, als sie gesagt hatte, ich dürfe nicht schlafen. Verdammt, ich musste achtsam bleiben.

Als die Düne hinter mir lag und ich endlich das Gefühl

hatte, mich weit genug von dem wirbelnden Sandtrichter entfernt zu haben, rollte ich mich auf den Rücken. Alle meine Sinne waren aufs Äußerste gespannt und ich wagte nicht einmal zu blinzeln. Ich brauchte Wasser. Ohne den Sand um mich herum aus den Augen zu lassen, griff ich nach meiner Tasche. Sie war nicht mehr da. Nein. Hektisch tastete ich mit den Händen meinen Körper ab. Ich musste sie bei dem Sprung verloren haben. Ich biss mir auf die Zunge, um nicht vor Verzweiflung zu schreien. Ohne Wasser standen meine Chancen, die Pyramide lebend zu erreichen, gleich null.

Langsam rappelte ich mich hoch und starrte auf das Ministerium der Wachsamkeit. Es sah noch genauso weit entfernt aus wie vor ein paar Stunden. Das konnte doch nicht sein, oder? Ich spürte Angst in mir hochsteigen und versuchte, das Problem mit Logik zu lösen. Vielleicht war das Ministerium gar nicht auf normalem Weg zu erreichen. Ein Bild von Ben schob sich in meinen Kopf, der bei der letzten Prüfung des Triangels wie auf einem Surfbrett den Baum hinaufgeschossen war. Vielleicht musste man um die Ecke denken. Vielleicht war das die Lösung.

Mit zitternden Händen drückte ich die Finger gegen meine strahlenden Linien. Das bekannte Gefühl der Magie, die durch meinen Körper rauschte, nahm von mir Besitz. Ich konzentrierte mich auf den Sand vor mir und versuchte mir vorzustellen, wie er unter mir ein Surfbrett formte und mich zu der Pyramide trug. Nichts geschah. Ich starrte auf den Sand, bis mir die Augen brannten, aber nicht das kleinste Körnchen regte sich. Kraftlos ließ ich die Hand sinken. Ich war müde, so müde. Am liebsten hätte ich mich im Schatten der Düne zusammengerollt und geschlafen, aber ich zwang mich, weiterzugehen. Jeder Schritt kostete mich mehr Anstrengung als der vorherige, aber ich wusste, dass ich nicht anhalten durfte. Sobald ich stehen blieb, konnte es gut sein, dass ich mich hinsetzte, und sobald das passierte, würde der Sand kommen und mich verschlingen.

Wieder und wieder kratzte ich das letzte bisschen Entschlossenheit zusammen und richtete meinen Blick auf die Pyramide. Wenn ich die gelbe Blume noch gehabt hätte, hätte ich sie jetzt verwendet, doch ich hatte sie gemeinsam mit meiner Tasche verloren. Die Pyramide sah genauso aus wie in all den Stunden zuvor. Sie hatte sich kein bisschen verändert. Nicht nur die Größe, auch der Schatten, den sie warf, war gleich geblieben ... Keuchend blieb ich stehen. Der Schatten der Pyramide änderte sich nicht.

War das nur eine Fata Morgana? Lief ich schon die ganze Zeit einer Illusion hinterher? Ich taumelte und fiel auf die Knie. Die Sonne stach mir in die Augen und meine Kehle schrie nach Wasser. Überall um mich herum begann der Sand zu wogen. Ich biss die Zähne zusammen und zwang mich, aufmerksam zu bleiben. Als ich blinzelnd hochblickte, waren da plötzlich vier Pyramiden. In jeder Himmelsrichtung eine.

Ich schrie auf. Vier Pyramiden. Vier verdammte Pyramiden! Ich schluckte trocken und dachte unwillkürlich an die vier Becher, die auf dem Tisch der Spinner gestanden hatten. Drei waren gestorben, aber wer war der Vierte? Hatte der blaue Träger Boris oder der weiße Träger, mit dem Simeon sich in der Hecke unterhalten hatte, überlebt? War der überlebende Spinner Opfer oder Täter? Und wo war der gelbe Wächter, den ich während der Tränenlesung gespürt hatte? Ich musste ihn nach meiner Wächterprüfung finden, ich durfte jetzt nicht aufgeben. Ich musste einfach, damit Simeons Tod nicht umsonst gewesen war. Mit letzter Kraft kämpfte ich mich wieder auf die Beine. Meine Linien brannten. Ich drückte meine Hand dagegen.

„Tu, was du willst", flüsterte ich meiner Fähigkeit zu. „Zeig mir den Weg."

Die Magie durchströmte mich und im selben Moment begann sich der Sand auf die Pyramide zu meiner Linken zuzubewegen. Wie ein Zombie wandte ich mich in dieselbe Richtung. Schritt für Schritt folgte ich dem fließenden Sand. Es waren nur ein paar Körnchen, eigentlich nichts Besonderes, keine große Leistung, aber es war die einzige Hoffnung, die ich hatte. Irgendwann hatte ich das Gefühl, Wasser zu riechen, doch als ich aufsah, war die Pyramide noch immer meilenweit entfernt. Dennoch ging ich weiter, einfach deshalb, weil Aufgeben keine Option war. Dann spürte ich plötzlich, wie mein Fuß ins Leere stieg und als ich nach vorne stolperte, landete ich mit Händen und Knien mitten in einem Fluss.

Ungläubig sah ich an mir hinunter. Ein glitzernder Bach wand sich mitten durch die Wüste, und das Gurgeln des schnell fließenden Wassers klang wie Musik in meinen Ohren. Durstig schöpfte ich eine Handvoll von dem lebensspendenden Nass und nahm einen großen Schluck davon, der sich einfach himmlisch anfühlte – zumindest so lange, bis er sich in meinem Mund zu feinem, trockenem Sand verwandelte. Ich keuchte erschrocken, spuckte aus und hustete heftig. Der Sand war überall, in meiner Kehle, in meiner Nase, auf meiner Zunge – und mit jedem Atemzug beförderte ich ihn noch tiefer in meine Lungen, bis ich das Gefühl hatte, daran zu ersticken. Die feuchten Batzen, die ich ausspuckte, führten mir vor Augen, dass ich gerade den letzten Rest Speichelflüssigkeit, die mein Körper gespeichert hatte, loswurde, und der Gedanke ließ mich verzweifeln.

Da, wo der glitzernde Wasserlauf gewesen war, wand sich nun ein Fluss aus weißem Sand durch die Wüste, und die feinen Körnchen brandeten verspielt gegen meinen Körper.

Ich schnappte verzweifelt nach Luft. Es war alles nur eine Täuschung gewesen, und ich Idiotin war voll drauf reingefallen. Die Wüste hatte mich verarscht.

Ein leises, zufriedenes Kichern rollte durch den Sand und ich fiel, noch immer röchelnd, auf die Seite und hustete weiter den Sand aus meinen Lungen. Alles in mir verlangte danach, einfach liegen zu bleiben und die Augen zu schließen, doch mein Überlebenswille war dazu noch nicht bereit. Ich starrte auf die Stelle, wo der Sand in feinen Eruptionen zum Takt der Lachsalven erzitterte. Wenn das Rauschen des Flusses echt gewesen wäre, hätte ich es schon eher hören müssen, sagte ich mir. Ich hatte nicht aufgepasst, war nicht wachsam gewesen – und nun lachte sie mich aus, weil sie mich so leicht drangekriegt hatte.

„Okay", keuchte ich noch immer japsend. „Du hattest deinen Spaß. Jetzt lass mich gehen." Das Kichern verstummte. Stattdessen sah ich, wie das zitternde Häufchen Sand zu wachsen begann, bis es die Größe eines Maulwurfshügels angenommen hatte. Ich kämpfte mich zurück in eine sitzende Position und beobachtete, wie aus dem Maulwurfshügel ein immer größerer Sandhaufen wurde, der sich weiter auftürmte und menschliche Konturen annahm. Die Konturen einer sitzenden jungen Frau mit schlanken Gliedern und langen Haaren. Die Konturen einer sitzenden jungen

Frau mit meinen Gesichtszügen. Erschrocken zuckte ich zurück, und die Sandfrau spiegelte meine Bewegungen in absoluter Perfektion. Noch immer rieselten die Körnchen über ihren Körper und vollendeten das Werk ihrer Schöpfung, ergänzten hier eine Falte ihres Anzugs und dort eine Wimper, bis ich das Gefühl hatte, einer Sandausgabe meiner selbst gegenüberzusitzen. Vorsichtig ließ ich mich auf meine Fersen zurücksinken und richtete mich auf. Die Wüstenfrau folgte meiner Bewegung und blickte mir dabei in einer Mischung aus Vorsicht und Erschöpfung entgegen.

„Was willst du?", flüsterte ich und die Lippen der Wüsten-Lee formten zeitgleich dieselben Worte und warfen sie mir zurück.

„Was willst du? Was willst du?", wisperten leise Stimmen, die von nirgends und überallher zu kommen schienen.

„Ich möchte nur zum Ministerium der Wachsamkeit", keuchte ich und sah Verzweiflung auf den Zügen der Sandfrau aufblitzen.

„Ich möchte nur zum Ministerium der Wachsamkeit", flüsterte die Wüstenfrau gleichzeitig mit mir.

Ohne sie aus den Augen zu lassen, machte ich einen Schritt in die Richtung, in der ich die richtige Pyramide vermutete. Sie bewegte sich ebenfalls und kam wie ein Spiegelbild auf mich zu. Wir standen uns nun so nah gegenüber, dass ich nur die Hand zu heben gebraucht hätte, um sie zu berühren.

„Lässt du mich vorbei?", fragte ich und starrte ihr ins Gesicht, das mir angespannt entgegenblickte. Vorsichtig verlagerte ich mein Gewicht vom rechten aufs linke Bein und registrierte alarmiert, dass sie ganz still stehen blieb. Eine subtile Veränderung schlich sich auf ihre Züge und die Anspannung in ihrem Gesicht verwandelte sich in etwas anderes. Ihre Augen nahmen einen harten Ausdruck an und ihre Lippen verzogen sich zu einem hämischen Grinsen. Ich hob erschrocken die Hand vor den Mund und taumelte zurück. Die Wüstenfrau blieb stehen und legte langsam, wie in Zeitlupe, den Kopf schief, während sie mich noch immer auf furchterregende Art und Weise anlächelte.

Ich stolperte noch einen Schritt zurück, fiel über eine Erhebung und stürzte mit einem leisen Schrei auf den Rücken. Mit langsamen, fließenden Bewegungen kam die Wüstenfrau auf mich zu. Bei jedem Schritt zerstörte sich ein Teil ihres Körpers und verschmolz mit der endlosen Ödnis, während der Sand vor ihr in die Höhe schoss, um das fehlende Glied zu ersetzen. Das mit anzusehen war schrecklich und schön zugleich und ich fragte mich, ob dies das letzte Bild meines Lebens sein würde. Hektisch begann ich rückwärts zu robben und stieß mich mit Ellbogen und Fersen vom Sand ab, der gegen mich zu arbeiten schien und beharrlich auf die Wüstenfrau zubrandete. Mein Herz hämmerte wie verrückt und mein Atem ging schwer, doch obwohl sich unser Abstand immer weiter verringerte, war ich nicht bereit, aufzugeben. Noch lange nicht. Mit einem Keuchen rollte ich mich herum und sprang in die Höhe, Adrenalin schoss durch meinen Körper und mein Durst und meine Erschöpfung waren für den Moment wie weggeblasen. Ich würde nicht in dieser Wüste sterben. Meine Sinne schärften sich und ich rannte los. Ich war kaum zwanzig Schritte weit gekommen, als sich vor mir der Sand erhob und zu einer haushohen Wand auftürmte, die wie eine Welle auf mich zurollte. Ich schlug einen Haken, ignorierte die Stimme in meinem Kopf, die mir sagte, dass es sinnlos war, dass ich ihrer Macht nicht gewachsen war, und rannte weiter. Eine zweite Sandmauer stieg empor, noch gewaltiger und größer als die erste.

Mit einem frustrierten Schrei fuhr ich herum. Ein zufriedenes Gelächter ließ den Boden unter meinen Füßen erzittern. Bevor ich auf die Idee kam, in die letzte verbliebene Richtung zu laufen, wuchs auch dort der Sand in die Höhe.

Ich war eingekesselt.

Die Wüstenfrau kam mit geruhsamen Schritten auf mich zu und betrachtete mich mit demselben Blick, mit dem eine Katze eine schwer verletzte Maus ansehen würde. Es lag etwas Unausweichliches darin – und eine Gewalttätigkeit, die auf den ersten Blick grausam wirkte und doch nur ihrer Natur entsprang. Meine Linien brannten unter diesem Blick, und obwohl ich wusste, dass ich ihr nie und nimmer entkommen konnte, presste ich die Finger meiner rechten Hand auf meine Wange und verband mich mit meiner Fähigkeit. Ein gelber Schleier legte sich über die Welt. Die Magie fraß sich durch meinen Körper und verbrannte das letzte bisschen Energie, während ich mich einzig und allein auf das Ziel vor mir – die Pyramide der Wachsamkeit – konzentrierte.

Beziehungsweise auf das Wesen, das mir dazu im Weg stand.

„VERSCHWINDE!", brüllte ich und riss meinen linken Arm nach vorne. In meinen Gedanken stieß ich ihn direkt durch ihren Körper und ließ ihn in einer riesigen Wolke aus Staub explodieren.

In Wirklichkeit passierte nichts dergleichen. Die Wüstenfrau schwankte lediglich für einen Herzschlag, während aus einem winzigen Loch in ihrem Bauch feiner weißer Wüstensand rieselte.

Langsam blickte sie von dem lächerlichen Kratzer hoch in mein Gesicht. Das Loch verschloss sich binnen eines Augenblicks. Und dann brach die Hölle über mich herein. Mit einem infernalischen Tosen stürzten die drei Sandmauern in sich zusammen. Dann begann der Boden unter meinen Füßen zu beben und da, wo die Mauern in sich zusammengefallen waren, fing die Wüste an, sich im Kreis zu drehen. Schneller und immer schneller wirbelten die Körnchen herum, bis sie sich in drei riesige Wüstentornados verwandelt hatten. Die Sandstürme waren so gewaltig, dass sie die Sonne verdunkelten – und alle drei hielten geradewegs auf mich zu. Das Wesen, das so aussah wie ich, stand reglos da und betrachtete das tobende Inferno ringsum gleichgültig. Ich blickte mich in alle Richtungen um und fühlte tief in meinem Inneren, dass ich aus dieser Nummer nicht mehr lebend herauskommen würde.

Dies war keine Prüfung des Triangels, es war kein Spiel und es war niemand da, der mir helfen konnte. Hier waren nur ich und sie, und wie es aussah, hatte sie vor, mich umzubringen.

Angst und Trotz durchfluteten mich, und diese beiden Emotionen verschmolzen miteinander, bis es in meinem Inneren mindestens genauso brodelte wie in den wirbelnden Sandstürmen, die brüllend auf mich zuwalzten. Schon konnte ich die scharfkantigen Sandkörner spüren, die über mein Gesicht fegten, was sich anfühlte, als würde mir jemand das Fleisch von den Knochen schaben.

Ich wollte noch nicht sterben. Ich war nicht bereit. Ein Bild von Simeon zuckte vor meinem geistigen Auge auf. Der Dunkle Ort, die glühende Schrift meiner Prophezeiungen. Wie gerne hätte ich mein Schicksal gewusst.

War es das hier, was ich am Dunklen Ort erfahren hätte? Lee, dein Schicksal ist es, von einer hartherzigen Wüstentussi um die Ecke gebracht zu werden?

Die Sandstürme kamen immer näher. Jeden Moment würden sie hier sein. In diesem unmöglichen Augenblick dachte ich an die braunen Sprenkel in Bens Augen. Dann stürzte ich mich vorwärts auf die Wüstenfrau zu. Eine riesige Hand aus Sand stieß aus dem Erdboden und packte mich im Lauf. Meine Beine zappelten in der Luft und der Druck auf meiner Brust ließ mich kaum atmen.

Die Sandtornados brausten in meinen Ohren. Meine Haut brannte. Diesen Kampf konnte ich nicht gewinnen. Ich konnte einfach nicht gegen diese Welt ankommen, gegen dieses Land, das meine Heimat war. Sie war zu mächtig und ich ... war so unbedeutend und klein im Gegensatz zu ihr.

Aus irgendeinem Grund erfüllte mich diese Einsicht mit einem seltsamen Gefühl des Friedens. Ich gab meinen Widerstand auf und schloss die Augen.

„Tu, was du willst", hauchte ich und spürte eine Träne aus meinem Augenwinkel die Wange hinunterrollen. „Ich ergebe mich dir."

Kapitel 2

Das Tosen der Sandstürme kam immer näher. Mein Körper, der noch immer von der Wüstenhand festgehalten wurde, erschlaffte und ich wartete auf den Moment, an dem es vorbei sein würde. Ich hoffte nur, dass es schnell gehen würde. Doch statt mich zu verschlingen, ebbte das Brausen der Wirbelstürme ab – und verstummte schließlich ganz. Vorsichtig öffnete ich die Augen wieder und sah die Wüstenfrau ganz knapp vor mir stehen. In ihrem Gesicht las ich Befriedigung – und ein leises Interesse, das vorher nicht da gewesen war. Ich holte rasselnd Luft und versuchte, meine Lippen zu befeuchten, was sich als hoffnungsloses Unterfangen erwies. Mein Körper war völlig ausgetrocknet.

„Mein Leben liegt in deiner Hand", krächzte ich. Sie blickte auf die überdimensionale Hand aus Wüstensand, die mich noch immer gefangen hielt, und ein kurzer Ausdruck der Belustigung huschte über ihre Züge. Ich sah ihr direkt in die willensstarken Augen. Sie schien nicht mehr unbedingt darauf aus zu sein, mich umzubringen.

„Falls du gewillt bist, mich zu verschonen", flüsterte ich mit letzter Kraft, „würde ich mich über deine Hilfe freuen."

Sie starrte mich reglos an.

„Bitte … hilf mir", hauchte ich. Mein Kopf sank zur Seite. Es fühlte sich an, als wäre meine letzte Kraft mit diesen Worten aus mir herausgeflossen. Ich hatte gekämpft, so lange ich konnte. Nun lag es nicht mehr in meiner Hand. Der Wind strich über mein Gesicht, und zum ersten Mal seit Stunden brachte er Kühlung mit sich. Meine Lider waren schwer, so schwer, dass ich sie nicht öffnen konnte. Ich fühlte eine Bewegung im Sand unter mir, doch ich konnte nicht nachsehen, was da passierte. Ich konnte gar nichts tun, außer mich fallen zu lassen und der Wüste anzuvertrauen, die mich sanft umfangen hielt.

Als ich zu mir kam, spürte ich etwas Nasses an der Wange. Ich schlug mit großer Willensanstrengung die Augen auf und versuchte, die auf mich einstürzenden Bilder so zu verarbeiten, dass sie einen Sinn ergaben.

Ich befand mich in einer Oase. Ich befand mich in der schönsten Oase, die ich je gesehen hatte, und lag mit dem Gesicht direkt neben einem kleinen See. Um mich herum grünte ein üppiger Garten und dahinter ragte das Ministerium der Wachsamkeit in die Höhe. Sie hatte mich hierher gebracht. Ich hatte mein Ziel tatsächlich erreicht. Unendlich langsam hob ich den Arm und ließ ihn in das azurblaue Gewässer sinken. Das kühle Wasser umfloss meine Glieder und für einen Augenblick blieb ich einfach so liegen und wartete, bis der Durst über meine Schwäche siegte. Dann rollte ich mich mit einer gewaltigen Kraftanstrengung herum und tauchte mein Gesicht in das klare, köstliche Nass. Der Moment, als ich den ersten Schluck davon trank, war der beste meines Lebens. Ich öffnete den Mund und schluckte und schluckte, ließ mich ganz in das Wasser hineinsinken und kühlte meine brennende Haut, während mein Durst endlich nachließ. Nach wenigen Minuten ging es mir schon sehr viel besser, und als das Schwindelgefühl in meinem Kopf und das Zittern in meinen Beinen endgültig verschwunden waren, kletterte ich aus dem Wasser. Der Wind und die Sonne trockneten meinen

Anzug, als ich durch den blühenden Garten voller Palmen und lebensgroßer Orchideen zu einer Straße aus schwarzem Quarzstein ging, die leicht bergauf direkt zu der Pyramide führte.

Als ich etwa zehn Minuten der Straße gefolgt war, erreichte ich ein dreieckiges Tor, das der einzige Eingang des Ministeriums zu sein schien. Zwei Wächter waren rechts und links davon postiert und musterten mich neugierig, als ich näher kam, sagten aber keinen Ton. Ich nickte ihnen zu und ballte meine kribbelnde Hand zu einer Faust. Auf meinem Weg hierher hatte ich mehrfach das Handkribbeln verspürt, was mir verriet, dass es in der Nähe der Pyramide mehr Wachen gab, als auf den ersten Blick zu sehen waren. Nur in der Oase schien ich tatsächlich allein gewesen zu sein. Dann blickte ich erstmals an den Mauern der Pyramide empor, die von so nah noch weitaus mächtiger wirkte als aus der Ferne. Die gläserne Spitze des Ministeriums funkelte im hellen Sonnenlicht und ich drückte den Rücken durch, als ich auf das Tor zuschritt, von dem ein Vorhang aus Sand herunterrieselte. Ohne langsamer zu werden, ging ich hindurch und betrat eine riesige Eingangshalle, in der ich schon erwartet wurde.

Es waren zwei Tierverbundene mit türkisblauen Augen, die dort auf mich warteten, und sie hatten die atemberaubendsten Körper, die ich je gesehen hatte. Das konnte ich deshalb so gut beurteilen, da sie kaum mehr als ein paar Orchideenblätter am Leib trugen, und ich fragte mich, was die Blüten an Ort und Stelle hielt. Es musste Magie sein.

„Wir heißen dich willkommen", sagte die Linke mit einer huldvollen Handbewegung, bei sie den kleinen Finger ihrer Hand abspreizte. „Ich bin Casela." Ihre gelben Gesichtslinien sahen aus wie die Silhouette von vier verschlungenen Orchideenblättern.

„Und ich bin Nasela", ergänzte die rechte Tierverbundene, die der anderen bis aufs Haar glich und meinen schäbigen Aufzug mit offenkundigem Missfallen betrachtete.

„Wir freuen uns, dich in der Pyramide der Wachsamkeit begrüßen zu dürfen ...", spulte Casela wenig überzeugend ab.

„... auch wenn wir schon wesentlich früher mit deiner Ankunft gerechnet haben", fügte Nasela hinzu.

„Nun, ich bin froh, überhaupt hier zu sein", erwiderte ich ehrlich und sah mich in dem Eingangsbereich um. Der Boden bestand aus spiegelndem Glas, das die Vorzüge der Tierverbundenen auch von unten bestens betonte, und in den Wänden waren Lichtsteine eingelassen, die bei meinem Eintreten erstrahlten und den Raum bis in den kleinsten Winkel hell ausleuchteten. Mein Spiegelbild sah indes nicht besonders ansprechend aus. Die Haare hatte ich zu einem Knoten gebunden, meine Haut war infolge des Sandsturms fleckig und verschwitzt und mein schmutziger Anzug wirkte in diesem Umfeld einfach nur schäbig. Casela spreizte noch immer den kleinen Finger ihrer Hand ab, als sie sich eine Locke ihrer wallenden tiefschwarzen Mähne aus den Augen strich.

„Folge uns nun. Die Zeit drängt." Wie auf ein Kommando wandten sich die beiden Tierverbundenen um und gingen mit wiegenden Schritten auf den nächsten Durchgang zu, von dem Sand herunterrieselte. Er führte uns in einen schmalen Gang mit mehreren Abzweigungen, in dem uns noch mehr Wächter begegneten, die ich am Kribbeln meiner Hand erkannte. Auch einige stattliche Sinnträger mit breiten Schultern kreuzten unseren Weg und ich vermutete, dass das die Beschützer waren, die im Ministerium mit den Wächtern zusammenarbeiteten.

Während mich die Tierverbundenen immer tiefer in das Labyrinth aus Gängen und Abzweigungen hineinführten, leuchteten die Lichtsteine in den Wänden gleißend hell auf, wenn ich daran vorüberschritt, und zeigten somit an, dass sich ein Neuankömmling in der Pyramide befand. Ich hielt mich gerade und versuchte, mir mein Unbehagen nicht anmerken zu lassen, während mir Nasela ab und an missfällige Blicke über die Schulter zuwarf.

Nachdem wir mehrere Treppen hinaufgestiegen waren, traten wir durch einen blickdichten Sandvorhang in ein luxuriöses Gemach mit einem eingelassenen Wasserbecken im spiegelnden Boden. Auch hier erstrahlten die Lichtsteine hell, sobald ich den Raum betreten hatte.

„Hier kannst du dich frisch machen", flötete Casela und deutete mit dem abgespreizten kleinen Finger ihrer Hand auf den Badetempel, der nur aus spiegelndem Glas zu bestehen schien.

„So, wie du jetzt aussiehst, kannst du dem Gestalter jedenfalls nicht unter die Augen treten", bekräftigte Nasela und zog eine Schnute. „Wo ist das Willkommensgeschenk, das du vom Ministerium erhalten hast?"

„Meinst du den goldenen Fumm-, ich meine, das goldene Kleid, das in meinem Päckchen war?", fragte ich zurück und konnte mich gerade noch beherrschen, nicht Fummel zu sagen. Sie betrachtete mich, als hätte ich etwas sehr Verwerfliches gesagt und hob das Kinn.

„Natürlich meinen wir das goldene Kleid. Wir haben es persönlich …"

„… für dich ausgewählt", ergänzte Casela und warf ihr wallendes Haar über die Schulter.

„Gestalter Quirin umgibt sich gern mit schönen Dingen", pflichtete ihr Nasela bei.

„Er hat einen wahrhaft erlesenen Geschmack", bestätigte Casela.

„Leider habe ich das Kleid gemeinsam mit meinem Proviant und meinem Wasservorrat in der Wüste verloren", sagte ich. Die beiden betrachteten mich so entrüstet, als hätte ich sie persönlich beleidigt.

„Du hast …"

„… das Kleid verloren?", hauchten sie abwechselnd.

„Ich hätte beinahe mein Leben verloren", erwiderte ich.

Die beiden Tierverbundenen tauschten einen kurzen Blick und hoben synchron das Kinn.

„Dann werden wir dir eben etwas anderes besorgen müssen …"

„… das du hoffentlich nicht bei der erstbesten Gelegenheit wieder verlierst." Damit drehten sie sich um und schwebten aus dem Raum. Der abfallende Blütenstaub der Orchideen perlte dabei über ihre Glieder und verlieh ihnen einen funkelnden Glanz. Ich seufzte tief, als sie verschwunden waren, und wandte mich dem Becken zu. Nasela und Casela mochten ein Schönheitsideal haben, dem ich nicht entsprach, aber mit einem hatten sie recht: Da morgen schon die Prüfung war, drängte die Zeit wirklich.

In Windeseile legte ich meinen hellgelben Anzug ab und stieg in das Becken mit dem angenehm temperierten Wasser. Ich ließ meinen Kopf zurücksinken und seufzte wohlig, als die warmen Wellen meinen Körper umspielten und mir den Sand von der Haut wuschen. Obwohl ich gerne noch stundenlang in dem Becken geblieben wäre, mahnte ich mich zur Eile. Ich wusch mir mit einem der unzähligen Badezusätze die Haare und stieg sofort danach aus der Wanne, um mich abzutrocknen. Obwohl ich in der letzten Nacht so wenig geschlafen hatte, fühlte ich mich jetzt angenehm erfrischt. Nasela und Casela betraten den Raum, als ich mir gerade das Handtuch vor der Brust verknotet hatte und mit einer Bürste meine noch feuchten Haare entwirrte. Casela trug mit einem feierlichen Ausdruck ein Stück goldenen Stoffs auf ihren Armen, während Nasela mit weniger feierlicher Miene und spitzen Fingern meinen hellgelben Jumpsuit vom Boden aufhob. Entweder, um ihn zu waschen, oder – was wahrscheinlicher war – um ihn zu verbrennen. Als ich wieder alleine war, hob ich das goldene Kleidungsstück, das sie mir gebracht hatten, in die Höhe. Es war ein asymmetrisch geschnittenes Kleid, das sich in meinen Händen glatt und kühl anfühlte. Da es außer dem Badetuch, in das ich mich gewickelt hatte, das einzige Stück Stoff im ganzen Zimmer war, schlüpfte ich in das Teil und betrachtete mich im Spiegel.

Es war nicht ganz so kurz wie der Fummel aus meinem Willkommenspäckchen, doch ich hatte trotzdem das Gefühl, im Freien zu stehen. Ben hätte es mit Sicherheit gefallen und damit schied es für mich eigentlich schon aus. Allerdings hatte ich keine Alternative. Mit einem mulmigen Gefühl im Bauch trat ich durch den Sandvorhang nach draußen. Sofort leuchteten die Lichtsteine in dem Gang gleißend hell auf und Nasela und Casela, die vor der Tür gewartet hatten, bedachten mich mit säuerlichen Mienen.

„Glückwunsch", säuselte Casela mit abgespreiztem Finger, „du hast es nicht verloren." Nasela lächelte gehässig, dann wandten sie sich zeitgleich ab und schwebten voran.

Der Weg durch die Pyramide war diesmal noch verwirrender, doch ich versuchte, mir die Abzweigungen so gut wie möglich einzuprägen. Einmal kam uns Morris auf einem schmalen Gang entgegen und meine Hand kribbelte heftig, als wir aneinander vorbeigingen. Er nickte uns zu und ging dann gemächlichen Schrittes seiner Wege. Ich drehte den Kopf, um ihm nachzusehen und spürte Ärger in mir aufflammen. Wahrscheinlich hatte er den Tod der Spinner schon als Dreifach-Suizid abgeschlossen. Nasela und Casela stiegen nun eine Treppe empor. Ich folgte ihnen und ballte unbewusst die Hände zur Faust, denn es erschien mir absolut ungerecht. Wenn ich einmal Wächterin war, würde ich die Sache anders angehen. Ich würde die Totaa ihrer Gräueltaten überführen und nicht nur Simeons Tod rächen, sondern auch die Tragödie der Spinner aufklären.

Ich war so in Gedanken, dass ich gar nicht merkte, dass Nasela und Casela stehen geblieben waren, bis ich fast in sie hineingerannt wäre. Die beiden Tierverbundenen traten zur Seite und sahen mich aus ihren großen türkisblauen Augen unverwandt an.

„Du kannst eintreten", sagte Casela und deutete auf einen Vorhang aus Sand, „Gestalter Quirin erwartet dich."

„Und das schon lange", fügte Nasela hinzu.

Ich holte tief Luft und tauchte durch den Sandschleier, der, anders als normaler Sand, sofort wieder an mir abperlte und sich nirgends festsetzte. Vor mir lag ein hoher, lichtdurchfluteter Raum. Es war die gläserne Spitze der

Pyramide, in der sich das Licht der Abendsonne brach.

Quirin saß hinter einem Schreibtisch aus Glas, der dank der reflektierenden Sonnenstrahlen in einem warmen Goldton leuchtete, und blickte mir mit gerunzelter Stirn entgegen.

Er war ein schlanker Mann mit dunklen Augen und kräftigen Augenbrauen, die er missbilligend zusammengezogen hatte. Sein goldgelbes Gesichtsmuster glich der Form von zwei übereinander liegenden Dreiecken. Als er aufstand, sah ich, dass er sehr groß war, und fühlte mich in dem lächerlichen Outfit gleich noch etwas kleiner.

„Du kommst spät", sagte der kahlköpfige Gestalter streng und verschränkte die Hände hinter dem Rücken. Seine Stimme kam mir irgendwie bekannt vor. War er die dunkle Silhouette aus meiner Vision, die mein anderes Ich befragt hatte? Konnte das sein? Oder bildete ich es mir nur ein? „Ich hatte erwartet, dass die Probe der Wachsamkeit für eine gelbe Trägerin kein Problem darstellt. Doch von allen Anwärtern hast du am Schlechtesten abgeschnitten", fuhr er mich an.

Ich straffte die Schultern und hob das Kinn.

„Verzeiht, Gestalter, ich hatte mit unvorhergesehenen Anlaufschwierigkeiten zu kämpfen."

„Du meinst das magische Band?" Quirins dunkle Augen musterten mich schmal. „Es sollte dir eine Lehre sein, dich nicht mit Casimir anzulegen."

Ich blinzelte. Woher wusste Quirin von der Bestrafung durch Casimir? Und was wusste er noch? Hatte er mich etwa die ganze Zeit beobachten lassen?

„Das weiße Land ist ziemlich weit von zu Hause entfernt", sagte Quirin in diesem Moment. „Was hast du dort gemacht?"

Meine Linien erwärmten sich. Ich spürte, wie mein Misstrauen meinen Sinn nährte und versuchte, das Gefühl zurückzudrängen. Ich durfte ihm nicht zeigen, dass ich ihm nicht traute.

„Ein Missgeschick", erwiderte ich ruhig. „Das magische Portal hatte offenbar eine Störung."

„Ah. Verstehe." Er lächelte mich an. „Nun, um diese Störungen werden wir uns kümmern."

Ich nickte und senkte meinen Blick auf das große Auge aus Quarzstein, das im Boden vor Quirins Füßen eingelassen war. Es glich dem Zeichen auf meinem Handgelenk und erinnerte mich daran, dass ich gerade dem Leiter des Ministeriums der Wachsamkeit ins Gesicht gelogen hatte. Es fühlte sich nicht gut an, obwohl ich wusste, dass ich dafür gute Gründe hatte.

Quirin musterte mich kalt. „Wie sehr wünschst du dir, Wächterin zu sein?"

Ich blickte auf und runzelte die Stirn. „Stellt Ihr meine Motivation infrage?"

Er fuhr sich über den kahlen Kopf. „Ich muss dir ehrlich sagen, ich hatte mir mehr von dir erwartet. Eine Wächterin mit dem Sinn der Wachsamkeit ist selten. Es werden gewisse Erwartungen in dich gesetzt." Er ließ seinen Blick einmal über meinen Körper wandern, und ich presste die Lippen aufeinander und schwieg.

Quirin trat an eine der gläsernen Wände und sah hinunter auf die Wüste, die sich rund um die Oase in alle Richtungen erstreckte.

„Die Geschichte der Wächter ist eine ehrenvolle. Es reicht nicht, die Gesetze zu kennen. Es reicht auch nicht, schnell, stark und klug zu sein." Ich blieb ruhig stehen und versuchte, mir nichts anmerken zu lassen. Genau dieselben Worte hatte Jesper im Heckenlabyrinth verwendet. Konnte es sein, dass Quirin mich beobachtet hatte? Nun, höchstwahrscheinlich hatte er das, wenn das Triangel sogar öffentlich übertragen wurde. Die Frage lautete nur: Was hatte er noch alles gesehen?

„Man muss mit dem Herzen dabei sein", fuhr Quirin fort und starrte noch immer auf die Wüste hinab. „Bist du mit dem Herzen dabei?" Er wandte den Kopf in meine Richtung und sah mich an. Da ich meiner Stimme nicht zu hundert Prozent traute, nickte ich.

„Gut." Quirin streckte mir seine feingliedrige Hand entgegen. „Komm her. Ich möchte dir etwas zeigen."

Zögernd machte ich einen Schritt in seine Richtung und ließ es zu, dass er meine Hand ergriff. Seine Finger fühlten sich kühl an, als er mit dem Daumen über das Wächtersymbol auf meinem Handgelenk strich, wie ich es selbst schon unzählige Male gemacht hatte. Die Konturen der Pyramidenspitze verschwammen vor meinen Augen und ich fühlte einen starken Schwindel. Mein Herz hämmerte wild in meiner Brust. War das die Ankündigung einer neuen Vision? Oder war es Quirin? Und wenn ja, was machte er dann mit mir?

Ich schnappte nach Luft, als die Welt um mich herum wieder an ihren Platz rückte, nur dass wir uns nicht mehr in der Spitze der Pyramide befanden.

Stattdessen standen wir in einem kühlen, langgezogenen Raum ohne Fenster. Die Luft hier roch wie in einem Museum und an den Wänden reihten sich Glasvitrinen aneinander, unterbrochen von lebensgroßen Statuen aus Sandstein.

„Dies", sagte Quirin und ließ mein Handgelenk los, „ist der Geschichtsraum der Wächter." Er trat an eine Vitrine, schloss sie mit einer flüchtigen Handbewegung auf und holte einen schlichten silbernen Wächterstab daraus hervor, den er für einen Moment betrachtete, bevor er ihn mir entgegenstreckte.

Meine Finger schlossen sich voller Ehrfurcht um die glatte, kühle Oberfläche und eine Flut geschenkter Erinnerungen strömte durch mich hindurch.

„Die Wächter haben Ordnung über das Chaos gebracht", sagte Quirin und schlenderte von der offenen Vitrine zu einer Figur aus Sandstein, die eine Frau zeigte, deren kunstvoll verzierter Stab kämpferisch in die Höhe gereckt war. „Es gibt nur wenige Aufzeichnungen von den Anfängen unserer Welt. Damals herrschte ein großes Durcheinander. Manche glauben, die Gefühle vermischten sich zu einer Suppe, in der alle Sinne wild durcheinanderkochten bevor sie die Länder bildeten. Genau weiß es niemand mehr, und ich glaube, das ist auch gut so."

Er verstummte für einen Moment.

„Dann kam die Teilung. Jeder erhielt einen Sinn, der am ehesten seinem Wesen entsprach und dem er fortan folgen sollte. Die Länder begannen sich voneinander abzuspalten und bildeten Grenzen. Es folgten die ersten Kriege." Quirin seufzte, nahm mir den Wächterstab wieder ab und verschloss ihn erneut in der Vitrine. „Genaues wissen wir nicht."

„Wie lange lebt Ihr schon in der Sinnlichen Welt?", fragte ich neugierig und betrachtete die anderen Stäbe in den Vitrinen. Sie schienen alt und wertvoll zu sein. Die meisten waren mit reichen Verzierungen geschmückt oder aus seltenen Materialien wie gepresstem Sternenstaub gefertigt.

Quirin zog die Stirn kraus. „Du willst mich fragen, wie alt ich bin? Das ist in dieser Welt nicht wesentlich höflicher als in der anderen."

„Verzeiht, Gestalter."

Er lächelte. „Nun, ich lebe auf jeden Fall schon länger hier, als ich auf der Erde gelebt habe."

Ich blickte ihn an. „Ihr könnt Euch daran erinnern?"

„Natürlich. Die meisten sind noch mit der anderen Welt verbunden, doch die wenigsten wollen es zugeben."

Ich sagte nichts, während ich mit den Fingerspitzen über den Stab einer weiteren Wächter-Sandsteinfigur strich.

„Wie viel weißt du über die Geschichte unserer Welt?", unterbrach Quirin meine Gedanken. Ich drehte mich zu ihm um.

„Meine geschenkten Erinnerungen haben mir bisher wenig historisches Wissen offenbart."

Er zog missbilligend eine Augenbraue hoch. „Daran solltest du noch arbeiten. Historische Fragen sind bei Wächterprüfungen unter manchen Gestaltern ziemlich beliebt." Er räusperte sich. „Besonders unter den ekelhaften."

Ich verzog keine Miene. Ekel … warum überraschte mich das nicht?

„Ich persönlich schätze Prüfungen, die weniger theoretisch aufgebaut sind", fuhr Quirin fort. „Es sollte dir jedoch bewusst sein, dass jeder anwesende Gestalter das Recht hat, die Prüfung nach seinen Präferenzen mitzugestalten. Anders ausgedrückt: du weißt nie, was dich erwartet." Er machte eine kurze Pause und strich sich bedächtig über seinen kahlen Schädel. Ich beobachtete, wie Quirin für einen Moment seinen eigenen Gedanken nachhing und erkannte, dass mehr Wahrheit im letzten Satz steckte, als ich auf den ersten Blick gesehen hatte. Eine Wahrheit, die sich nicht nur auf die Prüfung anwenden ließ: Niemand wusste, was ihn in der Sinnlichen Welt erwartete. Dies schien die einzige Konstante seit meiner Erweckung zu sein.

Quirin verschränkte die Hände hinter dem Rücken und begann, an den Glasvitrinen entlangzuwandern.

„Eine populäre Frage unter manchen Gestaltern behandelt den Ersten Sinnlichen Krieg", sprach er weiter. „Am Anfang unserer Geschichtsschreibung teilten wir uns in zwei Lager, bekannt unter der Epoche der Trennung. Auf der einen Seite standen die positiven Gefühle – und auf der anderen Seite die negativen. Hierbei spielte es keine Rolle, welcher Emotion man angehörte, da ausnahmslos jedes Gefühl positiv oder negativ verwendet werden kann und konnte."

Er sah zu einem Wandgemälde, das Mensch- und Tierverbundene aller Sinnesfarben im wilden Kampf zeigte. „Zwischen den beiden Seiten entbrannte ein langer und blutiger Krieg; jene Sinnträger, die positive Gefühle hervorrufen konnten, kämpften gegen die Sinnträger, die für die negativen Gefühle zuständig waren", sagte Quirin. „Irgendwann, nach Tausenden von Opfern, erkannten wir, dass jedes Gefühl Gut und Böse in sich trägt und diese beiden Seiten letzten Endes auch zusammengehören, so wie Licht und Schatten. Verstehst du? Es gibt nicht eins ohne das andere. Um das Licht zu erkennen, muss man den Schatten gesehen haben." Quirin räusperte sich. „Die große Vereinigung brachte positive und negative Emotionen zusammen. Keiner musste sich mehr entscheiden, welcher Seite er angehören wollte. Damals wurde die Macht der Acht gebildet. Die Wächter haben viel zur Stabilität beigetragen, denn nicht alle waren mit dem Zusammenschluss von negativ und positiv einverstanden. Doch der Friede hat gesiegt." Er ließ eine kaum hörbare Pause vor seinem letzten Satz und ich hatte das Gefühl, dass der Weg zum Frieden nicht ganz so einfach gewesen war, wie Quirin es darstellte. Abgesehen davon, dass die aktuellen Aggressionen zwischen Tier- und Menschverbundenen ja auch kein wünschenswerter Zustand waren. Da ich jedoch das Gefühl hatte, dass er das Kriegsthema nicht weiter vertiefen wollte, stellte ich eine Frage, die mich ebenfalls beschäftigte.

„Haben eigentlich alle Wachsamkeitsträger dieselben magischen Fähigkeiten?"

Quirin sah mich scharf an und schüttelte den Kopf.

„Nicht alle. Und sie sind unterschiedlich stark ausgeprägt. Manche haben die Fähigkeit, die Wahrheit zu erkennen. Sehr praktisch für einen Wächter."

Ich unterdrückte den Impuls, die Hand zu heben und zu versuchen, den Sand zu beherrschen. Zu groß war meine Angst, dass es misslingen könnte.

„Werde ich meine magische Fähigkeit bei meiner Wächterprüfung einsetzen müssen?", fragte ich tonlos.

Der Gestalter trat von dem Wandgemälde weg und ging mit gemessenen Schritten auf die Tür am Ende des Raumes zu. Ein untrügliches Zeichen, dass unsere Unterredung fast beendet war.

„Natürlich wäre deine magische Fähigkeit dir eine Hilfe bei deiner Prüfung, Anwärterin. Allerdings benötigt man viel Übung, um sie verlässlich verwenden zu können. Und die hattest du bisher vermutlich noch nicht."

„Ich habe sie erst gestern Nacht entdeckt", sagte ich, als ich ihm zum Ausgang folgte.

Quirin hatte die Hände hinter dem Rücken verschränkt.

„Nun, dann ist es ein Zufall, dass du sie abrufen konntest. Die anderen haben ihre Zeit hier im Ministerium selbstverständlich genutzt, um sich auf die

Prüfung vorzubereiten." Er blieb stehen und warf mir einen warnenden Blick zu. „Ich hoffe, du hast die Zeit, die du im Land des Vertrauens verbracht hast, dazu verwendet, dasselbe zu tun. Ich brauche dir nicht zu sagen, wie wichtig es für das Ansehen eines Wächters ist, die Prüfung zu bestehen? Es gibt kein zweites Mal."

Ich spürte einen plötzlichen Knoten im Hals, der sich einfach nicht wegschlucken ließ. „Selbstverständlich nicht", antwortete ich leise.

„Gut", sagte Quirin. Er hatte nun den Sanddurchgang erreicht. „Meine Assistentinnen werden dich zum Trainingsraum begleiten. Wir sehen uns morgen in der Arena. Ich wünsche dir scharfe Sinne."

Kapitel 3

Vor dem Geschichtsraum der Wächter warteten schon Nasela und Casela auf mich. Die beiden hatten die Zeit genutzt, um sich eine weitere Orchideenblüte ins Haar zu stecken und neues Parfüm aufzutragen, welches Quirin mit Sicherheit auch durch den geschlossenen Sandvorhang riechen konnte.

Als ich zu ihnen auf den Gang hinaustrat, lächelten beide freundlich, ließen die Maske jedoch sofort fallen, als sie sahen, dass Quirin mich nicht begleitete.

„Der Gestalter wünscht, dass wir dich zum Trainingsraum bringen", informierte mich Casela wenig enthusiastisch. „Folge uns."

Wieder ging es im Zickzackkurs durch die Pyramide, diesmal ständig bergab, und als wir die 22. Treppe hinunterstiegen, fragte ich mich, wie tief wir inzwischen unter der Erde waren. Die Lichtsteinbeleuchtung war hier deutlich gedämpfter, und nachdem wir eine weitere Treppe aus schwarzem Quarzstein hinabgestiegen waren, hielten sie endlich vor einem dreieckigen Tor, das unser Ziel zu sein schien.

„Wir sind da", verkündete Casela mit abgespreiztem Finger unfreundlich. Das, was sie mit ihrer Hand machte, sah aus, als wäre sie ständig drauf und dran, pikiert nach einer Tasse Tee zu greifen.

„Sei vorsichtig beim Trainieren", warnte Nasela und betrachtete mich einmal von oben bis unten. „Dieses Kleid ist nur geliehen. Sieh zu, dass du es nicht dreckig machst." Mit diesen Worten tippte sie einmal an das dreieckige Tor, das sogleich nach innen aufschwang. Dann drehte sie sich synchron mit Casela um und stolzierte davon.

„Ich tausche es gern gegen meinen Anzug zurück", rief ich ihnen nach, doch sie gingen einfach weiter, als ob sie mich nicht gehört hätten. Verärgert schluckte ich jeden weiteren Kommentar hinunter und trat über die Schwelle in den Trainingsraum.

Sofort als meine nackten Füße den weichen Sandboden berührten, korrigierte ich mich innerlich. Der Begriff Trainingsraum passte überhaupt nicht. In Wahrheit handelte es sich um eine gigantische unterirdische Halle, die offenbar das Fundament der Pyramide bildete.

Außer mir befanden sich noch drei weitere Personen, die alle einen Kampfanzug trugen, in der Halle. Die Erste, die mir ins Auge stach, war eine Wutträgerin mit einem schmalen, hart geschnittenen Gesicht und einem sportlichen Körperbau, die mich an einen weiblichen Jesper erinnerte. Sie turnte gerade an den Ringen, die in unterschiedlicher Höhe von der Decke baumelten. Ihre Übungen waren kraftvoll und elegant und ich dachte, dass sie mit ihrem Können jeder Spitzensportlerin aus der anderen Welt das Wasser hätte reichen können.

Der zweite Sinnträger hielt einen Wächterstab in der Hand, mit dem er Energiekugeln um kleine Objekte aus Sand erschuf. Er hatte dunkelblonde Haare und war so schön, dass ich an Sinja und ihre Elfenbodyguards denken musste. Optisch hätte er hervorragend zu den dreien gepasst. Um ihn nicht anzustarren, wandte ich schnell den Blick ab und sah den letzten Wächteranwärter auf mich zukommen. Er hatte schulterlanges schwarzes Haar, das ihm zweimal ins Gesicht fiel, als er näher kam und mir dabei die Hand entgegenstreckte.

„Hallo", begrüßte er mich freundlich, „ich bin Damien. Und du musst die sein, über die sie sich schon seit Tagen das Maul zerreißen." Sein sympathisches Lächeln erzeugte jede Menge Lachfältchen um seine lavendelfarbenen Augen, die beinahe dieselbe Farbe hatten wie sein Gesichtsmuster, das die Form eines Pentagramms trug.

Die rote Trägerin sprang mit einem kraftvollen Schrei aus drei Metern Höhe zu Boden, und Damien zuckte erschrocken herum. „Angstsinn", sagte er dann grinsend und deutete auf seine lila Linien, die sich entfacht hatten.

Ich lächelte zurück. „Vorsicht ist keine schlechte Tugend unter Wächtern."

Er lachte. „Ich wusste, dass ich dich mögen würde. Mit Außenseitern bin ich schon immer gut klargekommen."

Die Wutträgerin ging zu einem Regal mit Handtüchern, nahm sich eines heraus und rubbelte sich damit den Schweiß vom Gesicht. Als sie auf dem Weg zurück an mir vorbeikam, rempelte sie mich an. Ich schaute sie irritiert an, aber sie ignorierte meinen Blick und ging mit federnden Schritten zu einer Wand aus Glas an einer Seite der Trainingshalle, auf der bei ihrem Näherkommen Fragen und Antworten zum Wächterberuf wie bei einem Multiple-Choice-Test auftauchten. Mit rot glimmenden Wutlinien beantwortete sie diese in einem irren Tempo.

„Das ist Lydia", raunte mir Damien zu und verdrehte vielsagend die Augen. „Schweigsam, rüpelhaft, ehrgeizig. Und ständig angepisst." Er grinste verschwörerisch, doch mir war nicht entgangen, dass er seine Stimme vorsorglich gesenkt hatte. Mit Lydia legte man sich besser nicht an.

„Und wer ist das?", fragte ich möglichst unbeteiligt und nickte zu dem dunkelblonden Anwärter mit dem Sinn der Trauer, der noch immer mit dem Übungswächterstab hantierte und nur einmal kurz zu uns herübergesehen hatte.

Damien drehte sich in Richtung des blauen Trägers.

„Sein Name ist Marcus. Auch ein eher schweigsamer Zeitgenosse, wenn du mich fragst. Ich bin froh, dass du nun hier bist. Wenigstens einer, mit dem man sich unterhalten –"

„Damien, ab mit dir zum Zirkeltraining. Herumstehen und quatschen kannst du dann, wenn du Wächter geworden bist. Nein, warte. Dann auch nicht, denn als Wächter verbreitet man nicht den neuesten Klatsch und Tratsch." Die volltönende Stimme füllte mit Leichtigkeit den Raum und kam von einem Sinnträger, der soeben durch das Tor hereingekommen war. Sofort änderte sich die Atmosphäre in der Halle und ich spürte, dass ich den Trainer vor mir hatte, der mit selbstbewussten Schritten auf mich zukam. Er war gleich groß wie ich und hatte eine muskulöse, untersetzte Figur, die zu seiner tiefen Stimme passte. Sein Gesicht wurde von einem kurzen braunen Bart bedeckt und als er mich ansah, wechselten seine Augen die Farbe von schwarz zu gelb, wie ein Chamäleon aus der anderen Welt.

„Du bist ja ganz schön spät gekommen, Mädchen", stellte er fest, als wir uns gegenüberstanden, und sah mir forschend ins Gesicht. Obwohl seine Wachsamkeitslinien, die mich an Baumwurzeln erinnerten, blass blieben, hatte ich das Gefühl, dass er mit seinem Blick direkt in meine Seele sehen konnte.

„Der Weg hierher war weiter als gedacht", erwiderte ich und duckte mich automatisch, als Damien beim Zirkeltraining versehentlich einen Lichtball in unsere Richtung ballerte.

„In das Tor, Damien, IN DAS TOR!", rief der Trainer

und warf verzweifelt die Hände in die Höhe. Dann wandte er sich wieder mir zu. „Und welcher Weg war das?"

Ich zupfte an dem goldenen Saum meines Kleides herum, das in dieser Umgebung völlig fehl am Platz war. Warum wollte er das so genau wissen?

„Ich habe versehentlich einen Abstecher ins Vertrauensland gemacht", sagte ich und beschloss, meiner Lüge gegenüber Quirin treu zu bleiben. „Und dann war ich so spät dran, dass ich den Weg durch die Wüste nehmen musste."

Der Trainer sah mich ungläubig an. „Du bist durch die Wüste gegangen?"

Ich nickte. „Mir wurde gesagt, das sei der kürzeste Weg."

Er rieb seinen braunen Bart und pfiff anerkennend durch die Zähne. „Seit ein paar Jahren ist keiner mehr durch die Wüste gekommen. Einige haben es versucht, aber na ja, was soll ich sagen. Madame Wüste hat sich in letzter Zeit zu einem bockigen, kleinen Biest entwickelt." Er zuckte mit den Schultern. „Passiert wohl bei einigen Frauen. Ich bin übrigens Mel."

„Lee", sagte ich und drehte mich um, weil die Wuttante hinter mir verächtlich schnaubte. Der Schönling – Marcus – schaute kalt zu mir herüber, widmete sich aber gleich wieder seinen Wächterstabsübungen, als ich ihm in die Augen sah.

Idiot, dachte ich, schließlich hatte ich ja nicht absichtlich damit angegeben, es durch die Wüste geschafft zu haben. Mel strahlte mich jedoch euphorisch an.

„Nun, Mädchen, dann such dir mal ein neues Gewand aus." Seine Augen wechselten die Farbe zu einem funkelnden Goldton und er schlug mir fest auf die Schulter. „In dem Fummel kannst du ja nicht trainieren." Ich lächelte ihn an. Gerade war er mir noch sympathischer geworden.

Zehn Minuten später trug ich meinen neuen Trainingsanzug und war auf dem Weg zurück in die gigantische Übungshalle. Während ich durch den langen, von Lichtsteinen erhellten, Gang schritt, konnte ich mich nur mit Mühe beherrschen, mit der Hand nicht ständig über den Stoff zu streichen. Eigentlich hatte ich mich nie für modebewusst gehalten, aber dieser Anzug war einfach nur der Wahnsinn. Er hatte in seinem ursprünglichen Zustand die Farbe von Wüstensand, änderte unter meiner Berührung jedoch seine Schattierung und passte sich an meine Hintergrundumgebung an. Mel hatte mir das Kleidungsstück ohne viel Federlesens in die Hand gedrückt, aber an der Sanftheit, mit der er den Stoff gehalten hatte, war mir bewusst geworden, dass es sich dabei um etwas Außergewöhnliches handelte. Die Magie, die ihm innewohnte, war auf jeden Fall von einem Meister seines Fachs eingearbeitet worden. Mel hatte mir erklärt, der Kampfanzug hielte nicht nur extreme Hitze und Kälte ab, er schützte auch vor Nässe und Wind, war atmungsaktiv, feuerfest und dabei so angenehm und leicht, dass man beinahe vergessen konnte, überhaupt etwas am Leib zu tragen.
Meine Begeisterung schlug jedoch in leichtes Unbehagen um, als ich die Halle betrat und mir die Feindseligkeit der roten Trägerin wie ein Feuer entgegenloderte. Marcus hingegen betrachtete mich mit der üblichen Kälte und ich blickte kühl zurück. Gegen diese Art von Temperaturschwankungen half auch ein magischer Superanzug nichts.

„So, ihr Küken", knurrte Mel und marschierte in die Mitte der Trainingshalle. „Wir haben noch zwölf Stunden Zeit. Morgen werdet ihr bereits in der Arena stehen und euch der wichtigsten Prüfung eures Lebens stellen. Wir sollten also trainieren, was das Zeug hält, denn wenn ihr die verkackt, geht es nicht nur euch, sondern auch mir an den Kragen." Er grinste breit, und ich fühlte meinen Magen einen Purzelbaum schlagen.

„Nervös?", flüsterte Damien und neigte sich von hinten an mein Ohr. „Aufbauende Reden dieser Art gehören eindeutig zu Mels Stärken. Du wirst dich noch daran gewöhnen. Oder", er machte eine kurze Pause, „vielleicht auch nicht, immerhin wirst du ja nicht mehr wahnsinnig viel Zeit mit ihm verbringen." Ich warf ihm einen kurzen Seitenblick zu, der verdeutlichen sollte, dass ich die Unterhaltung lieber auf einen späteren Zeitpunkt verschieben wollte.

„Hey, was ich eigentlich sagen wollte", flüsterte er unbeeindruckt weiter, „du hast die Wüste überlebt, was solltest du dich also vor so einer popeligen Prüfung fürchten?"

„Ich fürchte mich nicht", stellte ich leise fest, obwohl ich mir tief im Inneren nicht sicher war, ob das der Wahrheit entsprach.

„Sorry. Ist wohl mein Sinn mit mir durchgegangen", wisperte Damien zurück. „Ich fürchte mich nämlich sehr wohl." Er grinste und zog sich nach einem strengen Blick von Mel wieder ein paar Schritte zurück.

„Aufgepasst, Anwärter, jetzt wollen wir unserem Neuankömmling mal zeigen, was wir in der letzten Woche ohne sie so alles gemacht haben. Los geht es mit dem Ausdauertraining."

Mels Wachsamkeitslinien erglühten und er legte zwei

knotige Finger sanft auf sein Muster. Sofort war der Raum von einer magischen Spannung erfüllt und ich beobachtete, wie sich der Sand der Halle aufbäumte. Die Situation erinnerte mich an mein Wüstenerlebnis, aber ich ließ mir nichts anmerken, während ich zusah, wie Mel Wände, Schluchten und Tunnel entstehen ließ, als ob es das Leichteste auf der Welt wäre. Seine Kunstfertigkeit beeindruckte mich sehr, da ich wusste, dass es nicht annähernd so einfach war, wie es aussah.

„Aufgepasst. Los geht es in Zweierteams. Lydia, Lee, ihr tretet gegeneinander an", wies Mel uns an, nachdem er den Parcours fertig modelliert hatte.

Die Wutträgerin reckte das Kinn in die Höhe und stolzierte mit selbstbewusster Körperhaltung zum Startpunkt, wo sie sich niederhockte und die Zehen im Sand vergrub, während sie die fünf Meter hohe Wand vor uns mit rotglühenden Emotionslinien fixierte.

Ich spürte die Blicke der anderen auf mir und versuchte meine Nervosität hinunterzuschlucken, als ich mich neben sie stellte und ebenfalls eine Stellung einnahm, aus der ich blitzschnell lossprinten konnte.

„Diese Übung soll nicht nur eure Ausdauer und Geschwindigkeit, sondern auch eure Geschicklichkeit trainieren", erklärte Mel. „Seid auf Überraschungen ge-LOS!"

Die Wutträgerin schoss wie ein Pfeil nach vorne und ich verlor eine wertvolle halbe Sekunde, bevor ich ebenfalls lossprintete. Als ich am Fuß der Wand ankam, hatte Lydia bereits die Hälfte hinter sich gebracht und ich verfluchte mich selbst dafür, dass ich mich von Mel hatte überrumpeln lassen. Aus dem Lauf heraus sprang ich so hoch und weit ich konnte und krallte mich in den Ritzen zwischen den Sandsteinen fest. Mel war so freundlich gewesen, kleine Mauervorsprünge in sein erstes Hindernis einzuarbeiten, sodass meine Finger und Zehen Halt fanden, während ich die meterhohe Wand hinaufkletterte. Als ich das obere Ende der Sandmauer erreicht hatte, schoss Lydia unter mir bereits auf den Tunnel zu, der den nächsten Abschnitt markierte. Ich hielt mich nicht mit Klettern auf, schwang mich über den Rand und sprang die fünf Meter hinunter, während ich meine Finger auf meine Linien presste und meine Fähigkeit aktivierte. Das Ziel war, einen Sandhaufen zu erschaffen, der meinen Sturz abfederte, was jedoch völlig in die Hose ging. Mein Sandhaufen war nicht viel mehr als eine kleine Sandverwehung und ich kam schmerzhaft mit dem Knöchel auf, bevor ich mich über die Schulter abrollte und weiterlief. Lydia war bereits in der Sandröhre verschwunden und ich rannte hinterher, während meine Linien brannten und das Innere des Tunnels erleuchteten. Er war an manchen Stellen so niedrig, dass ich nur auf dem Bauch hindurchrobben konnte, und wand sich wie ein Kaninchenbau in engen Biegungen durch die Trainingshalle. Vor mir sah ich immer wieder ein flackerndes rotes Licht aufblitzen, was mich ansporne, noch schneller zu werden, da Lydias Vorsprung nicht so groß war, wie sie es wahrscheinlich gerne hätte. Ein leichter Luftzug, begleitet von einem donnernden Geräusch, das mich an einen Wasserfall erinnerte, ließ mich für einen Moment langsamer werden, bevor ich um die nächste Ecke schoss. Die Röhre war hier etwa 1,40 Meter hoch, sodass ich geduckt hindurchlaufen konnte, und vor der nächsten Biegung konnte ich die Silhouette der roten Trägerin sehen, die einen schnellen Blick über die Schulter warf, bevor sie um die Kurve schlitterte. Wie ein Blitz jagte ich hinter ihr her, bis wir uns beide in einem schnurgeraden Gang normaler Höhe befanden, an dessen Ende der Ausgang des Tunnels lag. Ohne zu zögern, preschte sie vorwärts und hatte schon die Hälfte geschafft, als ich wieder den Luftstrom fühlte und instinktiv abbremste. Keine Sekunde zu früh. Das dröhnende Wasserfall-Geräusch erfüllte abermals den Tunnel und vier Rammböcke aus Sand rasten von links nach rechts durch die Röhre. Einer davon erwischte Lydia in vollem Lauf. Sie schrie auf, wurde mehrere Schritte zurückgeschleudert und landete auf dem Rücken, wo sie sich keuchend die Seite hielt.

„Alles okay?", rief ich und rannte zu ihr, woraufhin sie so wütend knurrte, dass ich beschloss, besser nicht stehen zu bleiben. Ich sprintete an ihr vorbei und erreichte als Erste den Ausgang des Kaninchenbaus. Mel, Damien und Marcus standen am Rand des Parcours und Damien jubelte mir zu, als ich mich umschaute und mein Ziel, einen dreieckigen Torbogen mit der Aufschrift „Tempo, Mädels!", ins Visier nahm. Der Weg dorthin führte durch eine Schlucht, deren steil aufragende Begrenzungswände spiegelglatt und eindeutig nicht zum Klettern gedacht waren. Zwischen mir und dem Ziel lagen etwa fünfhundert Schritte und ich fragte mich, welche Überraschungen und Fallen sich Mel bei diesem letzten Abschnitt für uns ausgedacht hatte.

Es gab nur einen Weg, das herauszufinden. Ohne zurückzusehen, mobilisierte ich meine letzten Reserven und rannte mit vollem Tempo in die Schlucht hinein. Sofort schossen schlanke Säulen aus Sand wie Pilze in die Höhe und bremsten meinen Lauf. Die Säulen schienen genau zu wissen, welchen Weg ich nehmen wollte, denn sie erschienen zielsicher genau an diesen Stellen und machten mir das Durchkommen immer schwerer. Wenn die Pfeiler weiter in diesem Tempo aus dem Boden wuchsen, steckte ich in kürzester Zeit fest und konnte weder vor noch zurück. Lydia quetschte sich keuchend hinter mir durch den immer dichter werdenden Säulenwald und ich bildete mir ein, ihren Atem in meinem Nacken zu fühlen. Wieder spross ein Pfeiler direkt vor mir in die Höhe und das brachte mich auf eine Idee. Spontan sprang ich mit schmerzendem Knöchel ab, klammerte mich am oberen Ende der Säule fest und ließ mich von ihr in die Höhe ziehen. Unten hörte ich Lydia fluchen und Damien klatschen, wenn auch nur sehr kurz. Sein Sinn schien ihn rechtzeitig daran zu erinnern, dass es nicht klug war, sich mit der aggressiven Wutträgerin anzulegen.

Mein Pfeiler hatte nach etwa 7,3 Metern seine endgültige Höhe erreicht, und ich konnte ein Gefühl des Triumphes nicht unterdrücken, als ich das obere Ende des Torbogens mit der Aufschrift: „Tempo, Mädels!" vor mir sah. Das Ziel war zum Greifen nah, es befand sich quasi auf Augenhöhe mit mir, und so schwer es auch gewesen war, sich am Boden vorwärts zu kämpfen, umso leichter war es hier oben. Die Sandsäulen standen so eng beieinander, dass ich spielend von einer zur nächsten springen konnte, was ich auch tat. Lydia hatte sich ebenfalls von einem Pfeiler nach oben tragen lassen und stürmte hinter mir über die ungleich hohe Säulenlandschaft. Ich konnte ihren keuchenden Atem hören und spürte, dass sie aufholte, doch gleichzeitig wusste ich, dass ich diesen Wettkampf gewinnen konnte. Es waren nur noch wenige Schritte bis zu dem „Tempo, Mädels!"-Schild, nur noch läppische fünf Schritte, schon streckte ich den Arm danach aus und fühlte, wie mich mein Schwung vorwärts trug. Lydias beißender

Schweißgeruch stieg mir in die Nase, ich sah rote Linien neben mir aufblitzen, bemerkte aus dem Augenwinkel, wie die Wutträgerin sich die Finger auf ihre Zeichnung presste, und im nächsten Moment stand meine Welt kopf. Gerade noch war ich dem Ziel zum Greifen nah und im nächsten Moment vergaß ich, was ich hatte tun wollen, vergaß, aus welchem Grund ich eigentlich hier war, vergaß, auf die Säulen unter mir zu achten und stieg mit meinem Fuß ins Leere. Meine Reflexe retteten mich vor einem Absturz, dennoch tanzten noch immer rote Schlieren vor meinen Augen und lenkten meine Gedanken von etwas ab, von dem ich wusste, dass es wichtig war. Der Grund, warum ich hier war. Warum war ich noch mal hier?

Moment. Wer war ich eigentlich?

Eine rote Trägerin mit einem selbstgefälligen Ausdruck im Gesicht hangelte sich gerade an einem dreieckigen Torbogen abwärts. Ich schüttelte benommen den Kopf, blickte auf ein „Tempo, Mädels!"-Schild und fühlte die Informationen langsam wieder zu mir zurückkommen.

Ich war Lee, Trägerin der Wachsamkeit, bestimmt für den Dienst als Wächterin – und das hier war Lydia, Trägerin der Wut, eine hinterhältige Schlange, die ihre Fähigkeit gegen mich eingesetzt hatte.

„Du kämpfst mit unfairen Mitteln", bemerkte Damien, als Lydia auf dem Boden neben Mel, Marcus und ihm landete.

„Ich kämpfe, um zu gewinnen", fauchte sie und sah aus, als ob sie drauf und dran wäre, vor ihm auf den Boden zu spucken.

„Und das hast du", sagte Mel mit seiner volltönenden Stimme. „Mögen auch die Mittel fragwürdig gewesen sein, der Sieg fällt dir zu. Und nebenbei hast du unserer neu hinzugestoßenen Wachsamkeitsträgerin auch noch eine Lektion in Sachen Fairness und Vertrauen erteilt. Ich danke dir, Lydia." Die Wutträgerin nickte huldvoll und stellte sich mit verschränkten Armen neben Mel. Ich rutschte an meiner Sandsäule auf den Boden hinunter und versuchte, mir meine Verärgerung nicht anmerken zu lassen. Es war ganz allein meine Schuld gewesen, nicht daran zu denken, dass Lydia ihre Fähigkeit zur Verwirrung gegen mich einsetzen konnte. Die meisten roten Träger hatten diese Kraft, so wie manche gelbe Träger die Wahrheit erspüren und andere den Sand beherrschen konnten. Ich schwor mir, Lydia nie wieder so unvorbereitet gegenüberzutreten.

„Gut, dann machen wir weiter", sagte Mel und berührte abermals seine Wange. Der Hindernisparcours fiel binnen eines Atemzugs in sich zusammen und gestaltete sich vor meinen Augen neu. „Nun sind die Jungs dran. Marcus gegen Damien. Und da Lee viel aufzuholen hat, wird Lydia mit ihr in der Zwischenzeit den theoretischen Teil durchgehen." Mel nickte uns beiden zu. „Fangt an."

Ich wandte mich automatisch der Glaswand an der Seite der Trainingshalle zu, auf dessen Oberfläche die Frage- und Antwortmöglichkeiten erschienen waren, aber Lydia schüttelte kategorisch den Kopf.

„Willst du Wächterin werden oder am Schreibtisch sitzen?", spie sie mir entgegen. „Wächter müssen auch in körperlich herausfordernden Situationen binnen eines Sekundenbruchteils die richtigen Entscheidungen treffen. Mal sehen, ob du wirklich so ein Wunderkind bist, wie alle hier zu glauben scheinen." Die Feindseligkeit drang ihr aus jeder Pore und ich fand ihre Überheblichkeit zutiefst unsympathisch. Dennoch schluckte ich meinen

Stolz hinunter und folgte ihr zu dem Bereich, in dem Damien zuvor mit den Lichtbällen trainiert hatte.

Es gab eine aufrecht stehende Vorrichtung aus schwarzem Quarzstein, die mich an ein Mühlrad aus der anderen Welt erinnerte und vor Energie leicht summte. Acht Lichtsteine waren in regelmäßigen Abständen am äußeren Rand eingelassen worden, da, wo bei einem echten Mühlrad die Schaufelblätter gewesen wären. Vor jedem Lichtstein saß ein geschliffener Kristall, der das Licht bündelte und die Strahlen in die Mitte der Radachse lenkte, wo sie miteinander zu einem leuchtenden Ball verschmolzen.

Ich beobachtete Lydia dabei, wie sie beiläufig nach der Lichtkugel im Zentrum des Rades griff und diese geschickt von einer Hand in die andere warf. Die Geräusche, die die Kugel dabei machte, ließ mich an die Laserkämpfe der Star Wars-Filme denken und ich nahm unbewusst eine Verteidigungshaltung ein. Da, wo sie den Lichtball aus dem Rad genommen hatte, schwebte schon wieder ein neuer zum Einsatz bereit.

„Stell dich dort vor die Wand", befahl Lydia und deutete mit der freien Hand auf eine Sandmauer, in der in unregelmäßigen Abständen kleinere und größere Löcher erschienen, in die man mit den Lichtkugeln treffen sollte.

„Frage 1. Was Leichtes zum Aufwärmen", zischte Lydia und hob den Energieball in die Höhe. „Nenn mir die Namen und Sinneszugehörigkeit der Macht der Acht sowie den Zeitpunkt ihrer Ernennung." Bamm. Sie schoss den ersten Lichtball auf mich ab. Ich warf mich zur Seite und spürte das Kribbeln der Energie auf meiner Haut, obwohl ich nicht getroffen worden war.

„Sinja mit dem Sinn der Wut, erstmalig nach dem

Ende des Zweiten Sinnlichen Krieges berufen", stieß ich hervor und rollte mich über die Schulter ab, als Lydia den nächsten auf mich pfefferte. „Quirin mit dem Sinn der Wachsamkeit, seit dem Tod von … von …" Lydia holte sich einen neuen Lichtball aus dem schwarzen Rad und sah mich mit blitzenden Augen an. „Seit dem Tod seines Vorgängers berufen", keuchte ich und sprang in die Höhe, als sie auf meine Beine zielte.

„Und wann war das?", zischte sie und schoss einen weiteren Ball auf mich ab.

„Keine Ahnung", knurrte ich und spürte einen brennenden Schmerz, als mich die Energiehülle des Balls an der linken Hüfte streifte.

„Falsch", blaffte Lydia und griff nach der nächsten Kugel. „Weiter!"

„Panica mit dem Sinn der Angst", ratterte ich herunter, „seit dem Tod von Crisula berufen. Arkadius mit dem Sinn des Ekels, vor sechsundfünfzig Jahren berufen. Joost mit dem Sinn des Vertrauens, erstmalig nach dem Ende des Ersten Sinnlichen Krieges berufen." Die Informationen flogen mir plötzlich im selben Tempo wie die Lichtbälle der Wutträgerin zu und sie schnaubte verärgert, als ich die restlichen Namen und Regierungszeiten fehlerfrei abspulen konnte.

„Zu welchem Zweck wurden die Bücher der Macht von den damaligen Gestaltern geschrieben?", fragte Lydia als Nächstes und ballerte eine Lichtkugel auf mich ab, die mich mitten im Bauch traf. Ich stöhnte vor Schmerz und taumelte zurück.

„Ich … ich weiß es nicht", keuchte ich wahrheitsgemäß.

„Warum sind Emotionsdiamanten verboten?", fauchte Lydia und griff schon wieder in das Quarzsteinrad, um sich den nächsten Lichtball herauszuholen.

„Weil sie es nun mal sind", fauchte ich zurück und warf mich flach auf den Boden, als die Kugel haarscharf über meinem Kopf auf die Sandmauer zuflog und von ihr absorbiert wurde.

„Falsch. Was ist ein Zeitendieb?" Lydia hob den Arm und schoss den nächsten Ball.

„Eine Person", murmelte ich, während die geschenkten Erinnerungen zu mir kamen, „die anderen Sinnträgern die Lebenszeit raubt."

„Zu vage", schnaubte die rote Trägerin und pfefferte den nächsten Lichtball in meine Richtung.

„Wann wurde das Gesetz der Prohibition gegen Sinnesschärfer verabschiedet?"

„Ich weiß es nicht", antwortete ich und duckte mich unter einem Lichtball hinweg.

„Welche Höchststrafe hat ein Tierverbundener für den Diebstahl von Währungsblättern erhalten?"

„Ich weiß es nicht", wiederholte ich und warf mich unter ihrem immer schneller werdenden Beschuss von links nach rechts.

„Und welche Höchststrafe hat ein Menschverbundener für genau dieselbe Straftat bekommen?", schrie Lydia.

„Ich weiß es nicht!", brüllte ich zurück und wehrte eine Lichtkugel, die genau auf meine Brust zuflog, mit gekreuzten Armen ab. Der Schmerz trieb mir die Tränen in die Augen.

„Was machst du, wenn du jemanden gefangen nehmen sollst und dein Wächterstab nicht funktioniert?" Lydia hob den muskulösen Arm, der anscheinend niemals müde wurde, und schoss. Ich sprang hoch, fing die Lichtkugel im Flug und schleuderte sie mit all meiner Kraft auf die Wutträgerin zurück.

„Dann benutze ich den verdammten Stab als

Wurfgeschoss, um den Verdächtigen damit bewusstlos zu schlagen", knurrte ich und registrierte mit Genugtuung, dass Lydia der Lichtkugel nicht schnell genug ausweichen konnte und am Bein getroffen wurde. Lydias Linien flammten auf und ihr Kopf ruckte hoch. Sie warf mir einen so wütenden Blick zu, dass ich mich innerlich dafür bereit machte, jeden Augenblick von ihr angegriffen zu werden.

„Gute Reflexe, Mädchen, aber dein theoretisches Wissen ist mehr als lückenhaft", sagte Mel in dem Moment hinter mir und ich drehte mich zu dem Trainer um. Damien stand verschwitzt und nach Atem ringend daneben, grinste aber übers ganze Gesicht, als er Lydia sah. Ich war so darin vertieft gewesen, den wütend geschmetterten Lichtbällen auszuweichen, dass ich gar nicht gemerkt hatte, dass Marcus und Damien ihren Parcours bereits beendet hatten. Und an dem Gesichtsausdruck, den Marcus zur Schau trug, der zu seiner Wasserflasche humpelte, hatte Damien gesiegt.

„Als Nächstes", sagte Mel, „trainieren wir mit den Wächterstäben. Ihr habt drei Minuten Pause. Holt euch etwas zu trinken und ruht euch kurz aus. Das gilt auch für dich, Lydia." Damit drehte er sich um und benutzte seine Fähigkeit, um die Halle für die nächste Trainingseinheit vorzubereiten. Die Wutträgerin warf mir einen letzten zornigen Blick zu und wandte sich ebenfalls ab.

„Gut gemacht", sagte Damien und strich sich die verschwitzten Haare aus der Stirn, „du bist noch keine Stunde da und hast dir schon eine Feindin fürs Leben geschaffen."

„Du dir doch auch, oder?", erwiderte ich und nickte mit dem Kopf zu Marcus hinüber, der sich mit seiner Wasserflasche an den Rand der Halle verzogen hatte und immer wieder kalte Blicke in unsere Richtung sandte. Ich gestand mir ein, dass er selbst im Moment der Niederlage unglaublich gut aussah. Unwillkürlich musste ich an Ben denken.

„Und? Hast du schon Pläne, was du nach deiner Wächterprüfung mit der neu gewonnenen Freiheit anstellen wirst?", fragte Damien und ließ eine violette Münze geschickt über seine Finger gleiten.

„Mit meiner neu gewonnenen Freiheit?", wiederholte ich und beobachtete fasziniert, wie Damien die Münze über seine Fingerknöchel tanzen ließ.

„Ich vergaß, du bist ja erst hier angekommen", sagte er und lächelte mir zu. „Aber glaub mir, für den Rest von uns ist die Aussicht, endlich aus diesem Trainingslager herauszukommen, süßer als der Nektar von Angsttraubensaft."

Ich grinste und ging mit ihm zu dem Regal mit den Handtüchern hinüber, um mir ebenfalls eine Flasche mit Wasser zu nehmen.

„Ich würde gerne etwas mehr über die Feindseligkeiten zwischen Mensch- und Tierverbundenen herausfinden", sagte ich und schraubte die Flasche auf. „Ich glaube, dass sich die Unruhen verstärken werden, wenn wir diese Sache ignorieren."

„Ah. Wusste ich doch, dass du ambitioniert bist", sagte Damien. „Ich prophezeie dir noch Großes. Du wirst eine glänzende Karriere hinlegen."

„Da wäre ich mir nicht so sicher", murmelte ich und nahm einen Schluck. Damien sah mich seltsam an und zuckte dann erschrocken zusammen, als Mel kräftig in die Hände klatschte.

„Aufgepasst, Anwärter, die Pause ist vorüber. Wächterstabstraining", dröhnte seine Stimme durch den

Saal.

„Dass der immer so laut klatschen muss", murrte Damien und schüttelte den Kopf. Seine violetten Linien verblassten langsam wieder und ich grinste. Dann senkte ich verschwörerisch die Stimme.

„Wenn es nur das ist, was dich erschreckt, kannst du froh sein. ICH fürchte, dass Mel mich wieder mit Lydia zusammen in ein Team stecken wird." Ich zwinkerte ihm zu und machte mich auf den Weg in die Mitte der Halle.

Mel stand breitbeinig da und hatte die Arme vor der Brust verschränkt. Unter seinem erwartungsvollen Blick traten wir an den quadratischen Block aus Sandstein, auf dem vier identische Wächterstäbe aus mattem Silber lagen.

„Euer Stab", begann Mel, „ist eure wichtigste Waffe und euer mächtigster Verbündeter. Anständige Stäbe reagieren auf illegale Substanzen, spenden euch Licht in der Dunkelheit und helfen euch, die nächste Wasserquelle zu finden. Ihr könnt euch damit verteidigen, ein Notsignal aussenden und natürlich Wächterkugeln erschaffen."

Er nickte uns zu und jeder von uns streckte den Arm aus, um einen der Übungsstäbe zu nehmen. In dem Moment, als ich das kühle Metall umfasste, spürte ich eine kribbelnde Verbindung zwischen dem Wächterstab und mir, als ob eine Horde Ameisen meinen Arm hinaufkrabbelte. Ich schwang ihn mehrfach durch die Luft, um ein Gefühl dafür zu bekommen und lächelte glücklich. Er fühlte sich wie eine natürliche Verlängerung meines Armes an, und zum ersten Mal, seit ich in diese Welt gekommen war, fühlte ich mich ganz und gar vollständig.

„Die wichtigste Funktion eures Stabes besteht natürlich darin, Wächterkugeln zu erschaffen", fuhr Mel fort und ließ mithilfe seiner Fähigkeit kleine Pyramiden aus Sand in die Lüfte steigen. „Indem ihr eine Kugel um eure Verdächtigen schließt, könnt ihr sie nicht nur gefangen nehmen, sondern auch potenzielle Gegner unschädlich machen. Eine starke Wächterkugel kann euch nicht nur vor herkömmlichen Projektilen, sondern auch vor starken Angriffszaubern schützen. Wer kann mir sagen, welche Kugel als die stärkste in die Geschichte der Wächter eingegangen ist?"

„Die Kugel von Castor, erschaffen im Zweiten Sinnlichen Krieg zum Schutz von Gestalterin Horla. Die Hülle der Wächterkugel war so stark, dass sie sogar eine Lichtsteinexplosion in ihrem Inneren unbeschadet überstanden hat", antwortete Marcus. Er hatte eine weiche, melodische Stimme, die so gar nicht zu seinem abweisenden Äußeren passte.

Mel nickte. „Das ist richtig. Unterschätzt also niemals die Macht eures Stabes, es kann gut sein, dass er euch eines Tages euren Hintern rettet. Deshalb besteht auch der größte Frevel eines Wächter darin …"

„… seinen Stab zu verlieren", ergänzte ich leise und umschloss das kühle Metall fester.

„Die erste Aufgabe ist euch bekannt", sagte Mel und ging ein paar Schritte zurück, um uns Platz zu machen. „Jeder von euch versucht so viele Wächterkugeln wie möglich um die schwebenden Sandpyramiden zu schließen. Lee, die anderen haben das schon geübt, also streng dich an. Am Ende sehen wir, wer die meisten hat. Fangt an!"

Ohne zu zögern, richtete ich die Spitze meines Übungsstabs auf die erste Pyramide direkt vor meiner Nase. Meine Gedanken gaben den Befehl und schon bildete sich eine schimmernde Energiehülle um das

Objekt. Begeistert darüber, wie einfach das war, wirbelte ich herum und schuf sofort die nächste Wächterkugel, die sich um eine im Zickzackkurs davonzischende Pyramide schloss. Die anderen drei versuchten ebenfalls so schnell wie möglich so viele Objekte wie möglich einzufangen – was ihnen auch verdammt gut gelang. Mit neuem Ehrgeiz erzeugte ich noch eine Wächterkugel – und noch eine und noch eine – als ich spürte, wie die erste Energieblase immer schwächer wurde und schließlich zerplatzte. Die Pyramide, die ich gefangen hatte, schwirrte frei herum und wurde sofort von Lydia mit einer von ihren Kugeln umschlossen.

Mist. Ich durfte meine bestehenden Wächterkugeln nicht aus den Augen lassen, wenn ich nicht wollte, dass sie wieder kaputtgingen. Konzentriert suchte ich mir meine Kugeln zusammen – es waren aktuell fünf – und richtete meine Aufmerksamkeit auf mein nächstes Objekt, als Lydia an mir vorbeilief und mir so fest den Ellbogen in die Seite stieß, dass ich aufkeuchte. Sofort platzte eine weitere meiner Energieblasen, und Lydia grinste hämisch. Zumindest so lange, bis sie in vollem Lauf gegen Marcus stieß, der selbst gerade eine Pyramide verfolgte. Augenblicklich platzten drei von Lydias Wächterkugeln und ich schloss zwei der frei gewordenen Objekte mit meinem Stab ein. Damien fluchte unterdrückt, als ihm zuerst eine und dann gleich noch eine Blase kaputtging.

„Noch zehn Sekunden!", rief Mel und hob die Finger beider Hände in die Höhe. Ich fühlte, wie meine Linien aufflackerten, und zwang mich, die Fortschritte der anderen zu ignorieren und mich ganz allein auf meine Wächterkugeln und die noch frei herumschwirrenden Pyramiden zu konzentrieren.

Aktuell hatte ich sechs Pyramiden gefangen, die an

unterschiedlichen Stellen der Trainingshalle in der Luft schwebten. Obwohl es mich wertvolle Sekunden kostete, bündelte ich meine Wächterkugeln und holte sie alle zu mir, um mir einen besseren Überblick zu verschaffen. Dann konzentrierte ich mich auf die restlichen Pyramiden. Es waren insgesamt noch fünf. Marcus schloss in diesem Augenblick eine ein, blieben also vier. Lydia fing ebenfalls eine ein und fluchte, als dafür eine ihrer Pyramiden wieder freikam.

„Noch drei Sekunden", rief Mel.

Ich hob den Stab und beschrieb damit einen Halbkreis, während ich gedanklich eine Hülle über jede freie Pyramide legte.

„Wächterstäbe hinunter!"

Konzentriert senkte ich meinen Stab und hielt meine Wächterkugeln kraft meines Willens an Ort und Stelle.

„Dann wollen wir mal sehen." Mel trat in die Mitte des Trainingsfeldes. Überall um ihn herum flimmerten durchsichtige Energieblasen, in deren Innerem kleine Pyramiden darum kämpften, in die Freiheit entlassen zu werden. „Damien, zeig mir dein Ergebnis." Damien verzog das Gesicht vor Anstrengung, als er sechs Kugeln zu sich beorderte und in einer Reihe schweben ließ. Während Mel zählte, zerplatzte eine Energiehülle und die darin gefangene Pyramide schoss davon. „Wollen wir mal nicht so sein und bleiben wir bei sechs", sagte Mel. Marcus war als Nächster an der Reihe. Er hatte acht Objekte gefangen. „Gut", sagte Mel und ging weiter.

Lydia biss die Zähne zusammen und ihre Hand mit dem Stab zitterte, als Mel sie bat, ihre Wächterkugeln zu sich zu rufen. Es waren neun.

„Sehr gut, Lydia. Dein bestes Ergebnis bisher", lobte der Trainer. Dann wandte er sich mir zu. Ich fühlte die

Blicke jedes Einzelnen, als ich meine Pyramiden in einer Reihe schweben ließ.

„... acht, neun, zehn", zählte Mel und nickte mir anerkennend zu. „Gut gemacht, Lee. Du bist scheinbar ein Naturtalent."

Lydia ließ ihre Blasen alle gleichzeitig zerplatzen und schnaubte abfällig. „Anfängerglück", zischte sie mir zu. „Bild dir bloß nichts ein. Bei der Prüfung wirst du versagen."

Ich sah sie an und zog eine Augenbraue hoch.

„Wenn du meinst."

„Ja, das meine ich, du wirst dich zum Gespött der Leute machen, so wenig Ahnung, wie du hast", fauchte sie, ging an mir vorbei und hob dabei den Ellbogen, um mir den dritten Rempler des Tages zu verpassen. Instinktiv bewegte ich meinen Stab und eine Wächterkugel schloss sich ganz schnell und leicht um sie.

„Mist", murmelte ich, während Lydias Kugel langsam in die Luft stieg und über unseren Köpfen schwebte. „Du hast recht, ich habe keine Ahnung, wie ich dich da wieder rauskriege."

Lydias Gesicht wurde zornrot und sie ließ einen Schwall an Schimpfwörtern auf mich los. Damiens Mundwinkel zuckten und er wandte sich schnell ab, um nicht loszuprusten, während Marcus eine Augenbraue hochzog und mich mit unbeweglichem Gesicht ansah. Ich kostete den Moment der tobenden Lydia noch etwa zwei Sekunden lang aus, bevor ich sie aus einem Meter Höhe aus ihrem Gefängnis befreite. Sie landete geschmeidig auf den Füßen und sah aus, als wollte sie sich auf mich stürzen, doch Mel schob sich rasch zwischen uns.

„Nun, Mädchen, wie es aussieht, musst du den Umgang mit deinem Stab noch etwas üben", sagte er zu mir. „Leider", er räusperte sich und ich hätte schwören können, dass er versuchte, ein Lächeln zu verbergen, „haben wir im Augenblick dafür keine Zeit. Denn jetzt ist das Nahkampftraining mit den Beschützern."

Kapitel 4

Wie aufs Stichwort betraten vier muskulöse Sinnträger die Halle und ich fühlte, wie mein Herz schneller schlug. Einer der Männer hatte blauschwarze Haare und eine rote Zeichnung auf der Wange, aber als er näher kam, sah ich, dass es sich nicht um Jesper handelte. Es war nur jemand, der ihm wirklich ähnlich sah. Mel winkte die Beschützer heran und sammelte die Übungsstäbe wieder ein, die er in einem Stoffbeutel verschwinden ließ.

„Wie ich schon gesagt habe, ist der Wächterstab euer mächtigster Verbündeter im Kampf für die Gerechtigkeit. Dennoch könnt auch ihr in Situationen kommen, wo ihr euren Stab nicht einsetzen könnt. Sei es, weil ihr entwaffnet wurdet, sei es, weil er aus irgendeinem Grund nicht funktioniert, oder sei es – die Wüste bewahre – weil ihr ihn verloren habt. In solchen Momenten ist es wichtig, dass ihr euch trotzdem verteidigen könnt. Dafür sind einige Beschützer angereist. Sie werden uns morgen bei der Prüfung unterstützen und heute das Kampftraining mit euch absolvieren."

Ich spürte meine Nervosität bei jedem Wort von Mel größer werden und strich über das Symbol des Auges auf meinem rechten Handgelenk, um mich zu beruhigen. Die vier Hünen stellten sich in der Zwischenzeit entspannt vor uns auf und ließen die Schultern kreisen. Ich nickte dem Beschützer vor mir zu und erntete einen gelangweilten Blick. Er hatte den schwarzen Sinn und sah nicht so aus, als ob er sich darauf freute, hier mit mir zu trainieren. Warum musste ich immer die Ekeltypen bekommen? Hatte ich so etwas wie ein Schild auf der Stirn? Zog ich die irgendwie an?

„Dann wollen wir mal", sagte Mel und seine Augen nahmen die Farbe eines Rubins an. „Lee, du startest, ich möchte sehen, wo du stehst."

Wunderbar. Ich fühlte, wie mir das Blut in die Wangen schoss. Nicht nur, dass ich gleich von einem unzufriedenen 2-Meter-Schrank verprügelt werden würde, alle anderen würden auch zusehen, während Mel sich ein Urteil darüber bildete. Und mit Sicherheit kein gutes. So viel war klar.

Der Hüne grunzte und hob auffordernd die Augenbrauen, was anscheinend bedeutete, dass ich ihn angreifen sollte. Ich machte einen Schritt auf ihn zu und suchte seinen Körper nach möglichen Schwachstellen ab. Das Einzige, was mir auffiel, war, dass er viel größer und kräftiger war als ich. Womöglich machte mich das wendiger. Das Blut rauschte in meinen Ohren, als ich ihm entgegentrat und seine Nasenwurzel fixierte. Dann schnellte ich nach vorne und zielte ein gutes Stück tiefer auf seine Kehle. Er fing meinen Schlag in der Luft ab, packte meinen Arm und drehte ihn mit einer mühelosen Bewegung herum. Ich keuchte vor Schmerz und ging in die Knie. Wenn er so weitermachte, würde er mir den Arm brechen. Der Hüne ließ mich verächtlich los und stieß mich mit einer lässigen Bewegung von sich, sodass ich mit den Händen und Knien im Sand landete.

Ich hörte Lydia hämisch lachen und fühlte mein Herz gegen meinen Brustkorb hämmern. So schnell ich konnte, rollte ich herum und sprang wieder auf die Beine. Er tänzelte von einem Fuß auf den anderen und ließ seinen Arm beinahe beiläufig nach vorne zucken. Ich duckte mich weg, doch ich war nicht schnell genug. Seine

Faust traf meine Wange und ließ mich zur Seite taumeln. Sofort setzte er nach und versuchte mir einen Tritt in den Magen zu verpassen. Ich ließ mich flach auf den Boden fallen, griff nach seinem Bein und riss daran. Mit einem Grunzen verlor er das Gleichgewicht und knallte neben mir in den Sand. Dabei erhaschte ich einen Blick in sein Gesicht und sah puren Hass aus seinen Augen blitzen. Ich musste auf die Beine kommen. Verzweifelt probierte ich aus der Reichweite seiner mächtigen Pranken zu robben, doch er warf sich vorwärts und packte mich am Knöchel. Ich schnappte erschrocken nach Luft und versuchte, ihm den Fuß ins Gesicht zu stoßen, doch er hielt mich mühelos fest und schleuderte mich auf den Rücken. Dann stürzte er sich auf mich, fixierte meine zappelnden Glieder mit seinen muskelbepackten Beinen, legte mir die Finger um die Kehle und drückte zu.

„Du bist tot", flüsterte er und durchbohrte mich mit seinem Blick.

„Okay, gleich noch einmal", sagte Mel und klatschte in die Hände. „Lee, das waren knapp sechzig Sekunden. Versuch das nächste Mal länger am Leben zu bleiben."

Der Beschützer ließ mich los und stand mit einer federnden Bewegung auf. Ich brauchte etwas länger, um auf die Beine zu kommen und hustete gequält. Jeder Atemzug brannte wie Feuer in meiner Kehle.

Gleich noch einmal. Großartig. Wieso kam jetzt nicht einer von den anderen dran? Meine Knie fühlten sich zittrig an, als ich wieder meine Position einnahm. Die Körperhaltung meines Gegenübers war selbstbewusst und entspannt und aus seinem Blick sprach nichts als Verachtung.

„Und los", sagte Mel. Diesmal wartete der Beschützer nicht darauf, von mir angegriffen zu werden. Wahrscheinlich wollte er seinen selbst aufgestellten 60-Sekunden-Rekord unterbieten. Blitzschnell sprang er nach vorne und versuchte, mir in einer fließenden Bewegung die Beine wegzutreten. Ich sprang reflexartig in die Höhe und stieß ihm meine Knie von unten gegen das Kinn. Sein Kopf flog zurück und er taumelte einen Schritt nach hinten, doch wenn ich gedacht hätte, dass ihn mein Manöver umhauen würde, hatte ich mich getäuscht. Er schüttelte kurz benommen den Kopf und knurrte. Dann stürzte er sich auf mich. Seine Schläge kamen nun so brutal und schnell, dass ich die Bewegungen nur als verschwommene Schemen wahrnahm. Schmerz explodierte in meiner Nase und ich schmeckte Blut, dann traf mich seine Faust in den Magen und die Wucht des Hiebes presste mir die Luft aus den Lungen. Hilflos schnappte ich nach Sauerstoff, während mein Körper zusammenklappte und er weiter auf mich einprügelte. Ich hatte längst nicht mehr die Kraft, irgendetwas anderes zu tun, als mich zusammenzukrümmen und meine verletzlichsten Stellen zu schützen, bis ich Mels scharfe Stimme hörte, der dem Kampf ein Ende setzte. Obwohl „Kampf" kaum der richtige Ausdruck dafür war. Gemetzel traf es schon eher.

Der Beschützer zog sich leichtfüßig ein paar Schritte zurück und ich hörte Schritte, die näher kamen, und spürte eine sanfte Berührung auf der Schulter.

„Mädchen, so wird das nichts", sagte Mel leise und beugte sich über mich. „Du musst dich öffnen."

Ich atmete vorsichtig ein und biss bei dem stechenden Schmerz in meinen Rippen die Zähne zusammen. Wahrscheinlich hatte er mir eine oder ein paar davon gebrochen.

„Wofür genau soll ich mich öffnen?", antwortete ich

müde und richtete mich unter Schmerzen auf. „Wenn Nahkampf ein Teil der morgigen Prüfung ist, werde ich nicht bestehen. Siehst du? Ich habe mich für diese Möglichkeit geöffnet. Mehr kann ich nicht tun."

Mels Augen wurden schwarz und eine verärgerte Falte erschien auf seiner Stirn.

„Du sollst dich doch nicht für die Niederlage öffnen, beim gelben Licht noch mal! Du musst dich für deine geschenkten Erinnerungen öffnen!"

Ich wischte mir mit einer heftigen Bewegung das Blut von meiner Lippe und schüttelte den Kopf.

„Ich habe keinen Zugriff auf meine geschenkten Erinnerungen. Ich kann sie nicht einfach so abrufen."

„So funktioniert das auch nicht", knurrte Mel. „Du kannst sie nicht erzwingen. Das meinte ich, als ich sagte, du sollst dich ihnen öffnen. Lass sie zu dir kommen. Doch dafür ist es notwendig, dass du dich von allem, was dich in der anderen Welt festhält, löst."

Ich sah zu Boden. Blut tropfte von meiner Nase in den Sand. War es wirklich so einfach? Musste ich einfach nur loslassen?

Mühsam richtete ich mich auf. Mein ganzer Körper tat weh, und als ich den Kopf hob, sah ich, wie ein Mundwinkel meines Gegners erwartungsvoll zuckte. Mel drückte ermutigend meine Schulter und zog sich ein paar Schritte zurück. Ich ließ meinen Blick durch die Halle schweifen und atmete tief ein. Damiens violette Linien in der Form eines Pentagramms funkelten und neben ihm stand Marcus, der meinen Kontrahenten wütend anstarrte. Lydia hingegen hatte die Arme zufrieden vor der Brust verschränkt. Anscheinend freute sie sich schon auf die Show. Ich nahm meinen Platz gegenüber dem Hünen ein und ging in Kampfposition. Der Beschützer sah mir verächtlich entgegen. Ich erwiderte den Blick so gleichmütig, wie das mit der blutenden Nase und den schmerzenden Rippen möglich war. Für einen Moment dachte ich, dass die Bezeichnung „Beschützer" überhaupt nicht zu dem brutalen Kerl passte. Er ließ seine Fingerknöchel knacken und sah aus, als würde er auch in seiner Freizeit am liebsten Leute verdreschen.

„Und los", sagte Mel.

Ich atmete aus und hob die Arme vor das Gesicht. Mein Gegner grinste dreckig und in seiner Miene zeichnete sich deutlich ab, wie wenig er von meiner Verteidigungshaltung hielt. Im nächsten Augenblick stürzte er sich auf mich und verpasste mir in schneller Reihenfolge drei Schläge. Ich wehrte den ersten Hieb ab, duckte mich unter dem zweiten hindurch und spürte den Luftstrom seiner Faust im Nacken. Den dritten Schlag hatte er besonders tief angesetzt, und obwohl ich zur Seite sprang, streifte er meine Hüfte. Ich tänzelte zurück und ließ ihn nicht aus den Augen. Sein Brustkorb hob und senkte sich schnell und in seinem Gesicht konnte ich sehen, dass er keine Lust auf Faxen hatte. Er wollte das hier zu Ende bringen. Schnell.

Wieder sprang er vor und traktierte mich mit schnellen, präzisen Schlägen. Ich parierte sie so gut ich konnte und versuchte, die Schmerzen der Treffer zu ignorieren. Versuchte, einfach nur zu funktionieren und mein bewusstes Denken komplett auszuschalten. Es gelang mir nicht sofort, aber irgendwann nahmen meine Instinkte überhand und plötzlich hatte ich das Gefühl, zu wissen, was er als Nächstes tun würde. Seine Körpersprache wurde mir immer vertrauter, ich spürte, ob er einen Schlag nur antäuschte oder tatsächlich führen wollte. Dementsprechend reagierte ich. Doch obwohl ich mich in der Verteidigung ganz passabel hielt, war an eine Attacke meinerseits überhaupt nicht zu denken. Bei seiner nächsten Angriffswelle überließ ich mich ganz meinen Reflexen und blendete alles andere aus. Ich spürte nicht mehr den Schweiß, der sich in meinem Nacken sammelte und das Stechen meiner Rippen bei jedem keuchenden Atemzug. Ich sprang, duckte und rollte mich ab, während er mir nachsetzte und seine Bewegungen langsam an Kraft und Schnelligkeit einbüßten. Endlich wurde er müde. Ein zarter Hoffnungsschimmer stieg in mir hoch, dass ich vielleicht lange genug durchhalten konnte, um die Gelegenheit für einen Gegenangriff zu bekommen, als ich plötzlich eine seltsame Leere in meinem Kopf fühlte, die sich auf meinen ganzen Körper ausbreitete und meine Knie weich werden ließ. Ich blinzelte hektisch und stolperte zurück. Was war los mit mir? Wieso fiel es mir plötzlich so schwer, mich zu konzentrieren? Noch während ich über diese Frage nachdachte, landete er einen harten Treffer in meiner Magengrube, der mich in die Knie zwang. Dann wurde alles schwarz um mich herum.

Das Erste, was ich hörte, war das Knistern und Knacken von brennendem Holz. Ich fuhr in die Höhe und riss die Augen auf. Direkt vor mir brannte ein kleines Lagerfeuer, dessen orangerote Flammen hungrig über einen Stapel zusammengetragener Äste leckten. Die Luft war erfüllt von einem angenehmen, harzigen Duft und den sauberen Gerüchen der Nacht. Irgendwo in der Nähe schrie ein Uhu und ich richtete mich auf. In der Ferne ragte ein mächtiger Vulkan in die Höhe, der zum Geläut weit entfernter Glocken Lava spuckte. Auf dem umgefallenen Baumstamm neben mir krabbelten Wutfeuerkäfer und ließen ihr bedrohliches

Klacken hören. Ich musste mich im Land der Wut befinden.

Langsam stand ich auf und blickte mich um. Mein schlafender Körper lag eingerollt auf einem behelfsmäßigen Lager aus Zweigen und Blättern und meine Augen unter den Lidern bewegten sich schnell, als ob ich träumte. Das war neu. Bisher war ich mir in meinen Visionen noch nie schlafend begegnet. Der Umriss eines großen Mannes schälte sich aus der Dunkelheit und ich hielt automatisch die Luft an, obwohl mir mein Verstand sagte, dass er mich weder sehen noch hören konnte. Die zusammengerollte Lee stöhnte im Schlaf und ich blickte sie an. Dabei sah ich einen schwarzen Punkt, der hinter ihr in der Luft flimmerte und sich immer weiter ausdehnte, bis er zu einem verwitterten Höhleneingang geworden war.

Der Dunkle Ort! Er würde mir wieder erscheinen. Doch dazu musste ich aufwachen! Ich sprang zu ihr und rüttelte an ihrer Schulter, während die Umgebung um mich herum immer mehr verblasste.

„Wach auf!", rief ich. „Du musst aufwachen!" Dann spürte ich den Sog, der mich schmerzhaft mit sich nahm und als ich das nächste Mal die Augen aufschlug, lag ich in der Trainingshalle mit dem Rücken im Sand.

„Na, Mädchen, da hast du aber ordentlich was abgekriegt", sagte Mel brummig und rührte in einem Gebräu herum, das selbst auf die Distanz von einem Meter furchtbar roch.

„Sieht so aus", sagte ich und setzte mich vorsichtig auf. Mein ganzer Körper tat weh, die Schmerzen zogen sich von oben bis unten, aber am meisten spürte ich die Stelle in meinem Bauch, wo mich der Beschützer zuletzt getroffen hatte.

„Trink das", sagte Mel. Er kniete neben mir im Sand

und hielt mir auffordernd das stinkende Gebräu unter die Nase. „Macht dich wieder fit."

Ich nahm den glattpolierten Becher in die Hand und verzog angewidert das Gesicht. „Was ist das?"

„Ein Heiltrank", sagte Mel knapp, doch an der Art, wie er es sagte, konnte ich mir denken, dass es genauso schmeckte, wie es roch. „Du willst lieber nicht wissen, was da drin ist. Trink einfach."

Ich hätte mir am liebsten die Nase zugehalten, doch die Blöße wollte ich mir nicht geben. Also kniff ich nur die Augen zusammen, stürzte den Trank mit zwei großen Schlucken hinunter und versuchte dabei nicht an Trauerpipi zu denken. Dann atmete ich krampfhaft mehrmals ein und aus und versuchte, das Zeug auch unten zu behalten. Es war noch viel widerlicher, als ich gedacht hatte, und nachdem es in meinem Magen gelandet war, fühlte es sich an, als ob Tausende kleiner Ameisen sich in alle Richtungen durch meinen Körper fraßen.

„Igitt", keuchte ich schließlich, nachdem das Gefühl, mich übergeben zu müssen, etwas abgeflaut war. „Und das soll heilend sein?"

Mel kratzte sich an seinem braunen Bart und lachte.

„Er wirkt, Mädchen, versprochen. Bringt dich wieder auf die Beine." Ich warf einen Blick hinter mich. Die anderen waren glücklicherweise in den Nahkampf mit ihren Beschützern vertieft und dachten wahrscheinlich, dass mich der letzte Schlag umgehauen hätte. Das ließ mich zwar schwächer wirken, als ich war, war aber immer noch besser als die Wahrheit.

„Was ist los mit dir?", fragte Mel und betrachtete mich prüfend. Seine Wachsamkeitslinien erinnerten mich an die Wurzeln eines Baumes und er strahlte eine Ruhe aus, die mir guttat. Trotzdem mahnte ich mich zur Vorsicht.

Ich strich mir eine verschwitzte Haarsträhne hinters Ohr und wich seinem Blick aus. „Was meinst du?", fragte ich zurück.

„Du weißt genau, was ich meine. Aber wenn du nicht darüber reden willst, respektiere ich das."

Ich sah ihn an. Er sagte es nicht nur, er meinte es auch, während seine Augen die Farbe eines Sonnenuntergangs annahmen. Ich öffnete den Mund. Ich konnte ihm nicht einfach so von meinen Visionen erzählen, aber ich wollte auch nicht, dass er dachte, ich würde ihm nicht vertrauen.

„Ich mache mir Sorgen wegen meiner magischen Fähigkeit", gestand ich. Es war zwar nicht meine größte Sorge, entsprach aber zumindest der Wahrheit. „Denkst du, ich werde sie morgen bei meiner Prüfung brauchen?"

Mel nahm den Becher und reinigte ihn gewissenhaft im Sand. „Na ja. Brauchen. Schaden würde es dir nicht, wenn du sie hast."

„Ich habe meine Fähigkeit schon einmal benutzt. Es war aber eher unbewusst", murmelte ich.

Seine Augen wurden blau und er nickte. „Nicht darüber nachzudenken ist der Schlüssel."

Ich runzelte die Stirn. „Nicht darüber nachzudenken? Ich dachte, Übung ist der Schlüssel?"

„Nein, Mädchen. Das nötige Selbstvertrauen ist wichtiger als tausend Übungsstunden." Er hatte den Becher fertig gereinigt, richtete sich ächzend auf und ging zu den Kämpfenden hinüber. „So, Leute, Schluss für heute. Geht und ruht euch aus. Für morgen braucht ihr eure ganze Kraft." Einer nach dem anderen beendete den Übungskampf und verließ nach einem mehr oder weniger netten Blick auf mich die Trainingshalle.

Ich blieb im Sand sitzen und wartete, bis das kribbelnde

Ameisengefühl in meinen Gliedern nachließ. Als sich auch die letzte Ameise verzogen hatte, stand ich auf und streckte mich versuchsweise. Es war unglaublich. Der Trank schien tatsächlich alle meine Verletzungen geheilt zu haben.

„Du kannst noch hierbleiben und den theoretischen Teil nachbüffeln", sagte Mel und deutete mit dem Kinn auf die Glaswand. „Aber mach nicht zu lange. Auch du brauchst morgen deine Kraft." Mit diesen Worten ließ er mich allein.

Ich nickte und ging hinüber zu der Glaswand, um zu lernen. Es waren so viele Fragen, dass sich in all den Stunden keine einzige wiederholte. Die Hälfte konnte ich dank meiner geschenkten Erinnerungen richtig beantworten – und die anderen versuchte ich mir zu merken. Obwohl es bei der Fülle an Informationen wirklich nicht einfach war. Als mir irgendwann die Augen zufielen, schaltete ich die Glaswand aus. Ich musste schlafen, sonst würde ich morgen auf jeden Fall durchfallen, geschenkte Erinnerungen hin oder her.

Gähnend schlurfte ich durch die große Trainingshalle zum Ausgang und von dort aus den schmalen Gang entlang zu den Quartieren. Als ich den schlichten Raum betrat, in dem ich mich ein paar Stunden zuvor umgezogen hatte, empfing mich beißender Schweißgeruch. Er kam von Lydia, die auf dem Boden Liegestütze machte. Als sie mich hereinkommen sah, legte sie eine Hand auf den Rücken und machte einhändig weiter. Kurz überlegte ich, ob ich etwas zu ihr sagen sollte, aber sie warf mir einen dermaßen niederträchtigen Blick zu, dass ich das Gefühl hatte, es wäre okay, es bleiben zu lassen. Ich ließ mich, so wie ich war, ins Bett fallen und zog die Decke über mich. Das Schnaufen von Lydia und der Geruch ihres Schweißes drangen durch das Gewebe des dünnen Lakens und ich dachte mit leichter Wehmut an das Quartier gegenüber, wo die männlichen Anwärter untergebracht waren. Wie gerne hätte ich jetzt mit Marcus getauscht. Damien war mit Sicherheit ein verdammt ruhiger Zimmergenosse, neben dem es sich wunderbar schlafen ließ. Und er roch definitiv besser.

Ich rollte mich zu einer Kugel zusammen und versuchte zu schlafen. In wenigen Stunden würde ich bereits in der Arena stehen und ich wusste nicht, was mich dort erwartete. Würde ich mich tatsächlich zum Gespött aller Leute machen?

Man durfte nur einmal zur Wächterprüfung antreten, das wusste ich. Und wenn ich nicht krank oder verletzt war, würde ich auch keinen anderen Prüfungstermin wählen können. Ich atmete tief ein. Es blieb mir nichts anderes übrig, als mich morgen der Wächterprüfung zu stellen.

Ein Gefühl der Panik kroch in mir hoch, fraß sich durch meine Gedanken und das Einzige, was ich tun konnte, war, meine Augen zu schließen und ihnen nicht zuzuhören.

Ein schweres Gewicht auf meiner Brust weckte mich. Ich dachte an Ben und die schnelle Bertha, doch dann spürte ich eiskalte Tränen auf meiner Haut. Ich versuchte die Augen aufzubekommen, doch es war so schwer, als wären meine Lider mit Leim zusammengeklebt worden. Als es mir schließlich gelang, blickte ich direkt in die hellbraunen Mandelaugen der Tränenmasseurin und schrie auf.

„Gib mir das Medaillon", hauchte sie und weitere Tränen tropften mir auf Nase und Wangen, wo sie sich in beißende Eiskristalle verwandelten.

„Du hast es doch schon!", krächzte ich, als sich ihre langen, kalten Finger um meinen Hals legten.

„Du bist tot", zischte die blaue Trägerin und drückte zu.

Ich fuhr keuchend in die Höhe. Das sanfte Glühen der Lichtsteine erhellte den Raum und erinnerte mich daran, wo ich mich befand. Ich war im Trainingszentrum der Pyramide und hatte einfach nur einen schlechten Traum gehabt. Ich schluckte und fühlte mich so unendlich alleine. Wo war Ben? Was machte er gerade? Würde er jetzt bei seiner Reisendenprüfung sein? Mein Herz hämmerte wie verrückt. Lydia kam aus dem angrenzenden Waschzimmer und musterte mich kalt.

„Auch schon wach?", fragte sie schnippisch und verließ das Quartier. Ich schwang die Beine aus dem Bett. Wie lange hatte ich geschlafen? War es schon an der Zeit? Ich fühlte mich jedenfalls wie gerädert. Nach einer schnellen Morgentoilette trat ich in den schmalen Korridor und blickte mich um. Vom Ende des Ganges, der der Trainingshalle gegenüberlag, hörte ich Stimmen. Rasch setzte ich mich in Bewegung und erreichte nach kurzer Zeit eine Art Kantine. Marcus hatte sich an den letzten der Tische zurückgezogen und brütete still über seiner Schüssel, während Lydia auf ihrem Teller etwas zerschnitt, das wie ein Wurzelsteak aussah. Ihre Bewegungen waren so aggressiv, als wollte sie es zu Sand verarbeiten.

Mel stand in der Mitte des Raumes und zählte an den Fingern ab, was für die kommende Prüfung besonders wichtig war.

„Drittens", sagte er gerade, als ich durch die Tür trat, „vertraut euren Instinkten. Um Wächter zu werden, müsst ihr vor allem eines: an euch selber glauben." Ich nickte Damien zu, der mein Erscheinen als Einziger mit einem Lächeln quittierte und ging zu der Glasvitrine hinüber. Es gab nur noch eine undefinierbare Pampe in einer Schüssel – wahrscheinlich das, was Marcus vor sich hatte – und einen Teller mit Sandkuchen, der so trocken und bröselig aussah, dass ich unwillkürlich schlucken musste.

Da ich sowieso das Gefühl hatte, keinen Bissen hinunterzubringen, ging ich zu der Theke mit den Getränken und füllte mir eine Tasse mit Tee. Beim Einschenken zitterte meine Hand ein ganz kleines bisschen und ich musste mir eingestehen, dass ich noch nie so nervös gewesen war. Ich war überhaupt nicht vorbereitet.

Damien nahm seinen Teller und setzte sich zu mir, als ich mich an dem nächstbesten freien Tisch niederließ und mit dem Löffel in meinem Tee rührte.

„Guten Morgen. Gut geschlafen?", fragte er, während er mit der Hand eine kreisende Bewegung über seinem Teller machte. Er hatte sich für eines der bröseligen Kuchenstücke entschieden. Ich versuchte zu lächeln und nickte. „Wie ein Stein", sagte ich. „Und du?"

„Ich habe vor Angst kein Auge zugetan", murmelte er und bewegte weiterhin die Hand über seinem Kuchen. „Aber pssst, nicht weitersagen, das müssen die beiden nicht unbedingt wissen." Er runzelte die Stirn und blickte zu Lydia. „Die kocht ja schon wieder vor Wut." Er grinste. Lydia zerhackte die letzten Stücke ihres Steaks mit rot glimmender Gesichtszeichnung. „Sie wird als Wächterin jeden Straftäter das Fürchten lehren, so viel ist sicher." Ich nickte und nahm einen Schluck von meinem Tee. Er war noch zu heiß und ich verbrannte mir die

Zunge.

„Nichts ist verheerender als ein Wächter ohne Selbstvertrauen", sagte Mel in diesem Moment. „Andererseits ist Selbstüberschätzung", er warf Lydia einen strengen Blick zu, „auch nicht gerade empfehlenswert. Am besten ist es, ihr findet eine gute Balance irgendwo dazwischen. Und macht euch keine Sorgen, wir haben genug trainiert. Ich weiß, dass ihr es schaffen könnt." Dabei sah er mich jedoch nicht an.

Ich fühlte mein Herz in den Magen rutschen und senkte den Blick wieder auf meinen Tee. Wieso war ich nicht früher im Trainingslager erschienen? Immerhin hatte ich mit meinen Nachforschungen rein gar nichts erreicht und sie hätten Ben und mich fast das Leben gekostet.

„Was machst du da eigentlich?", fragte ich Damien, um mich abzulenken.

„Oh, ich versuche aus diesem widerwärtigen Stück hart gepressten Sandes etwas Leckeres zu zaubern", erwiderte er und hob im nächsten Moment erwartungsvoll die Augenbrauen. „Siehst du? Da hat sich was bewegt!"

Ich beugte mich näher über seinen Teller und beobachtete, wie der Kuchen langsam zu einem wabbeligen braunen Schleimbrocken zerfloss, der nach feuchter Erde roch.

„Nach einer Verbesserung sieht es nicht gerade aus", murmelte ich und konnte mir ein Grinsen nicht verkneifen.

„Wie schön, dass ich dich erheitere", sagte Damien schmunzelnd, „aber glaub mir, genau so soll es aussehen."

„Soll es?"

Er nickte. „Das hier ist ein Schmorosch. Die besten wachsen in den Höhlen meiner Heimat, doch solche bekommt man hier natürlich nicht. An vielen Orten wird der Schmorosch als Delikatesse angesehen. Er tropft in flüssigem Zustand von der Decke und bildet eine breiige Masse auf dem Boden. Sobald die äußere Hülle getrocknet ist, kann er geerntet werden." Damien nahm seine Gabel und teilte den Schmorosch in der Mitte durch. „Wenn das Innere noch flüssig ist, dann ist er besonders frisch."

„Nun, besonders frisch scheint er nicht zu sein", sagte ich, da der Schleimbrocken innen und außen gleich aussah.

„Leider nicht", stimmte mir Damien zu. „Vielleicht probiere ich lieber etwas anderes." Er schloss die Augen und murmelte einige unverständliche Worte. Staunend beobachtete ich, wie sich der Schmorosch vor meinen Augen in eine Auswahl erlesenster Früchte verwandelte.

„Da fehlt aber noch was", murmelte Damien und ließ eine weiße Süßspeise auf seinem Teller in die Höhe wachsen. Sie sah cremig aus und einige der Früchte purzelten von ihrer Spitze wieder herunter.

„Wow", murmelte ich. „Wie hast du das gemacht?"

Damien zuckte bescheiden mit den Schultern. „Die Berufungsbestimmung im Sternensaal war bei mir nicht ganz eindeutig. Ich hatte zuerst das Symbol eines Magiebegabten, das in letzter Sekunde zu einem Wächterauge wurde. Magie liegt mir also gewissermaßen im Blut."

„Wäre es dir lieber gewesen, deine Berufung hätte sich nicht verändert?", fragte ich und betrachtete seine lavendelfarbenen Augen unter dem Schopf schwarzer Haare.

„Nein." Er schüttelte den Kopf. „Dann würde ich jetzt in der goldenen Bibliothek des Erstaunens sitzen und auf meine Magieprüfung warten und hätte dort genauso Muffensausen wie hier. Dann lieber doch Wächter. Außerdem lernt man hier die schönsten Frauen kennen." Er sagte es leichthin, aber auf seine Worte folgte eine betretene Stille.

„Möchtest du?", fragte Damien und schob mir seinen Teller hin. Obwohl ich noch immer keinen Hunger hatte, nahm ich mir eine Frucht und biss ab. Sie schmeckte köstlich.

„Anwärter", Mels tiefe, voluminöse Stimme erfüllte jeden Winkel des kleinen Speisesaales, „es ist so weit. Macht euch bereit. Das Prüfungskomitee erwartet euch."

Augenblicklich überflutete eine elektrisierende Spannung meinen ganzen Körper. Damiens violette Linien entfachten sich und er lachte nervös.

„Gerade jetzt, wo ich es endlich hingekriegt habe", sagte er. Ich stand abrupt auf und fühlte mich so ruhelos, dass ich am liebsten sofort losgerannt wäre. Mein ganzer Körper vibrierte vor unterdrückter Energie und ich musste mich zwingen, ruhig stehen zu bleiben.

„Folgt mir, Anwärter", sagte Mel und wandte sich der Tür zu. Lydia war ihm dicht auf den Fersen, als Nächstes kam Marcus und dann Damien und ich. Als ich hinter den anderen auf den schmalen Gang hinaustrat, fasste Damien nach meinem Arm.

„Ich wollte dir das hier noch geben", flüsterte er und drückte mir die violette Münze, mit der er am Vortag in der Trainingshalle gespielt hatte, in die Hand. „Es kann deine Reflexe erhöhen und dein Selbstvertrauen stärken." Ich fuhr mit den Fingern über das kühle Metall und fühlte einen Schauer auf meiner Haut.

„Wieso gibst du mir das?", fragte ich leise zurück.

Er lächelte mich an. „Du scheinst etwas Besonderes

zu sein und ich mag dich. Ich finde, du solltest keinen Nachteil haben, nur weil du weniger Zeit zum Trainieren hattest als wir."

Marcus, der mit den anderen schon ein paar Schritte vorgegangen war, wandte sich zu uns um. Wie jedes Mal, wenn mich der Blick aus seinen dunkelblauen Augen traf, musste ich unwillkürlich denken, wie unglaublich schön dieser Mann war. Wenn auch absolut unsympathisch.

„Was macht ihr da?", fragte er mit seinem gewohnt frostigen Blick.

„Nichts, gar nichts", erwiderte Damien, hob beide Hände in die Höhe und zwinkerte mir zu. Ich ließ die Münze schnell in einer Tasche meines Trainingsanzuges verschwinden und beeilte mich, zu Marcus und den anderen aufzuschließen. Mel ging mit gemessenen Schritten voran und führte uns durch ein Gewirr aus Korridoren durch die Pyramide, bis zu einer länglichen Kammer. Vier nebeneinanderliegende Türen führten von hier aus weiter und Mel bedeutete uns, jeweils vor einer der Türen Stellung zu beziehen.

„Zukünftige Wächter. Sprecht nun den Schwur", sagte Mel und seine Augen funkelten so hell wie ein geschliffener Kristall. Mit einem Mal lag eine ehrfürchtige Spannung in der Luft. Ich lauschte in mich hinein und ganz tief aus einem verborgenen Winkel meines Selbst drangen Worte an die Oberfläche und verlangten, in die andächtige Stille entlassen zu werden. Ich schöpfte Atem und begann gemeinsam mit den anderen zu sprechen: „Sinnträger, lausch unseren Worten und bezeugt unseren Schwur. Hiermit geloben wir, die Wächter, mit all unseren Sinnen die Gesetze zu schützen. Erweckt, um zu wachen, ob im hellsten Licht oder in der dunkelsten Stunde, verschreiben wir unser Leben dem Schutz von

Recht und Ordnung. Getrennt durch unsere Gefühle, doch in unserem Zusammenhalt liegt unsere Kraft." Die folgenden Sätze sprachen wir einzeln.

„Möge Wachsamkeit meine Sinne schärfen."

„Möge Mitgefühl mein Handeln leiten."

„Möge Vorsicht meine Schritte lenken."

„Möge Zorn meinem Land Gerechtigkeit bringen."

Mel blickte jedem von uns in die Augen. Den Abschluss sprachen wir wieder wie aus einem Mund: „Dies geloben wir, die Wächter, von jetzt an und immerdar."

„So sei es", sagte Mel und bewegte seine Hand. Ein knirschendes Geräusch ertönte und die Türen hinter uns öffneten sich. Ich drehte mich langsam in Richtung des Knirschens. Obwohl ich es nicht gedacht hatte, fühlte ich mich nach dem gemeinsamen Eid tatsächlich besser. Dann trat ich über die Schwelle in eine kleine Kammer, die nur von einem einzigen Lichtstein erhellt wurde. Ein geschlossenes, dreieckiges Tor erwartete mich. Dahinter lag die Arena. Mein Schicksal. Meine Zukunft.

Meine Linien begannen zu strahlen und das Herz trommelte in meiner Brust. Schließlich ertönte ein dumpfer, metallener Gong. Ich atmete tief durch, straffte die Schultern und ging in Startposition. Dann öffnete sich das Tor.

Kapitel 5

Ich trat über die Schwelle in gleißend hellen Sonnenschein. Taktvoller Applaus brandete auf und ich blinzelte in das Licht, während mein Herzschlag in meinen Ohren dröhnte. Rasch blickte ich mich um und versuchte mir einen Überblick zu verschaffen. Hinter mir erhob sich die Pyramide der Wachsamkeit majestätisch in die Luft und vor mir lag eine riesige, von Sand bedeckte Arena. Auf einem Podest in der Mitte der Arena erwartete uns das Prüfungskomitee. Die drei anderen Wächteranwärter waren ebenfalls durch ihre Türen getreten und so standen wir im Abstand von mehreren Metern ruhig da, während wir darauf warteten, dass der Applaus abebbte. Ich ließ meine Blicke über die Zuschauertribünen rechts und links gleiten und erkannte den grauhaarigen Journalisten Alfonsus aus der Schwarzweißen Stadt, neben dessen Kopf ein Nachrichtenwürfel schwebte. Ein paar Reihen weiter entdeckte ich Nasela und Casela flüsternd zusammen unter einem Sonnenschirm sitzen, nicht weit entfernt von einigen muskulös gebauten Beschützern. Meine Hand kribbelte wie wild, was darauf schließen ließ, dass auch viele Wächter im Publikum saßen, die sich ein Bild von uns Frischlingen machen wollten.

Eine Fanfare ertönte und Gestalter Quirin auf dem Podest hob die Hand. Augenblicklich verstummte der höfliche Applaus und eine erwartungsvolle Stille senkte sich über den Platz.

„Wir haben uns hier versammelt, um der Prüfung von vier Sinnträgern mit der Berufung zum Wächter beizuwohnen", schallte seine kräftige Stimme durch die Arena. Ein Nachrichtenwürfel flog währenddessen in respektvollem Abstand rund um ihn herum, und ich dachte zum ersten Mal daran, dass die Prüfung wahrscheinlich ein ähnliches öffentliches Interesse wie die Willkommensprüfung des Triangels hervorrief – und dementsprechend auch in andere Länder übertragen wurde.

Ob Ben mich in diesem Moment hier stehen sehen konnte?

Ich schluckte und versuchte den Gedanken wegzuschieben. Ben war im Moment nicht von Belang. Viel wichtiger war, dass ich nicht so eingeschüchtert aussah, wie ich mich fühlte. Meine Knie schienen aus Pudding zu sein und die paar Schlucke Tee, die ich getrunken hatte, lagen mir schwer im Magen. Am liebsten hätte ich mich umgedreht und wäre wieder zurück in die Pyramide gelaufen.

„Zu meiner Rechten begrüße ich heute Gestalterin Sinja aus dem Land der Wut, die sich trotz ihres engen Zeitplans großzügigerweise bereit erklärt hat, für Gestalterin Panica einzuspringen." Quirins Gesicht war ausdruckslos, als er auf die wunderschöne Wutträgerin wies, deren langes, goldenes Haar in der Sonne glänzte. Sie reckte ihr zartes Kinn in die Höhe und bedachte das applaudierende Publikum mit einem huldvollen Nicken.

„Und zu meiner Linken", fuhr Quirin fort, „begrüße ich Gestalter Arkadius aus dem Land des Ekels, der dieses Prüfungskomitee trotz innerer Abscheu in jeder dritten Runde verstärkt." Ein Windstoß bauschte den schweren, samtigen Mantel des Ekelträgers und der Applaus, der nun aufbrandete, war deutlich verhaltener. Arkadius zog die schwarzen Augenbrauen zusammen und starrte missmutig in die Menge. Sein dunkler Bart und die schwarze Kleidung verstärkten noch den abweisenden Eindruck, den er machte. Trotz meiner Nervosität durchfuhr mich der Gedanke, dass er unter diesem schweren schwarzen Mantel unglaublich schwitzen musste.

„Tretet nun vor", sagte Quirin an uns gewandt, und wir setzten uns gleichzeitig in Bewegung. Der Sand kitzelte unter meinen Fußballen und ich zwang mich, ruhig zu atmen, obwohl das Herz in meiner Brust galoppierte. Als wir so nah herangekommen waren, dass ich die feinen Schweißtröpfchen auf Quirins kahlem Haupt sehen konnte, bedeutete er uns, stehen zu bleiben.

„Eure Aufgabe bei der heutigen Prüfung wird es sein, euren Wächterstab zu erringen", sagte Quirin und sah jedem Einzelnen von uns in die Augen. „Doch denkt nicht, es wäre einfach. Mit Mut, Schnelligkeit und Geschick alleine werdet ihr nicht bestehen." Seine Wachsamkeitslinien, die zwei übereinander gelegten Dreiecken glichen, erglühten und er legte die Finger seiner Hand auf die Wange. Sofort wurde der Sand unter uns lebendig und ich versuchte, ganz ruhig stehen zu bleiben, während Quirin mithilfe seiner magischen Fähigkeit das Podest und uns Anwärter auf Türmen aus Sand in die Höhe tragen ließ. Die Sandsäule, auf der ich stand, wuchs synchron mit den anderen gleichmäßig nach oben und gewährte mir einen einschüchternden Blick über die gesamte Arena. Am Ende des Platzes schwebten vier glänzende Wächterstäbe über einem Sockel aus schwarzem Quarzstein und schienen nur darauf zu warten, gepflückt zu werden.

Allerdings traute ich der scheinbar leichten Aufgabe kein bisschen. Sie hatten sich wahrscheinlich jede Menge

Fallen für uns ausgedacht. Mein Magen zog sich vor Übelkeit zusammen, als die Sandtürme ihre endgültige Position erreichten. Ich bewunderte Quirin im Stillen für die Kontrolle seiner Fähigkeit. Der Sand hatte sich ihm komplett unterworfen, ein Zustand, von dem ich nur träumen konnte. Aber ich wünschte, er hätte uns nicht in solch schwindelerregende Höhen befördert. Als ich einmal kurz nach unten sah, brach mir der kalte Schweiß aus. Ich hatte das Gefühl, ein einziger Windstoß reichte, um mich die ganzen zwanzig Meter wieder hinunter auf den Boden zu befördern.

„Wie ihr sehen könnt, müsst ihr die Arena einmal durchqueren, um zu euren Wächterstäben zu gelangen", sagte Quirin. Seine Stimme wurde magisch verstärkt, sodass ihn auch der letzte Sinnträger auf der hintersten Zuschauertribüne hören konnte. „Um es nicht zu einfach zu machen, habt ihr dafür nicht mehr als eine Milliarde Sandkörner lang Zeit." Er schnippte mit den Fingern und eine überdimensionale Sanduhr aus Glas wurde sichtbar, die über der Mitte der Arena schwebte. Offenbar war sie die ganze Zeit über von einem Verschleierungszauber verborgen worden. Die Sonnenstrahlen reflektierten auf ihrer gläsernen Oberfläche und aus dem Publikum waren ehrfürchtige „Ahs" und „Ohs" zu hören.

Quirin wartete einen Moment, bevor er fortfuhr.

„Wie bei jeder Prüfung ist es auch bei dieser streng verboten, magische Hilfsmittel zu benutzen. Wer gegen diese Regel verstößt, wird automatisch disqualifiziert." Trotz der Hitze in der Arena wurde mir bei diesen Worten eiskalt. Meine Hand wanderte unauffällig zu meiner Hosentasche, in der Damiens magische Münze steckte. Ihre Umrisse mussten sich doch deutlich unter dem feinen Stoff abzeichnen! Und ich Idiotin hatte das Geschenk auch noch angenommen, ohne es zu hinterfragen. In diesem Augenblick traf mich Quirins Blick und ich war mir sicher, er wusste es.

„Bevor wir starten, möchte ich euch noch einen guten Rat mit auf den Weg geben: Seid euch eurer Sache nicht zu sicher", sagte er und ließ mich dabei nicht aus den Augen. „Wir haben die Möglichkeit, in das Geschehen einzugreifen, und wir werden sie auch nutzen. Schließlich sind unvorhergesehene Hürden so unvermeidbar wie ein Sandsturm, nicht wahr?"

Ich schluckte. Das Gewicht der magischen Münze in meiner Tasche wurde von Atemzug zu Atemzug schwerer. Mein Blick huschte hinüber zu Damien, der mich freundlich anlächelte. Doch in seinen Augen glitzerte es verschlagen. Was hatte ich mir nur gedacht? Warum hatte ich ihm vertraut?

„Nun denn", sagte Quirin, „ich wünsche euch scharfe Sinne. Möge die Prüfung beginnen." Er machte eine beiläufige Bewegung mit den Fingern und die gläserne Sanduhr drehte sich auf den Kopf. In dem Moment, als das erste weiße Körnchen durch den schmalen Durchlass rieselte, erzitterten unsere Sandtürme. Voller Grauen blickte ich auf meine Füße. Der Sand verlor seine Festigkeit und begann sich direkt unter mir aufzulösen. Schon brach ein Stück der Säule ab und der Rest würde in Kürze folgen.

Für den Bruchteil einer Sekunde fühlte ich mich wie gelähmt vor Angst. Dann erstrahlten meine Linien und mein Sinn half mir, gegen den Einfluss von Damiens Münze anzukämpfen.

Lydia machte einen Schritt zurück und sprang mit einem kämpferischen Schrei zu dem Podest der drei Gestalter. Obwohl Quirin den Sandturm, der das Podest trug, in die Höhe wachsen ließ, erwischte sie mit ihren Fingern gerade noch die Kante und hing dort nun in fünfundzwanzig Metern Höhe. Sie holte mehrmals Schwung, bis ihr ganzer Körper hin- und herschaukelte, und sprang dann weiter auf den hochschießenden Turm, in den sie sich mit Fingern und Zehen festkrallte. Ich hatte jedoch keine Gelegenheit, ihren weiteren Abstieg zu verfolgen, denn in diesem Moment stürzten alle vier Säulen gleichzeitig in sich zusammen. Ich fiel und die Welt verlangsamte sich. Neben mir sah ich Marcus eine Beschwörungsformel murmeln und dann mit ausgebreiteten Armen und Beinen von den Resten seines Sandturms abspringen. Es gab ein ploppendes Geräusch und aus seinem dunkelblauen Anzug schossen elastische Schwingen, die seinen Sturz abbremsten. Er glitt elegant zu Boden und ich bedauerte, dass ich keinen solchen Anzug hatte. Damien fiel eine Säule weiter genauso ungebremst wie ich zu Boden. Seine violetten Linien leuchteten hell und ich sah ihn mit vor Konzentration geschlossenen Augen einen Zauber sprechen. Im nächsten Moment verdichtete sich die Luft um ihn herum zu einer Blase, die ihn abrupt nach oben riss, bevor er in ihr sanft zu Boden glitt. Blieb nur noch ich. Der Sandboden kam mit brutaler Geschwindigkeit näher, jetzt trennten mich noch zehn Meter, ich presste die Finger auf meine brennenden Linien, jetzt nur noch acht, der Wind schnitt mir ins Gesicht und ich schloss die Augen – einfach nicht darüber nachdenken, einfach nicht darüber nachdenken – nur noch vier Meter, ein Gelbschleier legte sich über die Welt und eine Welle aus Sand erhob sich und reckte sich mir entgegen. Doch ich war immer noch so schnell, viel zu schnell. Der Aufprall würde hart werden, und ich fürchtete, die Sandwelle bis dahin nicht halten zu können, und schon begann sie vor meinen Augen, wieder in sich zusammenzufallen.

„Nein", keuchte ich und beschwor die feinen Körnchen, mir zu gehorchen, doch die Welle brach an ihrem höchsten Punkt und überließ mich unerbittlich meinem Schicksal. Tu, was du willst, dachte ich, tu, was du willst, aber lass nicht zu, dass ich mir beide Beine breche. Wieder zuckte der Sand nach oben, dann spürte ich, wie ich hochgehoben und davongetragen wurde, der Sand trug mich, er trug mich direkt zu dem Sockel aus schwarzem Quarzgestein, der das Ziel dieser Prüfung war. Ein berauschendes Glücksgefühl durchströmte mich, ich war näher an den funkelnden Wächterstäben als jeder andere, und geschützt durch den wirbelnden Sand griff ich in meine Tasche und ließ Damiens Münze in den Tiefen der Welle verschwinden. Sofort fühlte ich mich noch besser, und als ich schon dachte, dass diese Prüfung nicht optimaler laufen könnte, spürte ich einen Ruck, als würde jemand gewaltsam an meiner magischen Verbindung mit dem Sand zerren. Dem Ruck folgte ein heftiger Schmerz, als meine Verbindung durchtrennt wurde. Für einen Moment fühlte es sich an, als ob man mir einen Arm oder ein Bein abgeschnitten hätte und ich schrie, während die Welle in sich zusammenstürzte und ich mich mehrfach überschlug, bis ich endlich zum Liegen kam.

Blinzelnd und hustend richtete ich mich auf. Arkadius hatte sich auf dem Podest hoch über mir nach vorne gebeugt und seine mächtige Pranke auf die glitzernden schwarzen Linien in seinem Gesicht gelegt. Erst als er sah, dass ich keine Anstalten machte, mich erneut mit meiner Fähigkeit zu verbinden, ließ er die Hand sinken und betrachtete mich mit unverhohlenem Ekel. Ich kam mühsam auf die Beine und erwiderte seinen Blick zornig. Das hatte Quirin also gemeint, als er sagte, wir sollten uns unserer Sache nicht zu sicher sein. Arkadius hatte offenbar seine Fähigkeit, fremde Magie zu stören eingesetzt. So etwas passte natürlich zu einem schwarzen Träger. Ich sah hoch zur Sanduhr. Ein Sechstel des Sandes war bereits durchgelaufen. Trotzdem hatte ich genug Vorsprung, um den schwarzen Steinsockel als Erste zu erreichen. Ich verschwendete keine weitere Zeit und rannte los. Doch ich kam nicht weit. Direkt vor mir schoss eine Wand in die Höhe und versperrte mir den Weg. Vor meinen Augen verbreiterte sich die Mauer, bis sie die gesamte Breite der Arena abschnitt und ich hörte im Publikum einzelne Buhrufe, die jedoch vom begeisterten Johlen und Klatschen übertönt wurden. Anscheinend war es nicht vorgesehen, dass wir die Stäbe so schnell erreichten.

Ich warf einen Blick hoch zum Podest der Gestalter und sah Quirin mit konzentriertem Gesichtsausdruck das Landschaftsbild der Arena neu entwerfen. Überall schossen nun Wände in die Höhe und drängten mich immer weiter zurück, bis ich mich gemeinsam mit den drei anderen in einer runden, zum Himmel hin offenen Kammer wiederfand. Wie es aussah, hatten sie den Einsturz ihrer Säulen alle unverletzt überstanden, waren aber ansonsten auch nicht weiter gekommen als ich, was mich irgendwie beruhigte.

Applaus brandete auf und ich hatte den Eindruck, dass die Spannung im Publikum deutlich zunahm. Offenbar ging es jetzt erst richtig los. Die anderen Anwärter hatten eine konzentrierte und kampfbereite Körperhaltung eingenommen. Ich duckte mich ebenfalls und strich beiläufig mit der Hand über meinen Anzug, der sofort die Farbe meiner Umgebung annahm. Mit einem tosenden Donnern stürzte eine Sandmauer vor uns ein und eröffnete den Blick auf den schwarzen Steinsockel mit den Wächterstäben am anderen Ende der Arena. Es klang wie ein Startschuss und wir rannten alle gleichzeitig los. Ich behielt mein Ziel fest im Auge, während ich links neben mir Lydias zischenden Atem hörte und auf der anderen Seite Marcus sah, der so leichtfüßig wie ein Elf über den sandigen Boden flitzte.

Damien blieb etwas hinter uns und ich gönnte ihm jede Sekunde Rückstand, nachdem er seine wahre Natur gezeigt hatte. Da war mir sogar noch Lydia lieber, die ihre Feindseligkeit wenigstens offen auslebte.

Zwischen ihr und mir schoss eine neue Wand in die Höhe und trennte uns in zwei Gruppen. Ich lief gemeinsam mit Marcus weiter, während Damien und Lydia unfreiwillig ein Team bildeten. Durch die dünne Sandmauer hörte ich die Wutträgerin schreien und dann spürte ich auch schon kräftige Arme, die sich von hinten um meinen Körper schlangen.

Im ersten Moment dachte ich, es wäre Damien, der mich festhielt, doch dann erkannte ich am Geruch, wer es wirklich war. Es war der Beschützer, gegen den ich gestern gekämpft und verloren hatte. Mein Herz sank in meiner Brust, und gerade, als ich dachte, es könnte nicht schlimmer werden, tat sich der Sandboden auf und drei weitere Beschützer sprangen aus den Löchern hervor. Zwei davon stürzten sich auf Marcus, der sich mit gezielten Tritten und Hieben wehrte, während der dritte direkt auf mich zukam. Er hatte den muskulösesten Körper von allen und bewegte sich mit der geschmeidigen Eleganz eines Kriegers.

Es war Jesper.

Für einen absurden, kurzen Moment freute ich mich, ihn zu sehen. Dann bemerkte ich das kurze Bedauern in seinen stahlblauen Augen, das sofort von professioneller Gleichgültigkeit verdrängt wurde, und wusste, dass ich von ihm keine Schonung erwarten durfte. Der Beschützer hinter mir verstärkte seinen brutalen Klammergriff um meine Brust und aus einem Instinkt heraus ließ ich meinen Körper schlaff werden. Obwohl der Überraschungsmoment des Beschützers nur einen Sekundenbruchteil andauerte, reichte mir die Zeit, um ihm meinen Ellbogen in die Seite zu rammen und meinen Hinterkopf gegen sein Gesicht zu donnern. Er ächzte vor Schmerz und ich wand mich aus seinen kraftlosen Armen, wirbelte herum und versetzte ihm eine ganze Salve an Schlägen und Hieben. Das Adrenalin rauschte durch meine Adern und öffnete ein Ventil für meine geschenkten Erinnerungen. Jeder Tritt fand sein Ziel, jede Bewegung folgte der Erfahrung Hunderter Kämpfe, die ich in diesem Leben nie geführt hatte, und als der brutale Beschützer stöhnend auf dem Boden zusammenbrach, fühlte ich mich unbesiegbar.

„Pass auf!", schrie Marcus in dem Moment, und ich duckte mich gerade noch rechtzeitig unter Jespers muskulösem Arm hinweg. Ich fuhr herum, sprang aus meiner gebückten Haltung hoch und rammte ihm die Faust in den Bauch. Ich wollte ihn nicht verletzen, aber ich musste meinen Stab erreichen. Es war das Einzige, was zählte. Als meine Faust gegen Jespers Sixpack krachte, hatte ich das Gefühl, gegen Granit zu schlagen. Jesper zuckte nur kurz, dann fing er meine Hand in der Rückwärtsbewegung und drehte sie mir beinahe zärtlich auf den Rücken. Ich nutzte die Hebelwirkung, um mich über seine Schulter rückwärts abzurollen, doch er durchschaute meine Absicht und ließ sich augenblicklich mit mir auf den Rücken fallen. Dabei hielten seine muskulösen Arme mich noch immer vor seiner Brust, sodass ich strampelnd auf ihm zum Liegen kam. Jesper umschlang meinen Oberkörper so fest, wie es nötig war, aber nicht so fest, um mir wehzutun und ich fühlte das Heben und Senken seines breiten Brustkorbs, während sein Atem an meinem Hals entlangstrich und meine langen Haare sich bei jedem Luftzug bewegten.

„Es tut mir leid, Lee", flüsterte er in mein Ohr. „Ich kann dich erst freilassen, wenn die Sanduhr ganz durchgelaufen ist."

Von meiner Position aus konnte ich direkt in den Himmel auf das Stundenglas sehen. Die Hälfte des Sandes war bereits in den unteren Teil gerieselt, und mit jeder Sekunde, die verstrich, wurde es mehr. Im Publikum ließ sich das erste Murren vernehmen, und ich fragte mich, ob die anderen Anwärter in einer ähnlich prekären Situation steckten, die die Zuschauer zu langweilen begann.

In diesem Augenblick trat Sinja auf ihrem Podest nach vorne und hob die schlanken Finger an ihr blassrotes Muster. Die Linien ihrer Gesichtszeichnung glommen auf und sie fixierte die gläserne Sanduhr, in deren Innerem ein dunkelrotes Feuer ausbrach. Ich hielt erschrocken die Luft an, als ich sah, wie die Hälfte des noch vorhandenen Sandes in Flammen aufging und den restlichen Teil blutrot färbte. Verdammt, ich hatte keine Zeit mehr!

„Mir tut es auch leid, Jesper", keuchte ich und schaffte es irgendwie, meine Hand so weit loszubekommen, dass ich sie auf meine Wange pressen und meine Fähigkeit aktivieren konnte. Der Sand schoss in die Höhe und Jesper genau in die Augen, ich stieß mich im selben Moment von ihm ab und kam frei. Ohne zurückzublicken, raste ich los. Marcus war nirgends zu sehen, was darauf schließen ließ, dass er seinem Beschützer ebenfalls entkommen war. Gerade, als ich durch einen schmalen Durchgang zwischen zwei hohen Wänden lief, sah ich den dunkelblonden blauen Träger vor mir auftauchen und sich orientieren. Der Weg zu dem Steinsockel glich nun eher einem Labyrinth – einem sich stetig verändernden Labyrinth – denn während wir uns in Richtung der Wächterstäbe bewegten, tat Quirin alles in seiner Macht Stehende, um die Strecke so schwierig wie möglich zu gestalten. Ständig schossen neue Wände in die Höhe, andere fielen in sich zusammen und scheinbar sichere Pfade änderten die Richtung, während man ihnen folgte. Außerdem konnte jederzeit ein Beschützer aus einem Loch springen und sich mir in den Weg stellen.

Wenn ich nur schon meinen Wächterstab gehabt hätte, wäre es ein Leichtes gewesen, mit ihnen fertigzuwerden.

„Anwärter!", donnerte Arkadius und seine tiefe Bassstimme fuhr mir durch Mark und Bein. „Wollt ihr als ein Haufen Verlierer in die Geschichte eingehen, bei der kein Einziger seinen Stab erringen konnte? Die Zeit läuft!"

Gehetzt warf ich einen Blick gen Himmel. Mehr als drei Viertel des Sandes waren schon durch das Stundenglas gelaufen. Der Gestalter des schwarzen Landes hatte recht. Marcus stand noch immer ein paar Schritte von mir entfernt und streckte die Hand nach mir aus.

„Ich weiß einen sicheren Weg hier durch", flüsterte er. „Folge mir." Damit drehte er sich um und lief voran. Ich fand es irgendwie seltsam, dass er mir plötzlich helfen wollte, aber mir fehlte die Zeit, mir darüber den Kopf zu zerbrechen. Rasch lief ich hinter Marcus her, der wirklich den Weg zu kennen schien. Irgendwo in der Nähe hörte ich Kampfgeräusche, und den wütenden Zischlauten nach zu urteilen, war es Lydia, die sich ein Gefecht mit den Beschützern lieferte. Während ich Marcus folgte, wuchs ein seltsames Gefühl der Unruhe in meiner Magengrube. Irgendetwas stimmte hier nicht. Ich wusste nicht sofort, was es war, ich spürte nur, wie meine Linien sich entfachten und dann fiel es mir wie Schuppen von den Augen.

Marcus lief falsch. Es hatte nicht mehr die leichtfüßige Eleganz eines Elfen, sondern die schweren Schritte eines Kriegers, als er durch den Sand hetzte. In dem Moment drehte er sich zu mir um und lächelte mir freundlich zu, und da wusste ich, dass ich recht hatte. Wer immer der Sinnträger vor mir auch war, es war mit Sicherheit nicht Marcus.

Schlitternd kam ich zum Stehen – und schaffte es gerade noch, vor einer Stelle etwas dunkleren Sandes abzubremsen, der sich langsam, aber beständig im Kreis bewegte.

Treibsand. Instinktiv wusste ich, dass die Prüfung für mich zu Ende war, wenn ich in diese Falle tappte. Der Sinnträger, der so aussah wie Marcus, war dezent über die dunkle Stelle hinweggesprungen und drehte sich nun erwartungsvoll zu mir um. Ich beugte mich blitzschnell nach vorne, riss ihn am Arm zu mir zurück und brachte ihn damit so aus dem Gleichgewicht, dass er in den Treibsandstrudel stolperte. Sofort versank er bis zu den Knien in dem Mahlstrom und ließ vor Verblüffung die Illusionsmagie fallen. Es war ein dunkelhäutiger Beschützer mit dem Sinn des Erstaunens, der mich noch immer perplex ansah, als plötzlich ein Sandsturm losbrach.

Es war Quirins Sturm und natürlich war er unendlich

viel mächtiger und größer, als der, den ich im Turm der Achtsamkeit hervorgerufen hatte. Der Sand wirbelte brüllend im Kreis und raubte mir die Orientierung; ich sah nur noch herumfliegende Körnchen und hoch über mir verschwommen das Stundenglas, dessen untere Hälfte sich bedrohlich schnell füllte. Dann hörte ich durch das Tosen des Sturms einen Schrei und drehte mich herum. Es waren Damien und Jesper, die gegeneinander kämpften. Ich kniff die Augen zusammen. Damien verschanzte sich hinter einer magischen Schutzwand aus Wasser, die sich unter Jespers Attacken zu einer Barriere aus Panzereis verfestigte. Ich wusste, dass ich versuchen sollte, einen Weg aus dem Sturm zu finden, aber irgendetwas hielt mich an Ort und Stelle. Ich beobachtete Damiens angstverzerrtes Gesicht, das mich an ein in die Enge getriebenes Tier erinnerte, sah, wie er den Zeigefinger hob und die Eisbarriere antippte – und dann sah ich, wie das Eis in lauter einzelne Splitter zerbrach, die auf Jesper zuschossen.

Kapitel 6

„Neeeein!" Ich erkannte erst, dass ich geschrien hatte,
als Jesper zusammenbrach. Die Eissplitter hatten seinen
Körper durchbohrt, und das schreckliche Gefühl, das
mich seit Simeons Tod nie losgelassen hatte, kam mit
voller Wucht wieder zurück. Nicht schon wieder. Es
konnte nicht schon wieder passieren. Damien strich
sich gehetzt die schwarzen Haare aus den verschlagenen
Augen und die violetten Linien auf seiner Wange
pulsierten heftig. Ein lauter, metallener Gong dröhnte
durch die Arena. Im ersten Moment dachte ich, die
Gestalter hätten den Ernst der Lage erkannt und die
Prüfung unterbrochen, doch es war unwahrscheinlich,
dass sie bei diesem Sturm überhaupt etwas gesehen
hatten. Der Sand strich heulend an den Wänden vorbei
und ich verstand plötzlich, was der Gong zu bedeuten
hatte. Im Stundenglas war nur noch eine Handbreit Sand
übrig. Der Countdown für das Ende der Prüfung lief.
Und genau in diesem Moment öffnete sich vor mir ein
Durchgang, der direkt zu dem schwarzen Sockel führte,
der nur noch etwa fünfzig Schritte entfernt war.

War das eine Falle? War der Weg zu den Wächterstäben
nur eine Illusion, dafür gedacht, mich in einen Strudel
aus Treibsand zu locken? Genauso gut konnte aber
auch Jespers und Damiens Kampf nur eine Täuschung
gewesen sein. Ich biss mir auf die Lippen. Wenn mich
die Illusion von Marcus eines gelehrt hatte, dann das: Ich
konnte meinen Augen nicht trauen. Ich konnte nur auf
mein Herz hören.

Ich kehrte den vier glänzenden Wächterstäben den Rücken zu und lief so schnell ich konnte durch den Sturm zu Jesper, Illusion hin oder her – ich würde es mir niemals verzeihen, wenn Jesper tatsächlich etwas zugestoßen war und ich ihn im Stich gelassen hätte. Damien war nirgends zu sehen und ich stürzte zu Jesper, der schrecklich aussah. Blut sickerte aus seinen Wunden und sein Atem ging flach, während sich die Splitter, die in seinem Körper steckten, bei jedem Heben und Senken seines Brustkorbes noch tiefer in sein Fleisch bohrten. Er musste schreckliche Schmerzen haben. Mühsam drängte ich die Tränen zurück und bettete seinen Kopf vorsichtig in meinem Schoß. Meine Hand kribbelte heftig, als ich ihn berührte, und ich öffnete den Mund, um nach Hilfe zu rufen, als er meinen Arm packte.

„Nicht", murmelte er und schüttelte eindringlich den Kopf. „Dir sind Freunde wichtiger als deine Prüfung, das musste ich wissen, nur dann bist du würdig", fuhr er fort und ich blinzelte mir den Sand aus den Augen. Das war nicht Jespers Stimme.

„Ich brauche deine Hilfe, nur dir kann ich vertrauen", fuhr der falsche Jesper fort. „Du musst dir meine Erinnerungen ansehen, sonst sind meine Freunde umsonst gestorben."

„Wer bist du?", hauchte ich und widerstand dem Bedürfnis, den Kopf des Sinnträgers von meinem Schoß zu schubsen.

„Mein Name ist Conrad", antwortete der falsche Jesper und richtete sich trotz der Eissplitter in seinem Körper geschmeidig auf. „Wer versteckt sich in der Wüste, um nicht gefunden zu werden?"

„Du", stieß ich durch das Tosen des Sandes hinweg hervor, „du bist der gelbe Spinner, nach dem ich die ganze Zeit gesucht habe, ich hatte recht!" Mein Herz raste und ich vergaß alles um mich herum. „Was ist bei dem Überfall der Totaa passiert? Was meinte Simeon, als er sagte, das Schicksal der Welt stehe auf dem Spiel?" Die Fragen sprudelten nur so aus mir heraus und ich war so erleichtert, ihn endlich gefunden zu haben. „Wie kann ich die Totaa aufhalten?"

Conrad, der wie Jesper aussah, ließ kraftlos die Schultern hängen. „Ich kann dir nicht sagen, was bei dem Überfall passiert ist. Als ich die dunkle Macht des Schattens fühlte, bin ich geflohen. Ich konnte mich im letzten Moment verstecken und bin dann wie ein Feigling davongelaufen. Ich habe meine Freunde im Stich gelassen." Seine Stimme brach und eine Träne rollte über seine Wange. „Und jetzt kann ich mich nur noch an dich wenden. Ich habe dich im weißen Land gesehen, doch da wusste ich noch nicht, ob ich dir vertrauen kann. Und obwohl ich es jetzt tue, macht es keinen Unterschied." Er sah mich mit dem Blick eines gebrochenen Mannes an. „Man kann die Totaa nicht besiegen", fügte er tonlos hinzu. „Sie sind zu mächtig." Conrad schluckte. „Sie haben auch mich fast getötet, als sie meinen perfekten Lichtstein an sich genommen haben. Vielleicht wäre das ein besseres Schicksal gewesen … die Totaa haben schon so viele von uns hingerichtet, nichts kann sie aufhalten."

„Nein." Ich schüttelte entschieden den Kopf. „Niemand ist unbesiegbar. Du musst doch irgendetwas wissen, das mir weiterhelfen kann!" Meine Stimme wurde unabsichtlich immer lauter und ein zweiter Gong rollte über die Arena. Beim dritten endete die Prüfung. Ein schmerzliches Gefühl des Verlustes krampfte mein Herz zusammen. Ich würde keinen Wächterstab erhalten. Wie sollte ich es ohne Wächterstab nur mit den Totaa aufnehmen? Hatte ich so überhaupt eine Chance?

„Wenn du es wirklich wissen willst, dann nimm meine Hand", sagte Conrad, der noch immer wie Jesper aussah. Schnell nahm ich die Hand des Spinners und beobachtete, wie er mit der Zunge die Träne von seiner Wange leckte. Dann schnappte ich nach Luft. Wie bei Cleos Tränenlesung erfasste mich ein innerer Ruck, der mich aus der Arena forttrug, fort in ein anderes Leben, fort in eine andere Zeit. Die Erinnerung überschwemmte mich und tausend Bilder prasselten auf mich nieder, ich roch dieselben Gerüche wie er, führte dieselben Gespräche, fühlte dieselben Gefühle. Ein Teil von mir sog die Informationen begierig in sich auf, versuchte zu verstehen, während ein anderer Teil darum kämpfte, mich selbst nicht zu verlieren. Es fühlte sich an wie Stunden und dauerte doch nicht länger als einen Atemzug. Dann zerrte etwas an meinem Körper und ich war wieder zurück in der Arena, hörte Jubel aufbranden und sah durch einen Schleier aus Sand einen roten Blitz in den Himmel schießen. Lydia hatte ihren Wächterstab erreicht.

Im nächsten Moment endete der Sturm und die plötzliche Stille drückte auf meine Ohren. Desorientiert kam ich auf die Beine. Ich war allein. Knapp neben mir befand sich ein Wirbel aus dunklem Treibsand, in den Conrad wahrscheinlich verschwunden war. Doch seine Erinnerungen waren geblieben. Mein Herz klopfte wie verrückt, als ich dorthin zurückrannte, wo sich mir der Durchgang zu den Wächterstäben geöffnet hatte. Vielleicht würde ich es noch schaffen. Vielleicht war es noch nicht zu spät.

Mein Blick irrte zu dem riesigen Stundenglas am Himmel und ich achtete für einen Augenblick nicht auf den Boden. Und genau da versank mein rechter Fuß bis zum Knie in dunklem Sand.

Ich spürte den Treibsand meine Knöchel umspielen. Immer tiefer und tiefer zog er mich hinunter und ich wusste, dass es keinen Sinn hatte, sich dagegen zu wehren. Je mehr ich gegen den Sand ankämpfte, desto schneller würde er mich hinabzerren. Sehnsüchtig starrte ich den Wächterstab an, der glitzernd in der Sonne auf mich wartete. Was hatte Quirin gesagt? Für diese Prüfung gab es kein zweites Mal.

Alle Sandmauern in der ganzen Arena stürzten ein. Ich sah den echten Damien bis zum Hals in einem Treibsandstrudel stecken. Sein Gesicht zeigte einen Ausdruck höchster Panik, und obwohl ich wusste, dass er versucht hatte, mich mit der magischen Münze zu sabotieren, empfand ich keinerlei Befriedigung angesichts seiner Lage. Lydia stand mit ihrem Wächterstab in der Hand hinter dem schwarzen Sockel und zum ersten Mal, seit ich sie kannte, lag kein gehässiges Lächeln auf ihrem Gesicht, sondern ein glückliches. Aber wo war Marcus? Hatten ihn die Beschützer gefangen? Oder war er auch in den Treibsand gezogen worden?

„10!", brüllte das Publikum.

Ich sah zum Stundenglas hinauf. Die letzten Körnchen blutroten Sandes rieselten durch die Engstelle.

„9!" Ich hörte einen keuchenden Atem hinter mir.

„8!" Eine kühle Hand griff nach meiner und zog mich kräftig in die Höhe.

„7!" Der Schwung katapultierte mich gegen einen durchtrainierten Brustkorb.

„6!" Ich blickte hoch in die dunkelblauen Augen eines Mannes.

„5!" Er nahm meine Hand und rannte mit mir auf den

schwarzen Sockel zu.

„4!" Wir rannten, so schnell uns unsere Beine trugen. Aber ich wusste, wir würden es nicht mehr schaffen. Wir waren einfach zu weit weg.

„3!" Im Lauf berührte ich mit den Fingerspitzen meine strahlenden Linien.

„2!" Zwei Hände aus Sand brachen aus dem Boden und schnappten sich zwei Wächterstäbe.

„1!" Die Stäbe flogen auf uns zu. Ich sprang gleichzeitig mit Marcus in die Höhe und meine Finger schlossen sich um das kühle Metall.

Die Sinnträger schienen den Atem anzuhalten. Ein gelber und ein blauer Lichtblitz schossen in die Höhe, während ein dröhnender, metallener Gong über die Arena rollte.

Einen Augenblick lang war es still. Dann brach ohrenbetäubender Jubel aus. Ich sah ein Dutzend Nachrichtenwürfel aufgeregt durch die Arena zischen und die Reaktionen auf den Zuschauertribünen einfangen. Meinen Stab hielt ich so fest umklammert, wie ich konnte. Am liebsten hätte ich ihn nie wieder aus der Hand gelegt. Noch immer schwer atmend drehte ich mich einmal im Kreis. Lydia trug wieder ihren gewohnt verkniffenen Gesichtsausdruck, während Damien in dem Treibsandloch verschwunden war und gemeinsam mit Jesper und einer Handvoll weiterer Beschützer an einer anderen Stelle wieder auftauchte. Ihn so nah neben Jesper zu sehen, gab mir im ersten Moment einen Stich und ich musste mir wieder in Erinnerung rufen, dass der Kampf zwischen ihm und Jesper nur ein Teil der Täuschung des Spinners Conrad gewesen war und in Wirklichkeit nie stattgefunden hatte.

Als Damien sich die schwarzen Haare aus dem Gesicht

schob und meinem Blick auswich, merkte ich, dass ich ihn noch immer anstarrte, und wandte mich zu Marcus um. Der blaue Träger betrachtete den glänzenden Wächterstab in seiner Hand mit derselben Ehrfurcht, die auch ich empfand.

„Danke", sagte ich leise und blickte zu ihm hoch.

„Danke ebenfalls", erwiderte er kühl und nickte mir zu. Dann sah er mich noch einen Moment lang an und wandte sich schließlich dem Prüfungskomitee zu.

Auf einen Schlag wurde es still in der Arena. Ich drehte mich ebenfalls zu den Gestaltern um und meine Euphorie wurde etwas gedämpft, als ich Quirins versteinerte Miene sah. Schließlich trat er vor.

„Lydia, Wächterin der Wut, ich beglückwünsche dich zu deinem Stab." Er nickte ihr zu und wartete den neuerlichen Applaus ab. „Du hast dich tapfer geschlagen, hast zäh gekämpft, und darfst dich mit Stolz von nun an ‚Wächterin' nennen." Wieder applaudierte das Publikum. Nun wandte sich der Gestalter Marcus und mir zu. Die Falte auf seiner Stirn war noch tiefer als sonst, und als er sprach, klang seine Stimme alles andere als erbaut.

„Marcus, Wächter der Trauer, ich beglückwünsche dich zu deinem Stab. Du hast Mitgefühl walten lassen und deine Teamfähigkeit unter Beweis gestellt. Von nun an darfst du dich ‚Wächter' nennen." Wieder klatschte das Publikum, deutlich lauter diesmal, was wohl vor allem der weiblichen Fraktion zu verdanken war.

Quirin sah nun mich an.

„Lee, Wächterin der Wachsamkeit, ich beglückwünsche dich zu deinem Stab." Seine Stimme klang kalt. „Du hast Erfindungsreichtum gezeigt, wenn auch erst in allerletzter Sekunde. Du darfst dich von nun an ‚Wächterin' nennen."

Lauter Jubel brach auf den Zuschauertribünen aus. Sinjas Mundwinkel zuckte etwas nach oben und Arkadius bedachte mich mit einem finsteren Blick. Quirin hob eine Hand.

„Hiermit erkläre ich die Wächterprüfung für beendet."

Eine Fanfare ertönte und ich spürte, wie mich der Sand gemeinsam mit Lydia und Marcus in die Höhe trug, um die Sieger der Prüfung dem Publikum zu präsentieren. Der Applaus steigerte sich noch einmal und ich fühlte die Vibrationen der trampelnden und klatschenden Menge bis in meine Zehenspitzen. Ein unbeschreibliches Glücksgefühl durchflutete meinen Körper. Das kühle Metall meines Wächterstabs schmiegte sich in meine Hand und in diesem Augenblick war ich mir sicher, das alles gut werden würde.

Ich war eine Wächterin.

Endlich war ich eine richtige Wächterin, und mein Instinkt hatte mich nicht getrogen. Er hatte mich hierher geführt, genau in diese Arena, wo mich Conrad gefunden und meine Vermutungen bestätigt hatte. Die Totaa waren gefährlich.

Und ich würde diejenige sein, die sie aufhielt.

Lydia riss ihren Wächterstab mit einem Triumphschrei in die Höhe und auch Marcus und ich reckten unsere Stäbe glücklich in den Himmel.

Die Sonne brach sich funkelnd auf den metallenen Spitzen und mehrere Nachrichtenwürfel kamen herangeflogen und zischten aufgeregt um unsere Köpfe.

Unter dem anhaltenden Applaus stellten sich die Beschützer, die an der Prüfung mitgewirkt hatten, in einer Reihe auf und ich erhaschte einen Blick in Jespers Gesicht, der mich mit unverkennbarem Stolz ansah. Etwas abseits von ihm erkannte ich Damien, der uns

Gewinner fixierte. Was würde Damien jetzt tun? Würde er versuchen, einem einfachen Handwerk nachzugehen? Ich sah den Hass in seinen Augen, den Hass, dass wir es geschafft hatten und er nicht. Unwillkürlich musste ich an Ben denken, der mich mit nicht weniger Abscheu betrachtet hatte, als ich ihm nach dem Angriff der Totaa sagte, dass ich ihn nicht bezahlen würde, wenn er jetzt ging.

Es versetzte mir einen Stich, an ihn und seine dunklen Augen zu denken und ich konzentrierte mich wieder auf diesen Moment und den Stab in meiner Hand.

Endlich gehörte er mir.

Quirin trat auf seinem Podest nach vorne und der Beifall verebbte. Der Gestalter wartete, bis es still geworden war und hob das Kinn.

„Ich gratuliere euch, Wächter", wehte seine Stimme magisch verstärkt über den Platz. „Ihr seid nun Teil einer großen und ehrenhaften Gemeinschaft, deren Ziel es ist, die Sicherheit und das Wohlbefinden aller Bewohner der Sinnlichen Welt zu gewährleisten und aufrecht zu erhalten." Quirin machte eine kurze Pause und die Sonne spiegelte sich auf seinem kahlen Haupt. „Dennoch muss jeder Wächter imstande sein, auch auf sich allein gestellt für Recht und Ordnung zu sorgen. Aus diesem Grund beginnt nun eure Probezeit und ihr bekommt einen Mentor zugewiesen. Die Dauer der Probezeit hängt ganz von euch ab. Sobald ihr in den Augen eures Mentors würdig seid, ist es euch gestattet, in den regulären Wächterdienst einzutreten." Quirin verschränkte die Hände hinter dem Rücken. „Macht euch nun bereit für die Bekanntgabe der Mentoren."

Eine knisternde Spannung legte sich über die Arena. Quirin wandte sich Lydia zu und blickte ihr in die Augen.

„Lydia, du hast als Erste den Wächterstab errungen und von jeher eindrucksvoll deine Entschlossenheit und Willensstärke bewiesen. Die Rolle deines Mentors werde künftig ich übernehmen."

Ein ungläubiges Strahlen huschte über Lydias Gesicht und ich sah, dass es sie aufrichtig freute, von Quirin ausgewählt worden zu sein. Ich an ihrer Stelle hätte das anders empfunden, aber irgendwie passten Lydia und Quirin auch gut zusammen.

Der Gestalter wartete, bis das Publikum fertig applaudiert hatte und wandte sich Marcus zu.

„Marcus, deine Ruhe und Stärke sind achtenswerte Attribute in unserer Gemeinschaft, die auch dein künftiger Mentor in sich trägt. Du wirst von Wächter Morris durch die Probezeit begleitet werden."

Wieder klatschte das Publikum und ich fühlte eine spontane Erleichterung, dass Morris' nicht mein Mentor geworden war. Er hätte mich mit seiner langsamen Art wahrscheinlich wahnsinnig gemacht.

Quirin wandte seinen Blick mir zu. Ich spürte, wie mein Mund trocken wurde und mir das Herz bis zum Hals schlug.

Wer würde mein Mentor werden? Jemand, den ich noch gar nicht kannte? Oder würde es vielleicht Mel werden, zu dem ich schon beim Training eine gewisse Verbundenheit gespürt hatte?

Hoffnungsvoll richtete ich meinen Blick auf den bärtigen Trainer, der am Rande der Arena stand und die Ehrung von dort aus beobachtete.

„Lee, du zeichnest dich durch Individualität und Einfallsreichtum aus. Ich bin der Ansicht, dass großes Potenzial in dir steckt, das jedoch gelenkt werden muss. Aus diesem Grund kommt nur ein starker Wächter als

Mentor für dich in Frage."

Quirin drückte den Rücken durch und ich hielt unbewusst den Atem an.

„Obwohl es unüblich ist, mehr als einen Schützling zu haben, werde ich diese Aufgabe übernehmen und dir auf deinem Weg in der Sinnlichen Welt zur Seite stehen."

Das Publikum applaudierte, während mein Körper erstarrte. Ich spürte einen spontanen Widerwillen, Quirin als Mentor zu haben und kämpfte darum, meine Gefühle nicht zu zeigen. Wieso musste es ausgerechnet er sein? Wieso konnte ich nicht irgendeinen anderen starken Wächter zugeteilt bekommen? Einen, der mir weniger suspekt war?

„Während der Probezeit wird von euch erwartet, dass ihr über eure Aktivitäten regelmäßig Bericht erstattet", fuhr Quirin an uns alle gewandt fort. „Ich hoffe, schon bald von herausragenden Leistungen zu hören, die euch qualifizieren, in den Wächterdienst einzutreten. Euer Trainer wird euch nun mit dem nötigen Startkapital ausrüsten. Möge euer Zorn, euer Mitgefühl und eure Wachsamkeit der Sinnlichen Welt Gerechtigkeit bringen."

Die Sandpodeste, die Lydia, Marcus und mich in die Höhe getragen hatten, ließen uns wieder auf den Boden hinunter. Quirin und die anderen Gestalter nickten uns ein letztes Mal zu, bevor sie sich aus der Arena teleportierten. Ich blickte dorthin, wo der Minister der Wachsamkeit verschwunden war und hoffte, dass ich ihn nicht ganz so schnell wiedersehen würde.

Kapitel 7

„Anständige Leistung. Ich gratuliere", sagte Jesper, der nach Mels kurzer Abschlussrunde und der Preisgeldvergabe hinter mir erschienen war. Ich hielt noch immer ehrfürchtig meinen Wächterstab umschlossen und versuchte zu verdauen, was die letzte Stunde alles passiert war. Der Stab glitzerte in meiner Hand und fühlte sich gut an, wenngleich sich meine Gedanken gar nicht gut anfühlten.

„Alles okay, Lee?" Jesper betrachtete mich prüfend. „Bist du sauer, weil ich dich attackiert habe? Du weißt, als Beschützer ist es meine Aufga-"

„Schon gut", fiel ich ihm ins Wort und lächelte sanft. „Natürlich musst du deinen Job tun. Sorry für den Sand." Die Arena lichtete sich langsam und nur noch wenige Sinnträger unterhielten sich auf der Tribüne. Die überdimensionale Sanduhr und der Wüstenparcours waren verschwunden, vor uns lag eine Sandebene, die unscheinbar und harmlos wirkte und nichts von dem preisgab, was kurz zuvor passiert war.

Jesper rieb sich über die Augen, die noch immer leicht gerötet waren. „Damit hatte ich nicht gerechnet", gab er zu.

„Womit denn dann?"

Er zuckte mit den Achseln. „Ich weiß nicht. Mit Tritten? Etwas beißen?" Für einen Moment wirkte er ein wenig unbeholfen und räusperte sich. „Ich meine, den Sand zu beherrschen. Das ist schon … beeindruckend."

Ich sah ihn amüsiert an. Alles an ihm saß perfekt.

Seine Frisur, seine dunkelrote Beschützeruniform mit der schwarzen Brustplatte, selbst sein Lächeln. Seine stahlblauen Augen wichen nicht von mir.

„Vor allem am Schluss, als du nach deinem Wächterstab gegriffen hast. Die Sandhände. Das war eine wirklich imposante Darbietung."

Ich setzte mich auf eine Sandbank der Zuschauertribüne und atmete tief durch. „Ohne Marcus' Hilfe hätte ich es nicht geschafft", murmelte ich.

Jesper spannte seine Kiefermuskeln an und platzierte sich mit seinen breiten Schultern neben mich.

„Er hat dir auch einiges zu verdanken, ihr habt gute Zusammenarbeit bewiesen. Obwohl du es sicher auch ohne ihn geschafft hättest."

Ich sah Jesper skeptisch von der Seite an, fand es aber nett, dass er mich aufbauen wollte. Oder Marcus nicht zu viel Anerkennung zusprechen konnte. Egal, es tat gut, mich mit ihm zu unterhalten.

„Gratulation, Wächterin. Was für ein großartiges Finale", sagte in dem Moment eine Stimme hinter uns. Alfonsus, der Journalist mit dem aristokratischen Gesicht und der violetten Zeichnung, die mich an einen Würfel erinnerte, hatte sich von einer Gruppe Sinnträger gelöst und kam auf uns zu. Um ihn herum schwirrten drei Nachrichtenwürfel.

„Danke", sagte ich zögernd.

Er griff nach einem Oktaeder und hielt ihn so, dass er die Zahlentabelle auf der gelben Seite lesen konnte.

„Die Zuschauerquote ist in die Höhe geschossen, als du in letzter Sekunde die Sandhände erschaffen hast. Ein wirklich brillanter Einfall und ein Geschick, das ich nur selten bei einem Anfänger gesehen habe. Uns haben viele Rückmeldungen erreicht, unzählige Zuschaueranfragen, vor allem dich und Marcus betreffend, die meisten wollten wissen, ob ihr ein Paar seid?" Ich sah ihn überrumpelt an und Jespers Hand krampfte sich zu einer Faust zusammen.

„Entschuldige", sagte Alfonsus sogleich und räusperte sich. „Das fällt natürlich unter deine Privatsphäre. Was ich damit sagen wollte: Die Sinnträger waren mit ganzem Herzen, mit all ihren Sinnen dabei. Es wurde gelacht, geweint, getrauert etc. – das Feedback, das wir erhalten haben, war überwältigend. Und das freut mich natürlich, nachdem die Quote bei Duellen und Wächterprüfungen stark schwankt – je nachdem, wer antritt. Das letzte Mal hatten wir diese Zuschauerzahlen, als Quirin seinen Stab in letzter Sekunde an sich gerissen hat." Der violette Träger lächelte sanft. „Die Leute möchten mehr von diesen spannenden, mitreißenden Szenen sehen, Szenen, die sie bewegen, Szenen, die sie ihren Sinn voll und ganz erleben lassen, wer kann es ihnen verübeln?"

Ich sah mich nachdenklich in der Arena um. Die Zuschauerquote war in die Höhe geschossen? Wer hatte alles die Prüfung verfolgt? Hatte Ben sie vielleicht auch gesehen?

„Also, genieße deinen Erfolg, junge Wächterin." Alfonsus' graue Augen schienen zu lächeln und er machte eine kurze Verbeugung. „Ich habe jetzt einen Termin bei Gestalterin Panica." Er hüstelte kurz. „Das mutige Mondlichtfest. DAS Ereignis des Jahres. Ich nehme an, dass ich euch dort sehe?"

Jesper nickte. „Als Beschützer werde ich die Sicherheit der Besucher und Gestalter garantieren."

„Na, dann fühle ich mich doch gleich viel wohler." Er drehte sich noch einmal um, bevor er die Arena verließ. „Wir werden uns bestimmt wiedersehen, junge

Wächterin. Und falls du jemals ein Interview zu deiner Privatsphäre geben möchtest, melde dich gerne bei mir."

Als er gegangen war, runzelte Jesper die Stirn.

„Ein einflussreicher Mann, dieser Alfonsus – und sehr erfolgreich. Ich habe ihn schon öfters bei uns im Ministerium gesehen. Er hat Zugang zu den wichtigsten Sinnträgern – und wenn seine Nachrichtenwürfel das mickrige Mondlichtfest übertragen, wird sein Ansehen weiter steigen."

„Wie viele Namen es für dieses Mondlichtfest gibt", sagte ich gedankenverloren.

Jesper nickte. „Jeder Sinn benennt das Fest anders. Für uns Wutträger ist es das mickrige Mondlichtfest, die Angstträger sprechen vom mutigen, die Trauerträger vom melancholischen und die Ekelträger vom mordsteuren Mondlichtfest. Die Vertrauensträger sagen meisterhaftes Mondlichtfest, bei euch gelben Trägern ist es das mannigfaltige und bei den grünen das magische Mondlichtfest, während die Freudeträger es als das muntere Mondlichtfest bezeichnen."

Ich nickte beeindruckt, weil er das so genau wusste.

„Wie ist es dir die letzten Sonnenläufe ergangen, Jesper? Was hast du gemacht?", fragte ich dann, weil ich ein wenig Vertrautheit und Ablenkung gebrauchen konnte.

Jesper schien um einen Kopf zu wachsen.

„Ich bin direkt nach dem Triangel in meine Heimat gereist, um meine Beschützerprüfung abzulegen und den Posten im Ministerium anzunehmen. Der Sieg beim Triangel hat mir einen beachtlichen Startvorteil verschafft – ich wurde sogleich mit äußerst wichtigen Aufgaben betraut. Es erfüllt mich mit Stolz und Würde, für meine Heimat arbeiten zu können. Aus Gründen der nationalen Sicherheit kann ich jedoch nicht ins Detail gehen." Ich nickte und sah das Selbstbewusstsein in Jespers Augen, der sich in der Rolle des Geheimagenten sichtlich wohlfühlte, und konnte nur bestätigen, dass ich mir neben ihm tatsächlich beschützt und sicher vorkam.

„Bist du schon einmal mit einem Beschützer oder Reisenden in die andere Welt gereist?", fragte er. Ich schüttelte den Kopf und dachte an Ben. War er jetzt dort?

„Du bist doch sicher öfters in der anderen Welt, Jesper. Wie ist es dort?", fragte ich interessiert.

„Sehr eintönig", gab Jesper unumwunden zu und stützte sich mit den Händen an der Sandbank ab, sodass die harten Muskeln seiner Arme deutlich hervortraten. „Die Welt der Menschen ist im Vergleich zur Sinnlichen Welt ohne jede Magie, ohne jeden Zauber – und ohne jegliches Bewusstsein. Ich war enttäuscht, als ich dort meinen ersten Auftrag übernommen habe. Wenn du möchtest, kann ich es dir irgendwann einmal zeigen." Jesper sah mich an, und bevor ich irgendetwas erwidern konnte, sprach er weiter. „Wie hast du die letzten Sonnenläufe erlebt? Sicher hast du trainiert, um dich auf deine Prüfung vorzubereiten?" Bei der Frage rollte blitzartig eine Welle der Erinnerungen über mich hinweg und sofort prasselten unzählige Bilder auf mich ein. Das, was für einen kurzen Moment verdrängt worden war, schob sich gnadenlos in meinen Kopf. Der Besuch des magischen Ladens, der Überfall der Totaa, Simeons Tod, die Reise ins Vertrauensland, die Tränenlesung im blauen Land, der Turm der Achtsamkeit und die schreckliche Nacht mit dem Anführer der Totaa, Charleen … und Ben. Es war so unglaublich viel passiert.

„Ich – ich habe bereits Ermittlungen angestellt. Zu einem wichtigen Fall, auch streng vertraulich", antwortete ich nach einer kurzen Pause wahrheitsgemäß und Jesper nickte anerkennend. Ich betrachtete ihn und seine stahlblauen Augen und war froh, dass er nicht von Damiens Eissplittern getötet worden war. Aber was hatte es mit Conrads Erinnerung auf sich? Ich wusste jetzt, dass ich meinem Wächterinstinkt trauen konnte, doch trotzdem verstand ich die Erinnerung des Spinners noch nicht, warum war sie für ihn so wichtig? Vor mir spulte sich die Sequenz, die ich erlebt hatte, nochmals ab und ich war in Gedanken wieder in der vernebelten, dunklen Gaststätte, deren Wände aus züngelnden Flammen bestanden und eine zischende Atmosphäre schafften.

Es schien spät zu sein, denn der Wirt polierte bereits die Bar, neben der nur noch zwei Gäste an einem Tisch saßen. Den dicken, weißhaarigen Vertrauensträger kannte ich bereits – es war jener Spinner, der sich mit Simeon im Heckenlabyrinth unterhalten hatte und den ich bei Cleos Tränenlesung wiedergesehen hatte. In der Erinnerung, die Cleo heraufbeschworen hatte, saß der weiße Träger mit drei anderen Spinnern um den Holztisch – bis der dunkle Schatten kam und Vernichtung über alle brachte. Die schwarze und die rote Trägerin hatten sich für den Freitod entschieden, nachdem die Totaa den weißen oder den blauen Träger getötet hatten. Welcher von den beiden hatte überlebt? War es der weißhaarige Spinner, der jetzt in dieser Erinnerung zu sehen war, oder der blaue Träger, der auf den Namen Boris hörte?

Den gelben Träger neben dem dicken, weißhaarigen Spinner kannte ich nicht, aber es musste sich um den Wächter Conrad handeln, der sich als falscher Jesper in meine Prüfung geschlichen hatte, und von dem die Erinnerung stammte. Auf dem Tisch standen neunundzwanzig leer getrunkene Schnapsgläser und so, wie die beiden Träger aussahen, hatten sie die alle alleine hinuntergekippt. Der weißhaarige Spinner lag mit der Wange auf dem Tisch und schnarchte leise, und auch der Wächter Conrad hing zusammengesunken auf seinem Stuhl. Kein Wunder, dass die Erinnerung etwas vernebelt wirkte, Conrad musste mindestens vierzehn Mondschnäpse intus haben.

Der weißhaarige Spinner richtete sich schlagartig auf, als wäre er aus einem dunklen Traum erwacht. „Ich ... hicks ... vertraue auf die andere Welt, wie kann man so blind sein ... hicks ... und die Zeichen nicht sehen? Wir sind hier, um Unabgeschlossenes aus der ... hicks ... anderen Welt abzuschließen ... warum sind hier ... hicks ... alle so blind, die Sinne sollen unsere Augen öffnen ... nicht schließen", lallte er und erntete Zustimmung von Conrad, der den Kopf hob.

„Du hast recht, mein Freund", sagte er und gähnte. „Wo sind denn eigentlich die anderen hin?" Er sah sich suchend in der Bar um.

„Die sind schon alle ... hicks ... gegangen", nuschelte der weißhaarige Spinner, „wir zwei sind die Einzigen ... und weißt du, was ... hicks ... ich muss dir ein Geheimnis erzählen", wisperte er und legte den Finger auf den Mund. „Schhh", machte er und grinste verschwörerisch.

„Hihi, du vertraust mir?" Conrad lachte und die beiden prusteten los.

„Hör zu ...", schnaufte der dicke Spinner und schob sich seine weiße Haarpracht zur Seite, „es ist ein Rätsel ... hicks."

„Ein Rätsel, wie gut", lallte Conrad und hielt dann kurz inne. „Was für ein Rätsel?"

Der weißhaarige Spinner reagierte nicht. Sein Kopf hing nach unten und er gab röchelnde Laute von sich. Conrad stieß ihn an, sodass er hochschreckte.

„Das Rätsel ... was für ein Rätsel?", wiederholte Conrad. Der weißhaarige Spinner leckte sich über die Lippen.

„Ich kann es dir nicht sagen ... hicks ... es ist ein Geheimnis", antwortete er kopfschüttelnd.

„Ich dachte, du vertraust mir", maulte Conrad und verzog schmollend den Mund. Dabei stützte er sich mit der Hand am Tisch auf und seine Lider rutschten immer weiter nach unten.

„Warte ... gut. Ich verrate es dir: ... hicks ... Eins führt zum anderen." Der weißhaarige Spinner sah Conrad erwartungsvoll an.

„Das war's?"

„Genau. Da sag noch mal einer ... hicks ... die Vertrauensträger sind zu vertrauensvoll. Weiß ich doch ... hicks ... was die katzenartige schwarze Trägerin von mir denkt ... denkt, er ist bei mir nicht sicher ... hicks ... dabei ist meiner am sichersten ... hicks ... da muss man erst mal Phil finden ... was für ein Versteck ... hicks."

„Viel finden?", lallte Conrad irritiert. Es fiel ihm sichtlich schwer, die Augen offen zu halten.

„Nicht vieeel, na ja ... hicks ... das auch." Der weißhaarige Spinner lachte, sodass sein dicker Bauch vibrierte. Er senkte die Stimme und kicherte. „Ich sagte Phil."

Das war das Letzte, was ich hörte, dann verschwand die Erinnerung in dickem Nebel und ich ging davon aus, dass Conrad eingenickt war.

„Lee, alles okay?", fragte Jesper und sah mich besorgt an. „Du warst einen Moment total abwesend, dein Blick war ganz starr."

Ich blinzelte mehrmals. „Sorry, ich war nur in Gedanken versunken. Es ist viel passiert. Die Wächterprüfung und das ganze Training. Ich glaube, ich bin etwas geschafft."

Was meinte der dicke, weißhaarige Spinner mit „Eins führt zum anderen“? Und was hatte es mit dieser viel-Phil-Geschichte auf sich? Was hatte er versteckt? Auch einen Lichtstein? Es musste also mehrere geben. Das passte auch damit zusammen, dass der widerliche Anführer der Totaa gesagt hatte, dass sie bald alle besitzen würden. Und Conrads Lichtstein hatten sie sich auch schon gekrallt – wie viele von den Lichtsteinen gab es denn?

Jesper legte mir liebevoll die Hand auf die Schulter.

„Wie gesagt: eine enorme Leistung. Nach dem Einsatz bei der Wächterprüfung habe ich nun etwas Freizeit. Soll ich dich vielleicht irgendwohin begleiten? Zu deinem Schutz?“ Er zog seine Hand zurück und räusperte sich. „Nicht, dass sich eine frisch bestandene Wächterin nicht selbst beschützen könnte.“

„Jesper, sagt dir der Name Phil etwas?“, fragte ich unvermittelt.

„Ist das etwa ein Test?“ Seine Augen verengten sich argwöhnisch.

„Wie kommst du darauf, dass es ein Test ist?“

Jesper überlegte einen Augenblick, gab sich dann aber einen Ruck. „Mein letzter Auftrag. In der anderen Welt, dort bin ich einem Phil begegnet.“

In der anderen Welt? Hatte der weißhaarige Spinner seinen Lichtstein etwa in der anderen Welt versteckt? Das wäre … beinahe genial. Ich runzelte die Stirn und war mir nicht sicher, ob diese Art der Genialität zu dem dicken weißen Träger passte.

„Aber leider darf ich darüber nicht sprechen. Vertraulich, du weißt.“ Jesper sah mich stirnrunzelnd an. „Ich kenne tatsächlich zwei Phils“, überlegte er, „der andere war mein erster Auftrag, ein einfacher Job, geringe

Sicherheitsstufe. Ein Kleinkrimineller, scheint jedoch in illegales Glücksspiel verstrickt zu sein." Mein Herzschlag beschleunigte sich und ein leises Gefühl sagte mir, dass ich diesen Phil sehen musste.

„Kannst du mich zu ihm bringen?", fragte ich Jesper schnell. Als er mich irritiert ansah, setzte ich hinzu: „Es geht um einen Fall. Ich kann dir leider nicht mehr darüber erzählen."

Jesper lächelte und salutierte. „Wenn ich dir zu Diensten stehen kann, tue ich das sehr gerne. Beschützer und Wächter müssen zusammenhalten. Wie du weißt, verbindet uns eine lange Tradition, die es wert ist, fortgesetzt zu werden. Dieser Phil treibt sich normalerweise in meiner Heimat herum. Ich kann dir bei einem Besuch im roten Land auch gerne unser Ministerium zeigen, wenn du möchtest."

Ich lächelte. „Gerne. Das ist meine erste Reise ins Land der Wut. Muss ich irgendetwas beachten?"

Jesper stand auf und reichte mir die Hand. Ein charmantes Lächeln huschte über sein Gesicht. „Einfach immer in meiner Nähe bleiben, dann kann dir nichts passieren."

Kapitel 8

Unweit von der Arena entfernt befand sich ein Doppelportal aus Sandstein, das mannshoch war und die Form von zwei nebeneinanderstehenden Dreiecken hatte. Ich verfluchte die spuckende rote Trägerin, die mich durch die Wüste geschickt hatte. Hatten die Sinnesschärfer sie derart durcheinandergebracht? Oder war es lediglich die Rache für den Sandsturm gewesen, den ich in ihr Etablissement gebracht hatte? Unentschlossen aß ich den Keks, den Mel uns überreicht hatte und der uns die uneingeschränkte Reise durch alle Portale ermöglichte.

„Nach dir", sagte Jesper und deutete mir, ins Portal zu treten. Irgendwie fühlte es sich komisch an. Bislang war ich nur mit Ben gereist und das immer in einem Portal … ich verdrängte die Gedanken daran sofort. Entschlossen machte ich einen Schritt in das dreieckige Tor und wartete, bis sich Jesper in das Portal neben mich gestellt hatte.

Roter Nebel hüllte uns ein und es dauerte nur einen kurzen Moment, bis er sich zu lichten begann und wir in der Stadt des Zorns landeten. Gespannt blickte ich mich um und spürte einen kühlen Luftzug auf meiner Haut, der mir eine Gänsehaut verursachte. Fröstelnd schlang ich die Arme um meinen Körper und betrachtete die breite schwarze Lavatreppe, die fünfhundert Meter von dem Doppelportal hinab zu einem ovalen Platz führte, der von Marktständen gesäumt wurde. Die Straßen der Stadt des Zorns verliefen gezackt und ohne Ordnung, und ich sah keine Häuser, sondern nur Ruinen, deren

Wände mit Graffiti vollgesprüht und deren Dächer durch behelfsmäßige Planen ersetzt worden waren.

„Und, wie gefällt es dir?", fragte Jesper und sah mich erwartungsvoll an, als wir die Stufen hinabstiegen.

„Kuschelig", sagte ich und grinste. Neben der Treppe wuchsen schwarze Bäume, deren rote Äste mich an dürre Finger erinnerten, die gierig nach dem dunklen Boden krallten.

„Es ist möglicherweise etwas anders, als du es gewohnt bist", sagte Jesper, „aber nicht alle Städte meines Landes sehen so aus. Die Stadt des Zorns hat Historie – damals im Zweiten Sinnlichen Krieg, als die Sinne gegeneinander in den Kampf zogen, drohte die Stadt zu fallen. Aus Zorn darüber haben unsere eigenen Leute sie kaputt geschlagen." Jesper ließ seinen Blick mit einem Anflug von Ehrfurcht über die zerstörten Häuser schweifen. „Manche finden das vielleicht seltsam, aber die Wutträger wollten diesen Teil der Geschichte nicht vergessen, daher hat man die Stadt in diesem Zustand gelassen. Es kam damals zu einer Abstimmung unter den Bürgern und ich finde, dass es eine gute Entscheidung war, die Stadt nicht wiederaufzubauen. Vergessen ist eine Herabsetzung der Vergangenheit, in meinen Augen ist es respektlos und dumm. Das, was passiert ist, darf nie wieder passieren -", er machte eine kurze Pause und lächelte flüchtig, „außerdem spart man sich so die Renovierungskosten. Denn manchmal geht die Wut mit dem einen oder anderen durch."

Ich lächelte zurück, wurde aber sofort wieder ernst.

„Was du sagst, klingt überhaupt nicht seltsam, Jesper. Es ist anders, als ich es erwartet hatte, aber die Stadt hat dadurch ihren ganz eigenen Charme."

Jesper nickte und straffte die Schultern. „Folge mir.

Ich bringe dich zu Phil. Ich habe schon eine Ahnung, wo sich der Typ herumtreiben könnte." Selbstbewusst stieg Jesper die Stufen hinunter und ich sah mich noch einmal um. Das Doppelportal ähnelte jenem aus dem Wachsamkeitsland, nur war dieses hier zackig und verrußt. Roter Nebel wallte aus dem Portal und zwei Ekelträger mit langen schwarzen Haaren wurden sichtbar.

„Nicht schon wieder", ätzte der eine und warf dem anderen einen giftigen Blick zu. „Ich sagte, du sollst an die Sumpfburg denken!"

„ICH denke an nichts anderes als an die Sumpfburg", zischte der zweite Ekelträger mit hoher Stimme und verschränkte beleidigt die Arme vor der Brust. „ICH bin auch sicher nicht der Grund, warum wir schon wieder in diesem abscheulichen roten Land gelandet sind."

„Dann ist es also meine Schuld?", fauchte der erste Ekelträger.

Der zweite wischte sich seufzend die fettigen schwarzen Haare aus dem Gesicht. „Hat ja lange gedauert, bis du es endlich einsiehst. Komm, wir probieren es gleich noch mal, wenn wir nicht rechtzeitig in der schwarzen Burg sind, bringt er uns um." Der andere Sinnträger knirschte mit den Zähnen und sie schlossen beide die Augen. Schwarzer Nebel breitete sich in dem Portal aus und im nächsten Moment waren die Ekelträger verschwunden. Ich runzelte die Stirn, drehte mich dann jedoch um, um Jesper die Treppe hinunter zu folgen. An die Bäume zu meiner Seite musste ich mich noch gewöhnen, denn bei jedem, den wir streiften, hatte ich das Gefühl, dass er nach uns greifen wollte. Es machte mich unsagbar wütend, dass sie mir den Weg versperren wollten und wenn ich eine Axt gehabt hätte, hätte ich die Zweige einfach abgehackt. Obwohl der Sinn dieses Landes mich erhitzte, fröstelte ich und weiße Atemwölkchen bildeten sich vor meinem Mund.

„Alles okay?", fragte Jesper über die Schulter und sah mich besorgt an. Ich schlang die Arme um mich und nickte während ich gleichzeitig versuchte, den roten Sinn abzuschütteln.

„Es ist kalt hier."

Jesper blieb stehen. „Es tut mir leid, das hatte ich vergessen, zu erwähnen. Die Temperatur meines Landes ist etwas niedriger, als du es von den anderen Sinnesländern gewohnt bist."

Ich runzelte die Stirn. „Weil ihr solche Heißblüter seid?"

Jesper sah mich intensiv aus seinen blauen Augen an und lächelte verhalten. „Ich hätte es vielleicht nicht genau so ausgedrückt, aber du hast gewissermaßen recht. Wir Wutträger haben eine höhere Körpertemperatur. Warte kurz hier." Wir hatten den Platz erreicht, auf dem sich vorwiegend rote Träger tummelten. Der Geruch nach exotischen Gewürzen, scharfen Getränken und fremdartigen Speisen drang in meine Nase. Die Händler boten ihre Ware an grauen Granitständen feil, die sich bis auf die Verkaufsgegenstände komplett glichen. Jesper schritt zu einem Stand, sprach kurz mit dem dicken Händler und legte ihm dann ein paar Blätter auf den Tresen. Einen Herzschlag später überreichte er mir eine enge schwarze Kautschukjacke. „Die wird dich wärmen, bis du dich an die Temperatur gewöhnt hast."

Überrumpelt nahm ich sein Geschenk entgegen. „Das wäre doch nicht notwendig gewesen."

„Lee, das ist doch selbstverständlich", sagte Jesper und half mir, in die Ärmel zu schlüpfen. „Du sollst keinen Moment lang frieren." Ich lächelte ihn an und war überrascht, wie fürsorglich er sein konnte, nachdem meine letzte Begleitung das genaue Gegenteil gewesen war. Die Innenseite der Jacke fühlte sich weich und kuschelig wie das Fell eines Tieres an und mir wurde gleich wärmer. Am Stand daneben kaufte ich auch gleich eine Provianttasche und neue Ausrüstung.

Laute Schreie und Rufe klangen an mein Ohr und ich drehte den Kopf. Eine Gruppe von Sinnträgern hatte sich in der Mitte des Platzes um einen dunkelroten Baumstamm versammelt und bildete einen Kreis darum. Der Totempfahl in ihrem Zentrum war aus Feuerholz gefertigt und zeigte das Antlitz eines Wolfes, der bedrohlich seine scharfen Zähne fletschte. Unter grölenden Anfeuerungsrufen hörte ich, wie etwas auf den erdigen Boden schlug, erkannte jedoch durch die Menge an Sinnträgern nicht, was sich im Inneren des Kreises abspielte. Das Einzige, was ich sah, waren zig kleine Blutströpfchen, die durch die Luft spritzten.

„Jesper, wir müssen -", setzte ich an und er nickte, als wüsste er, was ich sagen wollte. Mit routinierter Selbstverständlichkeit nahm er meine Hand und zog mich zu dem Kreis. Wir quetschten uns durch die Masse, und obwohl Jesper die Umstehenden ohne Rücksicht zur Seite schob, wagte es keiner, auch nur ein Wort gegen ihn zu richten. Im Inneren des Kreises tanzte ein blutverschmierter, rothaariger Wutträger mit geballten Fäusten um den Totempfahl und prügelte dabei immer wieder rhythmisch – wie zu einer unhörbaren Musik – auf einen kahlen Wutträger ein, der auf dem Boden lag.

„Wir müssen ihm helfen", drängte ich und wollte gerade einen Schritt auf die beiden zu machen, als mich Jesper zurückhielt.

„Das ist ein Straßenkampf, Lee. Ein Ritual meines

Landes. Warte."

Als der tänzelnde Wutträger sich für den nächsten Schlag auf den am Boden liegenden Mann zubewegte, dessen rechtes Auge schon komplett zugeschwollen war, holte dieser mit dem Fuß aus und versetzte seinem Angreifer einen kräftigen Tritt in die Genitalien, sodass der Rothaarige zusammengekrümmt auf den Boden fiel. Ein tiefes, kehliges Knurren hallte über den Platz.

„Sieh auf den Feuerpfahl", befahl mir Jesper.

Mein Blick fixierte das dunkelrote Holz, das zu glühen begann. Eine spannungsgeladene Stille lag über dem Kampfplatz und ich merkte, dass ich unwillkürlich den Atem anhielt. Dann flackerte der Feuerpfahl hell auf und im nächsten Atemzug sprangen zwei riesige, lebende Wölfe daraus hervor. Sie bewegten sich so schnell, dass ihre Pelze vor meinen Augen verschwammen und ich zuckte zusammen, als die Tiere zu den Kämpfern stürzten, die noch immer auf dem Boden lagen. Doch statt sie anzugreifen, schien es, als ob sie sie verteidigen wollten. Der schwarze Wolf mit dem dichten, glänzenden Fell und den blutroten Augen sprang vor den Kahlköpfigen, während der rotbraune Wolf, der von der Statur her zwar schmächtiger und drahtiger war, deshalb aber nicht weniger gefährlich wirkte, den anderen Sinnträger abschirmte. Dabei ließ er seinen behaarten Widersacher nicht aus den Augen und sträubte das Nackenfell.

Die beiden Tiere zogen die Lefzen hoch und fletschten die Zähne. Ihr Blick war starr, als sie sich anknurrten und eine drohende Haltung einnahmen. Keinen Herzschlag später stürzte sich das rotbraune Tier auf sein Gegenüber und packte den rechten Hinterlauf des anderen Wolfes, der sich um seine eigene Achse drehte und dem Angreifer in die Flanke biss. Blut spritzte in die Luft und kein

Anwesender machte auch nur einen Mucks. Die beiden Kämpfer, die noch immer am Boden lagen, verfolgten das Geschehen mit vollster Aufmerksamkeit. Der rotbraune Wolf ließ winselnd den Hinterlauf des schwarzen Tieres los, fuhr herum und verbiss sich in dessen Ohr. Blut troff ihm aus der Wunde und ich musste mich beherrschen, nicht wegzusehen. Der schwarze Wolf jaulte auf, riss sich von ihm los und fiel hechelnd auf die Seite. Das Maul des rotbraunen Wolfes näherte sich der Kehle des Unterlegenen, ohne jedoch zuzubeißen. Ein violetter Träger mit kurzen weißen Haaren trat aus der Menge und begann zu zählen. „1, 2, 3, 4, 5, 6, 7 uuuund 8", schrie er und der rotbraune Wolf biss zu. Ein gewaltiges Knurren rollte über den Platz und die beiden Wölfe lösten sich in Luft auf. Der Kampfrichter schritt zum rothaarigen Sinnträger, der sich inzwischen aufgerappelt hatte, und hielt dessen Arm in die Höhe. Die Menge jubelte und klatschte, Frauen und Männer stimmten ein Wolfsgeheul an und nur ein paar wenige buhten und schimpften den Sieger aus.

„Ganz schön brutal", bemerkte ich.

„Straßenkämpfe haben in meinem Land eine lange Tradition", erklärte Jesper. „Du wirst ihnen noch öfters begegnen. Es ist eine sportliche Methode, mit unserem Sinn umzugehen, eine Art Ventil für unsere Wut. Aber der rote Sinn hat viele Nuancen. Unwissende betrachten die Wut oftmals nur negativ und eindimensional. Doch Wut verleiht Kraft, sie gibt den Antrieb, Hindernisse zu überwinden und schafft Klarheit, Konzentration und Fokus."

„Und die Wölfe?"

„Gehören zu einem uralten Ritual, genau wie der Totempfahl." Er wies auf den dunkelroten Stamm, der inzwischen nicht mehr glühte. „Die Wutwölfe sind die Materialisierung unserer Kampfeswut – keine Sorge, sie treten nur bei Straßenkämpfen in Erscheinung und würden auch niemals einen Sinnträger angreifen. Die Kunst liegt darin, den Wutwolf nicht mit dir durchgehen zu lassen. Du musst ihn kontrollieren, nicht er dich."

„Das hört sich an, als wärst du deinem Wutwolf bereits begegnet", sagte ich und hob die Augenbrauen.

Jesper betrachtete mich amüsiert. „Das würdest du jetzt gerne wissen, oder?", brummte er mit tiefer Stimme.

Ich biss mir auf die Lippen. „Wenn du es mir erzählen möchtest."

Jespers stahlblaue Augen durchbohrten mich, und für einen Moment hatte ich das Gefühl, dass all die steife Korrektheit aus seinem Blick wich. Er lächelte.

„Ich habe bisher – in meiner Freizeit wohlgemerkt – an drei Kämpfen teilgenommen. Und selbstverständlich keinen verloren."

„Selbstverständlich", wiederholte ich. „Und dein Wutwolf? Wie sieht er aus? Oder ist das auch streng vertraulich?"

Jesper grinste und seine weißen Zähne blitzten. „Er ist imposant und gefährlich, Lee, so viel lass dir gesagt sein."

„Wie viele wollt ihr?", fragte uns in dem Moment eine kleine rote Trägerin und hielt ein schwarzes Tablett vor unsere Augen, auf dem kleine Becher aus Feuerholz standen.

„Wir nehmen zwei", sagte Jesper und die Frau nickte. Der Beschützer reichte ihr ein Währungsblatt und nahm zwei Getränke in die Hand.

„Was nehmen wir denn?", fragte ich neugierig. Jesper überreichte mir einen Holzbecher.

„Wieder ein Ritual, oder?" Alle Sinnträger um uns

herum kippten den roten Inhalt mit einer schnellen Bewegung die Kehle hinunter.

Jesper nickte. „Nach einem Straßenkampf gehört es sich, Lavagesöff zu trinken."

„Lavagesöff … das hört sich doch bestimmt netter an, als es ist, oder?" Belustigung schwang in meiner Stimme.

Jesper sah mich unbewegt an und kippte das rote Gesöff hinunter.

Ich tat es ihm gleich und glaubte, im nächsten Moment zu sterben. Meine Kehle brannte und mir trieb es eine Schärfe ins Gesicht, die meinen Kopf zum Glühen und meine Augen zum Tränen brachte.

„Das … war gemein", schnaubte ich und stützte mich mit den Händen auf meinen Beinen ab.

„Du musst einen Moment warten", entgegnete Jesper. Der Geschmack, der sich einen Herzschlag später auf meiner Zunge entfaltete, war unbeschreiblich. Eine Explosion von süß, scharf, bitter und salzig fand in meinem Mund statt und es war unglaublich lecker, sodass alles in mir nach mehr verlangte.

„Das war … unbeschreiblich", bemerkte ich.

„Ein kleiner Vulkanausbruch in deinem Mund?"

Ich nickte. „Aber du hättest mich vorher warnen können. Dafür musst du mir noch einen ausgeben."

Jespers Mundwinkel zuckte. „Dem Befehl einer Wächterin werde ich mich nicht widersetzen."

Nachdem wir noch eine Runde zu uns genommen hatten, steuerte Jesper auf den Angstträger mit den kurzen weißen Haaren zu, der noch immer neben dem dunkelroten Totempfahl stand und Währungsblätter kassierte. Dabei befeuchtete er wiederholt seine Finger und seine Augen glitzerten gierig.

„Ihr wettet auch auf die Kämpfer?", fragte ich.

Jesper nickte. „Ja. Wetten ist legal. Doping und das Einsetzen von magischen Hilfsmitteln jedoch nicht." Er drängte sich an den umstehenden Sinnträgern vorbei, und als ihn der violette Träger erkannte, schreckte er für einen kurzen Moment zusammen.

„Jesper, mein alter Freund", säuselte er. Seine lila Zeichnung, die die Form eines Wirbelsturmes hatte, begann leicht zu glimmen.

„Ich bin nicht dein Freund, Dominicus. Hast du einen fairen Kampf abgehalten?"

„Aber natürlich", stotterte Dominicus. „Wo denkst du hin? Seit unserer letzten Begegnung bin ich clean, ich schwöre es dir." Er hob beschwichtigend die Hände. „Keine Kampfsäfte, keine Muskelpillen und auch keine Ausdauerdrogen."

Jesper verschränkte die Arme vor der Brust und wirkte dadurch noch bedrohlicher. „Und was ist mit Angsthalluzinationen?"

Dominicus zuckte mit den Achseln. „Weiß nicht, wovon du sprichst, ich bin clean, ich schwöre es dir."

„Wo ist Phil?"

„Ich weiß es nicht, wirklich nicht."

Jesper machte einen Schritt auf Dominicus zu, packte ihn am Kragen und hob ihn ohne erkennbare Kraftanstrengung in die Höhe. „Wo ist Phil?", wiederholte er und seine Stimme klang kalt wie Eis.

„Ich, ich weiß es nicht, ein Freund hat gesagt, dass er zu viel getrunken hat und dann abgeholt wurde, weil er die Zeche nicht bezahlen konnte. Ich wollte ihn schon rausholen, aber woher nehme ich denn die Zeit? So viele Kämpfe wollen veranstaltet werden. Willst du nicht auch einmal für mich kämpfen? Du könntest hier gutes Geld verdienen", krächzte Dominicus, als ihn Jesper auf den dunklen Boden fallen ließ.

„Niemals", knurrte Jesper. „Du bist nichts als Abschaum und hast Glück, dass ich heute einen anderen Auftrag habe." Er wandte sich mir zu. „Wir müssen ins Ministerium. Es ist nicht weit. Lass uns gehen."

Kapitel 9

Wir folgten einer gezackten Straße einen Hügel hinauf, hinter dem das Ministerium lag. Es war ein imposantes Bauwerk aus Feuerstein, das jedoch nicht durch seine ausgefeilte Architektur bestach, sondern durch seine Größe. Mich erinnerte der riesige, rechteckige Kasten an einen Tanker, der auf Sand gelaufen war.

„Warum ist das Ministerium so ... intakt?", fragte ich und dachte an die Ruinen, die wir soeben noch passiert hatten. „Ein Schutzmechanismus?"

Jesper nickte kurz und wir steuerten auf ein dunkles Tor zu. Der Eingang des riesigen Gebäudes wurde von zwei stattlichen Beschützern bewacht. Als sie Jesper sahen, salutierten beide und öffneten das Tor, hinter dem sich eine gigantische Halle befand. An den meterhohen Wänden hingen die unterschiedlichsten Waffen und Schutzschilde, von denen einige antik wirkten.

„Hier hängen selbst Stücke aus dem Ersten Sinnlichen Krieg", erklärte Jesper stolz und deutete auf eine Art Armbrust. „Hiermit hat Gestalter Georg höchstpersönlich gekämpft, er gehörte nicht zu denen, die sich im Ministerium versteckten. Er kämpfte an vorderster Front." Jespers tiefe Stimme hallte durch den Saal. Ich nickte und mein Blick schwenkte über die Wand mit den Schusswaffen, wo ich 147 Modelle zählte. Instinktiv fasste ich nach meinem Wächterstab, der an meiner Hüfte hing und ein Gefühl der Sicherheit durchfloss mich. Ich konnte mir vorstellen, was die Waffen für ihre Träger bedeutet haben mussten.

„Die Gänge des Ministeriums verändern ihren Verlauf und können für einen Neuankömmling verwirrend und beängstigend sein. Bleibe daher lieber an meiner Seite, Wächterin. Da lang", sagte Jesper und ich folgte ihm geradeaus in einen von acht schmucklosen Gängen, an dessen Ende zwei Beschützer postiert waren.

„Beschützer Jesper", sagte die rechte Wache respektvoll. „Wir hatten Sie nicht so rasch zurückerwartet."

„Ich begleite Wächterin Lee", sagte Jesper in Militärmanier, „sie benötigt Zugang zu einem Gefangenen."

„Selbstverständlich." Der Beschützer strich über seinen rechten Arm und Namen und Nummern erschienen darauf, die zeigten, in welchen Zellen die Gefangenen untergebracht worden waren.

„In Ordnung", sagte Jesper, nachdem er die Einträge überflogen hatte, und der Mann ließ die Namen und Nummern durch eine einzige Berührung wieder verschwinden. Die andere Wache öffnete uns die Tür und wir gelangten in einen mit Felsen gespickten Innenhof, der von achtundachtzig Gefängniszellen eingefasst wurde. Zwei Beschützer in schwarz-roten Uniformen standen still und ohne erkennbare Regung in der Mitte des Innenhofes und blinzelten nicht einmal.

„Ausnüchterungszellen", knurrte Jesper. „Hier findet sich der Abschaum wieder, der die Kontrolle verliert. Nicht nur Wutträger, auch Trauer- und Angstträger sind hier viel gesehene Gäste. Wir müssen zur Zelle Nummer 4.7.A", sagte er und ich folgte ihm. Die Gestalten, die ich in den Zellen erblickte, wirkten orientierungslos, müde oder betrunken. Ich versuchte, nicht zu tief einzuatmen, denn der Gestank von Erbrochenem hing in der Luft.

„Hier ist es", sagte Jesper und blieb an einer Zelle

stehen, deren Gitterstäbe leise zischten, als er ihnen zu nahe kam. Ich sah auch in die anderen Zellen und entdeckte bei einigen Insassen rote Brandmale.

„Phil", verlangte Jesper mit tiefer Stimme, und ein gedrungener roter Träger mit der Statur eines Boxers reckte den Kopf in die Höhe.

„Was willst du, Beschützer?", fragte Phil aus seiner Ecke und gähnte. „Willst du mich etwa noch einmal verhaften?"

Ich trat einen Schritt näher an die Zelle heran und die meterhohen Stäbe zischten.

„Vorsicht, Lee", sagte Jesper und ich sah, wie der zweite Insasse, der in der anderen Ecke mit dem Rücken zu uns saß, bei der Erwähnung meines Namens kurz zuckte. Ich kannte diesen verstrubbelten, dunklen Hinterkopf.

„Ben?", fragte ich.

Er drehte sich zu uns um und sah aus, als hätte er eine heftige Nacht hinter sich. Dunkle Augenringe zeichneten sich in seinem Gesicht ab und tiefe Kratzer zogen sich über seine linke Wange.

„Warum wundert es mich nicht, dass wir den hier treffen?", fragte Jesper und es klang mehr nach einer Feststellung als nach einer Frage.

„Warum wundert es mich nicht, dass du dich an die Wächterin ranwirfst?", murrte Ben, der trotz durchzechter Nacht seinen ekelhaften Sinn nicht verloren hatte.

„Pass auf, was du sagst, Ekelträger", herrschte ihn Jesper an. „Vergiss nicht, auf welcher Seite der Feuerstäbe du dich befindest."

Ich atmete tief ein und versuchte meinen Herzschlag zu beruhigen. Ich musste mich konzentrieren, ich durfte mich jetzt nicht ablenken lassen.

„Phil", begann ich. „Kennen Sie einen Vertrauensträger,

mit langen weißen Haaren und einer stattlichen Figur, der ihnen vielleicht etwas übergeben hat?“

Ich hörte, wie Ben lachte. „Du gibst wohl nie auf“, sagte er arrogant. „Ich dachte immer, Wächter wären lernfähig.“

„Und ich dachte immer, Reisende würden reisen“, mischte sich Jesper ein. Ben sprang auf und kam Jesper so nahe, wie es die Stäbe zuließen.

„Und was beschützt du gerade? Unsere Wächterin? Hat sie dich schon um den kleinen Finger gewickelt?“, fragte er süffisant und Jesper knurrte.

„Phil, denken Sie nach. Fällt Ihnen jemand ein?“, fragte ich und der stämmige rote Träger kratzte sich an seiner mehrmals gebrochenen Nase.

„Da gab es schon jemanden, mir fällt aber sein Name nicht mehr ein“, erklärte er näher schlurfend und eine Mondschnapsfahne wehte mir ins Gesicht, sodass ich den Kopf etwas drehte, um nicht die volle Ladung abzubekommen.

„Und, hat er Ihnen was gegeben?“

„Ja, das hat er. Tatsächlich“, überlegte Phil. „Der Typ war der Hammer. Konnte überall einschlafen, egal wo, egal wann. Das Vertrauen muss man erst einmal haben.“

„Was hat er Ihnen gegeben?“, wiederholte ich drängend.

„Den Rat, Informationen nicht umsonst rauszurücken“, mischte sich Ben ein und Phil grunzte.

„Sei still, Reisender“, zischte Jesper. Phil lachte ein breites, lückenhaftes Lachen, wahrscheinlich hatte er einige Zähne bei seinen Kämpfen verloren. „Willst du ewig hier drinbleiben? Sollen wir dich hier für immer schmoren lassen?“, fragte Jesper und lächelte grimmig.

Ich sah Phil eindringlich an. „Was hat er Ihnen

gegeben?"

„Wisst ihr, der Vertrauenstyp, den ihr meint, der hat bei den Kämpfen öfters auf mich gewettet", antwortete Phil gedehnt. „Ein feiner Kerl ist das, hat mir öfters einen ausgegeben. Und er meinte, ich darf das, was ich habe, nur jemanden geben, der auch würdig ist."

„Und?", hakte ich weiter nach.

„Würdig ist der, der mich aus der Zelle hier rausholt", sagte Phil und grinste breit und zahnlos. Ich spürte, dass er nicht klein beigeben würde.

„Wie hoch ist seine Kaution?", fragte ich Jesper.

„Du musst das nicht machen, Lee. Ich bekomme die Informationen auch so aus ihm heraus", knurrte Jesper und seine Finger ballten sich zu einer Faust.

Ich schüttelte den Kopf. „Es ist schon okay", sagte ich und lächelte Phil an. Es war wichtig, sein Vertrauen zu gewinnen.

Jesper nickte und winkte einen der unbeweglichen Beschützer heran, die in der Mitte des Hofes postiert waren.

„Was kann ich für Sie tun, Sir?", fragte er ehrerbietig.

„Worauf wurde seine Kaution festgesetzt?", verlangte Jesper zu wissen.

„Fünf Währungsblätter", erwiderte der Beschützer, „entspricht der offenen Wirtshausrechnung inklusive Strafe."

„Und was ist mit dem?", fragte ich und deutete auf Ben.

„Dreizehn Währungsblätter. Ausfälligkeiten in der Öffentlichkeit und eine Menge unbezahlter Rechnungen."

„Okay", sagte ich. „Ich bezahle seine Kaution. Holen Sie ihn raus."

Ben wandte sich mir zu und grinste spöttisch. „Du kannst wohl nicht ohne mich."

Meine Augen verengten sich. „Nicht den da", sagte ich, „ich nehme den hier mit", wobei ich auf Phil deutete."

Wenig später standen Jesper, Phil und ich in einem kleinen Seitenhof, der durch brennende Fackeln erhellt wurde. „Jesper, kannst du uns bitte für einen Moment alleine lassen?", fragte ich.

Er nickte. „Wenn du mich brauchst, ich warte hinter der Tür." Dann drehte er sich zu Phil. „Mach keinen Blödsinn", befahl er mit fester Stimme.

„Ja, Chef", entgegnete Phil und salutierte übertrieben. Einen Herzschlag später war Jesper durch das dunkle Tor verschwunden, durch das wir in den Hof gekommen waren. Jesper hatte erklärt, dass es im Ministerium mehrere solcher Innenhöfe gab, die für geheime Gespräche vorgesehen waren. Ein spezieller Schutzzauber schirmte sie vor unerwünschten Zuhörern ab.

„Also Phil, hast du es dabei?", fragte ich und mein Puls beschleunigte sich.

„Aber sicher doch", sagte Phil und klopfte sich auf die Stirn. „Der hier ist noch immer dran, auch wenn er schon öfters übel zugerichtet wurde."

„Wie bitte?"

Phil zog eine Zigarette aus seiner Hosentasche und zündete sie sich mit einem Feuerstein an. „Die erste ist immer die beste", sagte er und blies den roten Rauch in die Luft, der sich dort zu den Buchstaben JAK formte.

„Was hat dir der weißhaarige Vertrauensträger gegeben?"

Phil kratzte sich am Ohr. „Der Typ hat gesagt, dass ich es nur erzählen darf, wenn ihm was passiert ist – und dann auch nur einem seiner Brüder. Wie ein Bruder siehst du aber nicht aus", sagte er und betrachtete mich von oben bis unten.

„Ich habe deine Kaution bezahlt", sagte ich. „Wir haben einen Deal."

„Ist ihm denn was passiert?", fragte Phil und sah mich sorgenvoll an. „Ist ein feiner Kerl, musst du wissen."

„Ich befürchte schon", sagte ich wahrheitsgemäß, „und ich bin hier, um ihm zu helfen. Was hat er dir gegeben?"

Phil sah mich unbewegt an.

„Phil", sagte ich streng. „Die Beschützer können dich jederzeit wieder in die Zelle stecken."

„Ist schon gut", wehrte er ab und zog an seiner Zigarette, dabei sah er sich kurz um. „Ich gebe es dir", sagte er und seine Stimme wurde leiser, sodass ich mich näher zu ihm beugen musste, „schläfst du noch?" Der intensive Geruch nach Feuerschnaps kroch in meine Nase.

Ich trat einen Schritt zurück. „Wie bitte?"

„Schläfst du noch?", wiederholte er im Flüsterton.

Meine Augen verengten sich. „Soll das ein Scherz sein? Hat dich der schwarze Träger aus deiner Zelle dazu angestiftet?", fauchte ich.

Phil schüttelte den Kopf. „Nein, nein, du musst mir glauben, genau das hat der weißhaarige Kerl gesagt."

Ich atmete tief ein. „Und er hat dir nichts gegeben?"

Phil zuckte mit den Schultern. „Nur diese Worte."

Ich biss die Zähne zusammen. Jedes Mal, wenn ich das Gefühl hatte, einen Schritt nach vorne zu machen, warf es mich wieder zwei zurück. Was sollte das bedeuten? Was sollte ich mit dieser dämlichen Frage anfangen?

„Hast du eine Ahnung, was er damit sagen wollte?"

Phil zuckte abermals die Achseln. „Er hat gesagt, es

ist ein Rätsel. Aber ich war mir nicht sicher, ob der Typ noch ganz bei Sinnen war. Ein netter Kerl, aber irgendwie eigenartig. Hat viel von der anderen Welt gefaselt, sagte, dass er eine besondere Beziehung zu mir hätte, dass wir dort Brüder gewesen wären und so einen Scheiß. Ich habe ihn nicht ganz für voll genommen und das Geschwätz über die andere Welt … das will hier sowieso keiner hören." Er zog noch einmal genüsslich an seiner Zigarette und blies roten Rauch aus, der die Buchstaben OB formte.

„Fällt dir sonst noch irgendwas ein?"

„Na ja, der Typ wirkte manchmal panisch, so als hätte er Angst, dass man ihn verfolgte. Und das als Vertrauenstyp." Er schnaubte und dämpfte seine Zigarette aus. „Kann ich jetzt gehen? Dominicus hat mich für einen Kampf gebucht und ich habe ein gutes Gefühl, dass mein Wutwolf heute so richtig abräumt."

„Sag, könnte es sein, dass der weiße Träger Jakob heißt?", fragte ich mit gerunzelter Stirn.

„Hey, ja, jetzt wo du es sagst", murmelte Phil und nickte. „Woher weißt du das?"

„Der Rauch", sagte ich, „hat eine Erinnerung von dir freigegeben."

„Na, dann sollte ich vielleicht mehr rauchen?" Phil grinste breit und zahnlos.

„Und, bist du mit deinen Ermittlungen weitergekommen?", fragte Jesper, als wir das Ministerium verließen.

„Nicht so sehr, wie ich gehofft hatte", gab ich zu. „Jesper, was hältst du von den Verbindungen zur anderen Welt, den Erinnerungen an unser altes Leben?"

„Nichts", antwortete er ernst, „denn bisher konnte

noch kein einziger Beweis gefunden werden, dass an den Geschichten tatsächlich etwas dran ist. Es gibt eine Bewegung in den acht Ministerien, die versucht, dieses ganze Vergangenheitsgeschwätz zu unterbinden. Etwas radikal, aber in meinen Augen geht es in die richtige Richtung. Ich glaube nicht daran, dass man sich an sein altes Leben erinnern sollte – wozu auch? Was bringt es, den Blick nach hinten zu richten, wenn doch so viele Aufgaben vor einem liegen? Ich habe keine einzige Erinnerung und bin überzeugt, dass es so am besten für das Gleichgewicht unserer Welt und die Balance zwischen den Welten ist."

„Aber ich dachte, dass wir aus der Vergangenheit lernen sollen? Waren das nicht genau deine Worte?", hakte ich nach und runzelte die Stirn.

„Aus unserer Vergangenheit, Wächterin, nicht aus der der anderen Welt oder dem Leben, das wir glauben, dort geführt zu haben. Das ist Zeitverschwendung. Ich habe es dir doch beschrieben, die andere Welt kann sich mit unserer nicht im Entferntesten messen, ich frage mich, warum wir sie überhaupt brauchen – aber das liegt außerhalb meiner Befugnis. Die Geschichte hat uns gelehrt, dass die Balance wichtig ist und für die trete ich ein."

Ich nickte stumm und dachte an den weißhaarigen Spinner Jakob und den Lichtstein, den er versteckt haben musste. Was hatte das Rätsel zu bedeuten? Schläfst du noch … ich konnte mir keinen Reim darauf machen. Aber wenn es noch die Chance auf einen weiteren Lichtstein gab, dann würde ich meinem Instinkt folgen, dann würde ich alles unternehmen, was notwendig war, um ihn zu finden, egal, wie viele Totaa sich mir in den Weg stellten, egal, wie viele Visionen mich noch überfallen würden … die Vision! Ich hatte mich so sehr auf den Lichtstein konzentriert, dass ich die Vision aus der Trainingshalle vergessen hatte. Der Dunkle Ort, er würde mir hier im Wutland erscheinen … ich musste nur die Schlafstelle finden.

„Jesper, es klingt vielleicht eigenartig, aber ich würde heute gerne im Freien übernachten."

„Im Freien? Das klingt überhaupt nicht eigenartig, Wächterin", sagte er anerkennend, „ich schlafe selbst am liebsten in der Natur."

„Kennst du vielleicht einen Ort, von dem aus man Sicht auf einen mächtigen Vulkan hat, der zum Geläut von Glocken Lava spuckt?", fragte ich und wollte nicht darüber nachdenken, wie seltsam meine Frage klingen musste.

„Aber sicher doch", sagte Jesper und hob stolz die Brust, „du meinst den Grollenden Vulkan? Wenn er ausbricht, läuten die Glocken, um die Bewohner des Dorfes zu warnen. Ich kenne einen Platz, es ist nur ein kurzer Fußmarsch bis dahin, wenn du möchtest, können wir dort übernachten. Und wenn du Glück hast, kannst du den Ausbruch miterleben – es ist ein fantastischer Anblick."

Ich lächelte Jesper an und war froh, dass er keine Fragen stellte, sondern einfach nur seine Hilfe anbot.

„Vielen Dank, dass du das alles für mich tust."

Jesper lächelte zurück. „Wie gesagt: Wächter und Beschützer müssen zusammenhalten."

Der Platz, den wir wenig später erreichten, war eine kleine Lichtung auf einer Anhöhe. Ein zufriedenes Gefühl durchfuhr mich, als ich ihn wiedererkannte. Es war der Ort, den ich in meiner Vision gesehen hatte. In der Ferne ragte ein mächtiger Vulkan in die Höhe, der zum Geläut weit entfernter Glocken Lava spuckte.

„Du hast Glück", sagte Jesper, „der Vulkan ist wieder ausgebrochen." Er spie rote Feuerfäden in die Luft, die im Abendhimmel leuchteten und dann anmutig zu Boden fielen.

„Wie lange dauert das Spektakel?"

„Das ist unterschiedlich", antwortete er, „manchmal nur einen Herzschlag, manchmal eine Ewigkeit. Man sollte sich jedoch keinesfalls von den Feuerfäden treffen lassen. Sie verursachen Verbrennungen dunkelroten Grades."

Jesper trug ein paar Äste zusammen und entzündete geschickt ein Lagerfeuer. Gemeinsam sammelten wir Zweige und Blätter und richteten zwei Schlafstätten ein.

„Du musst müde sein", sagte Jesper. „Das war ein großer Tag für dich, Wächterin." Ein Uhu schrie in der Nähe.

„Und vielleicht auch eine große Nacht", sagte ich leise zu mir selbst. Jesper, der es sich bereits auf seinem behelfsmäßigen Bett bequem gemacht hatte, sah mich intensiv an und ich schluckte kurz. Hoffentlich hatte er das nicht falsch verstanden.

„Ich meinte, kann der Ausbruch noch intensiver werden?", fragte ich und deutete Richtung Vulkan.

Jesper schüttelte den Kopf. „Wahrscheinlich nicht. Gute Nacht, Wächterin."

„Gute Nacht, Jesper", sagte ich und gähnte. Die Müdigkeit steckte mir in den Gliedern und ich spürte, wie meine Lider immer schwerer wurden, obwohl ich den Dunklen Ort unter keinen Umständen verschlafen durfte. Das Letzte, was ich sah, war ein verwitterter Höhleneingang, der vor meinen Augen verschwand.

Kapitel 10

Ich schreckte hoch und versuchte, nach dem Eingang zu greifen, doch die dunkle Höhle zerfloss zu schwarzem Nebel und ließ nichts als die kalte Nachtluft zurück.

„Nein!", schrie ich und wusste, dass dies meine einzige Chance gewesen war. „Nein." Kraftlos ließ ich mich zu Boden fallen und mit mir fielen alle Hoffnungen, meine Visionen zu verstehen, zu verstehen, was mit mir nicht richtig war, zu verstehen, warum sich mein Weg anders abzeichnete, warum ich die neue Welt nicht einfach sorglos erfahren konnte. Ich zog meine Beine an mich, umklammerte sie und eine kleine Träne kullerte über meine Wange. So lag ich da, bis ich spürte, dass ich nicht länger alleine war. Ich hatte keine Zeit zu schreien, als ein schwarzer Schatten über mich fiel, sich auf mich stürzte und mir das ganze Blut aus dem Körper presste.

Ich öffnete die Augen und hörte das Knistern und Knacken von brennendem Holz. Das Herz hämmerte in meiner Brust und meine Arme schlangen sich noch immer krampfhaft um meine Beine. Hatte ich bloß geträumt? Es hatte sich so real angefühlt. Die orangeroten Flammen des Lagerfeuers leckten über den Stapel zusammengetragener Äste. Ich versuchte, meine Körperhaltung zu entspannen und blickte auf Jespers Schlafplatz, der jedoch leer war.

Wo war Jesper? Wie lange hatte ich geschlafen? Ich tastete vorsichtig über meine Wange und spürte eine eingetrocknete Träne auf meiner Haut. Langsam richtete ich mich auf und atmete die frische Nachtluft ein, die harzig und sauber roch. Weit entfernt spuckte der Grollende Vulkan seine Feuerfäden und das melodische Geläut der Vulkanglocken begleitete das faszinierende rote Schauspiel in der dunklen Nacht. Ich dachte nach. In meiner Vision musste Jesper gerade aus dem Wald zurückgekehrt sein, als der Dunkle Ort begonnen hatte, sich aufzubauen. Schnell legte ich mich wieder hin, schloss die Augen und rollte mich ein. Wenn Jesper noch nicht da war, bedeutete es, dass mir die Szene aus meiner Vision noch bevorstand. Mit einem kribbelnden Gefühl der Erwartung versuchte ich mich auf die Geräusche des Waldes zu konzentrieren, ohne meinen Sinn zu entfachen. Es war nicht einfach, doch seit der Wächterprüfung hatte ich den Eindruck, mich und meine Fähigkeit besser kontrollieren zu können. Ich atmete tief ein. Es tat gut, meinem Instinkt vertrauen zu können, es tat gut, mir selbst vertrauen zu können. Das leise Knacken eines Astes bohrte sich in meine Gedanken und ich widerstand dem Drang, meine Lider zu öffnen. Ich hörte die Schritte eines Mannes und wusste, dass ich diese Schritte kannte. Sie waren fest und zielsicher, versuchten sich jedoch leise zu bewegen. Jesper wollte mich nicht wecken. Ich wartete einen Moment, wartete, bis er sich wieder niedergelegt hatte, wartete, bis ich den rhythmischen Klang seines Atems hören konnte, und rollte mich auf die andere Seite. Ich blinzelte und erkannte den verwitterten Höhleneingang, der sich hinter mir schon ganz aufgebaut hatte. Mir blieb nicht mehr viel Zeit. So lautlos wie möglich richtete ich mich auf, linste auf den schlafenden Jesper und trat in den Höhleneingang.

Es dauerte einen Herzschlag, bis sich meine Augen an die tiefe Finsternis gewöhnt hatten. Langsam tastete ich mich an den Wänden des Stollens entlang, der sich glatt und kalt anfühlte. Auch dieses Mal entfachte sich mein Gesichtsmuster nicht und ich war mir sicher, dass der Dunkle Ort seine ganz eigenen Gesetze besaß. Ich folgte dem dunklen Tunnel, ließ meine Fingerspitzen mir den Weg weisen und fühlte die nervöse Spannung, die sich über meinen Körper legte.

Vielleicht lag es an meiner Vorfreude oder daran, dass ich nicht zum ersten Mal den Dunklen Ort betrat, aber ich war schneller als bei meinem letzten Besuch. Nach 1399 Schritten erreichte ich die kreisrunde Grotte, die in kaltes violettes Licht getaucht wurde und in der sich die drei bogenförmigen Eingänge erhoben. Wie beim letzten Mal entschied ich mich für die goldene Mitte und trat erneut in tiefe Dunkelheit. Der Gang führte geradeaus und ich spürte, wie eine Welle der Angst ihre kalten, spitzen Finger nach mir ausstreckte. Hinter mir vernahm ich ein leises Schlurfen und Rascheln. Mein Atem beschleunigte sich und ich versuchte, nicht an die toten Spinner, an die Totaa und an Ben zu denken. Das Gefühl, verfolgt zu werden, wurde immer stärker, doch ich wagte es nicht, mich umzusehen. Ich musste verstehen, was es mit meinen Visionen auf sich hatte, ich musste verstehen, was es mit mir auf sich hatte. Mit schnellen Schritten lief ich durch den düsteren Gang, hörte mein Herz laut gegen meine Brust schlagen, und als ich endlich die zweite, kreisrunde Kammer erreichte, atmete ich erleichtert aus.

Die kopfgroße schwarze Kugel lastete auf den drei filigranen Feuerstäben, die im Takt meines Herzens aufflackerten und den Raum in ein bernsteinfarbenes Licht tauchten. Tanzende Schatten zuckten über die Wände und ich fühlte die vibrierende Macht der Kugel in jeder Zelle meines Körpers. Ich trat einen Schritt näher und berührte die kühle Oberfläche der Sphäre. Meine Fingerspitzen begannen zu kribbeln und ein prickelndes Gefühl breitete sich in mir aus, ein Gefühl, das von Sekunde zu Sekunde anwuchs und mir bewusst machte, dass mein Schicksal hier und jetzt auf mich wartete. Mit einem Schlag leuchtete die Kugel in goldgelbem Licht und erhellte die ganze Kammer. Ihr Schein strahlte mir ins Gesicht und an den Felswänden erschien eine glänzende Schrift, die ich jedoch nicht lesen konnte. Begleitet von einem lieblichen Klang verschmolzen die Zeichen und Symbole zu einem einzigen Wort.

Lee.

Ich schluckte und alles an mir war nur auf meinen Namen gerichtet.

Lee, Trägerin der Wachsamkeit erschien es in goldenen Lettern an der Wand und ich wagte kaum einzuatmen.

Lee, Trägerin der Wachsamkeit, dein Schicksal ist es leuchteten die nächsten Zeichen auf und das Hämmern meines Herzens wurde beinahe unerträglich.

Lee, Trägerin der Wachsamkeit, dein Schicksal ist es deinem Sinn zu trauen, deinem Weg zu folgen und dich nicht beirren zu lassen. Mit der Kraft deines Innersten wirst du deinen Weg erkennen und die schwarze Seele wird dir dabei helfen.

Ich wartete, doch das Licht der Kugel erlosch. Die Prophezeiung war zu Ende geschrieben worden und ich fühlte die Enttäuschung wie eine Lawine über mir zusammenbrechen.

Das war es? Das war alles? Ich werde meinen Weg finden und die schwarze Seele wird mir dabei helfen? Was sollte das bedeuten?

Einige Herzschläge lang blieb ich noch in der

Kammer, doch ich spürte, dass es vorbei war und dass nicht mehr kommen würde. Ich drehte um, durchquerte niedergeschlagen den dunklen Gang, die violette Grotte, bis ich schließlich den schwarzen Tunnel erreichte. Wenig später schritt ich durch den verwitterten Höhleneingang und stieß gegen einen harten Brustkorb.

„Jesper", flüsterte ich und wich einen Schritt zurück.

„Was hast du getan, Wächterin?" Seine Gesichtszüge waren hart und seine stahlblauen Augen durchbohrten mich.

„Ich … ich musste mein Schicksal erfahren", sagte ich und hielt seinem Blick stand.

„Du weißt, in welche Schwierigkeiten dich das bereits gebracht hat", sagte er scharf und ich nickte.

„Ich weiß es, das kannst du mir glauben", sagte ich schroff und verspürte wenig Lust, mich zu rechtfertigen, „aber es war wichtig. Ich weiß, dass es dir schwerfällt, das zu akzeptieren. Das Brechen von Regeln ist nichts, worauf ich stolz bin, aber manchmal verlangt das Leben nach Ausnahmen. Es geht hier um mehr, Jesper, das musst du mir glauben."

Der Beschützer fixierte mich und ich war mir sicher, dass er innerlich mit sich rang. Jesper war ein Verfechter von Recht und Ordnung und ich verstand ihn nur zu gut. Aber die letzten Sonnenläufe hatten mir gezeigt, dass es nicht nur Schwarz und Weiß gab, sondern dass das Leben vielschichtig war.

Jesper straffte die Schultern und es sah aus, als ob er für sich eine Entscheidung getroffen hätte.

„In Ordnung, Lee", sagte er steif. „Auch wenn ich es nicht gutheiße, werde ich es tolerieren. Du bist eine Wächterin, du hast bei der Prüfung dein Urteilsvermögen und dein Können unter Beweis gestellt und ich werde diesen Vorfall hier nicht melden. Aber ich erwarte, dass du mir – sobald deine Mission abgeschlossen ist – eine genaue Erklärung der Vorfälle lieferst. Ich habe den Eindruck, dass du nicht nur im Auftrag der Wächter ermittelst, wenn du den Dunklen Ort aufsuchst und dir deine Prophezeiung weissagen lässt."

„Das werde ich, Jesper, das werde ich", gab ich klein bei, „ich werde dich einweihen. Aber jetzt ist nicht der richtige Zeitpunkt dafür."

Jesper hockte sich nieder und legte die gesammelten Äste der Reihe nach ins Feuer, dessen orangerote Flammen sich gierig auf das Holz stürzten. Im Licht des Lagerfeuers wirkte Jesper nachdenklich, sein Blick war starr und fixierte das Spiel der Flammen. Ohne mich anzusehen, sagte er: „Der Dunkle Ort ist gefährlich. Seine Prophezeiungen sind gefährlich."

„Ich weiß, ich werde aufpassen."

„Du verstehst es nicht", widersprach er hart. „Du denkst, es sind nur Worte, was sollen sie schon ausrichten? Aber sie fressen sich in deinen Kopf, nisten sich in deinen Gedanken ein und aus einfachen Worten, aus einfachen Buchstaben werden Taten, aus unbedeutenden Zeichen wird dein Schicksal, unausweichlich. Es ist keine Spielerei, Lee – es ist kein kleines Abenteuer, in das du dich hier stürzt, es ist mächtig, gefühllos und unausweichlich."

Ich ging zu meinem Schlafplatz und setzte mich. „Ich kann auf mich aufpassen, Jesper."

Er schüttelte den Kopf. „Es ist größer als du und ich, es ist unvorstellbar und unheilvoll."

Ich war mir nicht sicher, ob ich wütend auf Jesper sein sollte, weil er mich bevormundete, oder ob mir seine Worte Angst machen sollten. Die Prophezeiung wiederholte sich in meinem Kopf, und ich wusste weder, welche Gefahr von diesen Worten ausgehen sollte, noch war mir klar, was sie überhaupt zu bedeuten hatten. Ich war keinen Schritt weitergekommen, ich hatte keine Erklärung, was es mit meinen Visionen auf sich hatte, ich hatte keinen Anhaltspunkt, wo der Lichtstein des weißen Spinners zu finden war, ich hatte … nichts.

Nicht einmal ein Gefühl, in einer Welt voller Gefühle.

„Der Dunkle Ort hat schon viele Sinnträger in den Wahnsinn getrieben, Lee. Ich weiß, dass du mir nicht glaubst, dass du meine Worte in deinem Innersten abtust, wie du vielleicht auch die Worte der Prophezeiung klein stellst, wie du sie nicht verstehst, sie wegschiebst – doch sie werden wachsen. Sie werden wachsen und gedeihen, sie werden zu", er machte eine kurze Pause, „zu deinem Schicksal."

Ich zog die frische Nachtluft in meine Lungen. Das Geläut der Glocken war noch immer zu hören, klang es nun düsterer, unheilvoller als zuvor? Oder bildete ich mir das nur ein?

Ein kurzer Schauer jagte über meinen Rücken.

„Ich werde vorsichtig sein. Die Worte sind in mir, aber ich gebe ihnen ihre Bedeutung, Jesper."

Er richtete seinen Blick auf die Flammen und stocherte im Feuer. „Du hast nicht gesehen, was ich gesehen habe, Lee. Es gibt im Wut-Ministerium Aufzeichnungen zu den Opfern des Dunklen Ortes. Sie alle sind mit fanatischem Eifer ihren Prophezeiungen gefolgt. Und eines kann ich dir sagen: Es ist nicht schön, was aus ihnen geworden ist. Aus keinem von ihnen." Er presste die Zähne aufeinander. „Aber du hast es so gewollt. Du forderst es heraus." Er richtete sich auf. „Wir sollten schlafen, es ist schon spät", sagte er, ohne mich anzusehen und ich fühlte, dass ich ihn enttäuscht hatte.

Müde legte ich mich wieder hin und spürte jeden einzelnen Ast unter mir, der sich unangenehm in meinen Rücken pikste. Dann schloss ich die Augen und wiederholte die Worte der Prophezeiung in meinem Kopf, bis ich einschlief.

Als ich erwachte, fröstelte es mich. Es hatte sich abgekühlt und das Feuer war erloschen, nur noch Asche lag auf dem erdigen Boden, in dem keine Glut mehr zu finden war. Ich schlang die Arme um meinen Körper und versuchte mich warm zu rubbeln. Jesper saß auf seiner Schlafstätte und presste eine dunkle Flüssigkeit aus den purpurroten Blüten einer Pflanze in einen grob geschnitzten Holzbecher. Seine Fingerspitzen färbten sich dabei dunkelrot.

„Guten Morgen", sagte er, ohne hochzublicken.

„Guten Morgen", sagte ich und kleine Atemwölkchen verließen meinen Mund. „Ganz schön kalt hier."

„Trink das", sagte Jesper und es klang mehr nach einem Befehl als nach einem Angebot. Er richtete sich auf und reichte mir den Holzbecher.

„Hast du den selbst geschnitzt?", fragte ich und lächelte.

„Ich sagte doch, dass ich gerne Zeit in der Natur verbringe", antwortete er und deutete mit dem Kinn auf den Becher, seine Fingerspitzen hatten wieder eine normale Farbe angenommen. Ich nahm einen Schluck und spuckte den Inhalt sofort wieder auf den Boden.

„Das ist widerlich", sagte ich, „das kann ich nicht trinken." Der Geschmack von Fäulnis lag mir noch immer auf der Zunge.

„Trink es", wiederholte Jesper streng. „Alles." Seine stahlblauen Augen durchbohrten mich und er sah aus, als würde er keine Widerrede dulden. Nach gestern Abend verspürte auch ich wenig Lust, mit ihm eine Diskussion anzufangen. Vorsichtig nippte ich an der schwarzen Flüssigkeit, und da sich der Geschmack nicht besserte, sondern ganz im Gegenteil verschlechterte, kippte ich das Zeug in einem Zug hinunter.

War das Jespers Rache für meinen Besuch am Dunklen Ort? Ich hielt die Hand vor meinen Mund und musste mich beherrschen, das schwarze Gesöff nicht sofort wieder auszuspucken. Ein übles Gefühl breitete sich in meiner Magengegend aus und ein Brechreiz durchzuckte meinen Hals, doch ich wollte mich nicht übergeben, ich wollte nicht schwach vor Jesper wirken. Ich presste die Lippen aufeinander, atmete tief durch die Nase und hoffte, dass es bald vorbei sein würde. Meine Aufmerksamkeit richtete ich auf andere Dinge, auf den Vulkan, dessen Feuerfäden in einem anmutigen Schauspiel noch immer in die Luft geschossen wurden, das Zirpen der Wutkäfer, die auf dem umgefallenen Baumstamm neben mir krabbelten, das Rascheln der Bäume, deren rote Adern bis in die Blätter verliefen … nach 98 Herzschlägen war es vorbei, und obwohl ich den ekelhaften Geschmack noch immer im Mund hatte, durchzog mich eine wohlige Wärme.

„Es hat den gleichen Effekt wie das Lavagesöff", erklärte Jesper und demontierte routiniert seine Schlafstätte.

„Aber nicht den gleichen Geschmack", sagte ich und hätte am liebsten etwas nachgetrunken, gab mir aber nicht die Blöße, Jesper nach seinem Wasservorrat zu fragen.

„Man gewöhnt sich daran", sagte Jesper und ich bezweifelte es. „Was ist dein nächstes Ziel, Wächterin?", fragte er knapp.

„Ich muss zur schwarzen Seele", sagte ich automatisch

und biss mir sofort auf die Zunge. Hatte ich das soeben wirklich gesagt? Kam es einfach so aus mir herausgesprudelt?

„Warum? Dort waren wir doch schon gestern", knurrte Jesper und raffte sich auf. „Willst du ihn etwa rausholen? Von mir aus kann er dort verrecken." Seine Nasenflügel blähten sich auf und sein Blick war so kalt, als ob er die Erde zum Gefrieren bringen wollte.

Die schwarze Seele. Ben? Machte das Sinn?

Ich schluckte und bewegte mich auf Jesper zu. Irgendetwas sagte mir, dass es richtig war – dass es richtig war, zu Ben zurückzukehren. Vorsichtig legte ich meine Hand auf Jespers Arm, der sich fest und muskulös anfühlte.

„Es ist viel verlangt, ich weiß. Und ich kann es dir nicht erklären. Noch nicht. Aber es gibt diese eine Sache, die ich erledigen muss."

Jesper starrte ins Nichts und ich wollte gar nicht wissen, was er sich gerade ausmalte – ging es um mein riskantes Unterfangen, das er nicht guthieß, oder um Ben, den er anscheinend noch weniger guthieß.

„Ich werde dich begleiten", ließ er mich wissen und sein Tonfall sagte mir, dass es zwecklos war, zu widersprechen.

Auf dem Weg zum Ministerium sprachen wir kein Wort, trotzdem war ich dankbar, dass Jesper mich begleitete. Von der Anhöhe aus folgten wir dem gezackten Pfad, der von den schwarzen Bäumen gesäumt wurde. Ihre roten Astkrallen griffen gierig nach meinen Haaren und noch immer beschlich mich ein beklemmendes Gefühl, als wir an ihnen vorbeigingen.

Konnte Ben die Lösung sein? Konnte er mir helfen, Phils Hinweis zu entschlüsseln? Ich konnte es mir nicht vorstellen. Warum gerade … Ben? Die Wachen am Eingang des Ministeriums standen in derselben korrekten Haltung da wie jene am Nachmittag zuvor. Sie ließen uns problemlos passieren und wir betraten erneut die riesige Waffenkammer, deren Schätze stumm von vergangenen Zeiten berichteten. Jesper steuerte auf einen Gang zu, der sich ganz rechts am Ende der Halle befand.

„Aber", setzte ich an, „wir sind doch letztes Mal durch den mittleren -"

„Ich kenne den Weg", erklärte Jesper unterkühlt und ich folgte ihm den Korridor entlang bis zu den beiden Beschützern, die vor dem roten Tor Wache hielten. Jesper nickte ihnen zu und ohne etwas zu sagen, öffneten sie uns das Tor zu den Ausnüchterungszellen. Wir traten in den felsigen Innenhof und meine Augen suchten instinktiv nach Zelle Nummer 4.7.A, doch darin saß nur ein dicker Sinnträger, der das Gesicht abgewandt hatte und dessen Unterhemd mit braunen Flecken übersät war. Er gammelte in einer Ecke und sein Bauch schwabbelte, als er lautstark rülpste. Der Geruch nach Erbrochenem lag noch immer in der Luft und für einen Moment schüttelte es mich.

„So eine Nacht in der Ausnüchterungszelle kann einen ziemlich verändern", sagte Jesper mit Blick auf die Zelle. Ich kräuselte die Stirn und war mir nicht sicher, ob er einen Scherz machte.

„Wo ist Ben?", fragte ich.

„Genau vor dir."

Meine Augen weiteten sich. „Das … ist doch ein Scherz, oder? Habt ihr ihn in eine andere Zelle verlegt? Hat vielleicht jemand seine Kaution bezahlt?"

Jesper bedachte mich mit einem kurzen Seitenblick. „Wer sollte denn seine Kaution bezahlen?", knurrte er und hielt inne. „Außer dir, Lee", murmelte er dann und zog hörbar die Luft ein, „und ich hoffe inständig, dass du einen wirklich guten Grund dafür hast."

Ich starrte die Zelle und den dickbäuchigen Insassen an.

Konnte das wirklich wahr sein?

„Die Magie der Ausnüchterungszellen wurde von Gestalter Georg initiiert", erklärte Jesper endlich und verschränkte die Arme hinter dem Rücken, „in den Büchern steht, dass es ihm wichtig war, ein Zeichen zu setzen. Er war ein Verfechter der Meinung, Geschehenes nicht auszutilgen, er fand, dass Unrecht sichtbar gemacht gehörte. Es gab damals viele Diskussionen und einige Rechtsorganisationen stiegen auf die Barrikaden – deshalb ist der Zauber der Zellen auf einen kurzen Zeitraum beschränkt. In meinem Land gilt die Magie der Zellen noch immer als sehr umstritten – die einen wollen die Magie einstellen, die anderen wollen sie … ausweiten."

Ich schüttelte ungläubig den Kopf. „Aber seine Kleidung, er hatte doch diesen schwarzen Anzug an!"

Ein grimmiges Lächeln huschte über Jespers Gesicht. „Die Kleidung verändert sich mit."

„Das heißt, Phil sah in Wirklichkeit auch anders aus?", fragte ich.

„Das muss nicht sein. Die Stärke des Zaubers ist von dem Vergehen und der Länge des Aufenthalts abhängig. Der Ekelträger hat sicher keine Lappalie verbrochen."

Ich machte einige Schritte auf die Zelle zu und knetete meine Finger. Die Gitterstäbe zischten leise, als ich auf weniger als eine Armlänge herankam. Der ungepflegte schwarze Träger lümmelte in der Ecke und reagierte nicht.

„Ben", sagte ich und der Insasse hob seinen Kopf. Seine dunklen Augen sahen mich an und ich konnte meinen Blick nicht von ihnen wenden, ich konnte nicht anders, als die braunen Sprenkel in seiner Iris zu zählen und eine Gänsehaut jagte mir über den Rücken. Das war eindeutig Ben. Aber sein Gesicht war aufgedunsen und dort, wo früher Muskeln saßen, war nur noch dicke, schwammige Haut zu sehen.

„Bereust du deine Entscheidung schon?", fragte der dicke Ben süffisant und ich war mir sicher, dass ich meine Entscheidung tatsächlich bald bereuen würde. „Bist du deswegen zurückgekommen?"

„Er sieht doch aus wie immer", bemerkte Jesper, der sich zu mir gesellt hatte.

„Pfeif dein Hündchen zurück", sagte Ben und richtete sich schwerfällig auf.

„Ich bin kein Hündchen", knurrte Jesper, „aber du siehst aus wie der Haufen, den ein Hund hinterlassen haben könnte."

Ben schob sich die fettigen braunen Haarsträhnen aus dem Gesicht. „Ich sehe hier nur einen Haufen Scheiße. Und der ist rot", sagte er kalt. „Glaubst du, wenn du der Wächterin hinterherläufst, dass sie dich dann endlich einmal ranlässt?"

Jesper ballte die Finger zur Faust. Ben kratzte sich ungeniert an seinem Bauch.

„Kannst du uns bitte für einen Moment alleine lassen?", fragte ich Jesper.

„Gerne", erwiderte dieser. „Dann muss ich den Gestank und diesen hässlichen Anblick nicht mehr ertragen." Er schritt in die Mitte des Innenhofes, wo wieder zwei Beschützer postiert waren.

„Ich kann dich hier rausholen", sagte ich zu Ben, erhielt

aber keine Reaktion. „Ich kann dich hier rausholen", wiederholte ich schroff. „Hast du gehört?"

Ben gähnte. „Aha. Du holst mich hier raus. Sicher vollkommen uneigennützig. Was willst du?"

„Ich benötige eine Information. Sobald du sie mir gibst, bezahle ich deine Kaution und du kannst tun und lassen, was du willst."

Ben hob eine Augenbraue. „Interessant. Zuerst erhältst du, was du willst und dann bekomme ich, was ich verlange. Hört sich doch irgendwie bekannt an, oder? Nur bekommst du immer das, was du willst und ich bekomme … Moment, ich muss mal überlegen … ich bekomme: Nichts."

„Du hast dich dafür entschieden, mich nicht mehr zu begleiten. Der Deal lautete anders", sagte ich und versuchte ruhig zu bleiben. „Außerdem weißt du, dass ich mit dir nichts erreicht habe."

„Aha. Mit mir also", sagte er arrogant, „vielleicht lag es auch daran, dass du dir Sachen eingebildet hast, die vollkommen an den Haaren herbeigezogen waren."

Ich atmete tief durch und presste die Zähne zusammen.

„Ich habe mir nichts eingebildet, Ben. Ich hatte recht. Du solltest dem Instinkt eines Wächters nicht misstrauen."

Ben hob beschwichtigend die Hände in die Höhe.

„Oho. Der Instinkt eines Wächters. Ich mach mich gleich an. Wenn dein Instinkt so großartig ist, warum bist du dann hier? Warum brauchst du die Hilfe eines instinktlosen schwarzen Trägers?"

„Ach, vergiss es", sagte ich und drehte mich um. Mein Herzschlag ging schnell und es machte mich rasend, dass Bens Herz stark und gleichmäßig schlug. Das hier hatte keinen Sinn. „Weißt du was", herrschte ich Ben an und wandte mich ihm wieder zu, „du siehst jetzt eigentlich nur aus, wie du aussehen solltest. Dein ganzes ekelhaftes Wesen manifestiert sich in deinem Aussehen und so kannst du niemanden täuschen oder ..."

„Oder was?", fragte Ben und stand auf. Obwohl er fürchterlich aussah und ein unangenehmer Geruch in meine Nase kroch, verspürte ich ein Kribbeln im Bauch. „Oder nichts", sagte ich hart und sah Ben böse an.

Seine Augenbraue wanderte in die Höhe. „Du stehst auf mich? Selbst wenn ich so aussehe?", spottete er und sofort war das Gefühl in meinem Bauch verschwunden.

„Du bist wohl schon zu lange hier drinnen. Hast du Halluzinationen?", erwiderte ich nüchtern. „Wenn du hierbleiben willst, dann tue es. Ich werde auch ohne deine Hilfe weiterkommen", sagte ich, obwohl ich keine Ahnung hatte, wie ich das anstellen sollte.

„Okay, Wächterin. Hier ist der Deal: Du holst mich hier raus und ich helfe dir. Dafür bezahlst du mir das, was du mir ohnehin schuldest plus eine Prämie für jeden weiteren Tag – im Voraus."

„Vergiss es."

„Dann vergiss du es."

Ich schluckte, denn ich hatte ohnehin ein schlechtes Gewissen, dass ich Ben noch nicht bezahlt hatte. Obwohl er aus dem Deal freiwillig ausgestiegen war.

„Okay", sagte ich schließlich, „dafür duschst du aber."

„Damit du mir zusehen kannst?"

Ich verdrehte die Augen. „Nein, damit ich deinen Gestank nicht länger ertragen muss. Es reicht schon der Rest von dir."

Ben lehnte sich über den hüfthohen Felsquader.

„Hätte nicht gedacht, dass die roten Träger so ein

157

Getränk zustande bringen", sagte er und leckte sich über die Lippen. „Noch einen!", rief er dem Kellner zu, der an der Theke der kleinen Bar stand. Wir befanden uns in einer der Ruinen, die mit einer behelfsmäßigen schwarzen Plane überdacht war und in deren zerfallenen Wänden Flaschen mit unterschiedlichen Flüssigkeiten lagerten. Außer uns standen noch ein paar Sinnträger an der Bar und der kleine Kellner mit der Hakennase nickte Ben zu, nachdem er etwas aus einer roten Flasche eingeschenkt hatte.

„Wir hatten gesagt, ein Getränk, Ben."

Er sah mich spöttisch an und wiegte den kleinen Holzbecher in seiner wulstigen Hand. „DU hattest gesagt, ein Getränk."

Er rülpste ungeniert und ich drehte den Kopf zur Seite. Trotz seines unveränderten Auftretens hatte ich mich an seinen Anblick noch immer nicht gewöhnt. Es war Ben, es waren seine Augen, aber der Rest von ihm … wirkte, als hätte man ihn mit Luft aufgepumpt, bis er kurz vorm Platzen war. Seine fettigen Haare fielen ihm wüst ins Gesicht, das aufgequollen glänzte und ich fragte mich, ob er sich an seinem eigenen Anblick einfach deshalb nicht störte, weil er sich selbst nicht sehen musste.

„Ich habe meine Prophezeiung erhalten", sagte ich unvermittelt und war froh, dass Jesper noch etwas im Ministerium zu erledigen hatte.

Ben zog die Augenbrauen zusammen. „Uh. Deine Prophezeiung. Sollen wir die Welt gleich retten oder erst später? Was soll es diesmal werden? Müssen wir wieder ins Trauerland oder in die weiße Hölle?", fragte er zynisch. Der kleine Kellner brachte das verlangte Lavagesöff und stellte es auf dem dunklen Felsquader ab.

„Das macht zwei Währungsblätter", sagte er schroff

und seine rote Gesichtszeichnung erinnerte mich an Sommersprossen.

„Die Wächterin bezahlt", sagte Ben und stürzte das Lavagesöff hinunter. Kleine Schweißperlen bildeten sich auf seiner Stirn und sein Gesicht nahm einen zufriedenen Ausdruck an.

Als der Kellner uns verließ, beugte ich mich zu Ben.

„Ich habe einen Hinweis, wo sich der Lichtstein von dem dicken, weißhaarigen Vertrauensträger befindet, sein Name ist Jakob."

„Der Stein hat einen Namen?"

Ich schnaubte. „Sehr witzig. Konzentriere dich bitte. Du weißt, dass es hier um mehr geht." Ich strich mir eine Haarsträhne aus dem Gesicht und scannte die Ruine. Die Sinnträger waren in ihre Gespräche vertieft und ich fühlte mich sicher genug, Ben den Hinweis zu nennen – auch auf die Gefahr hin, dass er mich auslachte.

„Schläfst du noch", sagte ich und senkte meine Stimme ein wenig.

„Schläfst du noch?", wiederholte Ben dröhnend.

„Psst!" Ich sah mich nochmals vorsichtig in der Ruine um. Auch wenn es mir seltsam vorkam, mussten Phils Worte der Schlüssel zum Lichtstein sein.

„Wie? Das war's?", fragte Ben und lehnte sich etwas zurück. „Ist das dein Ernst?"

„Nein, Ben. Ich finde es total lustig, dich aus der Ausnüchterungszelle zu holen, um dir dann einen Drink auszugeben."

„Wusste ich es doch." Für einen Moment schloss ich die Augen. „Aha", machte Ben. „Schläfst du noch? Das passt ja, Dornröschen", meinte er belustigt.

Ich atmete tief ein. Wie hatte ich nur glauben können, dass Ben in der Lage war, mir zu helfen? Ich musste die

Prophezeiung falsch interpretiert haben, es musste noch eine andere Möglichkeit geben, es konnte nicht jetzt und hier zu Ende sein.

„Ich hätte es wissen müssen", sagte ich und rieb mir über die Schläfen. Wie sollte ich jetzt weitermachen?

Der dicke Ben sah mich unbewegt an. „Jakob hieß der Typ?", fragte er. Ich nickte und wartete auf den nächsten dämlichen Kommentar.

„Bruder Jakob, schläfst du noch?" Er begann zu summen.

„Haha, sehr witzig", erwiderte ich. „Moment. Woher weißt du, dass er Phil für seinen Bruder hielt?"

Ben summte weiter und zuckte mit den Schultern. „Wer ist Phil?"

„Warum summst du?"

„Na, das Lied", sagte Ben mit einer Selbstverständlichkeit, die ich nicht einzuordnen wusste.

„Welches Lied?"

„Na, das Lied", erwiderte Ben und strich sich eine dunkle Haarsträhne aus dem Gesicht.

„Welches Lied?"

„Du kennst es nicht?"

Ich legte die Hände auf den Felsquader. „Wie lange willst du jetzt noch so weitermachen?", fragte ich genervt.

„Ewig", antwortete Ben und sah mich ausdruckslos an. Seine dunklen Augen funkelten und ich spürte einen Sog, der mich in sie hineinzog, selbst wenn das Rundherum nicht mehr dazu passte.

Ich atmete tief ein.

„Bevor du gleich explodierst", sagte Ben großzügig und ich hatte nicht übel Lust, ihm eine reinzuhauen, „es ist ein Lied aus der anderen Welt."

„Aus der anderen Welt?", wiederholte ich überrascht.

„Nicht so laut, Wächterin", sagte Ben, „wer weiß, wer uns zuhört?"

„Was ist das für ein Lied? Und warum kennst du es und ich nicht?"

Ben zuckte mit den Achseln. „Keine Ahnung. Vielleicht hatte es in deinem alten Leben eine besondere Bedeutung? Kann ich mir gut vorstellen, nachdem du dauernd einpennst."

„Und du kennst das Lied? Hast du die Erinnerung aus deinem alten Leben?"

„Natürlich nicht, ich habe mein altes Leben losgelassen", Ben schüttelte den Kopf und seine Augen wirkten verändert, „ich kenne es von meinen Reisen in die andere Welt."

Ich straffte den Rücken und hatte das Gefühl, dass er mir nicht die ganze Wahrheit sagte. „Wie lautet der Text?"

„Sag bitte."

„Soll ich Jesper bitten, dich wieder in die Ausnüchterungszelle zu werfen? Irgendwie glaube ich, dass er das sehr gerne erledigen würde. Ist aber nur so ein Gefühl", sagte ich und lächelte süß.

„Bruder Jakob, Bruder Jakob", rezitierte Ben emotionslos. „Schläfst du noch, schläfst du noch. Hörst du nicht die Glocken, hörst du nicht die Glocken. Ding. Dang. Dong", er machte ein abfälliges Gesicht, „Ding. Dang. Dong."

Hörst du nicht die Glocken? Was hatte das mit … der Vulkan! Die Glocken des Grollenden Vulkans. War der Lichtstein dort versteckt?

Kapitel 11

„Ich weiß, wo wir als Nächstes hinmüssen", erklärte ich und zog meine Provianttasche enger an mich. Bens aufgedunsenes Gesicht starrte mich unbewegt an.

„Moment", sagte er mit tiefer Stimme, „lass mich raten. Wir müssen in die verfluchte Feuerebene, zu den Sümpfen des Todes oder in die Grotte des Schreckens."

Ich wusste nicht einmal, ob er die Orte nur erfunden hatte, freute mich aber, den nächsten Satz auszusprechen: „Nein, Ben. Wir müssen nicht dorthin, wir müssen zum Grollenden Vulkan."

„Muss der wirklich mit?", fragte Jesper und sah mich eindringlich an.

Ich nickte. „Du musst mir in dieser Sache vertrauen." Ben hatte sich gegen eine mit Graffiti besprühte Hauswand gelehnt und ließ uns nicht aus den Augen, dabei spielte ein leichtes Lächeln um seine Lippen. Er genoss es sichtlich, dass Jesper mit seiner Anwesenheit äußerst unzufrieden war. Ich zog Jesper zur Seite.

„Du musst mich nicht begleiten, Jesper", sagte ich etwas leiser, „du bist mir nichts schuldig."

„Ich werde dich sicher nicht alleine mit dem da", er deutete mit dem Kinn geringschätzig auf Ben, „zum Grollenden Vulkan aufbrechen lassen. Es ist zu gefährlich."

„Der Vulkan oder Ben?", hakte ich nach.

„Beides. Ich traue dem Ekelträger nicht", knurrte Jesper.

„Gut, dann lass uns losgehen", sagte ich, da es zwecklos war, mit Jesper über meine Entscheidungen zu diskutieren, „wie kommen wir am Schnellsten zum Vulkan?"

Jesper strich sich über die perfekt sitzenden blauschwarzen Haare. „Es gibt zwei Routen. Die erste verläuft unterirdisch und die zweite durch den Gewitterwald. Wir nehmen den kürzeren Weg durch den Wald, damit mir der Ekelträger nicht noch länger auf die Nerven geht."

Ich nickte und wir brachen auf. Der Pfad führte uns an der Anhöhe vorbei, auf der wir übernachtet hatten. Der Grollende Vulkan hatte sein Toben eingestellt und es waren keine Glocken zu hören, nur das Zirpen der Wutkäfer lag in der Luft.

„Ein hässliches Land", murmelte Ben verächtlich, als er einen Blick ins Tal warf. Die schwarzen Bäume mit den roten, krallenden Ästen waren selbst von hier oben gut zu erkennen. Weit in der Ferne lag der stille Vulkan, an dessen Fuß sich ein kleines Dorf befand.

Jespers Adern traten an seiner Stirn hervor. „Vielleicht solltest du lieber in dein schwarzes Land aufbrechen", brummte er. Ben drehte sich zu Jesper um und ich bemerkte, dass er bereits etwas abgenommen hatte. Oder ich gewöhnte mich einfach an den aufgeblasenen Anblick. „Dort gehörst du schließlich hin, oder wollten sie dich dort auch nicht haben? Kann ich gut verstehen", fauchte Jesper.

„Und das ganz ohne Verstand", erwiderte Ben trocken.

„Warum bist du nicht in deinem Land, Ekelträger?", wiederholte Jesper grimmig.

„Ich hatte Sehnsucht nach dir."

„Sehnsucht nach meiner Faust?"

„Sehnsucht nach deiner hässlichen Visage", erklärte Ben und seine Augen funkelten bedrohlich.

„Hast du vor Kurzem schon einmal einen Blick in den Spiegel geworfen?", fragte Jesper und machte einen großen Schritt auf Ben zu.

„Hey, dafür haben wir jetzt keine Zeit", entgegnete ich und ging dazwischen. „Wir müssen weiter."

Wir liefen eine Ewigkeit durch den Gewitterwald und bahnten uns unseren Weg an den gruseligen Bäumen vorbei. Unsere Füße verursachten knirschende und knackende Geräusche auf dem dunklen Waldboden.

„Wieso gibt es hier keinen Pfad?", fragte ich Jesper und drückte einen roten Ast weg, der sich mir in die Hüfte bohrte.

„Der Wald verändert sich. Die Bewohner des Grollenden Dorfes haben unzählige Versuche gestartet, Wege durch den Wald zu schlagen", erklärte Jesper und schob hilfsbereit einen blattlosen Ast zur Seite.

„Danke", sagte ich und ging weiter.

„Aber sobald ein Pfad gebaut war", fuhr Jesper im Gehen fort, „veränderten die Äste ihre Position und krallten sich den Weg – im wahrsten Sinne des Wortes – irgendwann gaben sich die Dorfbewohner geschlagen."

„Superspannend", ätzte Ben. „Wie weit ist es noch?"

Ich warf einen Blick hinter mich. Schweißperlen liefen ihm übers Gesicht und er schnaufte wie eine alte Dampflok. Er hatte sichtlich Mühe, mit unserem Tempo mitzuhalten.

„Der Ekelträger ist wohl nicht in Form", bemerkte Jesper und beschleunigte seinen Schritt.

„Der Ekelträger ist noch genügend in Form, um dir eine zu verpassen", schnaubte Ben.

„Dafür müsste er mich erst einmal erwischen",

erwiderte Jesper und genoss es, Ben überlegen zu sein. Das Rauschen eines Wasserfalls drang durch die dichtstehenden Bäume an mein Ohr.

„Wir könnten doch hier eine kurze Pause machen und unsere Wasservorräte auffüllen", schlug ich vor.

Jesper nickte und wir folgten dem Geräusch des Wassers bis zu einer idyllischen Lichtung. Zwischen moosbedeckten Felsen rauschte ein kleiner Wasserfall rund zwei Meter in ein Wasserbecken, das nicht viel größer als eine Badewanne war. Kühle Tropfen spritzten mir ins Gesicht und ich konnte weder erkennen, woher der Wasserfall kam – es gab keinen Fluss oder Bach in der Nähe – noch wohin er wirklich abfloss und gab mich damit zufrieden, dass es sich um die Magie des Landes handeln musste.

„Ich werde nach Essbarem suchen. Wartet hier", sagte Jesper in seinem typischen Befehlston und ich war froh, dass ich mich nicht um alles kümmern musste.

Als der Beschützer verschwunden war, schob sich Ben sein weißes Unterhemd vom wulstigen Bauch und zog es aus. Schnell drehte ich den Kopf weg.

„Wirklich, Ben?"

„Du wolltest mir doch beim Duschen zusehen", entgegnete er kühl.

Ich schluckte. „Hast du dich denn schon mal selbst gesehen?"

Ben machte ein paar Schritte auf das Wasserbecken zu und betrachtete sein Spiegelbild, das die Wasseroberfläche zurückwarf.

„Und? Was soll sein?", fragte er gedehnt.

„Gar nichts", sagte ich schnell.

„Wächterin, du bist ganz schön oberflächlich", bemerkte er und machte Anstalten, seine karierte Hose auszuziehen.

„Ich bin nicht oberflächlich", sagte ich. „Die Wahrheit ist, dass du jetzt viel besser aussiehst."

„Machst du mich etwa schon wieder an?", fragte Ben und ich konnte das Grinsen in seinen Worten hören.

Ich schüttelte den Kopf. „Sag mir wenigstens, wenn du wieder angezogen bist."

„Willst du nicht reinkommen? Das Wasser ist angenehm warm." Ich schluckte und Hitze stieg mir ins Gesicht. Mein Kopf wurde ganz rot und ich war froh, dass Ben mich nicht sehen konnte. Plötzlich stand Jesper vor mir.

„Was soll denn … das?", fragte er eisern und blickte auf das Wasserbecken, „das ist ja ekelhaft."

„Danke", hörte ich Ben hinter mir sagen.

„Zieh dich an, Ekelträger", fauchte Jesper.

„Sonst übernimmst du das?", erwiderte Ben trocken.

Ich hörte das Schmatzen von Wasser auf der Erde. Ben musste aus dem Becken gestiegen sein. Jesper drehte seinen Kopf weg.

„Dieser Anblick müsste bestraft werden."

„Hast du gerade dein Spiegelbild entdeckt?", spottete Ben.

„Los. Wir gehen weiter", verlangte Jesper. „Zieh dich endlich an."

Es wunderte mich nicht, dass Ben sich extra viel Zeit ließ, um seine Klamotten überzustreifen.

„Ihr könnt ruhig zusehen", sagte er kühl, als Jesper und ich mit dem Rücken zu ihm warteten.

„Wir können auch ruhig vorgehen", sagte ich und dachte an Bens Konstitution. Er anscheinend auch, denn plötzlich war er ganz schnell angezogen.

Der Himmel, der vorhin noch blau und strahlend gewesen war, verdunkelte sich. Graue Wolken türmten sich auf und es begann zu donnern und zu blitzen. Einen Herzschlag später prasselte der Regen auf uns nieder und wir wurden pitschnass.

„Großartig", maulte Ben. „Das Bad hätte ich mir sparen können."

„Hätte uns zumindest etwas erspart", schnaubte Jesper und bedachte Ben mit einem unfreundlichen Seitenblick. Ich erkannte in der Ferne vereinzelte Lichter.

„Ist dies das Dorf?", fragte ich Jesper hoffnungsvoll und er nickte.

„Wir sind gleich da. Es gibt eine kleine Gaststätte, in der wir übernachten können."

Der Wind peitschte uns entgegen und wir beschleunigten unsere Schritte. Nach sechs Minuten Fußmarsch erreichten wir völlig durchnässt das Dorf. Es bestand aus mehreren Hütten, die in einer Reihe standen und aus Feuerstein erbaut worden waren.

„Da lang", sagte Jesper und wir folgten ihm zu einem Eckhaus. Die Erde unter unseren Füßen hatte sich inzwischen in Matsch verwandelt und jeder unserer Schritte verursachte ein schmatzendes Geräusch, das sich mit dem Trommeln des Regens vermischte.

Jesper öffnete die Tür und der intensive Geruch nach geräuchertem Essen schlug uns entgegen. Fröstelnd betrat ich mit Jesper und Ben eine große, angenehm warme Kammer, an deren Wänden Regale standen, die mit Proviant vollgestopft waren.

„Was kann ich für euch tun?", fragte uns eine rundliche rote Trägerin mit blonden Locken, die hinter einem Ballen Feuergras zum Vorschein kam.

„Wir benötigen eine Unterkunft", sagte Jesper und

fuhr sich durchs regennasse Haar, von dem die Tropfen herunterrieselten.

„Alle drei?", fragte sie und lächelte sanft.

„Nein. Nur wir zwei", antwortete Ben und legte den Arm um mich. Sofort schob ich den Arm wieder weg.

„Ja, drei Einzelzimmer wären großartig", sagte ich.

„Da muss ich dich leider enttäuschen", sagte die Besitzerin der Gaststätte. „Wir sind vollkommen ausgebucht."

„Vollkommen ausgebucht?", wiederholte ich entmutigt, während mir das Wasser aus der Kleidung rann und eine kleine Pfütze auf dem Boden bildete.

„Nun, wir haben nur drei Zimmer. Und zwei sind bereits besetzt. Aber jetzt nehmt erstmal einen Trockentee, ihr tropft mir ja die ganze Bude voll", sagte sie und ging zu einem Schrank, um dort drei Schalen mit der Flüssigkeit einer augenscheinlich leeren Flasche vollzufüllen. Dann kam sie mit wiegenden Schritten wieder zurück und reichte jedem von uns eine Schüssel, in der ich jedoch keinen Inhalt erkennen konnte. Verwundert beobachtete ich Ben und Jesper, die beide die leere Schale an ihre Lippen setzten, und tat es ihnen gleich. Mein Anzug, der an mir klebte, wurde schlagartig trocken und auch meine regennassen Haare, die mir fahl ins Gesicht hingen, zeigten im nächsten Augenblick keine Anzeichen mehr von Feuchtigkeit.

„So. Das sieht ja schon gleich besser aus", bemerkte die blond gelockte Wutträgerin und nahm uns die Schalen ab.

„Ich werde mir nicht mit dem Ekelträger das Zimmer teilen", knurrte Jesper und seine stahlblauen Augen blitzten.

„Großartige Entscheidung", kommentierte Ben.

„Mach es dir doch draußen gemütlich." Der Regen prasselte gegen die kreisrunden Fensterscheiben und der Wind heulte um das Haus.

„Nein, nein, bei dem Unwetter müsst ihr hierbleiben", erklärte die Besitzerin und bedachte Jesper mit einem strafenden Blick, „da draußen holt ihr euch ja den Tod und bis zum nächsten Dorf ist es viel zu weit … das könnt ihr vergessen. Und da ich das einzige Gästehaus im Grollenden Dorf habe, müsst ihr euch dann halt einfach das Zimmer teilen. Das wird gehen, ist vielleicht ein wenig kuschelig, aber das wird gehen."

„Kuschelig", wiederholte Jesper missmutig und die Option, draußen zu schlafen, gewann für ihn sichtlich an Attraktivität. Ein grollender Donner krachte über die Hütte und ließ die Wände zittern.

„Wir nehmen das Zimmer", entschied ich und sah Jesper eindringlich an. „Wir haben keine andere Option."

„Sehr schön", sagte die rote Trägerin und klatschte in die Hände. „Dann zeige ich euch mal euren Schlafplatz."

Die Kammer im ersten Stock war größer, als ich befürchtet hatte, und dank der spartanischen Einrichtung ließen sich die drei Strohbetten gut nebeneinander unterbringen.

„Morgen früh richte ich euch ein Frühstück", sagte die Wutträgerin und bezog mit routinierten Bewegungen das letzte Bett. „Bis dahin sollte sich das Gewitter verzogen haben und ihr könnt weiterziehen. Wohin wollt ihr denn?"

„Zum Grollenden Vulkan", erklärte ich. „Weißt du, wann er wieder ausbricht?"

„Wenn ich das wüsste", sie lachte auf, „dann müsste ich mir nicht solche Essensvorräte anlegen. Sobald der

Grollende Vulkan wütet und die Warnglocken läuten, verlassen die Bewohner des Dorfes ihre Häuser nicht mehr. Die Feuerfäden sind äußerst gefährlich."

Ich dachte an den Gewitterwald und das Unwetter.

„Warum zieht ihr dann nicht einfach weg? Irgendwohin, wo es ungefährlicher ist?", rutschte es mir heraus, weil ich mir nicht vorstellen konnte, freiwillig an einem solchen Ort zu wohnen.

„Weißt du, ich bin nach meiner Erweckung – vor Urzeiten – an vielen Orten gewesen, aber keiner hat mich so gefesselt wie der Grollende Vulkan. Immer wenn er ausbricht, setze ich mich an mein Fenster und beobachte seine Feuerfäden. Sie sind gefährlich, aber wunderschön … ich bin hier einfach zu Hause." Sie klopfte auf das letzte Kissen. „So, jetzt habt ihr es … kuschelig. Gute Nacht", sagte sie und verließ das Zimmer.

Ben schmiss sich aufs rechte Bett.

„Du brauchst ganz schön viel Platz", bemerkte Jesper und legte sich auf das linke Bett.

Ben fuhr sich genüsslich über seinen Wanst. „Wenigstens sehe ich bald wieder anders aus", sagte Ben, „das kannst du wohl kaum behaupten."

„Willst du draußen schlafen, Ekelträger?", fauchte Jesper und deutete auf das einzige Fenster in dem Raum, das rund einen Meter Durchmesser hatte. „Vielleicht muss ich dich durchquetschen, aber ich verspreche dir, wenn du nicht still bist, befördere ich dich in die dunkle Nacht."

„Uh. Da bekomme ich aber mächtig Angst", sagte Ben und verschränkte die Arme hinter dem Kopf. „Komm gerne rüber."

„Hört auf", sagte ich streng. „Lasst es gut sein. Wir sollten schlafen, der morgige Aufstieg zum Vulkan wird schon alleine anstrengend genug."

Melodisches Vogelgezwitscher weckte mich, das durch das leicht geöffnete Fenster drang. Es klang tief und ungewohnt. Meine geschenkten Erinnerungen gaben Bilder von purpurroten Rauchmeisen mit schwarzen Bäuchen und grauen Schlachtigallen mit hellroten Schnäbeln frei, die unerbittlich um die Wette tirilierten. Ansonsten war es hier ruhig, der Sturm hatte sich gelegt und das Einzige, was ich noch hörte, war das rhythmische Klopfen eines anderen Herzens.

Müde rieb ich mir über die Augen und betrachtete Jespers Bett, auf dem nur seine zusammengelegte Bettdecke zu finden war. Langsam drehte ich mich um, und als ich Ben sah, hielt ich für einen Moment den Atem an. Er lag mit dem Rücken auf seinem Bett und seine Augen waren geschlossen. Er trug wieder seinen schwarzen, zerrissenen Anzug, der seine Muskeln betonte und ich musste an seinen Waschbrettbauch denken, den er im Turm der Achtsamkeit entblößt hatte. Sein Brustkorb hob und senkte sich langsam und die zerzausten Haare fielen ihm in sein von Schrammen übersätes Gesicht. Dennoch sahen seine Züge entspannt aus und seine schwarze Zeichnung, die sich über den Hals bis zur Schulter erstreckte, wirkte rebellisch und anziehend zugleich.

„Starrst du mich gerne an?", fragte Ben mit tiefer Stimme und ich drehte mich schnell weg, als ich sah, dass er die Augen geöffnet hatte.

„Du träumst anscheinend noch", murmelte ich und richtete mich langsam auf.

„Du bist doch die, die träumt", sagte Ben süffisant.

Ich stand auf und band meine Haare zu einem Knoten

zusammen. „Höchstens einen sehr langen Albtraum", entgegnete ich und sah ihn ruhig an. Ben strich sich über seinen harten Brustkorb unter dem schwarzen Anzug und ein Grinsen schlich sich in sein Gesicht.

„Gefällt dir mein neues altes Ich?"

„Weder dein neues noch dein altes", erwiderte ich. „Lass uns hinuntergehen."

„Warum die Eile?" Ben schwang sich mit einer fließenden Bewegung vom Bett und kam auf mich zu. Seine dunklen Augen funkelten mich an und ich spürte, wie sich mein Puls verräterisch beschleunigte. „Hast du etwa Angst, alleine mit mir zu sein?", fragte er mit samtiger Stimme und ich roch seinen vertrauten Duft, spürte die Wärme seines Körpers und fühlte ein Ziehen in meinem Bauch, das ich beharrlich zu ignorieren versuchte.

Betont langsam stellte ich mich auf die Zehenspitzen und kam Ben so nahe, dass nur noch ein Luftzug zwischen unsere Lippen passte.

„Du hast recht. Ich habe Angst, mit dir alleine zu sein. Wer weiß, in was du dich als Nächstes verwandelst?"

Ein verächtlicher Zug spielte um seinen Mund. „In deinen Traumprinzen? Moment. Das bin ich ja schon."

„Ben, der Einzige, der in dich verliebt ist", sagte ich und hauchte die nächsten Worte, „bist du selbst." Dann wandte ich ihm den Rücken zu, lief die Treppe hinunter und versuchte dabei die Hitze, die sich in meinem Körper ausgebreitet hatte, einfach nicht zu beachten.

Der dunkelgraue Aschepfad schlängelte sich steil den Vulkanberg hinauf und wurde am Wegesrand von rot glimmenden Steinen gesäumt. Ich wischte mir den Schweiß von der Stirn und legte den Kopf in den Nacken.

Es roch nach verbrannter Erde. Leider hatten wir erst die Hälfte des Weges zurückgelegt.

„Die Wutsteine reagieren auf rote Gefühle, wenn sie sich entfachen, kann sich der Vulkan schneller entzünden", erklärte Jesper und stapfte voran. Wir folgten dem Weg bergan, während uns heiße Luft entgegenschlug.

„Oje. Da müssen die Wutträger hier aber besonders vorsichtig sein", giftete Ben, der hinter mir ging. Ich war froh, dass Jesper nicht reagierte und versuchte, seinen festen Schritten auf dem steinernen Untergrund zu folgen.

„Glücklicherweise hat Jesper seinen Sinn unter Kontrolle. Den reizt so schnell nichts", machte Ben trocken weiter und ich konnte von hinten erkennen, wie Jesper seine Faust zusammenballte. Das Licht der Steine leuchtete stärker auf.

„Lass das", fuhr ich Ben an und meine Augen funkelten böse. Ich hatte keine Lust, einen Vulkanausbruch aus nächster Nähe mitzuerleben. „Das ist kein Spiel. Du bringst uns alle in Gefahr." Bens dunkle Augen richteten sich auf mich und ich sah in seinem Gesicht, dass es ihm schwerfiel, aber er erwiderte nichts.

Der Aufstieg war anstrengend, doch wir kamen gut voran. Die Luft flirrte um uns herum und bei jedem Schritt mussten wir aufpassen, nicht auf den dunklen Kieselsteinen auszurutschen und rücklings den Berg hinunterzufallen.

Jesper preschte mit zügigen Schritten nach oben. Ich wusste nicht, ob er es tat, um schneller voranzukommen oder ob er versuchte, Ben aus der Kondition zu bringen, aber er drehte sich ab und an um, um einen Blick nach hinten zu werfen. Allerdings hatte Ben keine Schwierigkeit mehr, das Tempo zu halten.

Ich wich einer Lavasäule aus, die sich aus dem Boden gebildet hatte und fühlte, wie sich meine gelben Linien vor Wachsamkeit erwärmten. Heiße Aschewölkchen bliesen uns in Gesicht und ich schnaubte kurz, um sie wegzupusten.

„Gib es zu. Du bist wegen mir zurückgekommen, den Hinweis hast du doch bloß erfunden", raunte Ben von hinten in mein Ohr.

Hatte der sie noch alle?

„Genau. Eigentlich habe ich alles inszeniert. Auch Simeons Tod. Nur für dich, damit ich einen heißen Vulkan mit dir besteigen kann", antwortete ich schroff.

„Wusste ich es doch."

Ich atmete tief ein und beobachtete die Wutsteine neben uns, die gefährlich aufflackerten. Ich durfte mich von dem Land und von Ben nicht derart beeinflussen lassen. Was würde passieren, wenn wir die Warnglocken des Grollenden Vulkans erreicht hatten? Wäre der Lichtstein dort versteckt oder würden wir nur noch einen weiteren Hinweis erhalten? Irgendetwas sagte mir, dass unsere Reise dort oben noch lange nicht zu Ende sein würde.

Entschlossen stieg ich auf einen Stein, der sich jedoch als spitz erwies und mich aus dem Gleichgewicht brachte, ruderte mit den Armen und kippte um, doch bevor ich auf den Boden krachte, spürte ich Bens muskulösen Griff unter mir.

„Absicht, oder?", fragte er süffisant.

Ich rappelte mich hoch, löste mich aus seinen Armen und wusste nicht, ob ich mich bedanken oder ihm einen Tritt verpassen sollte.

„Gib es zu. Du wirst dich danach besser fühlen", bemerkte Ben trocken, „auch wenn ich dich enttäuschen muss. Zwischen uns wird nichts laufen, Wächterin, selbst wenn du mich ans Ende der Welt zerrst."

„Kannst du endlich damit aufhören?", fauchte ich und wusste, dass ich mich für den Tritt hätte entscheiden sollen. „Ich stehe nicht auf dich, Ben. Du bist der unausstehlichste, arroganteste, ekelhafteste Typ, den ich kenne. Und das ist kein Kompliment, falls du gleich wieder dein ätzendes ‚Danke' loswerden willst. Und wärst du der letzte Sinnträger in unserer Welt, selbst dann würde ich das Weite suchen, das weiteste Weit."

„Das Weite suchen?", fragte Ben und sah mich herausfordernd an. „Das hier", er deutete auf den minimalen Abstand zwischen uns, „sieht so überhaupt nicht nach Weite aus."

„Diese verfluchte Prophezeiung", presste ich hervor, „sie ist an allem schuld. Ich weiß nicht warum, aber irgendwie ist unser Schicksal aneinandergekettet. Ob es dir gefällt oder nicht: Du steckst in der Sache mit drin."

„Das mit deiner Prophezeiung hast du doch bloß erfunden."

Ich drehte mich einmal im Kreis und deutete auf die verkohlte Landschaft. „Stimmt. Ich habe alles nur erfunden, um diese bestechende Romantik mit dir zu genießen."

Bens Mundwinkel zuckte. „Das kauf ich dir schon eher ab."

Ich biss die Zähne zusammen und beobachtete die Wutsteine, die abermals gefährlich aufflackerten.

„Du bist -", zischte ich, doch weiter kam ich nicht.

„Lee, kommst du?", rief Jesper von weiter oben. Ich nickte, drehte mich um und beendete meinen Satz nicht.

„Gute Entscheidung", sagte Ben und seine Stimme troff vor Arroganz. „Du solltest deinen Atem lieber sparen."

Als wir eine gefühlte Ewigkeit später den Vulkangipfel erreicht hatten, gelangten wir an einen riesigen Krater. Ein schmaler Weg führte einmal um die gigantische, schachtartige Vertiefung herum und ich lehnte mich vorsichtig nach vorne, um im Herzen des Vulkans zwei leuchtend rote Glocken zu erblicken, die in der Luft über brodelnd heißer Lava schwebten.

„Und jetzt?", fragte Ben und sah sich gelangweilt um. Ich ignorierte ihn und marschierte einmal um den Krater herum, konnte jedoch keine Auffälligkeit entdecken. Kein Lichtstein, der irgendwo versteckt lag oder einen Hinweis darauf. Nur dunkelgraue, getrocknete Lavamasse und ein Haufen Geröll.

„Kann ich dir helfen?", fragte mich Jesper, der mir gefolgt war.

„Ich fürchte, nein", antwortete ich. „Ich weiß selbst nicht, wonach wir suchen."

Jesper nickte und lächelte schwach. „Das kenne ich. Manche Aufträge erfordern mehr Kreativität als andere." Ich betrachtete den Beschützer und war froh, dass er sich nicht aus der Ruhe bringen ließ. Mit seiner konzentrierten und sicheren Art bildete er eine angenehme Gegenbewegung zu dem fürchterlichen Ekelträger.

Ich wischte mir über die Stirn, hier oben war es unerträglich heiß. Hatte Phil vielleicht noch einen anderen Hinweis geliefert? Hatte ich irgendetwas übersehen?

„Vielleicht musst du singen", mischte sich Ben in meine Gedanken und trat an uns heran.

Ich sah ihn ungläubig an. „Wie bitte?"

„Na, das Lied", sagte er mit einer Selbstverständlichkeit, die mich wünschen ließ, dass er ausrutschte und in den Krater fiel.

„Reisender, behalte deine schwachsinnigen Ideen für dich und lass uns arbeiten", sagte Jesper und fixierte Ben.

„Dass du keinen blassen Schimmer hast, wundert mich nicht", sagte Ben emotionslos. „Aber die Wächterin … tsss … eine herbe Enttäuschung."

„Wovon bitte schön sprichst du?", fragte ich genervt. „Sollen wir den Vulkanglocken etwa ein Ständchen bringen?"

„Endlich hast du es", entgegnete Ben und fuhr sich durch die verstrubbelten Haare. „Es hat gedauert, aber immerhin. Der", er deutete mit dem Kinn auf Jesper, „wird es wohl nie raffen."

„Pass auf, was du sagst", zischte Jesper und machte einen Schritt auf Ben zu. Das Lied aus der anderen Welt? Sollte das die Lösung sein? Es kam mir merkwürdig und kindisch vor, aber hatte ich irgendeinen anderen Anhaltspunkt?

„Okay", sagte ich schließlich an Ben gewandt. „Leg los."

„Ich?", fragte er und grinste.

„Du bist der Einzige, der den Text kennt", erklärte ich und Jesper verschränkte die Arme hinter seinem Rücken. Ich fühlte seine Anspannung und glaubte auch einen freudigen Glanz in seinen Augen zu erkennen. Er wartete sichtlich darauf, dass sich Ben zum Affen machte.

„Vergiss es, Wächterin", sagte Ben kalt. „Du kennst den Text. Ich habe ihn dir einmal vorgetragen und du kannst mir nicht erzählen, dass du ihn dir nicht gemerkt hast."

„Aber die Melodie ist mir fremd", sagte ich. „Also

musst du ran." Über Jespers Gesicht glitt ein kurzes Lächeln und er betrachtete Ben erwartungsvoll.

„Es ist ein Kanon", informierte uns Ben kühl und erwiderte Jespers gespannten Blick mit einem überheblichen Grinsen.

Jesper legte die Stirn in Falten. „Kannst du vergessen, Ekelträger. Ich werde nicht mit dir singen."

„Dann müssen wir wohl wieder runter", erklärte Ben und zuckte mit den Schultern. „Schade, der ganze Aufwand umsonst."

Ich sah Jesper bittend an und seine Augen verengten sich.

„Ein Lied aus der elendigen anderen Welt? Das soll deinen Auftrag weiterbringen, Lee?"

Ich wusste, dass es sich idiotisch anhörte, aber wenn ich an den dicken, weißhaarigen Vertrauensträger Jakob dachte, schien es irgendwie zu passen.

„Du sagtest doch: Manche Aufträge erfordern mehr Kreativität als andere."

Jespers Kiefer spannte sich an. „Wie geht der Text?", fragte er harsch und ich konnte die Genugtuung in Bens Gesicht ablesen. So sehr es Ben auch missfiel, mit uns zu singen – für Jesper war es weitaus schlimmer und daran konnte sich Ben ergötzen.

„Bruder Jakob, Bruder Jakob, schläfst du noch? Schläfst du noch? Hörst du nicht die Glocken, hörst du nicht die Glocken", rezitierte Ben emotionslos und ließ Jesper dabei nicht aus den Augen. „Ding. Dang. Dong. Ding. Dang. Dong."

„Und die Melodie?", fragte ich.

Ben begann zu summen und ein ekelhaftes Grinsen stahl sich dabei in sein Gesicht. Jespers Blick verdunkelte sich bei jedem weiteren Ton.

„Okay", sagte ich, als Ben zu Ende gesummt hatte.

„Also bitte, das war doch mehr als okay", meinte Ben.

„Okay", wiederholte ich, „Ben beginnt, ich setze beim zweiten Bruder ein und Jesper, könntest du bitte starten, wenn Ben ‚schläfst du noch' das erste Mal gesungen hat?"

„Ich hoffe inständig, dass es die Sache weiterbringt", brummte Jesper. „Und nicht, dass uns der Ekelträger nur zum Narren halten möchte."

„Das könnte natürlich auch sein", murmelte Ben.

„Lass das", erwiderte ich scharf, „und lass es uns schnell hinter uns bringen.

Ben hob die Augenbrauen, wandte sich Richtung Glocken und begann zu singen. Wenig später setzte ich ein und dann folgte Jesper. Es hörte sich furchtbar an und ich war froh, dass wir nur zu dritt waren und sonst keiner etwas davon mitbekam. Das hier war definitiv das peinlichste Erlebnis, seit ich in der Sinnlichen Welt erweckt worden war.

Als wir endlich fertig waren, beobachteten wir stumm die rot leuchtenden Glocken. Nichts geschah.

„Ekelträger", zischte Jesper und sein Kiefer spannte sich dermaßen an, dass man Angst um seine Zähne haben musste.

„Wie kann ich dir helfen?", fragte Ben sichtlich amüsiert und die Hoffnung, einen weiteren Hinweis zu erlangen, zerbröckelte in mir, als die Luft im Krater plötzlich zu flirren begann. Einen Herzschlag später formte sich oberhalb der Vulkanöffnung eine Art Hologramm, das immer deutlicher wurde und den Kopf des weißen Spinners Jakob zeigte.

„Danke für das Ständchen", sagte Jakobs Kopf, der unverhältnismäßig groß war und donnernd mit unsichtbaren Händen applaudierte. „Das war sehr schön."

„Er hat anscheinend nicht zugehört", spottete Ben.

„Ist das -?", hauchte ich.

„Ein gespeichertes Hologramm", flüsterte Jesper.
„Es dient dazu, Informationen zu verschlüsseln und
aufzubewahren. Eine alte, aber bewährte Technik."

Ein lautes, sägendes Geräusch erklang und Jakobs
rundlicher Kopf hing vorne über, sodass nur noch seine
weißen Haare zu sehen waren.

„Ist der gerade eingepennt?", fragte Ben.

„Jakob", verlangte ich lautstark und der weiße Träger
richtete sich röchelnd auf.

„Stellt mir jeder eine Frage", begann er, als ob nichts
gewesen wäre, „und ich beantworte sie nach bestem
Wissen und Gewissen. Aber entscheidet weise, denn nur
drei Fragen könnt ihr stellen, danach löse ich mich auf
und bin für immer verschwunden."

„Vielleicht pennst du aber auch wieder ein?", fragte
Ben süffisant und ich konnte es nicht glauben, dass er
damit seine Frage vergeudet hatte.

„Was", herrschte ich ihn an und schlug ihm gegen den
Arm, „was bist du nur für ein Idiot!"

„Ob ich wieder einschlafe?", fragte der übergroße,
blasse Kopf. „Das könnte durchaus passieren. Ich
bevorzuge ab und an ein Schläfchen, es entspannt den
Geist und meine Augen. Ihr habt noch zwei Fragen."

„Wo ist der Lichtstein versteckt?", stellte ich meine
Frage, bevor Ben noch irgendeine Blödheit von sich
geben konnte.

Jakobs blasser Kopf begann zu nicken. „Eine kluge
Frage, du hast weise gewählt. Ich habe für meinen
Lichtstein ein sehr sicheres Versteck gewählt, sicherer
als das der anderen, das kann ich euch sagen." Seine

grünen Augen begannen unnatürlich zu leuchten. „Und damit es sicher bleibt, bekommt ihr nur einen Hinweis", seine Stimme wurde leiser und sein Kopf begann sich zu senken, sodass ich befürchtete, dass er gleich wieder einschlief. Doch dann zuckte er auf. „Denn ich liebe Hinweise und ich liebe Rätsel und um meinen Lichtstein zu finden, müsst ihr", er machte eine lange, dramatische Pause, „das Orakel finden."

Ich atmete scharf ein. Das Orakel? Ich hatte schon von ihm gehört, doch war es nicht mehr als eine Legende. Eine Person – die Wächter wussten nicht, ob Mann oder Frau, ob tier- oder menschverbunden – die angeblich über eine ungeheure, dunkle Wissensmacht verfügte, welche sie über Jahrzehnte angehäuft hatte. Woher das Orakel sein Wissen zog und wo man es finden konnte, war unbekannt – aber sein Mythos existierte. Ich verfluchte Jakob innerlich dafür, dass er uns von einem verdammten Hologramm zu einem mysteriösen Orakel schickte, es war, als würden wir einer Fata Morgana hinterherrennen, die sich immer in Luft auflöste, sobald ich sie auch nur ansatzweise zu greifen bekam. Wie sollten wir das Orakel finden? Ich sah Jesper in die Augen und wusste instinktiv, dass er das Richtige tun würde.

„Wie kommen wir zu dem Orakel?", fragte er ohne Umschweife und ich war dankbar, dass er mich unterstützte, anstatt mich wie Ben zu sabotieren.

Jakobs runder Kopf hob die Augenbrauen. „Das ist ein Geheimnis", er lachte schallend, „ein Geheimnis. Der Aufenthaltsort des Orakels ist geheim und nur wenige Eingeweihte wissen mehr, als man allgemeinhin über die Legende munkelt. Aber ich will mal nicht so sein – ihr müsst von hier aus euren Weg zum Orakel zu Fuß antreten, als Geste der Demut, als Geste der

Opferbereitschaft, denn nur dem, der zu Fuß kommt, wird das Orakel sich offenbaren."

Zu Fuß? War das sein einziger Hinweis? Ich starrte das Hologramm an, das die Lider schloss und leise zu schnarchen anfing.

„REINGELEGT!", schrie es und riss die Augen auf. „Reingelegt! Ihr dachtet schon, ich schlafe? Ich bin sehr müde, ich bin sehr müde, ihr habt recht – aber eines will ich euch noch mit auf den Weg geben – der Schlüssel zum Orakel ist", er machte abermals eine dramatische Pause, „Vertrauen."

Ein Echo des letzten Wortes wurde mehrmals zu uns zurückgeworfen und im nächsten Augenblick zersprang Jakobs Kopf mit einem dröhnenden Knall in der Luft und löste sich auf.

Kapitel 12

„Fällt dir eigentlich was auf?", fragte Ben, als wir Jesper den gewundenen Pfad den Vulkanberg hinunter folgten. Ich warf einen Blick zurück über die Schulter und schüttelte den Kopf.

„Nicht jetzt, Ben. Bitte."

Er steckte die Hände in die Hosentaschen und zog eine Augenbraue hoch.

„Es ist schon ein merkwürdiger Zufall", er sprach die Worte gedehnt aus, „dass uns ein Wort wieder in die beschissene weiße Hölle führt. Aber zum Glück gibt es deinen göttlichen Wächterinstinkt, dem wir vertrauen können. Ist das auch ein Hinweis?"

„Wir hätten mehr als nur diesen einen Hinweis, wenn du einmal deinen Mund hättest halten können", fauchte ich und sah, wie die Steine am Wegesrand unter meiner Wut zu glimmen anfingen.

„Vorsicht", warnte Jesper nach einem kurzen Blick auf die roten Steine. „Wut heizt den Vulkan auf. Wir müssen sehen, dass wir hier wegkommen, bevor er ausbricht." Er griff nach meiner Hand und beschleunigte seine Schritte. Ich ließ es geschehen, dass Jesper mich den Pfad hinunter zog, und versuchte mich zu beruhigen. Meine Enttäuschung darüber, dass wir die Botschaft des Hologramms nicht vollständig erfahren hatten, brachte uns nicht weiter. Im Gegenteil – meine Wut stand unserer Mission nur im Weg. Trotzdem hätte ich Ben am liebsten den Hals umgedreht.

„Wie weit ist es bis zur Grenze des Vertrauenslandes?",

fragte ich Jesper, während ich mich auf meine Schritte konzentrierte. Der Weg wurde immer abschüssiger und kleine rote Kieselsteine kullerten unter meinen Füßen den Berg hinunter.

„Es gibt einen längeren und einen direkten Weg", sagte Jesper, ohne sein Tempo zu verlangsamen. „Der längere Weg führt über eine befestigte Straße und ist verhältnismäßig komfortabel. Der direkte Weg führt durch die Schlucht der Schandtaten und ist … kürzer."

„Die Schlucht der Schandtaten", wiederholte Ben spöttisch, „für den Namen habt ihr euch ja ordentlich ins Zeug gelegt. Ihr wählt anscheinend den beschissensten Namen, der dem dümmsten roten Träger einfällt."

„Die Schlucht der Schandtaten verdankt ihren Namen den vielen Morden, die zwischen ihren Felswänden verübt wurden", sagte Jesper ohne erkennbare Emotion. „Könnte sein, dass es einer mehr wird, wenn du nicht lernst, deine Zunge im Zaum zu halten, Reisender."

„Ui. Da mach ich mir doch gleich ins Hemd", sagte Ben gelangweilt und kickte einen roten Kieselstein den Weg hinunter. „Wollen wir dann diesen Weg vielleicht Erfolglose-Drohungen-eines-beschränkten-Beschützers-Weg nennen?"

„Könnt ihr bitte damit aufhören?", sagte ich betont ruhig und ließ die Steine am Wegesrand nicht aus den Augen. Kein Aufleuchten, zum Glück.

„Wir sind gleich da", sagte Jesper zu mir. „Siehst du den Felsen, der so aussieht wie eine in den Himmel gereckte Faust? Nach der nächsten Biegung haben wir den Fuß des Vulkans erreicht."

„Du könntest von Beschützer auf Fremdenführer umsatteln", sagte Ben zynisch. „So nett, wie du das machst."

„Hast du schon mal überlegt, von Arschloch auf weniger Arschloch umzusatteln?", knurrte Jesper zwischen zusammengebissenen Zähnen.

„Hast du schon mal überlegt, Lee weniger anzuschleimen?", erwiderte Ben unbeeindruckt. „Ich möchte schließlich nicht irgendwo ausrutschen."

„Das kann hier natürlich überall passieren", meinte Jesper mit steinernem Gesichtsausdruck.

„Es könnte jedem passieren", sagte Ben trocken und wandte sich an mich. „Wie viele Stunden sind wir schon unterwegs, Wächterin?",

„Siebenundzwanzig Stunden, dreizehn Minuten", erwiderte ich.

„Denk mal daran, wie viele es noch werden, wenn wir zu Fuß in die weiße Hölle gehen. Das willst du nicht, Lee, so viele Stunden mit Jesper. Lass uns ein magisches Portal nehmen."

Wir hatten die Felsformation, die an eine geballte Faust erinnerte, erreicht und ich atmete auf, als ich sah, wie sich der Pfad zu einer Straße erweiterte.

„Nein", sagte ich knapp. „Die Anweisung des Hologramms war eindeutig. Wir können das Orakel nur zu Fuß erreichen."

„Bullshit", knurrte Ben. „Wenn das Orakel in den Zweigen eines verdammten Mammutbaums hockt, dann können nur diejenigen den Baum finden, die zu Fuß hingegangen sind? Wie soll denn das funktionieren?"

„Das ist offenbar die Magie daran", erwiderte ich und pustete mir eine Haarsträhne aus dem Gesicht. Die Luft war so heiß, dass es mir in den Lungen brannte und kleine Ascheflöckchen tanzten in der Luft.

„Das Hologramm verarscht uns doch nur", murrte Ben. „Hey, wir nehmen einfach das nächste magische

Portal ins weiße Land und ich wette mit dir um zehn Blätter, dass wir dort noch so lange herumirren werden, dass die Abkürzung keinem auffällt."

Ich schüttelte den Kopf. „Nein, das werden wir nicht tun. Wir halten uns an die Anweisung."

„Das nennst du eine Anweisung?" Ben lachte spöttisch auf. „Das war nicht mehr als das verwirrte Gestammel -"

„Hört ihr das?", unterbrach uns Jesper und blieb stehen. Der Wind trug leises Glockengeläut an unser Ohr, das von Sekunde zu Sekunde lauter wurde. Ich drehte mich zu dem Vulkan um. Die Steine an seiner Spitze glühten und die Glocken bimmelten immer eindringlicher.

„Verdammt", hauchte ich. „Wir müssen hier weg."

„Komm", knurrte Jesper, packte meine Hand fester und lief los. Ich rannte hinter ihm her und warf einen Blick zurück. Die restlichen Steine hatten nun auch rot zu leuchten begonnen und ich spürte eine leichte Erschütterung unter meinen Füßen, die nichts Gutes bedeuten konnte. Hatten wir mit unseren Streitereien den Vulkan aktiviert, oder wäre er sowieso ausgebrochen?

„Wir müssen es bis zu der Baumgrenze schaffen!", rief Jesper über die Schulter. „Dahinter ist ein Fluss, und wenn wir ihn überquert haben, sind wir in Sicherheit!"

Ich fixierte die hohen schwarzen Bäume vor uns, die Jesper meinte. Sie waren noch etwa einen Kilometer entfernt und meine Hoffnung schwand. Es war noch ein verdammt weiter Weg bis dorthin. Wie sollten wir das schaffen?

„Zum Glück ist es nicht weit", fauchte Ben.

„Sei still!", rief ich. „Wut verstärkt den Ausbruch nur noch!" Wie zur Bestätigung erklang ein tiefes, unterirdisches Donnern, das immer lauter wurde. Wieder erzitterte die Erde und das Glockengeläut schwoll an, bis es mir in den Ohren dröhnte. Ich warf einen kurzen Blick zurück. In diesem Moment brach der Vulkan aus. Feuerrote Lavafäden wurden in den Himmel katapultiert und flossen in breiten Strömen den Berg hinunter. Obwohl es so aussah, als würde das flüssige Gestein träge dahinwalzen, wusste ich, dass es uns bald eingeholt haben würde, wenn wir nicht schneller wurden.

Ich versuchte, mir nicht unsere Chancen auszurechnen und konzentrierte mich ganz aufs Rennen. Meine Beine wurden immer schneller, meine Muskeln pumpten und ich lief rasanter als jemals zuvor über den grauschwarzen Untergrund, um den heißen Fäden zu entkommen. Jesper hielt noch immer meine Hand und sprintete voran. Mein Atem ging keuchend und ich fixierte seine breiten Schultern, während wir über die erstarrte Lavalandschaft hetzten. Ben war direkt hinter mir. Die schwarzen Bäume kamen immer näher und ich erkannte, dass es nicht ihre natürliche Farbe war, sondern dass die Stämme und Äste völlig verkohlt waren.

„Wie weit ist es noch von den Bäumen bis zum Fluss?", rief ich atemlos über das Tosen des spuckenden Vulkans hinweg. Die rauchgeschwängerte, heiße Luft kratzte in meinem Hals und ich musste husten.

„Nicht … sehr … weit", brüllte Jesper zurück und zog die Schultern hoch, als es hinter uns besonders laut krachte. Eine Welle brennend heißer Luft traf uns, und ich konnte schon das brodelnde Zischen der Feuerfäden hören. Ben hatte zu mir aufgeholt und lief Seite an Seite mit mir. Ich wagte längst nicht mehr, mich umzublicken und als ich mir sicher war, jeden Moment die brennend heiße Lava auf meinen Fersen zu fühlen, erreichten wir die Bäume.

Verkohlte und spitze Hölzer standen überall vom

Boden ab und Jesper ließ mich los, weil wir so schneller vorankamen. Ich raste hinter ihm her und passte höllisch auf, mir keinen der verkohlten Äste in die Fußsohlen zu rammen. Der Wald bremste uns, aber ich klammerte mich an die Hoffnung, dass er die Lava ebenfalls bremsen würde, als mir das erste Knacken und Zischen hinter mir sagte, dass das flüssige Feuer die Bäume erreicht hatte.

„Nur noch … wenige Meter", schnaufte Jesper und ich versuchte, einen Blick auf den Fluss zu erhaschen. Im selben Moment bohrte sich ein spitzer Ast in meinen Fuß und ich knickte vor Schmerz ein. Sofort spürte ich Bens starke Hände unter meinen Achseln, die mich hochzerrten und weiterrissen. Jetzt lichteten sich die Baumgerippe und ich konnte den Fluss sehen, der nur einen kleinen Abhang entfernt lag. Glitzernd teilte der Fluss das verkohlte Waldstück von einer weiten, offenen Landschaft, die sich bis zu einer Bergkette in der Ferne erstreckte. Ben ließ mich nicht los und wir hetzten gemeinsam die steile Böschung hinunter zum Fluss. Jesper warf seinen starken Körper in die Fluten und hinter mir spürte ich eine Wand aus Hitze, die immer näher kam und mir den Rücken verbrannte.

„Spring!", brüllte mir Ben ins Ohr, der meine Hand festhielt, und dann sprang ich mit ihm ins reißende Wasser.

Als der Fluss über uns zusammenschlug, ließ mich Ben los und einen Moment lang genoss ich einfach nur das kühlende Gefühl des Wassers auf meiner Haut. Doch ich wusste, dass die Gefahr noch längst nicht vorüber war. Mit kräftigen Zügen schwammen wir hinter Jesper her, der knapp vor uns durch das Wasser pflügte. Die Strömung trieb uns flussabwärts und ich hoffte, dass wir die andere Seite erreichten, bevor sich die Lava in den Fluss ergoss. Ein lautes Zischen, gefolgt von einem Schwall heißen Wassers, machte meine Hoffnungen zunichte.

Ich sah Jesper das steile Ufer erreichen und mit einer kraftvollen Bewegung aus dem Fluss schnellen, ich sah Bens Linien schwarz aufblitzen, spürte, wie das Wasser von Sekunde zu Sekunde heißer wurde, und dann waren wir endlich auf der anderen Seite. Jesper streckte mir den Arm entgegen, ich griff danach und wurde von ihm aus den Fluten gerissen. Knapp hinter mir folgte Ben und dann lagen wir einfach nur hustend und keuchend im roten Ufersand, während das dampfende Wasser brodelnd an uns vorüberrauschte.

„Alles in Ordnung?", fragte mich Jesper und ich nickte.

„Das war … knapp", sagte ich und richtete mich auf. Jesper hatte recht gehabt; der Fluss nahm die Feuerfäden in sich auf und markierte somit die sichere Grenze. Die weite, offene Fläche jenseits des Gewässers wirkte völlig unberührt von den Ausbrüchen des Vulkans.

„Wir müssen dorthin", sagte Jesper, während ihm das Flusswasser aus den schwarzen Haaren tropfte, und zeigte auf eine Felsformation in etwa einer Tagesreise Entfernung. „Das ist der Eingang zur Schlucht der Schandtaten."

„Echt jetzt? Du gehst einfach zur Tagesordnung über?", zischte Ben, als er sich aufrichtete und den roten Ufersand von seiner zerrissenen Kleidung zu klopfen versuchte. Das war allerdings zwecklos, denn durch die Feuchtigkeit hatte sich der Sand längst in roten Schlamm verwandelt.

„Was willst du mir sagen, Reisender?", fragte Jesper und richtete sich zu seiner ganzen Größe auf.

„Von deinem edlen Beschützerinstinkt habe ich eben

nichts gemerkt, als die Lava uns fast gegrillt hätte", fauchte Ben.

„Ich hätte niemals zugelassen, dass ihr etwas passiert", knurrte Jesper und ballte die Fäuste.

„Ich hätte niemals zugelassen, dass ihr etwas passiert", äffte Ben ihn nach und seine schwarzen Linien erglühten bis hinunter zum Hals. „Komisch, dass du dann als Erster in den Fluss gehüpft bist." Angewidert strich er sich durch seine nassen Haare.

„Um ihr auf der anderen Seite ans Ufer zu helfen!", brüllte Jesper und die roten Blitze in seinem Gesicht leuchteten hell auf.

„Hey, könnt ihr vielleicht aufhören, über mich zu streiten, als wäre ich gar nicht da?", mischte ich mich verärgert ein, wurde aber ignoriert.

„Wie heldenhaft", fauchte Ben an Jesper gewandt. „Ich wette, das sagen alle Feiglinge."

„Hüte deine Zunge!", tobte Jesper und machte einen bedrohlichen Schritt auf Ben zu.

„Oder was?", begann Ben, kam aber nicht weiter. Die rote Erde vibrierte unter unseren Füßen und brach genau zwischen den beiden auf. Ein Strahl hellroter Flüssigkeit spritzte zischend in die Höhe und wir sprangen erschrocken auseinander.

„Was ist denn das schon wieder für eine Scheiße?", murrte Ben nach einem Moment.

„Das ist ein Wutgeysir", presste Jesper hervor. „Er reagiert auf Wut."

„Was du nicht sagst. Also praktisch wie alles in diesem verdammten Land."

„Lasst uns weitergehen", sagte ich und machte ein paar Schritte ins Landesinnere. Der Wutgeysir stank fürchterlich und ich wollte nichts wie weg von hier.

Frustriert griff ich in meinen Nacken und wrang meine tropfenden Haare auf dem Boden aus. Am liebsten wäre ich allein weitergegangen und hätte die beiden Zankträger hiergelassen, aber das ging ja nicht. Vor lauter Ärger über meine blöde Prophezeiung quetschte ich meine Haare so fest, dass mir die Finger wehtaten.

„Hast du etwas von der hellroten Flüssigkeit des Wutgeysirs abbekommen?", fragte Jesper nach einem Moment beherrscht. Ich spürte, dass er noch immer vor Wut schäumte, auch wenn er es nicht zu zeigen versuchte. Ich blickte an mir hinunter und schüttelte den Kopf. „Gut. Dieser Geruch haftet dir sonst für den Rest der Reise an, wenn du wütend wirst." Er wandte sich in Richtung der Felsformation und würdigte Ben keines Blickes mehr.

Ich atmete einmal tief durch und folgte Jesper. Die Luft war mit Zorn aufgeladen und ich fragte mich, wie viel von meinen Gefühlen echt war, und wie viel durch den Sinn des Landes beeinflusst. Die Aussicht, die nächsten Tage mit den beiden in der Wildnis zu verbringen, zerrte an meinem Nervenkostüm und ich versuchte, mich auf meine Wachsamkeit zu konzentrieren. Während wir gingen, zählte ich meine Schritte und dachte über die Hinweise des schläfrigen Hologramms nach.

Der Schlüssel war Vertrauen. Hieß das wirklich, dass wir nach dem Orakel im Vertrauensland suchen mussten, oder bedeutete es etwas ganz anderes? Aus irgendeinem Grund reagierte mein Wächterinstinkt diesmal nicht, wie ich es kannte. Lag das am Ziel unserer Reise? Lag es an der Magie des Orakels, dass ich keine Ahnung hatte, ob der eingeschlagene Weg der richtige war? Ich seufzte und fuhr mir erschöpft über die Augen. Die Sonne brannte heiß vom Himmel und trocknete rasch unsere Kleider.

An manchen Stellen war die rote Erde der grüngelben Graslandschaft von Rissen durchzogen. Mich beruhigten diese ausgetrockneten Abschnitte, weil ich mir sagte, dass hier schon lange kein Wutgeysir mehr ausgebrochen war.

Nach etwa drei Stunden kamen wir an einem magischen Portal vorbei. Es stand einfach so in der Mitte der Steppenlandschaft und sah so aus, als wäre es schon lange nicht mehr benutzt worden. Das Gras rundherum wies keine Fußspuren oder Abdrücke auf und der Nebel, der in dem Portal wallte, war so schwach, dass man ihn beinahe durchsichtig nennen konnte.

Jesper blieb stehen und legte die Stirn in Falten.

„Dieses Portal sieht aus, als müsste es einer magischen Inspektion unterzogen werden", murmelte er grimmig.

Ben zog eine Augenbraue hoch. „Dann nichts wie ran." Er machte eine kurze Pause, als Jesper sich nicht von der Stelle rührte. „Warte. Traust du dich etwa nicht?", fragte Ben und grinste spöttisch.

„Suchst du Streit, Ekelträger?", knurrte Jesper. „Angst ist mir fremd, Wut und Angst liegen weit auseinander. Kannst du das auch behaupten?" Jesper fixierte Ben. „Während du deinen Pflichten nicht nachkommst und dich nur herumtreibst, hat Gestalterin Panica nach den besten und herausragendsten Beschützern mit dem Sinn der Wut angefragt, um im Angst-Ministerium zu dienen." Er streckte stolz die Brust heraus.

„Muss eine herbe Enttäuschung für dich gewesen sein, dass du da nicht dabei warst", erwiderte Ben.

„Ignorier ihn einfach", sagte ich zu Jesper.

„Du hast doch keine Ahnung, Reisender", fauchte Jesper. „Du würdest dich wundern, welche Aufgaben mir schon anvertraut wurden. Gestalterin Panica verlangt persönlich nach mir, welcher Gestalter verlangt denn nach dir?"

„Ach ja?" Ben grinste. „Fürchtet sich die violette Trägerin im Dunkeln? Beschützt du sie unter der Decke? Hätte nicht gedacht, dass hysterische und pummelige Weiber dein Typ sind, aber hey – jeder wie er will."

„Wie kommst du – selbstverständlich ist sie nicht mein Typ", knurrte Jesper entrüstet und streifte mich mit einem kurzen Blick.

„Oh nein. Sag nicht, dass du unter der Decke an sie gedacht hast", erwiderte Ben amüsiert. „Was würde Panica davon halten?"

„Du gehst zu weit", presste Jesper mit kalter Wut hervor. „Ich würde niemals –"

„An die Wächterin denken?"

„Halt deinen elendigen Mund, Reisender."

„Du findest sie also nicht attraktiv?"

„Das geht dich nichts an", brummte Jesper.

„Kannst du nicht einfach den Mund halten?", fuhr ich Ben über die Lippen.

„Wieso?", fragte er zurück und grinste selbstgefällig. „Ich unterhalte mich bloß – sieh an, er wird sogar rot."

„Hör auf", entgegnete ich verärgert. „Das Einzige, was du kannst, ist Leute zu provozieren."

„Glaub mir, ich kann noch ganz andere Dinge", sagte Ben mit rauer Stimme und sah mich mit seinen schwarzen Augen direkt an. Für einen winzigen Moment zupfte etwas an der Innenseite meines Magens.

„Du bist widerlich", stellte ich fest.

„Und du nimmst ihn in Schutz. Ihr wärt ein süßes Paar", erwiderte er hart. „Du solltest dabei aber eines nicht vergessen: Laut Prophezeiung brauchst du mich, um dein Schicksal zu erfüllen."

„Ich dachte, du glaubst nicht an meine Prophezeiung."

Ben zuckte mit den Achseln. „Reicht doch, wenn du daran glaubst."

Ich trat ganz nah an Ben heran. „Du kannst dir nicht vorstellen, wie gerne ich nicht daran glauben würde. Ich verfluche jede Sekunde des Tages, dass du mit meinem Schicksal verwoben bist", flüsterte ich.

In meinem Inneren brannte eine Wut, die aus den tiefsten Tiefen meiner Seele zu kommen schien. Wie konnte einer allein nur so ekelerregend, so unfassbar arrogant, selbstgefällig und widerwärtig sein? Und wie konnte es sein, dass ich mich genau von diesem abstoßenden Träger trotzdem und ohne dass ich es verstand, irgendwie angezogen fühlte? Die Gefühle in meinem Bauch verdichteten sich zu einem Knäuel aus Leidenschaft, Zorn und Frustration und bei allen Acht Sinnen, ich hätte ihn am liebsten geschlagen, um ihm sein gehässiges Grinsen aus dem Gesicht zu wischen. Es dauerte nur einen Herzschlag, bis der Boden grollte, die Erde sich zwischen uns auftat und ein gewaltiger Strahl hellroter Flüssigkeit mit einem wütenden Zischen in den Himmel spritzte.

Ben und ich stoben auseinander, doch wir waren nicht einmal ansatzweise schnell genug. Die hellrote Flüssigkeit bespritzte uns von oben bis unten, sie durchtränkte meine Kleider von der Brust bis zu den Unterschenkeln, und obwohl ich mich sofort ins Gras warf und hektisch versuchte, den Stoff sauber zu rubbeln, wusste ich, dass es sinnlos war. Ben sah kein bisschen besser aus und gemeinsam stanken wir schlimmer als eine Kloake aus der anderen Welt. Hektisch kontrollierte ich meine Tasche und unterdrückte einen frustrierten Schrei. Unser gesamter Proviant war aufgeweicht und stank nach dem brechreizerregenden Wutgeysirwasser.

„Das kannst du nicht mehr essen", sagte Jesper, der auf mich zukam.

„Was du nicht sagst", fauchte Ben.

„Nicht wegen des Gestanks", erklärte Jesper kühl. „Sondern weil es dich unglaublich wütend machen würde. Wahrscheinlich schlimmer, als wenn du Berserkerbeeren isst. Dein Herz würde so schnell schlagen, dass du einen Infarkt erleiden würdest." Er verengte die Augen. „Du kannst es gerne probieren, Ekelträger."

„Aber unser Trinkwasser können wir noch verwenden, oder?", fragte ich schnell.

Jesper nickte. „Wenn es gut verschlossen war, dürfte es kein Problem sein."

„Großartig", kommentierte Ben die Situation und wischte sich mit beiden Händen über seinen ramponierten schwarzen Anzug. „Großartig. Danke, Lee."

Ich hob den Kopf. „Danke, Lee?", wiederholte ich. „Willst du damit sagen, dass das meine Schuld ist?"

„Wessen denn sonst?", fauchte Ben. „Du hättest mal dein Gesicht sehen sollen. Ich hab gedacht, du knallst mir jeden Moment eine."

„Und wieso", fauchte ich, „denkst du, war das so?"

Ben sah mich abschätzig an. „Weil du dich und deine Wut nicht im Griff hast?"

Ich blickte ihn fassungslos an und hätte am liebsten irgendetwas zertrümmert. Der Kerl brachte mich zur Weißglut.

„Vorsicht", sagte Jesper. „Du hast eine Ladung Wutwasser abbekommen, es verstärkt deinen Zorn. Versuch dich zu beruhigen." Wie zur Unterstreichung seiner Worte begann die Erde unter uns wieder zu vibrieren und ich zwang mich, tief durchzuatmen und innerlich von 1 bis 10 zu zählen. Während ich zählte, verebbte meine Wut langsam.

„Bleibt das jetzt für immer so?", fragte ich Jesper.

Der Beschützer schüttelte den Kopf. „Nein, es ist nur am Anfang so schlimm, das Gefühl wird mit der Zeit schwächer. Aber den Gestank werdet ihr nicht so schnell loswerden, der kommt immer wieder, wenn ihr wütend seid. Das Einzige, was dagegen hilft, ist ein ausgeglichenes Gemüt."

„Dann kann ja nichts mehr schiefgehen", knurrte Ben.

„Okay, lasst uns weitergehen", sagte ich schließlich. „Was ist eigentlich mit denen los?" In weiter Ferne konnte ich eine kleine Gruppe von Sinnträgern ausmachen, die sich vor einem weiteren Torbogen versammelt hatten. Der Wind trug den Klang ihrer erregten Stimmen an mein Ohr. Jesper runzelte die Stirn und blickte in die angegebene Richtung.

„Dort befindet sich das letzte magische Portal vor dem Eingang zur Schlucht der Schandtaten", sagte er dann. „Die meisten Träger vermeiden die Reise durch die Schlucht und nehmen lieber den magischen Weg."

„Komisch. Wie kommen die bloß darauf?", murrte Ben. „Wie wär's, wenn wir auch das magische Portal dort nehmen und die Sache abkürzen? Das hier scheint sogar zu funktionieren, sonst würden sie sich nicht darum streiten."

Ich wischte mir ein letztes Mal über meine Kleidung und richtete mich auf. „Es ist egal, was du sagst, Ben. Ich werde das Risiko nicht eingehen."

Nacheinander setzten wir uns in Bewegung. Obwohl Jesper es zu verbergen versuchte, merkte ich, wie er die Nase rümpfte und etwas mehr Abstand zu mir suchte. Ich konnte es ihm nicht verübeln. Gemeinsam stanken wir wirklich ungeheuerlich. Als wir näher an das magische

Portal kamen, wurden die streitenden Stimmen der Sinnträger immer lauter.

Jesper ging zu den Sinnträgern hinüber und seine imposante Erscheinung reichte, dass sie verstummten. „Was ist hier los?", erkundigte er sich.

„Der Idiot hat sich vorgedrängelt", fauchte ein dicker roter Träger und gestikulierte wild. „Wir waren zuerst hier. Und das Portal ist eines der letzten, das noch funktioniert. Ich gehe sicher nicht durch die Schlucht!"

„Doch, doch – geh nur! Du kannst dich vom Monster fressen lassen, um dich ist es nicht schade!", rief ein Zweiter.

„Ah. Ein Monster in der Schlucht", sagte Ben. „Ts ts, Jesper, das hast du uns aber verschwiegen."

Jesper verzog keine Miene. „Das sind nur Geschichten. Es gibt keine Monster."

„Bis auf die, die mit uns erweckt wurden", murmelte ich und warf Ben einen bezeichnenden Blick zu. Dann machte ich ein paar Schritte von der Gruppe der Sinnträger weg. Irgendwie fühlte ich mich wohler, wenn wir das magische Portal hinter uns gelassen hatten. Der Eingang zur Schlucht der Schandtaten lag noch einige Stunden entfernt und ich wollte mich nicht mit Ben auf eine neuerliche Diskussion einlassen.

„Wahrscheinlich geht ihre Fantasie mit ihnen durch, weil der Zugang zur Schlucht nicht gerade einladend aussieht", sagte Jesper und ich nickte. Aus der Ferne erinnerte die gezackte schwarze Öffnung an das aufgerissene Maul eines Drachen in der dunkelroten Bergkette.

Wir setzten unseren Weg fort, und als die Stimmen der zankenden Wutträger hinter uns leiser wurden, begann ich mich zu entspannen, wodurch auch der schreckliche

Geruch des Wutgeysirwassers langsam verflog.

„Die Schlucht der Schandtaten hat eine lange und nicht sehr ruhmreiche Geschichte", sagte Jesper nach einer Weile, während er durch das hüfthohe grüngelbe Gras stapfte, das sich sanft im Wind bewegte. „Vor langer Zeit, bevor die Vereinigung stattfand und die positiven und negativen Emotionen noch getrennt existierten, hat eine Gruppe von negativen Wutträgern die Schlucht als ihren Rückzugsort erkoren." Jesper deutete auf die Bergkämme, die im Licht der tief stehenden Sonne glitzerten. „Der Ort selbst bietet kaum genug zum Überleben, aber damals war der Weg durch die Berge die einzige Verbindung zwischen dem roten und dem weißen Land. Meine Leute haben mit dem Vertrauensland schon immer gerne Geschäfte gemacht", fügte er erklärend hinzu.

„Wer nicht?", fragte ich, als ich daran dachte, wie einfach es für viele Sinnträger gewesen sein musste, im Vertrauensland einen guten Preis zu erzielen.

„Die Schlucht gab nicht viel zum Leben her", fuhr Jesper fort und schnippte sich ein Samenkorn einer vorbeifliegenden Pusteblume von seiner rot-schwarzen Uniform, „aber die Karawanen hatten immer genug Proviant dabei und einen anderen Weg zu suchen, kam ihnen nicht in den Sinn – denn Wutträgern ist Angst fremd." Jesper warf Ben einen grimmigen Seitenblick zu. „Das war auch schon damals so. Trotz der Gefahren nahmen die Händler die Herausforderung an. Und es war auch nicht so, dass die negativen Träger immer triumphierten. Oft schlachteten sie sich gegenseitig ab. Auf diese Weise bekam die Schlucht ihren Namen."

„Aber was passierte nach der Vereinigung?", fragte ich. Jesper warf mir einen kurzen Blick über die Schulter zu. „Als die negativen Träger nicht mehr nur an die negative Wut gebunden waren, lösten sich mit der Zeit die Verbände auf. Die Beschützer hatten dabei ihren Anteil geleistet, die Wächter natürlich ebenso."

Ich nickte, denn die Erinnerungen kamen mir in diesem Augenblick zugeflogen. Es hatte viele Kämpfe gegeben, aber schließlich war die Schlucht von den Gruppen gereinigt worden. Alles, was übrig blieb, waren einige versprengte rote Träger, die ihre Lebensweise nicht aufgeben wollten.

„Nach der Säuberung nutzten vor allem junge Wutträger die Schlucht der Schandtaten, um ihren Mut unter Beweis zu stellen", sagte Jesper und straffte die Schultern. Ich beobachtete seine stolze Haltung und konnte mir gut vorstellen, dass ihn so eine Vorgehensweise auch reizte.

„Dazu gehen sie in eine Schlucht, die vor Hunderten von Jahren mal gefährlich war?", ätzte Ben. „Gratulation. Unglaublich mutig."

Jesper drehte sich zu Ben herum und seine blauen Augen funkelten. „So einfach ist es nicht, Reisender", sagte er kalt. „Sie gehen dort hinein ohne Wasser und Proviant. Und wenn sie wieder herauskommen, sind sie nicht mehr dieselben." Sein Blick schweifte zu der dunkelroten Bergkette, der wir immer näher kamen. „Irgendetwas von den alten Taten ist dort zurückgeblieben", fuhr er leiser fort. „Selbst wenn der Weg durch die Schlucht keine Gefahr mehr birgt, spürt man die Gräuel der Vergangenheit zwischen den Felswänden nachhallen. Allerdings hatten die jungen Träger das Ziel, die Berge zu erklimmen und ein Andenken von dort mitzunehmen. In den Zeltstädten der Grasebenen wurde es zu einem Ritual, um in die Gemeinschaft aufgenommen zu werden und an den Straßenkämpfen teilnehmen zu dürfen."

„Das heißt, du warst auch schon in diesen Bergen?", fragte ich und blickte die majestätischen schroffen Gipfel empor.

Jesper folgte meinem Blick und schüttelte den Kopf. „Inzwischen hat sich diese Tradition aufgelöst. Was nicht heißt, dass ich es nicht könnte."

Ben schnaubte.

„Mach dir keine Sorgen, Wächterin", fuhr Jesper fort. „Das Gefährlichste an der Schlucht ist ihr Ruf."

„Und ihr Monster", warf Ben von hinten ein.

„Dieses Monster ist wahrscheinlich genauso echt wie die Halluzinationen der Panikmacher, aber wahrscheinlich hast du dich auch vor denen gefürchtet", sagte Jesper überheblich und blieb stehen.

Wir hatten den Eingang der Schlucht beinahe erreicht. Spitze rote Steine ragten aus der Erde empor und wirkten aus der Nähe noch imposanter und bedrohlicher. Dahinter erstreckte sich ein langer, schmaler Durchgang, der von hoch aufragenden Felswänden links und rechts begrenzt wurde.

Es sah wirklich aus, als stünde man vor dem Maul eines Drachen und hätte vor, durch seinen Schlund direkt in seinen Magen zu wandern.

„Einladend", sagte Ben. „Und Lee? Möchtest du als Erste hineinmarschieren?"

Ich biss mir auf die Lippe. „Wir sollten sehen, dass wir so weit wie möglich kommen", sagte ich, obwohl mir nicht ganz wohl bei dem Gedanken war.

„Natürlich", sagte Ben. „Dir ist schon bewusst, dass wir bereits in der weißen Hölle sein könnten, wenn wir das magische Portal benutzt hätten?"

„Dir ist aber schon bewusst, dass du dich wiederholst?",

entgegnete ich und ging auf den Eingang zu. Ein eiskalter Luftzug wehte uns daraus entgegen, der mir am ganzen Körper eine Gänsehaut bescherte. Ich ging mit festen Schritten weiter und versuchte das ungute Gefühl in meiner Magengrube zu ignorieren, was mir erstaunlich schwerfiel. Jesper folgte mir auf dem Fuß, und ich griff nach meinem Wächterstab, als ich durch das aufgerissene Maul des Drachen in die Schlucht der Schandtaten marschierte.

Kapitel 13

Die ersten Minuten verliefen in drückendem Schweigen. Jeder unserer Schritte hallte von den Felswänden wider und ich fühlte meine Wachsamkeit in jedem Winkel meines Körpers pulsieren. Nur wenig Sonnenlicht drang durch die steilen Wände bis auf den Boden vor und die ganze Atmosphäre wirkte bedrückend und bedrohlich.

Jesper hatte mit selbstbewussten Schritten die Spitze übernommen und ich gestand mir ein, dass es mich beruhigte, auf seine breiten Schultern zu sehen und zu wissen, dass er sich jeder Gefahr entgegenwerfen würde. Die Stille wurde immer tiefer, je weiter wir kamen, und ich dachte, dass wir ganz schön in der Falle saßen, falls es wirklich ein Monster geben sollte. Was es natürlich nicht gab. Als wir weiterkamen, verbreiterte sich die Schlucht zu einem Weg, der es uns erlaubte, nebeneinander zu gehen. Und auch die roten Felswände, die das Tal begrenzten, ragten nicht mehr so steil in die Höhe, sondern verästelten sich zu mehreren Pfaden, die alle in den Berg hinaufführten.

Ich blickte an den schorfigen Gesteinsmassen empor und fühlte, wie sich meine Nackenhaare aufstellten. Die geschenkten Erinnerungen meiner Wächter-Ahnen überschwemmten mich und mir war, als könnte ich wieder die Schreie hören, als Beschützer und Wächter Seite an Seite gegen die negativen Wutträger gekämpft hatten, die sich in der Schlucht verschanzt hatten. Es war viel Blut geflossen und ich bildete mir ein, an manchen

Steinen die getrockneten Überreste jenes schrecklichen Kampfes zu sehen.

Als die Sonne unterging, hatte ich das Gefühl, der letzte Rest Wärme kroch aus meinen Gliedern und ich bereute es angesichts der Kälte, nicht doch vor dem Eingang zur Schlucht übernachtet zu haben.

In diesem Augenblick blieb Jesper stehen und deutete mit seinem muskulösen Arm auf einen Felsvorsprung in der Nähe.

„Hier könnten wir unser Nachtlager aufschlagen", sagte er über die Schulter. „Dieses Plateau bietet einen guten Überblick über die Umgebung – und wir können nicht von oben angegriffen werden."

„Na dann", sagte Ben beißend.

„Angst?", fragte Jesper und zog eine Augenbraue hoch. „Dachte ich mir doch, dass du dich fürchtest, Ekelträger."

„Eher friert die Hölle zu", erwiderte Ben kalt.

„Man weiß nie", sagte ich. „Es schadet nicht, vorsichtig zu sein. Ich übernehme die erste Wache. Ich kann im Augenblick sowieso nicht schlafen."

Ben schnaubte und drängte sich an Jesper vorbei auf den schmalen Bergpfad, der zu dem Felsvorsprung führte. Das Plateau hatte einen Durchmesser von etwa drei Metern und bot genug Platz, dass wir uns alle ausstrecken konnten, ohne einander in die Quere zu kommen.

„Ich würde davon abraten, ein Feuer zu entfachen", sagte Jesper, als wir die Gesteinsplatte erreicht hatten. Es war zwar noch immer klirrend kalt, aber einigermaßen windstill, und ich setzte mich mit dem Rücken an die Wand des Felsens. „Sicher ist sicher." Er sah mich an. „Ist dir kalt? Soll ich dich wärmen?", fragte er dann.

„Soll ich dich wärmen?", wiederholte Ben spöttisch.

„Großartiger Plan, Wutträger. Bringst die Wächterin an den kältesten Ort deiner verdammten Heimat, um sie dann zu ‚wärmen‘.“

„Danke, es geht schon“, sagte ich schnell und zog mir die Jacke, die Jesper mir gegeben hatte, enger um die Schultern. Kurz durchzuckte mich ein schlechtes Gewissen, weil ich sie beim Ausbruch des Wutgeysirs genauso versaut hatte wie meinen Tarnanzug, aber schließlich hatte er sie mir geschenkt und es war keine Absicht gewesen.

„Versuch zu schlafen“, sagte Jesper mit tiefer Stimme. „Selbstverständlich übernehme ich die erste Wache.“ Er warf Ben einen überlegenen Blick zu.

„Du könntest auch die Wache danach“, sagte Ben gähnend, „und die darauf folgende übernehmen. Ein Beschützer braucht doch sicher keinen Schlaf.“

Jesper ignorierte Ben und fischte etwas aus seiner Hosentasche. „Hier“, sagte er und bot mir das Ding an, das wie ein kleiner brauner Würfel aussah. „Ich habe hier noch einen Rest Knorpelbrot. Nicht besonders lecker, aber es stillt den Hunger.“

„Danke“, sagte ich müde. „Aber dann hast ja du nichts mehr zu essen.“

„Kein Problem“, winkte Jesper ab. „Ein Beschützer kann auch fünf Tage ohne Nahrung auskommen, ohne dass es ihn körperlich beeinträchtigt.“ Er machte eine kurze Pause und lächelte dann grimmig. „Das können Reisende nicht von sich behaupten.“

„Stimmt, wir Reisende behaupten nicht so viel wie Beschützer“, gab Ben trocken von sich. Er besah sich einen Strauch mit murmelgroßen Beeren, der neben ihm aus dem Boden wuchs, und pflückte sich eine davon.

„Das würde ich an deiner Stelle nicht tun“, sagte

Jesper. „Das sind Berserkerbeeren. Wenn du eine davon isst, weißt du nicht mehr, was du tust. Und falls du eine Gefahr für die Wächterin darstellst, müsste ich dich ausschalten, leider."

Ich verbiss mir ein Schmunzeln, als Ben die Beere mit einem angewiderten Blick in die Dunkelheit schoss. Plötzlich ertönte ein fernes Brüllen, das mich an ein riesiges Tier denken ließ, und schlagartig war ich hellwach. Mein Licht strahlte in der Dunkelheit und zum ersten Mal fragte ich mich, ob das ein Nachteil sein konnte, und deckte es mit der Hand ab.

„Was war das?", flüsterte ich.

„Das Monster", erwiderte Ben kalt.

Ich schaute zu Jesper, der sich aufgerichtet hatte und dem keine Antwort über die Lippen kam. Der Ausdruck in seinen Augen beunruhigte mich.

„Es kann nicht sein, es ist nur eine Legende – ich glaube nicht, dass -" In diesem Moment ertönte wieder ein Brüllen. Diesmal noch lauter und so nah, dass sogar Jesper leicht zusammenzuckte.

„Wo hast du uns hier nur hineingeritten?", fragte Ben kühl und richtete sich auf.

Jesper sah sich um. „Hier sitzen wir in der Falle. Wir müssen den Pfad zurück in die Schlucht und dann einen Weg finden, der uns durch die Berge zur Grenzstadt führt", sagte er. „Ich würde vorschlagen, dass wir uns in den Bergen verstecken. Bis wir sicher wissen, wer -" Der nächste Schrei war so tief und markerschütternd, dass er von keinem Sinnträger stammen konnte.

„Oder was", fiel ihm Ben ins Wort.

„- diese Geräusche ausstößt."

Lautlos kam Jesper auf die Beine und griff nach meiner Hand. Bens Miene drückte nichts als Abscheu aus, als ich sie ergriff. Obwohl wir so leise liefen, wie es uns möglich war, hatte ich das Gefühl, dass unsere Schritte in der Stille der Nacht viel zu laut von den Felswänden der Schlucht zurückgeworfen wurden. Vielleicht wittert es uns, dachte ich, als wir die schmale Schlucht erreicht hatten. Wieder ertönte dieses schreckliche Brüllen, das mein Herz zum Stolpern brachte, und ich sah ein violettes Licht in der Nacht aufglimmen.

„Habt ihr das gesehen?", flüsterte ich und deutete auf eine Felsspalte neben uns.

„Scheiße, ja", sagte Ben und an seiner Stimme erkannte ich, dass er es diesmal nicht sarkastisch meinte. Ich folgte seinem Blick und drehte mich um. Ein riesiger Schatten wurde hinter uns an die Felswände geworfen und ich beschleunigte unbewusst meine Schritte. Trotzdem irrte mein Blick zurück zu der Felsnische und wieder sah ich das violette Licht daraus emporblitzen.

„Nein, ich meine das Licht!" Ich zerrte an Jespers Arm und zog ihn hinüber zu der Steinwand. Ein schmächtiger violetter Träger mit zerfetzten Kleidern starrte uns aus weit aufgerissenen Augen an und winkte uns hektisch, ihm zu folgen. Ich quetschte mich hinter ihm in die Lücke und hoffte, dass der Durchgang für Jespers breiten Körper nicht zu schmal war. Doch nach einem kurzen Ächzen hatte auch er es hineingeschafft. Dahinter kam Ben.

„Folgt mir!", wisperte der schmächtige Angstträger mit den wild vom Kopf abstehenden Haaren und lief mit uns durch einen schmalen Tunnel, der tiefer in den roten Berg hineinführte. Hinter uns hörte ich ein lautes Stampfen und vernahm wieder das schreckliche Brüllen, bei dem sich mir alle Härchen aufstellten. Mehr kriechend als laufend folgten wir dem Sinnträger tiefer in den Berg hinein, bis sich der Gang zu einer niedrigen Höhle verbreiterte, in der ein paar violette Lichtsteine einen kalten Glanz an die Wände warfen.

„Hier", sagte der Angstträger und deutete auf den schmutzigen Boden, der von Unrat übersät war. Mit einer schnellen Handbewegung wischte er einen Haufen ausgespuckter Kerne zur Seite. „Setzt euch. Hier seid ihr sicher."

„Danke", sagte ich und ließ mich trotz der schmuddeligen Umgebung und des Gestanks höflich neben dem Lager des violetten Trägers nieder. Durch den schmalen Tunnel konnte uns das Monster unmöglich folgen und ich fühlte, wie sich mein Herzschlag langsam wieder beruhigte. Auf der gegenüberliegenden Seite befand sich ein riesiger Felsquader vor einem zweiten Tunnel und versperrte auch diesen Zugang. Für den Moment fühlte ich mich tatsächlich sicher.

„Wie heißt du?", fragte ich den Angstträger, der uns gerettet hatte.

„Ich bin Skobi", antwortete er lächelnd und entblößte eine riesige Zahnlücke zwischen seinen Vorderzähnen.

„Und wie es aussieht, lebst du hier schon ziemlich lange, Skobi", sagte Ben und sah sich abfällig in der verwahrlosten Höhle um.

Skobi kratzte sich am Kopf und blickte auf eine Wand, die mit kleinen weißen Strichen übersät war.

„Ja", stimmte er langsam zu, „schon eine Weile."

Ich warf einen Blick auf die Höhlenwand. Es waren 267 Striche darauf zu sehen.

„Hast du jeden Tag einen Strich gemacht, Skobi?", fragte ich und dachte, dass der Ärmste wirklich schon eine ganze Weile hier sein musste.

„Nur am Anfang", sagte er und lächelte wieder sein

schüchternes Zahnlückenlächeln. „Danach ist mir die Kreide ausgegangen."

„Oh Mann", sagte Ben und sah sich um. „Ich bin mir nicht sicher, ob ich nicht doch lieber draußen wäre als hier drinnen."

„Weißt du etwas über die Kreatur, die vorhin gebrüllt hat?", fragte ich schnell und sah Skobi aufmerksam an. Er bekam einen angsterfüllten Blick und seine ringförmige Zeichnung erglühte in grellem Violett.

„Du meinst das Monster?", flüsterte er und ein Zittern durchlief seinen kleinen Körper.

„Es gibt keine Monster", sagte Jesper und verschränkte seine Arme vor der breiten Brust. „Egal, was da draußen war, es muss eine logische Erklärung dafür …"

„Es ist da draußen!", flüsterte Skobi und nickte hektisch. „Es hat meine Leonora!"

„Wer ist Leonora?", fragte ich und zog eine Augenbraue hoch.

„Meine Verlobte", sagte Skobi. „Ich habe sie hier verloren. Ich habe sie verloren."

„Es gibt keine Monster", setzte Jesper erneut an, doch ich brachte ihn mit einem nachdrücklichen Blick zum Schweigen. Verunsichert trat er einen Schritt zurück und presste nach einem kurzen Seitenblick auf Ben die Lippen zusammen.

„Leonora ist mein Ein und Alles", sagte Skobi und richtete seinen zitternden Blick auf mich. „Sie hat den Sinn des Vertrauens und wollte ihre Heimat besuchen. Wir machten zusammen eine wunderbare Reise", schwärmte er und ich fühlte, wie Leben in seinen kleinen Körper kam. Er stand auf und kramte in einem zerschlissenen Rucksack herum, der auf einer zerwühlten Schlafstätte lag und ihm offenbar als Kopfkissen diente.

Skobi holte eine zerfledderte Karte daraus hervor und breitete sie zwischen uns auf dem schmutzigen Boden aus.

Ein ekliger Geruch, der mich an das hellrote Spritzwasser des Wutgeysirs erinnerte, schlug mir entgegen und ich wandte unwillkürlich den Kopf ab.

„Landkarten der Sinnlichen Welt sind sehr selten und teuer", sagte Skobi und nickte mehrmals. „Es ist schwer, eine zu bekommen, weil sich die Länder ständig verändern. Hier entsteht ein Baum, dort ein Vulkan – alles ist im Fluss, alles wandelt sich. Wenn sich die Menschen und Tiere verlieben, wächst die Wiese des Glücks im Freudeland. Oder es gibt einen Krieg. So viel Wut, sooo viel Wut", traurig schüttelte er den Kopf. „So viel Angst. Und dann … die Tränen. Wisst ihr noch, wie das Tränenmeer angeschwollen ist nach dem Zweiten Weltkrieg auf der Erde, der mit unserem Zweiten Sinnlichen Krieg zusammengefallen ist?"

Jesper nickte grimmig und auch mich überfiel die Erinnerung an einen riesigen Ozean der Tränen.

„Meine Leonora hat Reisen geliebt", sagte Skobi und strich zärtlich über die halb zerfallene Karte. „Sie wollte so viel sehen und wir sind durch die ganze Sinnliche Welt gereist. Wir waren schon in den Sümpfen des Todes, den Gärten der Gefahr und der Grotte des Schreckens – ihr gefiel der Nervenkitzel – aber ich hatte solche Angst. Ich hatte so eine Angst", wiederholte er nachdrücklich. „Und als sie dann noch sagte, sie wolle durch die Schlucht der Schandtaten in ihre Heimat reisen, da sagte ich Nein. Ich sagte Nein." Skobi schüttelte entsetzt den Kopf.

„Du sagtest Nein", wiederholte Ben genervt. „Komm endlich auf den Punkt."

„Ich sagte Nein und sie ging allein", heulte Skobi und

rollte die Karte mit einer heftigen Bewegung zusammen.

„Und was ist dann passiert?", fragte ich und hatte schon so eine Ahnung, von der ich hoffte, dass ich mich irrte.

„Ich nahm das magische Portal", erzählte Skobi weiter und fuhr sich mit den schmutzigen Fingernägeln durch seine wilden Haare, in denen ein kleiner Höhlenwurm herumkroch. Er ertastete das Tierchen, betrachtete es einen Moment lang und steckte es sich dann in den Mund. „Und ich flehte sie an, mit mir durchs magische Portal zu reisen. Aber sie wollte zu Fuß gehen."

Ben beugte sich zu mir. „Wieso kommt mir das so bekannt vor?", flüsterte er in mein Ohr.

„Sie ging in die Schlucht hinein, voller Vertrauen, und sagte, dass ich mich nicht zu ängstigen brauchte, denn die gefährlichen Zeiten wären vorüber." Skobi nickte sich wieder selbst zu. „Aber sie kam niemals im Land des Vertrauens an. Ich reiste in die Grenzstadt hinter der Schlucht und wartete dort auf sie. Doch sie kam nicht an. Sie kam einfach nicht wieder heraus …"

„Also bist du selbst hineingegangen, um sie zu suchen?", fragte ich.

Skobi nickte. „Ich versuchte, einen Suchtrupp zusammenzustellen. Aber niemand aus meinem Land wollte mich begleiten – und ich hatte keine Blätter, um jemanden zu bezahlen."

„Und nun hockst du hier, frisst Würmer und versteckst dich vor dem Monster, das sich deine Verlobte geschnappt hat", fasste Ben die Situation zusammen. „Ich an deiner Stelle würde mit der Sache abschließen."

„Das Monster", sagte Skobi und seine ringförmigen Linien erglühten. „Ich muss mich vor dem Monster hüten." Er schlang die Arme um seinen dürren Körper und wiegte sich vor und zurück. „Ich kann hier nicht weg, bevor ich nicht weiß, was mit ihr passiert ist. Aber ich fürchte mich so! Und diese Schlucht ..." Er senkte seine Stimme und die Wände der Höhle schienen näher zu rücken. „Sie macht etwas mit mir ... stiehlt meine Zeit! Ich bin am Tag immer so müde ... so müde ... und ich schaffe es nicht, Leonora zu suchen. Und wenn ich abends wach werde, schreit wieder das Monster."

„Hast du es denn schon mal gesehen?", fragte ich und fühlte einen Schauer über meine Haut kriechen.

Skobi nickte eifrig. „Es ist groß", flüsterte er. „Und es ist immer wütend. Ich habe Angst davor."

„So wie der da?", fragte Ben und deutete auf Jesper. Skobi schüttelte den Kopf, und Jesper warf Ben einen mörderischen Blick zu.

„Ist es morgens so aktiv wie am Abend?", fragte ich.

Skobi schüttelte erneut den Kopf. „Wenn die Sonne aufgeht, ist es ganz still. Ich glaube, dann schläft es."

„Dann wissen wir, was wir zu tun haben", sagte Ben. „Wir nutzen die Morgenstunden, um aus dieser schrecklichen Schlucht herauszukommen und hoffen, dass das Monster sein Nickerchen hält."

„Skobi, du kannst uns begleiten", bot ich an. „Wir sind auf dem Weg in die Stadt. Ich kann dir helfen, dort einen Suchtrupp zu organisieren." Jesper sah mich irritiert an.

Skobi schüttelte den Kopf. „Ich kann nicht gehen. Ich kann Leonora nicht im Stich lassen."

„Klar", sagte Ben angewidert. „Dann bleib einfach hier. Es gibt ungemütlichere Orte."

„Der schwarze Träger will sich damit für deine Hilfe und Gastfreundschaft bedanken", sagte ich rasch und warf Ben einen verärgerten Blick zu.

„Ihr könnt hier bei mir schlafen", bot Skobi an und

schlurfte zu seiner Schlafstelle. „Ich bin auch müde", murmelte er vor sich hin, „es war ein langer Tag. Habt ihr noch Hunger, bevor ihr schlafen wollt?"

Ben, Jesper und ich schüttelten synchron die Köpfe.

„Danke, wir kommen zurecht", sagte Jesper steif.

„Danke für das Angebot, Skobi, ich bin auch schon sehr müde", sagte ich, suchte mir eine Ecke in der Höhle und ließ meinen Hinterkopf gegen den Fels sinken. Obwohl es hier nicht besonders gut roch, war es zumindest warm und sicher und ich war dankbar für Skobis Freundlichkeit.

Ben und Jesper ließen sich in unmittelbarer Nähe zu mir nieder und schlossen müde die Augen. Ich blinzelte ebenfalls schläfrig in die violetten Lichtsteine und war kurz davor wegzudämmern, als Skobi summend in seinen halb verrotteten Rucksack griff und eine Berserkerbeere daraus hervorholte, die er nach kurzer Betrachtung in den Mund steckte. Er kaute kurz und spuckte den Kern geschickt auf einen Haufen anderer Kerne in der Ecke, die ganz genauso aussahen.

Ich blinzelte und fühlte einen Ruck durch meinen Körper gehen. Die Kerne stammten von Berserkerbeeren – und in dieser Höhle lagerten gut und gerne Tausende davon!

„Skobi", sagte ich erschüttert, „ich dachte, diese Beeren sind ungenießbar." Skobi sah mich an und schüttelte den Kopf, während er sich eine weitere Beere in den Mund stopfte.

„Schmecken gut. Ich esse sie schon, seit ich hergekommen bin." Noch eine Beere wanderte in seinen Mund und ich beobachtete mit Schrecken, wie sich Skobis Haut ausgehend von seinen Lippen rot zu färben begann. Seine Augen bekamen die Farbe von Blut und seine Muskeln schwollen an. Nun wusste ich auch, warum seine Kleidung so zerrissen aussah.

„Jungs", flüsterte ich und stieß Ben und Jesper die Ellbogen in die Rippen, „ich glaube, wir sollten hier verschwinden."

Ben öffnete neben mir die Augen und kam mit einem erschrockenen Laut auf die Beine. Skobi war inzwischen auf das Doppelte angeschwollen und futterte noch immer schnaufend Berserkerbeeren, von denen er einen ganzen Vorrat in seinem Rucksack zu haben schien.

„Gratuliere, Lee, du hast uns in Hulks Höhle geführt", zischte Ben. Jesper ging sofort in Kampfposition und stellte sich zwischen mich und den immer größer und größer werdenden Angstträger. Skobi versperrte mit seinem massigen Körper den schmalen Tunnel, durch den wir hereingekommen waren. Der einzige Fluchtweg, der uns blieb, war der breitere Tunnel, der von einem großen Felsquader versperrt wurde.

Skobi schüttete die restlichen Beeren aus seiner hohlen Hand in sein weit geöffnetes Maul, kaute schmatzend, warf den Kopf in den Nacken und röhrte, dass der ganze Berg erzitterte. Speichelfäden hingen von seinen geöffneten Lippen und ich beobachtete mit Schrecken, wie Skobi weiter und weiter wuchs, bis er dreimal so groß wie Jesper geworden war und die gesamte Höhle ausfüllte.

„Wir müssen diesen Felsquader zur Seite schieben!", brüllte Ben und mit vereinten Kräften gelang es uns, den Stein zu bewegen. Als der Spalt groß genug war, quetschten wir uns hindurch und Ben griff in seine Hosentasche und warf ein rundes, schwarzes Ding in Skobis Höhle, bevor wir losrannten.

„War das Berthas Schlafkugel?", keuchte ich, während

wir durch den dahinterliegenden Tunnel rasten und Ben nickte.

„Scheint ihn aber nicht zu beeinträchtigen", stieß Jesper hervor. Ich warf einen schnellen Blick über die Schulter. Mein gelbes Licht brannte wie der Strahl einer Taschenlampe, und wir liefen so schnell wir konnten, während wir hinter uns Skobis wütendes Brüllen hörten und dann einen gewaltigen Krach, der danach klang, als ob er den Felsquader gerade mit Leichtigkeit gegen die Wand gedonnert hätte.

„Vielleicht ist er zu groß, um hier durchzupassen", knurrte Jesper im Laufen und ich schüttelte unglücklich den Kopf.

„Er wird zwar kriechen müssen, aber ich fürchte, dass ihn das nicht aufhält."

„Hier hast du also das Monster, das es nicht gibt", presste Ben keuchend hervor.

„Er muss die Berserkerbeeren über einen langen Zeitraum und in rauen Mengen gegessen haben, um solch eine Verwandlung zu bewirken", schnaufte Jesper. Der Tunnel gabelte sich und ich fühlte einen sanften Luftzug aus der linken Abzweigung auf meiner Haut.

„Hier entlang!", rief ich. „Ich glaube, dieser Weg führt uns hinaus!"

Skobis heftiges Schnauben war nicht weit hinter uns und ich hatte das Gefühl, seinen heißen Atem jeden Moment in meinem Nacken spüren zu können. Wieder rannten wir, so schnell wir konnten, bis wir plötzlich auf einen mit spitzen Steinen übersäten Bergpfad hinausstolperten und schlitternd zum Stehen kamen. Die Kante fiel steil in die Tiefe ab. Nur einen Schritt weiter und wir wären abgestürzt.

„Wohin jetzt?", fragte Ben schwer atmend und ich

wandte mich automatisch nach links, zu dem Weg, der den Berg hinunterführte und nicht noch weiter hinauf.

Ich verlor jegliches Zeitgefühl, während wir nebeneinander über den gewundenen Pfad hetzten, Skobis berserkerhaftes Brüllen im Ohr. Schließlich erreichten wir eine Felswand und ich fühlte mein Herz in die Hose sacken, als ich erkannte, dass wir direkt in eine Sackgasse gelaufen waren. Der Pfad fiel zur rechten Seite hin steil ab und verbreiterte sich vor uns zu einer runden Fläche, die mit Büschen voller Berserkerbeeren bewachsen war.

„Hier holt er sich also immer seinen Vorrat", bemerkte Ben und streifte die Beerenbüsche mit einem angewiderten Blick.

„Was machen wir jetzt?", flüsterte ich und drehte mich einmal im Kreis. Dabei entdeckte ich eine kleine, zusammengekauerte Gestalt, die in einem weißen Kleid zwischen den Büschen auf dem Boden hockte.

„Er kommt", wisperte sie mit dünner Stimme. „Versteckt euch!" Die weiße Trägerin hatte rote Wangen, riesige dunkle Augen und zerzauste schwarze Locken.

„Bist du Leonora?", stieß ich hervor und die Frau nickte. „Ihr müsst euch verstecken! Er wird gleich hier sein!" Skobis Wutrausch schien auf dem Höhepunkt angelangt zu sein, denn ich hörte ihn aus dem Tunnel brechen und einen gewaltigen Brüller ausstoßen. Leonora zog den Kopf ein und presste ihren Körper noch tiefer in die Büsche.

„Bist du schon lange hier?", fragte ich und sie nickte verstört.

„Ich habe mir auf dem Weg durch die Schlucht den Fuß gebrochen", wisperte sie und starrte auf den gewundenen Pfad, der unter Skobis stampfenden Schritten erzitterte.

„Und ich nehme an, während deiner Zeit in der Schlucht hast du dich von Berserkerbeeren ernährt", sagte ich und betrachtete ihre Haut, die im sanften Schimmer der Monde noch einen Nachhall von roter Farbe zeigte.

Sie nickte wieder. „Woher weißt du -?"

„Egal", unterbrach ich sie. „Würdest du ein paar Beeren essen. Bitte schnell?"

„Was hast du vor?", fragte Jesper.

„Sie ist das Monster, vor dem er sich fürchtet", erklärte ich schnell, „und er ist das Monster, vor dem sie sich fürchtet. Ich nehme an, sie sind sich bisher noch kein einziges Mal verwandelt über den Weg gelaufen."

„Findest du das wirklich eine gute Idee?", fragte Ben und blickte auf den Pfad, dessen Steine unter den schweren Schritten des näher kommenden Skobi hüpften.

„Ich glaube, es ist unsere einzige Chance, um das hier zu überleben", flüsterte ich und nickte Leonora zu, die eine Handvoll Beeren zerkaute.

„Nicht unsere einzige", sagte Jesper, pflückte zwei Berserkerbeeren und warf sie in seinen geöffneten Mund, während sich Leonora neben uns schnaufend und ächzend in ein riesiges, muskelbepacktes Monster verwandelte.

In dem Moment bog Skobi um die Ecke. Als er sie sah, röhrte er laut auf und Leonora antwortete mit einem nicht minder beeindruckenden Fauchen.

„Okay", sagte Ben neben mir, „du hast es geschafft. Das rote Land rückt an die erste Stelle der schrecklichsten Orte, die wir je bereist haben."

„Sei still", zischte ich.

Jespers Augen wurden rot und seine Gesichtszeichnung glühte wie Feuer. Mit einem Brüllen stieß er Ben, der neben mir stand, zur Seite, griff nach mir, warf mich über seine Schulter und raste an Leonora vorbei, zwischen Skobis Beinen hindurch. Ben heftete sich uns an die Fersen und die nächsten paar Kilometer nahm ich nur verschwommen wahr.

Jesper raste über einen Umweg zurück hinunter in die Schlucht, und obwohl Ben keine Last zu tragen hatte, fiel er immer wieder zurück, während Jespers Berserkerrausch ihn immer weiter und weiter trug. Ich wurde bei dem wilden Lauf bis auf die Knochen durchgeschüttelt, aber egal, was ich sagte oder tat, Jesper ließ sich nicht stoppen. Ich hätte zwar versuchen können, ihn in eine Wächterkugel zu sperren, aber da ich nicht wusste, welche Konsequenzen es für seinen Körper hatte, wenn er die Beeren nicht abbauen konnte, ließ ich meinen Stab stecken. Nach zwei Stunden nahm Jespers Tempo endlich ab und irgendwann blieb er schließlich stehen und schüttelte mehrmals den Kopf, als würde er aus einer tiefen Trance erwachen.

„Lässt du mich jetzt hinunter?", fragte ich und hoffte, dass er mich wieder hören konnte. Ben taumelte kraftlos hinter uns her und fiel schwer atmend auf die Knie, wo er einfach umkippte und liegen blieb.

Jesper sah mich erstaunt an, als wüsste er nicht, warum ich über seiner Schulter hing, und ließ mich nach einem verlegenen Moment auf den Boden gleiten.

„Was ist passiert?", murmelte er mit schwerer Zunge.

„Ich hätte zweimal fast gekotzt", röchelte Ben und japste nach Luft. „Musstest du gleich zwei von den beschissenen Dingern einwerfen?"

„Ich war mir nicht sicher, ob eine reichen würde", erwiderte Jesper stolz.

„Ich bin mir ziemlich sicher, dass eine gereicht hätte",

antwortete Ben stöhnend und öffnete die Provianttasche, um einen Schluck Wasser zu trinken.

Ich blickte mich um. „Sieht so aus, als hätten wir fast das Ende der Schlucht erreicht", sagte ich. Die acht Monde erhellten den Weg vor uns und in der Ferne konnte ich die strahlenden Lichter der Grenzstadt erkennen.

„Oh ja. Unser Duracell-Häschen hat uns den schnellsten Weg hinaus gezeigt", knurrte Ben, dessen Lebensgeister langsam wiederkehrten. „Und das, obwohl unsere beiden Berserkermonster keine Anstalten gemacht haben, uns zu verfolgen."

Ich hielt inne und lauschte in die Nacht. Tatsächlich war das röhrende Brüllen einem zärtlichen Fauchen gewichen, das Assoziationen zu einem Liebesspiel in mir weckte.

„Ich glaube, sie haben einander wiedererkannt", sagte ich und legte lächelnd den Kopf schief.

„Bleibt nur zu hoffen, dass sie sich ungefähr zur gleichen Zeit zurückverwandeln", murmelte Ben und stand schwerfällig auf.

Ich griff nach der Wasserflasche, die Ben noch immer in der Hand hielt, und bot sie Jesper an. Er nahm sie mit einem dankbaren Kopfnicken und begann zu trinken.

„Lasst uns eine geschützte Stelle suchen und den Rest der Nacht hier verbringen", schlug ich vor. „Ihr seid sicher müde. Ruht euch etwas aus und ich halte Wache." Ben murrte, widersprach aber nicht und wir fanden nach einem kurzen Marsch eine Felsnische, die uns vor dem kalten Wind einigermaßen Schutz bot.

„Ich denke schon, dass die Rückverwandlung ungefähr gleichzeitig stattfinden wird", sagte ich, als die beiden ihre Schlafstätte richteten. „Sie haben die Beeren ja auch kurz hintereinander gegessen. Außerdem glaube ich nicht, dass Leonora Skobi etwas tun würde, auch wenn er sich vor ihr zurückverwandelt."

„Nein, natürlich nicht", höhnte Ben. „Und sie lebten glücklich bis an ihr Ende in der Schlucht der Schandtaten und machten viele kleine Monsterbabys."

„Ich habe die Hoffnung, dass sie – nun, da sie sich gefunden haben – in ihrer normalen Gestalt den Weg zurück antreten und ihr Leben weiterführen", erklärte ich kühl.

„Selbstverständlich hast du die Hoffnung", sagte Ben trocken. „War mir schon klar, dass du an ein Happy End glauben möchtest." Darauf erwiderte ich nichts mehr und es dauerte nicht lange, bis Bens tiefe Atemzüge mir verrieten, dass er eingeschlafen war. Jesper hingegen stand so unter Strom, dass an Schlaf nicht zu denken war. Sein Herz schlug schnell und hart, als würde er rennen, und seine Hände zitterten, obwohl er sie in seinen Schoß legte.

„Schlaf, Lee", brachte er schließlich gepresst heraus. „Es hat keinen Sinn, wenn wir beide wach sind."

Ich öffnete den Mund, um zu widersprechen, aber er schüttelte mit einer ruckartigen Bewegung den Kopf.

„Ich komme nicht zur Ruhe, solange die Beeren noch in meinem System sind", stieß er zitternd hervor. „Ich passe auf. Es geht mir gut. Schlaf." Ich lauschte seinem Herzschlag, der einen Tick langsamer geworden war. Es schien ihm allmählich wirklich besser zu gehen. Da ich so müde war, dass mir die Augen zufielen, nickte ich also und fiel bald darauf in einen traumlosen Schlaf.

Kapitel 14

Der nächste Morgen weckte mich mit Sonnenstrahlen, die in meiner Nase kitzelten. Noch bevor ich die Augen aufschlug, wusste ich, dass Ben schon wach war, weil ein schrecklicher Gestank nach Kloake in der Luft hing.

„Was ist los?", fragte ich müde und richtete mich gähnend auf.

„Der Typ hat in der Nacht das letzte Wasser ausgetrunken", knurrte Ben und hielt demonstrativ den Trinkbeutel kopfüber. Mit dem Kinn deutete er sichtlich angepisst auf Jesper, der seltsam apathisch in der Schlucht stand.

„Ich bin sicher, in der Stadt gibt es noch mehr Wasser", sagte ich an Ben gewandt, stand auf und ging ein paar Schritte zu Jesper hinüber, der dastand, als hätte man ihm über Nacht jegliche Körperspannung entzogen. Die Nacht in der Felsnische war alles andere als bequem gewesen, aber ich vermutete, dass dies mehr die Nebenwirkung der Berserkerbeeren war und der Anblick gefiel mir ganz und gar nicht.

„Jesper? Geht es dir gut?", fragte ich und fasste ihn leicht am Arm.

Er sah mich aus glasigen Augen an. „Alles bestens", presste er hervor. „Ich habe nur Hunger."

„Und ich habe Durst", ließ sich Ben vernehmen.

„Lasst uns sehen, dass wir schnell hinunterkommen", sagte ich und nickte mit dem Kopf auf die Grenzstadt, deren rote und weiße Dächer in der Morgensonne glitzerten. Ich wollte es nicht laut aussprechen, aber ich machte mir um Jesper Sorgen.

Langsamer als sonst setzten wir unsere Reise fort. Der Weg aus der Schlucht verlief in drückendem Schweigen und ich warf Jesper immer wieder prüfende Blicke zu. Die Nachwirkungen der Berserkerbeeren schienen stark zu sein, denn er wirkte desorientiert und bewegte sich wesentlich schleppender als sonst.

„Wir sollten sehen, dass wir so schnell wie möglich etwas zu essen bekommen", sagte ich, als wir das schwarze Stadttor erreichten und Jesper sich an der gezackten Stadtmauer abstützte, ohne auf die grimmigen Blicke der Wachen zu achten.

„Du kannst ja richtig fürsorglich sein", giftete Ben und bedachte den Beschützer mit einem abfälligen Seitenblick. „Krieg dich wieder ein, Lee. Die zwei Beeren werden ihn schon nicht umbringen."

„Er hat die ganze Nacht Wache gehalten. Das könntest du ruhig mal anerkennen", erwiderte ich unfreundlich und merkte, wie die Wirkung des Wutgeysirwassers unverzüglich einsetzte und meine Kleider zu müffeln begannen.

„Beschissenes Land", knurrte Ben, dem der widerliche Geruch ebenfalls in die Nase gestiegen war und sofort verstärkte sich das Odeur. Nun stanken wir beide.

Ich nahm mir fest vor, meine Gefühle in Zukunft besser zu beherrschen und griff nach Jespers Arm. Er schwankte sichtbar und hatte Schweißtropfen auf der Stirn.

„Wir sollten uns beeilen", flüsterte ich Ben zu und trat mit ihm auf eine breite Hauptstraße, die von gezackten Rissen durchzogen war und ins Zentrum zu führen schien. Überall lagen die abgebrochenen Spitzen roter Riesenkristalle auf dem Boden, die anscheinend direkt von den massiven Gebäuden neben der Straße heruntergefallen waren. Gerade Linien und klare Formen wie im Wachsamkeitsland suchte man hier vergebens. Die schiefen Kristallhäuser wirkten groß und solide, waren aber kein bisschen geordnet. Je länger ich mit Jesper im Schlepptau durch die Straße ging, desto sicherer wurde ich mir, dass die Häuser nicht gebaut worden waren – eher sahen sie so aus, als wären sie willkürlich aus der Erde gewachsen – fast wie Pflanzen.

„Da vorne ist ein Brunnen", sagte Ben in diesem Moment und steuerte auf einen halb verfallenen Steinbrunnen zu, der am Rand der Straße zum Vorschein gekommen war. Wie alles hier war auch er von fingerdicken Rissen durchzogen.

Ben hatte sich gerade über den Brunnen gebeugt und die Kelle ins Wasser getaucht, als ein stämmiger roter Träger aus dem dahinterstehenden Haus geschossen kam und ihm einen festen Stoß vor die Brust verpasste.

„Das ist Privateigentum!", fauchte der Wutträger und spuckte Ben dabei eine Ladung Speichel ins Gesicht. „Kannst du nicht lesen?"

Ohne es zu wollen, zuckte meine Hand zu meinem Wächterstab und ich spürte, wie mich eine Welle der Aggression überrollte. Am liebsten hätte ich den Typen sofort verhaftet. Augenblicklich hing wieder der ekelerregende Gestank nach Kloake in der Luft und ausgehend von der Stelle, wo Ben niedergestoßen worden war, erzitterte der Boden. Jesper taumelte schwer gegen mich und ich hielt ihn fest, damit er mir nicht umkippte.

„Deine mickrigen Wutwellen kannst du dir sonst wohin stecken", schrie der stämmige Brunnenbesitzer Ben an, „verschwinde, du bist hier nicht willkommen!"

Bens Linien begannen vor Abscheu schwarz zu

glimmen und in seinen Augen funkelte eine Kampflust, die ich bisher noch nie an ihm gesehen hatte. Mit einer geschmeidigen Bewegung sprang er wieder auf und eine weitere Wutwelle rollte – ausgehend von Ben als Epizentrum – auf den Träger zu.

„Wir kommen durch die Schlucht der Schandtaten", sagte ich schnell, da ich nicht wollte, dass die Situation eskalierte, „und haben Hunger und Durst. Bitte verzeih unseren Irrtum, wir dachten, der Brunnen wäre für alle da."

„Ist er aber nicht!", schrie der Wutträger.

„Wie gesagt, es tut uns leid", quetschte ich mit dem letzten Rest Selbstbeherrschung hervor und zog Ben von dem Typen weg. „Lass uns gehen, da vorne ist eine Art Bäckerei", murmelte ich ihm zu und deutete quer über die Straße zu einem Laden, dessen Tür offen stand und aus dessen Innerem es köstlich nach Pfannkuchen und frisch gepresstem Erdbeersaft roch. Jesper stützte sich schwer auf mich und ich wollte gerade über die Schwelle treten, als sich eine muskulöse rote Trägerin mit einem strengen schwarzen Dutt und einem Besen in der Hand aus dem Laden schob.

Die Wutträgerin sah uns kommen, rümpfte die Nase und versperrte uns mit ihrem Besen energisch den Weg.

„Stehen geblieben!", zischte sie. „Ihr seid in einen Wutgeysir geraten. Ihr kommt mir hier nicht rein und verpestet mir die Bude!"

„In Ordnung", versuchte ich einzulenken, „kannst du uns dann etwas rausbringen? Wir brauchen dringend was zu essen."

„Und zu trinken", warf Ben angepisst ein.

„Keine Chance! Diesen Geruch bekomme ich wochenlang nicht mehr raus. Macht, dass ihr weiterkommt!" Sie hielt den Besen wie eine Waffe vor sich und hieb mir damit gegen die Oberschenkel.

„Hey", entfuhr es mir verärgert, „hast du sie noch alle?"

„Geht weiter, oder ich rufe die Wächter!", schrie die rote Trägerin.

„Ich bin eine Wächterin!", fauchte ich zurück und der Gestank eines mehrere Wochen toten Kadavers stieg aus meiner Kleidung hoch. Sie hielt sich die Nase zu und auch Ben verzog das Gesicht.

„Du stinkst ja noch mehr als ich", sagte er grinsend in dem Moment. Ich funkelte ihn an.

„Zum stummen Toni könnt ihr gehen", keifte sie und scheuchte uns mit ihrem Besen weiter. „Der hat seinen Geruchssinn bei einem Unfall verloren." Sie deutete die Straße hinunter auf das schief hängende Schild eines Ladens.

Der stumme Toni stand vor der Tür und rührte in einem dunkelroten Eintopf, in dem es kräftig blubberte und allerlei undefinierbares Zeug herumschwamm. Ich hätte nicht gedacht, dass das möglich war, aber es roch noch ekelerregender als mein Kloaken-Kadavergeruch.

Ben beugte sich über den Kessel und wandte sich hustend wieder ab. „So einen Hunger kann ich gar nicht haben, dass ich diesen Fraß hier koste."

Der stumme Toni hob den Kopf und seine roten Linien glommen auf. Er holte eine Tafel hervor und schrieb mit quietschender Kreide darauf: Ich kann zwar nichts riechen, aber ich kann hören. Schert euch weiter, Lumpenpack!

„Er hat das nicht so gemeint", setzte ich an, doch ein Blick aus Tonis unversöhnlichen Augen brachte mich zum Schweigen. Jesper stützte sich währenddessen auf meiner Schulter ab und wurde von Sekunde zu Sekunde schwerer. Ich hasste diese Stadt. Ich hasste sie mit jeder Faser meiner Seele.

„Hättest du nicht einmal deine Meinung für dich behalten können?", zischte ich Ben zu. „Mit dem Eintopf hätten wir zumindest Jesper wieder auf die Beine bringen können!"

„Hätte er eben nicht so viele Berserkerbeeren mampfen sollen", erwiderte Ben schulterzuckend.

Ich schob Jesper mit Mühe in eine stehende Position. „Willst du mir nicht mal helfen?"

„Du willst, dass ich ihn anfasse? Vergiss es."

Ich blickte mich ungehalten um. Am Ende der Straße stand eine schwarze Bank und daneben ein Stand, der aussah, als würden sie dort etwas Essbares verkaufen.

„Okay. Letzter Versuch. Und du", ich sah Ben scharf an, „hältst dich diesmal zurück. Halt. einfach. die. Klappe."

Wütend zerrte ich Jesper zu der Bank im Schatten und ließ ihn dort von meiner Schulter rutschen, wo er mit einem leisen Seufzen zusammenbrach.

„Lee, du bist so schön", murmelte er lallend und streckte die Hand nach meinen Haaren aus, „und dein Muster ist so edel. Wie eine gelbe Blume der Wachsamkeit."

„Ernsthaft?", fragte Ben höhnisch. „Eine gelbe Blume der Wachsamkeit? Ich kotze gleich."

Jesper bekam kaum noch etwas mit und ich ignorierte Ben und ging zu dem Tornado-Taco-Stand hinüber, vor dem sich ein kleiner violetter Träger mit einem Handkarren angestellt hatte.

„So was zieht bei dir?", fragte Ben, der mir gefolgt war. „Groß, stark und blöd?"

Ich schüttelte den Kopf. „Bitte, Ben. Hör auf, mit mir zu sprechen. Ich hab es wirklich satt, so zu stinken."

Der kleine Händler mit dem Handkarren drehte sich nervös in unsere Richtung und ich sah, dass es Schmotz aus der Schwarzweißen Stadt war.

„Der Nächste!", brüllte der Tornado-Taco-Verkäufer, der wie Bud Spencer aus der anderen Welt aussah.

Schmotz zuckte heftig zusammen, kratzte sich am spitzen Kinn und flüsterte: „Sieben Tornado-Tacos bitte."

Der Taco-Verkäufer beugte sich über den Tresen, um Schmotz anzusehen. „Nein, dir verkauf ich nichts", murrte er.

„Aber Schmotz braucht Tornado-Tacos!", widersprach der kleine Händler ängstlich.

„Pech gehabt. Ich verkaufe nicht an Tierverbundene."

Ich glaubte, meinen Ohren nicht zu trauen.

„Aber Schmotz kann bezahlen!", rief Schmotz und wühlte in seinem Handkarren.

„So viele Blätter hast du nicht, dass ich dir dreckigem kleinen Viehverbundenen einen meiner Tornado-Tacos gebe", schnaufte der Verkäufer und winkte Ben und mich zu sich. „Nächster!"

Ben und ich wechselten einen kurzen Blick und ich sah, wie sich seine gezackten Linien vor Abscheu entfachten.

„Dir ist bewusst, dass du per Anti-Diskriminierungsgesetz zur Gleichbehandlung aller Sinnträger verpflichtet bist?", fragte ich kalt und fühlte, wie der Boden unter mir zu vibrieren begann.

„Wollt ihr nun einen Tornado-Taco oder nicht?", schnauzte der Tornado-Taco-Verkäufer und stemmte seine Hände angriffslustig auf dem Tresen auf.

„Wir wollen nicht einen, wir wollen vierzehn", sagte Ben und drängte sich entschlossen an Schmotz vorbei. „Und drei Flaschen Wasser." Der kleine Händler wimmerte erschrocken und ich fühlte, wie das Beben unter meinen Füßen stärker wurde.

„Lass das Wutbeben stecken, die Tornado-Tacos kommen sofort", murrte der Verkäufer in meine Richtung und machte sich ans Werk. Ich warf einen Blick auf Jesper, der bleich auf der Bank lag und beschloss, dass jetzt nicht der Zeitpunkt für eine Diskussion über den richtigen Umgang zwischen Tier- und Menschverbundenen war, solange wir nicht Jespers Nebenwirkungen der Berserkerbeeren neutralisiert hatten.

„Vierzehn Tornado-Tacos, frisch vom Grill, dazu das Wasser, macht sechs Blätter", murmelte der Tornado-Taco-Verkäufer. Mühsam beherrscht griff ich in meine Tasche und zog das Geld heraus.

„Die Hälfte der Tornado-Tacos kannst du gleich ihm hier geben", sagte Ben zum Verkäufer und wies mit dem Kopf auf Schmotz, der noch immer verzweifelt danebenstand.

„Du willst mich wohl verarschen?", brüllte der Tornado-Taco-Verkäufer und die Adern an seinem Hals schwollen rot an. „Ich habe dir schon gesagt, dass ich nicht an die dreckigen Viehverbundenen verkaufe!" Er griff unter seinen Tresen und mir war, als spränge mein Wächterstab von alleine in meine Hand. Mit einer fließenden Bewegung zog ich ihn unter meiner Jacke hervor und richtete ihn auf den Verkäufer. Ein leises Summen war zu hören, als sich eine knisternde Energiekugel um den Typen schloss.

„Du hättest die Hände lieber dort lassen sollen, wo ich sie sehen kann", sagte ich ruhig und bewegte die Kugel mit dem roten Träger darin ein Stück nach oben. Der Tornado-Taco-Verkäufer schaute kurz verdutzt, dann schrie und tobte er. Ein Schwall von Schimpfwörtern ergoss sich über uns und für einen Moment musste ich an die Szene mit Lydia denken.

„Diese beknackten Tierverbundenen haben es nicht anders verdient, jede Nacht haben die mir mit ihren Farbdosen meinen Stand versaut! Jede Nacht!", brüllte er mich an. Ich ignorierte seine Schreie, legte ihm die Blätter auf den Tresen und nahm dafür eine Handvoll Tornado-Tacos.

„Hier", sagte ich zu Schmotz, „sieben Tornado-Tacos, direkt vom Grill." Der kleine Händler nahm zögernd die Tüte mit den heißen Tornado-Tacos, warf dem tobenden Verkäufer in der Wächterkugel noch einen unsicheren Blick zu und ließ das Essen in seinem Handkarren verschwinden.

„Ich dachte, du hast Hunger?", sagte Ben, während er von seinem Tornado-Taco abbiss.

Schmotz nickte nervös. „Schmotz darf erst später essen. Muss erst die Tornado-Tacos zu Yolander bringen."

„Zu *dem* Yolander?", fragte Ben.

Schmotz schlug sich die dünnen Finger vor den Mund und bekam kugelrunde Augen.

„Wer ist das?", fragte ich, während ich Jesper zwei Tornado-Tacos in die Hand drückte und selbst kostete. Ein feuriger Geschmackstornado begann in meinem Mund zu toben, es schmeckte im ersten Moment seltsam, aber im zweiten unglaublich lecker.

„Von diesem Typen hab ich im Gefängnis gehört", sagte Ben nachdenklich und kratzte sich an seinem Dreitagebart. „Der scheint hierzulande so was wie der König der krummen Dinger zu sein. Egal, was du brauchst, Yolander besorgt es."

Ich wurde hellhörig. „Auch Informationen?"

„Auch Informationen."

Schmotz' Wange flackerte violett auf und er hob hastig

die Hände hoch. „Schmotz würde niemals krumme Dinger tun, Schmotz immer ehrlich, Schmotz kommt nie mit Gesetz in Konflikt, Schmotz nicht verhaften!"

Ich zog eine Augenbraue hoch und erwiderte nichts.

„Keine Sorge, sie verhaftet dich nicht", sagte Ben zu dem violetten Träger und senkte verschwörerisch die Stimme. „Du musst wissen, sie dreht selber krumme Dinger." Mir lag ein Kommentar auf der Zunge, aber ich schluckte ihn mühsam hinunter und sagte nichts. Schmotz blickte mich äußerst misstrauisch an.

Ben biss von seinem Tornado-Taco ab. „Los, Lee, beweise es ihm. Tu was Illegales."

„Nein!", entfuhr es mir und ich schüttelte den Kopf.

„Komm schon. Sonst glaubt Schmotz am Ende noch, du willst ihn reinlegen. Lass ihn wenigstens mal deinen Wächterstab halten."

„Soll ich dich etwa zu dem da hinten in eine Kugel stecken?", fragte ich Ben und deutete auf den Bud Spencer-Verschnitt, der noch immer in meiner Wächterkugel tobte. Ich hatte vor, ihn wieder freizulassen, bevor ich ging. Aber nicht sofort.

„Das würdest du tun, obwohl ich gar nichts getan habe?"

„Du hast schon genug getan", antwortete ich überzeugt.

„Kauf ihm doch etwas ab", schlug Ben vor und wies mit dem Kinn auf den Handkarren des kleinen Händlers. Er war vollgestopft mit allerlei Zeugs aus der anderen Welt, und obwohl ich wusste, dass es verboten war, Dinge von dort ohne Genehmigung mitzunehmen, griff ich nach einem Ring, der zwischen den Seiten eines Tagebuchs klemmte. Es war ein zarter Goldring mit einem kleinen, eingefassten Edelstein und ich folgte dem Impuls, ihn mir an den Finger zu stecken.

Er passte wie angegossen und ich hatte das seltsame Gefühl, als würde das Schmuckstück schon immer mir gehören.

„Ich nehme diesen Ring hier", murmelte ich.

Schmotz' Gesicht hellte sich auf und er nickte eifrig.

„Sonderpreis, nur fünf Blätter, die Menschenfrauen lieben Funkelsteine!", sprudelte er hervor. Ich gab ihm das Geld und spürte eine Bewegung in meinem Rücken. Es war Jesper. Die beiden Tornado-Tacos, die er gegessen hatte, mussten Wunder gewirkt haben, denn er war von der Bank aufgestanden und wirkte beinahe genauso stark und kräftig wie sonst auch.

Jesper nahm wortlos meine Hand in seine und betrachtete den Ring eine Weile. Ich dachte, dass er sein Missfallen über den Kauf zum Ausdruck bringen würde, aber er strich nur kurz darüber. „Passt gut", sagte er mit rauer Stimme, in der noch immer eine gewisse Benommenheit mitschwang.

„Danke", sagte ich überrascht.

Ben verfolgte die Szene mit abfälligem Gesichtsausdruck und ich zog schnell meine Hand zurück.

„Wieso stehen wir hier noch herum?", fragte Ben kalt. „Ich dachte, du willst Informationen."

Nervös führte uns Schmotz auf Umwegen durch die Grenzstadt. Dabei sah er sich immer wieder hektisch um und ich hatte mehr als einmal das Gefühl, der Angstträger würde die erstbeste Gelegenheit zur Flucht ergreifen. Aber er hielt sein Wort und huschte immer weiter, bis wir die Grenze zum Vertrauensland erreicht hatten. Wir passierten einen Hain mit Währungsbäumen, der auf der roten Seite von fünf patrouillierenden Wachen beschützt wurde, während auf der weißen Seite nur ein einzelner Sinnträger gemütlich neben den weißen Währungsbäumen am Boden hockte, kamen an einem Flugballstadion vorbei, bei dem die roten Fans auf der einen Seite tobten, während die weißen Fans zuversichtlich dem Ausgang des Spiels entgegenblickten, und erreichten schließlich ein weißes Zelt, bei dessen Anblick mein Herz heftig zu klopfen begann. Konnte dies das Zelt aus meiner ersten Vision sein?

„Alles in Ordnung?", fragte Jesper, der neben mir ging und ich beeilte mich, zu nicken, während ich Bens glühende Blicke in meinem Rücken fühlte.

Schmotz blieb am Eingang des Zeltes stehen und sah sich unruhig um, bevor er Ben, Jesper und mich ins Innere winkte. Ich bückte mich zwischen den weißen Seidenvorhängen hindurch und atmete langsam aus, als ich den Raum aus meiner Vision zweifelsfrei wiedererkannte. Wie in meiner Erinnerung war das Zelt vollgestopft mit Büchern, Vasen, Skulpturen und Tischchen, die mich an einen unordentlichen Antiquitätenladen erinnerten und allesamt weiß waren.

Jesper und Ben wirkten beide nicht sehr begeistert und mussten bei jedem Schritt achtgeben, keine gläserne Karaffe, filigrane Spieluhr oder dampfende Phiole unabsichtlich auf den Boden zu befördern. Schmotz schaffte es irgendwie, sich inklusive seines Handkarrens den Weg zu einem weißen Teppich in der Mitte des Zeltes zu bahnen und ich folgte ihm.

„Oh. Kundschaft", ertönte eine angenehme Stimme und ich wandte mich in die Richtung, aus der sie kam.

Ein gepflegter Vertrauensträger in einem gelben Morgenmantel aus Seide trat hinter einem weißen Ganzkörperspiegel hervor und steuerte lächelnd auf uns zu.

Das war also Yolander.

Er hatte ein seltsam nacktes Gesicht und kurze hellblonde Haare, die kaum einen Kontrast zu seiner bleichen Haut bildeten, die unnatürlich straff wirkte. Am meisten beunruhigten mich aber seine weißen Augen, die unverwandt auf mich gerichtet waren, während er sich galant auf einem weißen Stuhl niederließ, der etwas erhöht vor dem Teppich stand und mich an einen Thron erinnerte. Eine Duftwolke nach Zitrusfrüchten und Sonnenstrahlen folgte Yolander und er schlug galant die Beine übereinander, während er uns nacheinander musterte.

„Schmotz, du hast hoffentlich meine Tornado-Tacos nicht vergessen", murmelte er mit einem Lächeln, das seine Augen nicht erreichte und schnippte mit den Fingern.

Schmotz fuhr erschrocken zusammen und überschlug sich beinahe dabei, die Tüte mit den Tornado-Tacos aus seinem Handkarren zu holen und Yolander zu bringen. Dieser griff mit seinen manikürten Fingern hinein und beförderte einen Tornado-Taco zutage.

„Leider nicht mehr heiß", murmelte er, bevor er ein großes Stück abbiss. Schmotz riss panisch die Augen auf und sein violettes Muster leuchtete grell.

„Aber, aber, wer wird sich denn gleich fürchten", sagte Yolander zwischen zwei Bissen und sein seidener Morgenmantel wechselte die Farbe zu einem kräftigen Lila, das vom Duft frischen Flieders begleitet wurde.

„Ich habe gehört, ihr wollt etwas von mir?", fragte Yolander kauend und betrachtete Ben, der sich missmutig in der weißen Umgebung umsah.

„Ja, die Info, wie wir schnellstmöglich zum Orakel

kommen", erwiderte Ben ohne Umschweife.

Yolander hob eine gezupfte Augenbraue. „Ach ja, das Orakel. Ihr seid nicht die ersten Sinnsuchenden auf dem Weg dorthin. Obwohl ich gestehen muss, dass ich auf eine etwas weniger … triviale … Anfrage von einem so interessanten Trio wie euch gehofft habe." Er tupfte sich mit einer spitzenbesetzten Damastserviette den Mund ab und stellte die Tüte mit den Tornado-Tacos neben sich ab. „Diese Information kostet euch natürlich etwas." Er klatschte in die Hände und Schmotz beeilte sich, eine weiße Schale mit Tee von einem Beistelltischchen zu Yolander zu bringen.

„Du kannst gehen", sagte er zu Schmotz. Der hagere Angstträger verbeugte sich unbeholfen und verließ gebückt das Zelt. Dabei stieß er beinahe eine weiße, bauchige Vase um und sein Muster entfachte sich.

„Wie ihr höchstwahrscheinlich wisst, gastiert das Orakel für die nächsten drei Tage auf dem Mystischen Markt", begann Yolander zu erzählen, als Schmotz verschwunden war, „ich kann euch das Passwort für den Mystischen Markt geben, aber die weiteren Informationen bekommt ihr heute Abend von einem Kontaktmann."

„Warum von einem Kontaktmann?", fragte ich.

Er sah mich ungnädig an und nippte an seinem Tee. „Weil das nun mal so läuft. Außerdem braucht ihr selbstverständlich neue Kleidung. So", er deutete mit spitzen Fingern auf unsere zerstörten Outfits, „kommt ihr nie auf den Mystischen Markt, ohne sofort Aufmerksamkeit zu erregen."

„Okay, das erledigen wir später", sagte ich, „aber wie finden wir den Kontaktmann?"

„Und wie lautet das Passwort?", fragte Jesper.

Yolander blies sich über seine fein manikürten

Fingernägel und sah mich vorwurfsvoll an.

„Den Kontaktmann findet man nicht, er findet einen. Aber alles zu seiner Zeit, Schätzchen." Er biss noch ein großes Stück von seinem Tornado-Taco ab, ließ uns dabei jedoch nicht aus den weißen Augen. Ich fühlte mich unwohl, dieser Mann wirkte gänzlich unberechenbar und ich konnte nicht verstehen, was die aktuelle Situation mit der Vision von meinem Kuss mit Jesper zu tun haben sollte.

Ungeduldig tippte ich mit den Fingern gegen mein Bein, während Yolander sich mit der spitzenbesetzten Damastserviette den Mund abtupfte und keinerlei Anstalten machte, sich zu beeilen. Seine weiße Gesichtszeichnung, die aufgrund seiner hellen Haut kaum zu sehen war, erinnerte an alte, orientalische Zeichen, die sich schlängelnd von seiner Nase bis zu seinem Kinn erstreckten. Genüsslich verzehrte Yolander den Rest von seinem Tornado-Taco, um dann mit spitzen Fingern in die Tüte zu greifen und sich einen zweiten herauszuholen. Währenddessen wechselte die Farbe seines Morgenmantels auf Türkisblau und der Geruch von salzigem Meerwasser wehte durch das weiße Zelt.

„Ernsthaft?", fragte Ben gelangweilt. „Sollen wir dir hier beim Essen zusehen?"

„Du bist ganz schön ungeduldig, mein Hübscher", antwortete Yolander und fixierte Ben.

„Ich bin vielleicht ungeduldig, aber sicher nicht dein Hübscher", erwiderte er kalt, „also sag, was du zu sagen hast, und dann sind wir auch schon weg."

Yolander hob eine gezupfte Augenbraue und lächelte emotionslos. „Vielleicht möchte ich das gar nicht", antwortete er mit weicher Stimme. „So ein interessantes Trio wie ihr seid." Er blickte mich an. „Ménage-à-trois nennt man das in der anderen Welt, aber hier … hier haben wir gar keine passende Bezeichnung dafür. Wie schade." Er nahm genüsslich einen Schluck Tee und fuhr sich mit der Zunge über die Lippen. „Da haben wir den starken, heißblütigen Muskelmann, der weiß, wie man eine Frau – oder auch einen Mann – beschützen muss", er lächelte und blickte von Jesper zu Ben, „und dann den verwegenen, geheimnisvollen, sexy Bad Boy, der einem des Nachts den Schlaf raubt. Ich verstehe", seufzte Yolander und nickte mir zu, „dass dir die Wahl schwerfällt. Würde sie mir auch."

„Wie lautet das Passwort?", sagte ich scharf, ohne auf Ben oder Jesper zu achten.

„Keine Leistung ohne Gegenleistung, meine Liebe", erwiderte der Vertrauensträger und richtete sich auf. „Ihr gebt mir, was ich will, und ich gebe euch das Passwort. Und wenn ihr nett seid", er ging auf Ben zu und musterte ihn von oben bis unten, „dann wird auch der Kontaktmann auf euch zukommen. Und das wird er genau einmal machen, also verpasst ihn nicht."

Yolander hob die Hand und wollte gerade über Bens Gesichtszeichnung streichen, als ihm dieser den Arm in der Bewegung festhielt. Ben sah Yolander kalt an und Yolander zog langsam seine Hand weg.

„Was willst du? Wie viele Währungsblätter verlangst du?", fragte ich, obwohl ich instinktiv schon wusste, dass es dem weißen Träger nicht um Geld ging.

„Währungsblätter?" Er schüttelte verächtlich den Kopf. „Nein, Schätzchen, mich bezahlt man nicht mit banalem Geld."

„Was willst du dann?", herrschte ihn Jesper an, der von Yolanders Auftritt nun auch genug hatte.

Yolander blickte zu mir und seine weißen Wimpern

klimperten. „Einen Kuss."

„Nein", sagte ich automatisch.

Ben drehte sich zu mir. „Also, Lee", sagte er amüsiert, „stell dich nicht so an. Es ist doch für die gute Sache."

„Vergiss es", zischte Jesper. „Lee wird den Typen nicht küssen."

„Na, na", sagte Yolander und machte einen Schritt auf Jesper zu, „was für ein hitziges Gemüt. Charmant." Er musterte ihn eindringlich und sein seidener Morgenmantel wurde blütenweiß und begann nach frisch gefallenem Schnee zu riechen. „Ich will den Kuss nicht von ihr", sagte der weiße Träger und lächelte lieblos. „Ich will ihn von einem von euch beiden", erklärte er und wechselte den Blick zwischen Jesper und Ben.

Ben verschränkte die Arme. „Sorry, falscher Sinn. Aber der rote Träger, der ist sicher ganz … heiß drauf."

„Niemals", zischte Jesper und ballte die Hand zu einer Faust. „Niemals."

Yolander begann tief zu lachen. „Beruhige dich, mein großer, starker Mann. Es war doch nur ein Scherz. Ich möchte hier einen reinen, einen unschuldigen, einen ersten Kuss erleben. Wer von euch wen küsst, das ist euch überlassen. Ihr könnt euch gerne zu dritt … wenn ihr mögt." Ein anzügliches Lächeln umspielte seinen Mund.

„Wieso?", fragte ich schroff.

„Wieso?", antwortete Yolander ungnädig. „Weil ich es möchte." Er zupfte sich einen Krümel von seinem Morgenmantel. „Und weil ihr zum Orakel möchtet."

Kapitel 15

Jespers Brustkorb hob und senkte sich schnell. „Lee, ich kann die Information auch so -", knurrte er und ich spürte, wie die Wut in ihm hochstieg. Sanft legte ich ihm die Hand auf den Arm. Ein Teil von mir wusste, dass es keinen Sinn hatte. Ich wusste, dass Yolander bekommen würde, was er wollte, und dass wir bei einem Typen wie ihm die Informationen nicht durch den Einsatz von Gewalt erlangen würden.

„Lass es gut sein, Jesper", sagte ich und lächelte müde, „es ist nur ein Kuss."

„Dann werde ich es machen", erklärte Jesper schnell.

Ben betrachtete Jesper verächtlich. „Du opferst dich?", sagte er abfällig und sein Muster begann sich zu entfachen, „wie uneigennützig von dir."

Yolander klatschte in die Hände und setzte sich auf seinen Thron. „Jetzt wird es aber interessant. Die Wächterin darf entscheiden, wen wirst du wählen?"

Ich blickte zu Ben, der mich eindringlich ansah, und eine enorme Spannung lag in der Luft. Yolander und Jesper beobachteten uns und der Moment, der nicht länger als einen Herzschlag dauerte, schien sich ewig zu ziehen. Sollte ich … sollte ich meinem Instinkt folgen? Ich senkte den Blick.

„Ich habe mich nicht angeboten", sagte Ben kalt.

„Ich entscheide mich auch nicht für dich", antwortete ich kühl.

„Weil ich mich nicht angeboten habe", erwiderte er und seine Augen funkelten dunkel.

„Nein, weil ich mich nicht für dich entscheide", wiederholte ich und wandte mich Yolander zu. „Wie genau lauten deine Bedingungen?"

Yolander lächelte und genoss die Situation in vollen Zügen. „Meine Bedingungen? Sie sind einfach: ein Kuss, unschuldig und rein. Ein erster Kuss. Ihr habt euch doch noch nicht geküsst, oder?"

Ich sah, wie Jesper etwas rot wurde und Ben mich fixierte.

„Nein", sagte ich schließlich, „das haben wir nicht."

Yolander machte eine divenhafte Handbewegung, als würde er sich selbst Luft zufächeln.

„Das wusste ich natürlich. Aber er wusste es nicht", erklärte er vergnügt und deutete auf Ben.

„Der Scheiß interessiert mich auch nicht", knurrte Ben.

„Da es euer erster Kuss ist, will ich euch etwas Privatsphäre lassen. Etwas", sagte Yolander gönnerhaft und sein Morgenmantel wechselte die Farbe zu einem satten Grün. Der Duft des Waldes hob sich in die Luft. Yolander stand auf. „Auch wenn ich nicht hier bin", hauchte er, „bin ich hier. Aufregend, n'est pas?" Dann verließ er das Zelt und hieß Ben, ihm zu folgen. Ben drehte sich noch einmal zu mir um. Ich konnte seinen Blick nicht deuten, war aber erleichtert, als ich mit Jesper endlich alleine war.

Jesper machte einen Schritt auf mich zu.

„Du musst es nicht …", begann er, doch ich fiel ihm ins Wort.

„Es ist okay, Jesper, es ist doch nur ein Kuss", sagte ich und wusste nicht, ob ich meinen eigenen Worten Glauben schenken sollte. War es wirklich nur ein Kuss?

Jesper machte noch einen Schritt auf mich zu, sodass

wir uns ganz nahe waren. Ich wusste, was jetzt passieren würde, denn ich hatte es bereits gesehen. Aber ich hatte es noch nicht gefühlt.

Eine leichte Nervosität erfasste mich, als Jespers stahlblaue Augen meine trafen und ich die Hitze darin sehen konnte. Ich hob die Hand und fuhr ihm sanft über die Wange, voller Dankbarkeit, dass er mir half, den Lichtstein zu finden. Mit seinen starken Armen zog Jesper mich zu sich heran, beugte sich zu mir hinunter und legte seine Lippen auf meine. Ich fühlte, wie mein Herzschlag sich beschleunigte, fühlte die Berührung seiner weichen Lippen, fühlte den Halt und die Sicherheit, die von ihm ausgingen und plötzlich verlor die Zeit ihre Bedeutung.

Ein langsames Klatschen ließ uns herumfahren. Yolander war wieder aufgetaucht, neben ihm stand Ben. Ich wusste nicht, wie viel Zeit vergangen war und machte erschrocken einen Schritt zurück. Bens dunkle Augen funkelten mich unter seinen zerzausten Haaren unbewegt an.

„Wunderbar, was für ein wunderbarer Kuss", schwärmte Yolander und strich sich über das Kinn. „Das Zelt ist noch ganz aufgeladen", er machte eine kurze Pause und sog die Luft in sich ein, „von dieser gewaltigen Hitze."

Ich schluckte. „Wie lautet das Passwort?", fragte ich schroff.

Yolander lächelte. „Oh. Das habt ihr soeben erfahren."

„Der Kuss?", wiederholte ich ungläubig.

Yolander nickte. „Eine frische Erinnerung. Von einem ersten Kuss. Ihr beide tragt nun also das Passwort in euch. Aber du, mein Hübscher", er wandte sich Ben zu, „musst noch jemanden das erste Mal küssen." Yolander hob eine gezupfte Augenbraue. „Ich stehe dir zu Diensten."

Als ich wieder aus dem Zelt hinaus auf die Straße trat, vermied ich den Blickkontakt zu Ben und Jesper. Mein Herz klopfte mir bis zum Hals und es half auch nichts, mir immer wieder vorzusagen, dass es nur ein Kuss gewesen war. Nichts weiter als ein Kuss, der notwendig gewesen war, um uns näher an unser Ziel zu bringen.

Trotzdem fühlte es sich seltsam an und ich hatte ein nagendes Gefühl in meinem Bauch. Ben wandte sich wortlos von mir ab, als wir das Zelt verlassen hatten und ich versuchte, alle Gefühle zur Seite zu schieben.

„Wir sollten uns an Yolanders Anweisung halten und so schnell wie möglich unsere Kleidung wechseln", sagte ich möglichst neutral.

Ben reagierte nicht, doch Jesper nickte zustimmend.

„Ich kenne ein Bekleidungsgeschäft, etwas extravagant", sagte er und wies mit seinem muskulösen Arm über unsere Köpfe hinweg. „Es liegt am Ende dieser Straße."

„Hoffentlich nicht der Laden, aus dem dieses Kleid hier stammt", sagte ich und betrachtete die schreiend bunte Federnkreation einer Freudeträgerin, die mit schwingenden Hüften an uns vorbeistolzierte und Ben ein süßes Lächeln zuwarf.

Jesper räusperte sich. „Ich fürchte doch. Es ist das einzige Bekleidungsgeschäft, das ich hier kenne. Und wir haben nicht mehr viel Zeit bis zum Einbruch der Dunkelheit." Verwirrt blickte ich in den Himmel. Die Sonne stand wesentlich tiefer, als ich erwartet hatte.

„Wie ist das möglich?", fragte ich. „Wir sind doch erst heute Morgen in die Stadt gekommen."

„Das liegt an Yolander", krächzte eine dünne Stimme

hinter uns und ich drehte mich um. Schmotz hatte ich ganz vergessen. „Er ist ein Dieb", flüsterte Schmotz und duckte sich, als erwartete er einen Schlag. „Stiehlt nicht nur Gefühle, stiehlt auch Zeit." Er verrenkte sich mehrfach den Hals, ob auch niemand in der Nähe war, der ihn belauschen konnte. „Lebenszeit."

Meine Linien erglühten und ich warf einen skeptischen Blick zurück auf das weiße Zelt. Konnte das wahr sein? Hatte Yolander nicht nur unsere Gefühle, sondern auch etwas von unserer Zeit absorbiert? Bevor ich noch etwas fragen konnte, begann Jespers Brustpanzer rot zu blinken und Schmotz rannte geduckt davon. Jesper legte die Hand auf sein Herz, schloss konzentriert die Augen und schien zu lauschen.

„Was ist los?", fragte ich, als er die Augen wieder öffnete und sich ein grimmiger Zug um seinen Mund abzeichnete.

„Ich habe einen Auftrag bekommen", knurrte er. „Ich muss weg. Wird aber nicht lange dauern."

„Okay", murmelte ich. „Kein Problem."

„Das sehe ich anders", widersprach Jesper und warf Ben einen feindseligen Blick zu. „Ich beeile mich. Wir treffen uns in zwei Stunden im Gasthaus der hitzigen Gemüter. Ihr könnt es nicht verfehlen, es liegt direkt auf der Grenze zwischen dem roten und dem weißen Stadtbereich. Geht einfach den Weg zurück, den wir mit dem winzigen Angstträger zurückgelegt haben. Ich beeile mich", wiederholte Jesper und warf mir einen undefinierbaren Blick zu. Er schien noch etwas sagen zu wollen, doch ich nickte schnell und wandte mich der Straße zu.

„Bis später", sagte ich über die Schulter und marschierte los. Alles in mir schrie danach, diese peinliche Situation endlich hinter mir zu lassen und ich verabscheute Yolander dafür, dass er uns da hineingebracht hatte.

Jesper verschwand in einer Seitengasse und Ben folgte mir mit eiserner Miene.

„Gar keine romantische Abschiedsszene?", fragte er bissig, während wir nebeneinander über die weißen Pflastersteine schritten. „Da hast du den Wutträger aber enttäuscht."

Ich sah die Straße entlang. Vor uns tänzelte die Freudeträgerin mit dem bunten Federboa-Kleid und warf Ben immer wieder schmachtende Blicke über die Schulter zu.

„Wie wäre es, wenn du deine Aufmerksamkeit auf etwas anderes richtest, wie zum Beispiel deinen ersten Kuss? Vergiss nicht, dass es die Voraussetzung für den Zugang zum Orakel ist", erwiderte ich hart und nickte mit dem Kopf in Richtung der Trägerin. „Diese hier scheint nicht abgeneigt zu sein."

Ben schnaubte abfällig. „Es gibt jede Menge Trägerinnen, die dem nicht abgeneigt wären. Aber weißt du, ich gebe mich nicht der Erstbesten hin."

„Was soll das heißen?", fragte ich schroff.

„Du weißt genau, was das heißt, Wächterin", sagte Ben trocken und steckte die Hände in die Hosentaschen.

Den restlichen Weg legten wir schweigend zurück. Als wir bei dem Modegeschäft am Ende der Straße angelangt waren und ich einen Blick in die Schaufenster geworfen hatte, stöhnte ich innerlich auf. Es war noch viel schlimmer, als ich es mir vorgestellt hatte.

„Bestechende Auswahl", murmelte Ben und nahm ein aus glitzernden Pailletten gefertigtes Kleid ins Visier. Es war schreiend bunt und erinnerte mich an ein Karnevalskostüm aus der anderen Welt.

„Lass uns hineingehen, vielleicht sieht es drinnen besser aus", sagte ich.

„Klar", murrte Ben. „Nach dir."

Hintereinander betraten wir das luxuriös ausgestattete Modegeschäft, das betörend nach Vanille roch, und blickten uns um. Rote und weiße Lichtsteine waren in die dunklen, glänzenden Wände eingelassen und tauchten die großen Räumlichkeiten in ein sanftes, indirektes Licht. Ein hoch aufgeschossener orangefarbener Träger sah aus der hinteren Ecke des Ladens auf, wo er sich gerade über ein Kleid gebeugt hatte, das aus Tausenden kleiner rosa Blüten geknüpft zu sein schien.

„Kundschaft!", rief er freudig und hopste auf uns zu. „Es ist mir eine Freude, tretet ein. Willkommen im Reich der Mode und des guten Geschmacks. Was kann ich für euch zwei Süßen tun?" Er strahlte uns an und mir fiel auf, dass sein Blick auffällig lange an Bens muskulösem Körper hängen blieb.

„Wir suchen ein neues Outfit", begann ich, doch der Träger unterbrach mich, indem er mit seinen beringten Fingern vor meiner Nase herumwedelte und überschwänglich nickte.

„Du brauchst gar nichts weiter zu sagen, Schätzchen, du brauchst gar nichts weiter zu sagen! Ihr seid in einen Wutgeysir gestolpert, nicht wahr? Diese hier", er zeigte auf seine spitze Nase, „hat das sofort gerochen, als ihr hereingekommen seid. Und das lässt sich auch nicht mehr hinauswaschen. Das Einzige, was ihr mit euren Kleidern tun könnt, ist, sie zu verbrennen."

„Damit komm ich klar", sagte Ben mit einem abfälligen Blick auf seinen zerrissenen schwarzen Anzug.

Ich hingegen fühlte mein Herz schwer werden. Der Gedanke, mich von meinem Tarnanzug zu trennen, gefiel mir ganz und gar nicht.

„Kopf hoch, Schätzchen, nun guck doch nicht so traurig", sagte der Freudeträger aufmunternd zu mir. „Ich bin sicher, wir finden etwas, das dir gefällt." So sicher war ich mir nicht, aber ich presste schnell die Lippen aufeinander und schwieg.

„Und für dich", sagte der Modeberater an Ben gewandt und strich ihm beiläufig über die Schulter, „habe ich etwas ganz Besonderes, das nur darauf wartet, von jemandem wie dir getragen zu werden." Er zwinkerte Ben zu und verschwand im hinteren Teil des Ladens hinter einem Perlenvorhang.

Ben grinste siegessicher und ich hoffte inbrünstig, dass der Freudeträger mit etwas Glitzerndem in Pink zurückkommen würde. Leider wurden meine Hoffnungen zerstört.

Ehrfürchtig, als hielte er einen zerbrechlichen Schatz in den Armen, trat der Modeberater auf uns zu und seine rechte Wange leuchtete in erwartungsvollem Orange.

„Das hier", sagte er und überreichte Ben den dunklen Stoff, „ist etwas ganz Besonderes. Du wirst sehen, wenn du es anziehst, fühlt es sich an, als würdest du praktisch nichts am Leibe tragen. Es passt sich perfekt jeder Kontur deines starken und durchtrainierten Körpers an."

„Okay", sagte Ben und griff nach dem Kleidungsstück.

„Nicht so schnell", hauchte der Freudeträger und zog es blitzartig aus Bens Reichweite. „Du darfst es anprobieren, aber zuvor musst du dich natürlich säubern."

„Ich muss mich säubern?", wiederholte Ben zweifelnd und seine dunkle Augenbraue schoss in die Höhe. „Und du hast vor zuzusehen?"

„Natürlich nicht." Der orangefarbene Träger grinste und verschlang Ben mit seinen Blicken. „Dennoch ist ein Bad unabkömmlich. Wenn nämlich auch nur ein Spritzer des Wutgeysirs auf deiner Haut gelandet ist, könntest du mir meinen kostbaren Stoff versauen – und das wollen wir doch nicht, oder?"

„Natürlich nicht", beeilte ich mich zu sagen und nickte Ben auffordernd zu.

„Ihr seid nicht die Einzigen, die von diesem Problem betroffen sind", erklärte der Freudeträger fachmännisch und führte Ben und mich zu einem zweiten Perlenvorhang, hinter dem es sanft plätscherte. „Viele Sinnträger kommen durch die Steppe und haben mit ihren zornigen Gefühlen zu kämpfen. Deswegen habe ich diesen Ort hier eingerichtet." Mit einer stolzen Bewegung schob er den Vorhang zur Seite und öffnete den Blick auf einen Raum, der mich an eine Felsengrotte erinnerte. Brennende Vanilleduftkerzen betörten mit ihrem schweren Duft unsere Sinne und aus einer Öffnung in der Wand ergoss sich dampfendes Wasser, das in Kaskaden in das Becken darunter fiel.

„Eine kleine Schwäche", sagte der Modeberater lächelnd mit Blick auf die Kerzen. „Ich habe sie aus der anderen Welt holen lassen. Selbstverständlich hatte ich dafür eine Genehmigung."

„Daran zweifle ich keine Sekunde", sagte ich und nickte Ben zu. „Ich lasse dir den Vortritt."

„Damit du mich wieder nackt siehst?", sagte Ben arrogant und entledigte sich mit einer raschen Handbewegung seines Oberteils.

„Nein danke, daran habe ich keinen Bedarf", erwiderte ich, während mein Blick auf seinen Rücken fiel. Dort schlängelten sich zwei silbrig schimmernde Flügelmale an den Schulterblättern entlang. Plötzlich verspürte ich den Drang, mit den Fingerspitzen dort über seine Haut zu streichen. Rasch senkte ich den Kopf und wandte mich schnell von dem Anblick ab.

„Hast du auch etwas Schönes für mich da?", fragte ich den Freudeträger, der noch immer bewundernd Bens Rückenpartie betrachtete.

„Aber natürlich, meine Süße", sagte der Modeberater, ohne seinen Blick von Ben abzuwenden. „Ich zeig es dir gleich." Ich ging zurück in die Mitte des Bekleidungsgeschäfts, vorbei an diversen Modepuppen. Der Verkäufer folgte mir und strich dabei bewundernd über einen Umhang, der mit Dunkelsteinen besetzt war. Daneben hing ein weißes, schimmerndes Kleid, welches eine eisige Kälte ausstrahlte.

„Das wurde aus Schneesternen gefertigt", seufzte er verklärt. „Allerdings hat sich die richtige Trägerin dafür bisher noch nicht gefunden. Bedauerlicherweise war noch keine hitzig genug."

„Ich suche etwas Schlichtes", setzte ich an und der Träger hob das mit rosa Blüten besetzte Kleid in die Höhe, an dem er zuvor schon gearbeitet hatte. „Diese Farbe steht mir leider nicht", fügte ich schnell hinzu.

„Natürlich nicht, das weiß ich doch. Wie wäre es mit einem hübschen Blau?", schnurrte der Freudeträger und strich mit seinen schlanken Händen kräftig über das Kleid. Die rosa Blüten zerfielen auf der Stelle zu Staub. Zurück blieben die ineinander verknüpften grünen Stängel, die nun irgendwie nackt und leer wirkten. Der Modeberater murmelte etwas und neue Knospen sprossen aus den Stängeln hervor. Innerhalb von drei Herzschlägen bedeckten sie das gesamte Kleid und entfalteten ihre leuchtend blauen Blütenblätter.

„Es ist wunderschön", sagte ich ehrlich, „aber leider nicht das, was ich suche. Ich suche etwas … Praktischeres."

Er maß mich mit einem Blick und nickte dabei immer wieder. „Warte hier." Mit durchgestrecktem Rücken verschwand er hinter dem Perlenvorhang, der zu seinem Lager führte – nicht ohne noch einen wehmütigen Blick in Richtung Felsengrotte zu werfen.

Ich blieb zurück und atmete langsam aus. Es war das erste Mal seit Tagen, dass ich wirklich alleine war und mein Kopf schwirrte nur so von all den Dingen, die schon passiert waren und vielleicht noch geschehen würden. War das, was ich tat, richtig? War es richtig, meinem Wächterinstinkt zu folgen, selbst wenn Quirin etwas anderes erwartete?

„So, hier bin ich wieder", sagte der Freudeträger und huschte hinter dem Perlenvorhang hervor. Um seine Hand schmiegte sich ein silbrig glänzender Stoff, der sich wie eine Schlange seinen Arm hinaufbewegte.

„Was ist das?", fragte ich interessiert und trat neugierig näher.

„Das ist etwas ganz Besonderes, meine Teure, von Meister Miro höchstpersönlich hergestellt und ich kann dir versichern, dass es nur wenige gibt, die es tragen können."

„Woraus besteht es?", fragte ich und streckte die Hand aus, um mit den Fingerspitzen über das Material zu fahren.

„Eh eh eh eh", tadelte der orangene Träger und entzog mir seinen Arm, „nicht anfassen, bevor du dich nicht gewaschen hast. Es sind Wasserperlen", fügte er hinzu, „Tausende gewandelte Wasserperlen, die sich den Wünschen ihres Trägers anpassen. Es ist das individuellste Kleidungsstück, das man besitzen kann. Du kannst es als alles tragen, was du möchtest. Als Anzug", er strich über seinen Arm und die Perlen krochen darauf entlang, „als kurzes Kleid – oder einfach nur als ein Armband, wenn du das möchtest."

„Wow", flüsterte ich und schob den Gedanken beiseite, wie viel so ein Ding wohl kosten würde.

„Sobald unser Freund fertig gebadet hat, kannst du sie anprobieren", sagte der Träger. Der Perlenvorhang klackerte und Ben kam heraus. Seine Haare waren feucht und fielen ihm ungezähmt ins Gesicht. Er sah atemberaubend gut aus. Der dunkle Stoff spannte sich wie eine zweite Haut über seinen Körper und ich wandte schnell den Blick ab, weil ich nicht riskieren wollte, dass er meine Bewunderung erkannte.

Ben trat näher und strich über den Stoff, dessen Farbe sich bei seiner Berührung geringfügig änderte. Wie dunkelgrauer Sand, der über schwarzen gestreut wird, zeigte die Oberfläche des aufgerauten Materials den Verlauf von Bens Bewegung. Der Freudeträger hüpfte vor Begeisterung auf der Stelle und stürmte auf Ben zu.

„Großartig! Phänomenal! Fantastisch!", rief er aus. Ich seufzte und als ich zu den beiden hinübersah, begegnete ich Bens Blick und seine schwarzen Augen schienen sich in meine zu brennen. Er starrte mich an, ohne zu blinzeln und ich starrte zurück, während mein Herz fest gegen meinen Brustkorb schlug. Dann wandte sich Ben dem Freudeträger zu und der Moment war vorüber.

„Wie viel kostet es?", fragte er und strich sich betont langsam über seinen Oberkörper, von dem nun jeder Muskel zu sehen war.

Der Freudeträger leckte sich über seine Lippen und ich griff mit meinen garantiert sauberen Fingern nach den Wasserperlen, denen er nun keine Beachtung mehr schenkte, und trat durch den Perlenvorhang in die Felsengrotte. Bens zerfetzter Anzug lag zusammengeknüllt auf dem Boden und ich machte einen großen Schritt darüber hinweg und legte die Wasserperlen auf einem glatten Felsen ab.

Während Ben draußen um den Preis verhandelte, streifte ich meine Jacke, den Wächterstab und den Tarnanzug ab und stieg in das Becken mit dem warmen Wasser. Obwohl ich es nicht wollte, musste ich daran denken, dass Ben vor Kurzem unter diesem Wasserfall gestanden hatte, und ein Schauer lief über meine Haut. Das liegt wahrscheinlich an der kühlen Luft, dachte ich und stellte mich unter das warme Wasser, das einen zarten Duft nach Kräutern aufwies und mir den Staub und Schmutz meiner Reise abwusch.

Es fühlte sich fantastisch an. Was für ein Glück, dass der Freudeträger so penibel auf seine Sachen achtete – denn so sauber und frisch hatte ich mich seit dem Bad in der Pyramide der Wachsamkeit nicht mehr gefühlt. Beschwingt stieg ich danach aus dem Becken und ließ die Luft meinen Körper trocknen. Dann trat ich zu dem glatten Felsen mit den Wasserperlen. Als ich mich dem Stoff mit den Fingerspitzen näherte, sah ich, wie mir das Kleidungsstück auf halber Strecke entgegenkam. Ich lächelte überrascht, als es gegen meinen ausgestreckten Finger stieß und sich sanft an meinem Arm emporschlängelte. Das Gefühl war unbeschreiblich. Es fühlte sich an, als würden kleine, kühle Metallperlen über meine Haut gleiten. Ich stellte mir vor, wie es meinen Körper bis zu den Knöcheln umschloss und sofort folgten die Wasserperlen meinem Wunsch und legten sich über mich.

Fasziniert streckte ich die Arme aus und betrachtete das Ergebnis. Wie bei Ben saß der Stoff wie angegossen und ich sprang versuchsweise in die Luft und drehte mich um mich selbst, um zu sehen, ob die Perlen verrutschten. Doch sie blieben an Ort und Stelle. Ich griff nach dem Wächterstab, befestigte ihn an meiner Hüfte und trat hinaus in das Geschäftslokal.

„Fantastisch! Wie füreinander geschaffen!", flötete der Freudeträger und kam mit wiegenden Schritten auf mich zu. „Schätzchen, du weißt aber schon, dass man das hier auch wunderbar als Kleid tragen kann?" Er tippte mit dem Finger auf meine Schulter, zwinkerte mir zu und ich spürte ein kühles Kribbeln, als die Perlen ihre Position veränderten und sich zu einem eleganten Abendkleid mit tiefem Rückenausschnitt und hohem Beinschlitz formten.

„Hey", sagte ich und machte einen Schritt zurück.

„Ich sag ja nur." Der Freudeträger grinste. „Du hast hier unbegrenzte Möglichkeiten. Nutze sie."

„Kann das jeder, der den Stoff berührt?", fragte ich. „Den Perlen den Befehl geben, ihre Form zu verändern?"

Ben verschränkte die Arme vor der Brust und grinste mich schadenfroh an.

„Oh nein, sie gewöhnen sich natürlich an dich", sagte der Freudeträger beschwichtigend und schüttelte den Kopf. „Die ersten paar Tage kann ich für nichts garantieren, aber danach folgen sie nur noch deinem Willen. Sie haben mir nur deshalb gehorcht, weil ich der Einzige bin, den sie vor dir gekannt haben." Ich nickte knapp und strich mir über das magische Gewand.

„Wie viel?", fragte ich den Freudeträger.

„Nun, das ist Magie in seiner höchsten Perfektion", begann er zu lamentieren. „Und ein Einzelstück. Praktisch unzerstörbar. Und man hat nicht nur ein Kleidungsstück, sondern alle Varianten, die du dir nur vorstellen kannst …"

„Wie viel?", unterbrach ich ihn und spürte schon, dass mir die Antwort nicht gefallen würde.

„Hundertzweiundzwanzig Blätter", sagte der Freudeträger.

„So viel habe ich nicht. Ich kann dir höchstens achtundachtzig dafür zahlen."

„Achtundachtzig! Für dieses Schmuckstück!" Er schüttelte seufzend den Kopf. „Wenn du wüsstest, wie lange ich schon auf die richtige Trägerin dafür gewartet habe!" Theatralisch stöhnend warf er die Hände in die Höhe. „Wovon soll ich denn meinen Lebensunterhalt bestreiten, wenn ich meine Stoffe einfach so verschenke?"

„Ich habe nicht mehr", sagte ich. „Achtundachtzig Blätter jetzt, den Rest auf hundert, wenn ich es habe."

„Kommt mir irgendwie bekannt vor", sagte Ben und sah mich verächtlich an.

„Du hast dich geeinigt?", fragte ich. Ein kurzer Blick sagte mir, dass es nicht so war.

„Wir haben uns noch nicht ganz einigen können", sagte der orangefarbene Träger bedauernd.

„Vielleicht kannst du ihm mit dem Preis entgegenkommen", sagte ich süß lächelnd. „Wenn er dir dafür eine Gegenleistung gibt."

Bens Gesicht verzog sich verächtlich. „Wächterin, schließe nicht von dir auf andere."

„Welch interessanter Vorschlag", ließ sich der Freudeträger vernehmen und stemmte die Hände in die Hüften, während er Ben von oben bis unten taxierte.

„Vergiss es", schnaubte Ben. „So wichtig ist es mir dann auch wieder nicht. Was macht die Hose allein?"

„Aber, aber … wieso so abwehrend?", säuselte der Verkäufer. „Okay, ein Vorschlag: vierundvierzig Blätter und es ist deines", sagte der Freudeträger und ließ seine

Finger über Bens Schulter laufen. „Dir ist bewusst, dass dies ein unschlagbares Freundschaftsangebot ist? Du kannst natürlich auch zur heiteren Hertha gehen. Ich muss dich aber warnen. Sie hat einen Spleen und liebt Trachten aus der anderen Welt."

Ich hob die Augenbraue und wollte mir Ben nicht in einer Lederhose vorstellen.

„Sie hat auch hübsche Dirndl", sagte der Freudeträger und lächelte mich an. „Würde dir sicher auch gut stehen, meine Teure."

Nach einer längeren Verhandlung einigten wir uns schließlich. Ich bekam den Wasserperlenanzug für achtundachtzig Blätter – genau das, was mir von dem Preisgeld meiner Wächterprüfung übrig geblieben war – und Ben gab vierundvierzig Blätter aus. Als der Freudeträger die Hand hinstreckte und Ben einschlug, zog ihn der Modeberater zu sich heran und drückte ihm einen Kuss auf den Mund, der nur dank Bens schneller Reaktion auf die Wange verrutschte und seine Linien zum Leuchten brachte. Für einen Moment wusste ich nicht, ob Ben dem Verkäufer einen Haken versetzen würde, und als wir über die Schwelle auf die Straße traten, strich sich Ben mit dem Handrücken über seine schwarz funkelnde Wange.

„Ich bin mir nicht sicher, ob diese Erinnerung als erster Kuss durchgeht", sagte ich und verbiss mir ein Lachen. „Ich glaube, du musst noch mal rein und es richtig machen."

„Mach dir mal keine Sorgen um meinen ersten Kuss", sagte Ben und warf mir einen harten Blick zu. „Darum kümmere ich mich schon ganz alleine."

Kapitel 16

Wenig später erreichten wir das Gasthaus der hitzigen Gemüter. Es war ein großes, längliches Bauwerk, das genau auf der Grenze zwischen dem roten und dem weißen Teil der Stadt lag und dessen Fassade in leuchtendem Rosa gestrichen war.

Lautes Stimmengewirr und die beschwingten Klänge eines Geigensolos schlugen uns entgegen, als wir den Raum betraten. Es war voll, heiß und stickig und ich stellte mich auf die Zehenspitzen, um mir einen Überblick zu verschaffen. Das hintere Ende des Raumes wurde von einer Bar dominiert, die mit weißen Hockern auf der linken und roten auf der rechten Seite ein klares Statement setzte, welche Sinne hier das Sagen hatten. Davor standen jede Menge runder Tische und Stühle ziemlich chaotisch im Raum herum. Die weißen und roten Lichtsteine an den Wänden sowie die rot-weiß-karierten Tischdecken rundeten das Ambiente ab.

Ich steuerte einen Nischenplatz im roten Bereich an und drängte mich an mehreren Sinnträgern vorbei, die lautstark zum Takt der Musik ein mir unbekanntes Lied grölten, als ich in der gegenüberliegenden weißen Ecke Wächter Morris mit zwei Gläsern auf dem Tisch vor sich sitzen sah. Unwillkürlich zog ich den Kopf ein und betete, dass er mich nicht gesehen hatte. Wenn Morris mich entdeckte und in ein Gespräch verwickelte, konnte ich mir das Treffen mit dem Kontaktmann wahrscheinlich in die Haare schmieren. Ich schluckte und versuchte, den günstigsten Weg zu dem anvisierten Nischenplatz zu finden, ohne meine Deckung aufzugeben.

„Setzt ihr euch jetzt endlich oder wollt ihr hier weiter nur im Weg herumstehen?", keifte uns eine rote Trägerin mit Irokesenschnitt an und ich beeilte mich, zu dem Tisch zu kommen.

„Was wollt ihr trinken?", fragte die Irokesen-Kellnerin und tippte ungeduldig mit einem Stift gegen ihren Notizblock.

„Kannst du uns etwas empfehlen?", fragte ich und sah, wie sich ihre Augen verengten. Sie schnappte einem anderen Sinnträger eine purpurfarbene Karte unter der Nase weg und pfefferte sie uns auf den Tisch. „Sehe ich so aus, als wüsste ich, was euch schmeckt?", fauchte sie und verschwand wieder in dem lauten Gedränge.

„Nett hier", murrte Ben und zog eine Schale mit Erdlochnüssen zu sich heran, während ich die Karte aufschlug, mein Gesicht dahinter verbarg und den Raum nach möglichen Sinnträgern scannte, die unser Kontaktmann sein konnten. Dabei blieb mein Blick an einem schlanken Mann mit kräftigen Schultern und kurzen blonden Haaren hängen, der mit dem Rücken zu mir an der Bar stand. Als der Sinnträger seine Bestellung bekommen hatte und sich umwandte, ließ ich mich tiefer in meinen Stuhl sinken, doch es war zu spät. Er hatte mich schon gesehen. Seine Augen weiteten sich überrascht, dann kam er mit den beiden Getränken in den Händen auf mich zu.

„Lee", sagte er und nickte mir zu. Seine tiefblauen Augen schwenkten für einen Moment von mir zu Ben, der sich eine Handvoll Nüsse in den Mund schaufelte, und kauend den Blick erwiderte.

„Marcus – Ben, Ben – Marcus", stellte ich die beiden vor und verfluchte im Stillen das Schicksal, dass ich heute Abend nicht nur auf einen, sondern gleich auf zwei Wächter gestoßen war.

„Ich hätte nicht gedacht, dich hier zu treffen", sagte Marcus mit seiner melodischen Stimme zu mir.

Ich zuckte mit den Schultern. „Was führt dich denn hierher?", fragte ich schnell.

Marcus wandte sich um und deutete mit dem Kinn auf Morris. „Ein Auftrag", sagte er. „Wir sollen hier jemanden treffen. Und du?"

„Ziemlich dasselbe", antwortete ich und versuchte, die Ruhe zu bewahren. Wenn mich der Kontaktmann mit einem Wächter sah, würde er das Treffen dann platzen lassen?

„Ihr seid gemeinsam unterwegs?", fragte Marcus und seine schönen Augen schwenkten zurück auf Ben, der eine Nuss in seinen Mund warf.

Ich nickte und Ben lehnte sich entspannt auf seinem Stuhl zurück.

„Bedauerlicherweise", ergänzte er und ich versetzte ihm unter dem Tisch einen Tritt gegen das Schienbein. In dem Moment wurde die Tür zum Gasthaus mit Kraft aufgestoßen und Jespers hünenhafte Gestalt erschien im Türrahmen.

Selbstbewusst ließ er seinen Blick über die Menge schweifen. Als er Marcus, Ben und mich entdeckte, verengten sich seine stahlblauen Augen und er kam mit großen Schritten auf uns zu.

„Gibt es schon wieder Probleme mit dem da?", fragte Jesper und fixierte Ben in seinem neuen Outfit, als wäre er die Wurzel allen Übels.

„Keine Probleme", sagte Marcus und nickte Jesper kurz zu. „Ich habe nur Lee Hallo gesagt."

„Ich wünsche dir noch viel Erfolg bei deinem Auftrag",

sagte ich und hoffte, Marcus auf diese Weise dazu bewegen zu können, wieder an seinen Tisch zurückzukehren.

„Marcus? Bist du das?", ertönte in diesem Moment die freundliche Stimme einer jungen Frau und wir drehten uns alle zu einer orangenen Trägerin mit einem hübschen Gesicht und dunklen Haaren herum, das ihr in sanften Locken über die Schultern fiel. Ihre großen, braunen Augen leuchteten und sie hatte eine Ausstrahlung voller Güte und Herzenswärme.

„Nihan", sagte Marcus überrascht und der Anflug eines Lächelns erschien auf seinem Gesicht. „Wir haben uns seit der Erweckung nicht mehr gesehen. Wie ist es dir ergangen?"

Nihan lachte glücklich auf und umarmte Marcus herzlich. Sie roch nach Kräutern und warmer Frühlingssonne und ich beobachtete, wie Ben die Freudeträgerin interessiert musterte.

„Ich habe meine Ausbildung beendet", erzählte Nihan und zeigte Marcus ihren schlanken Arm, auf dem sich hellgrüne Tätowierungen vom Handgelenk bis zu der Schulter hinaufwanden. Sie trug ein feenhaftes Kleid aus zart gesponnenem Waldlicht und entblößte eine Reihe weißer Zähne, als sie Marcus anstrahlte. „Ich darf mich nun offiziell Heilerin nennen", erklärte sie glücklich und blieb mit den Augen an Bens Gesicht hängen, auf dessen Wange noch immer die gezackte Narbe aus seinen Straßenkämpfen zu sehen war.

„Wenn ich deine Wunden heilen soll, komm nachher zu mir", sagte sie sanft.

„Gerne", sagte Ben. Nihan lächelte und die zarten Linien auf ihrer linken Wange, die mich an die Kontur eines Kleeblatts erinnerten, glommen orangefarben auf. Mit einer sanften Bewegung strich sie über ihren gewebten Beutel aus Seegrasfasern.

„Ich habe nach meiner Ausbildung zur Heilerin die Gärten der Gefahr besucht, um die wirksamsten Heilkräuter zu pflücken", erzählte sie.

„Ist das nicht viel zu gefährlich?", fragte Marcus und seine Augen suchten ihren Körper ab, als würde er nach Verletzungen Ausschau halten.

„Ich kann schon selbst auf mich aufpassen", erwiderte Nihan und gab ihm einen spielerischen Klaps auf den Oberarm. „Du musst dir nicht immerzu Sorgen um mich machen. Ich bin ein großes Mädchen."

„Dessen bin ich mir bewusst", sagte Marcus und verfiel in Schweigen.

„Möchtest du dich zu uns setzen?", fragte Ben an Nihan gewandt und deutete auf den einzigen noch freien Stuhl, der eigentlich für Jesper gedacht war.

„Ich möchte mich nicht aufdrängen", wehrte Nihan ab und schüttelte den Kopf. Der Duft ihrer dunklen Locken wehte zu mir herüber. „Ich wollte einfach nur Hallo sagen, weil es mich gefreut hat, Marcus wiederzusehen."

„Es war nett, euch kennenzulernen", sagte Jesper steif, „vielleicht haben wir später noch Gelegenheit, uns zu unterhalten." Mit diesen Worten zog er den roten Stuhl zurück und setzte sich darauf, womit er die Zusammenkunft für beendet erklärte.

Eine Welle der Dankbarkeit erfasste mich. Alles in mir hoffte, dass Marcus und Nihan endlich weggingen, damit der Kontaktmann seine wichtigste Aufgabe erfüllen und tatsächlich auch Kontakt mit uns aufnehmen würde.

„Okay, dann bis später", sagte Nihan lächelnd und trat den Rückweg zu einem Tisch an, an dem einige junge Frauen saßen, die sich neugierig die Hälse nach uns verrenkten. Ich ließ meine Blicke von Jesper zu Marcus und Ben schwenken und konnte es den Damen nicht verübeln. Jeder für sich besaß eine ganz eigene und spezielle Attraktivität: der schöne Marcus mit seiner ruhigen Aura, der kräftige Jesper, dem das Beschützen im Blut lag und schließlich Ben, dessen dunkle Ausstrahlung jede Frau dazu einlud, gemeinsam mit ihm ihre Abgründe zu erforschen.

Nihan setzte sich an ihren Tisch und Marcus nickte mir zu.

„Ich werde Morris berichten, dass ich dich getroffen habe", sagte er, und bevor ich protestieren konnte, kehrte auch er an seinen Tisch zurück.

Als die beiden verschwunden waren, atmete ich tief durch. Jesper schlug die purpurrote Karte auf und bestellte ein Feuerbier. Ben nahm einen Mondlichtschnaps und ich orderte einen Vertrauensshake. Schließlich war Vertrauen ja der Schlüssel zu allem. Nachdem die Kellnerin mit dem Irokesenschnitt verschwunden war, sah mich Jesper genauer an und seine Augen blieben bewundernd an meinem Wasserperlenanzug hängen.

„Wie ich sehe, hast du etwas gefunden", murmelte er.

Ich nickte und versuchte, meine Nervosität wegen der Anwesenheit von Marcus und Morris zu unterdrücken.

„Konntest du deinen Auftrag zur Zufriedenheit aller erledigen?", fragte ich schließlich, um die Konversation ins Laufen zu bringen.

„Bitte", stöhnte Ben, „frag ihn doch nicht noch, was er Langweiliges gemacht hat."

„Das unterliegt der Geheimhaltung", sagte Jesper.

„Glück gehabt", seufzte Ben und sein Blick saugte sich an Nihan fest, die sich ihre dunklen Locken über die Schulter warf und dabei lachte. Ben lächelte sie an und ich sah schnell zu Jesper, der steif auf seinem dunkelroten

Stuhl saß, der irgendwie zu klein für ihn wirkte. Seine Augen fixierten meinen Körper, dessen Konturen sich unter den Wasserperlen deutlich abzeichneten und ich fragte mich, ob er an unseren Kuss dachte. Als er meinen Blick bemerkte, errötete Jesper und wandte schnell den Kopf ab. Ich richtete meine Aufmerksamkeit auf die Tischplatte vor mir und knetete meine Finger. Die Kellnerin brachte unsere Getränke und knallte sie dermaßen heftig auf den Tisch, dass sie über die ganze Tischplatte spritzten.

„Ich kassiere gleich ab", schnappte sie und meine Finger verkrampften sich um mein Glas, als mir siedend heiß einfiel, dass ich seit dem Einkauf im Bekleidungsgeschäft wieder mal pleite war.

„Ich übernehme das", sagte Jesper zuvorkommend und zog einen Haufen Blätter aus der Tasche. „Den Shake und das Feuerbier."

Ich nickte ihm dankbar zu und war mir nicht sicher, ob Jesper einfach nur freundlich gewesen war oder meine Misere erkannt hatte. Wie auch immer, er hatte mir eine peinliche Szene erspart.

In diesem Moment sah ich, wie Morris den Arm hob und mir quer durch den Raum entschieden zuwinkte. Ich erstarrte und blickte mich verstohlen um, in der Hoffnung, dass er jemand anderen meinte. Doch als ich sah, dass Morris Anstalten machte aufzustehen, erhob ich mich rasch von meinem Stuhl.

„Ich bin gleich wieder da", murmelte ich in der Hoffnung, dass es auch stimmte.

Ben kippte seinen Schnaps hinunter und betrachtete dabei Nihan. „Lass dir ruhig Zeit", sagte er, während ich zu den beiden Wächtern hinüberging.

„Lee", begrüßte mich Morris mit tiefer Stimme, als ich

an seinem Tisch angekommen war. „Wie schön, dich zu sehen."

„Morris." Ich nickte ihm zu. „Die Freude ist ganz meinerseits."

„Möchtest du dich nicht zu uns setzen?", fragte der Wächter mit dem Ziegenbart und zog einladend einen Stuhl zurück. Ein weißer Träger räumte mit ruhiger Hand die Getränke ab und hob fragend die Augenbrauen.

„Noch eine Runde?"

„Gerne", sagte Morris. „Möchtest du auch einen Tee der Aufmerksamkeit, Wächterin? Ach, nein. Du bist wahrscheinlich schon so aufmerksam genug mit deinem Sinn der Wachsamkeit. Zwei bitte." Er hob zwei Finger in die Höhe. „Kann ich es anschreiben lassen?"

„Aber natürlich", sagte der weiße Träger und zog sich leise zurück.

„Ich habe leider nicht viel Zeit", sagte ich.

Morris wies unbeeindruckt auf den Stuhl. „Es dauert auch nicht lange, versprochen", erwiderte er und ich hatte das Gefühl, dass es besser war, seiner Aufforderung zu folgen, weil ich noch viel mehr Aufmerksamkeit auf mich zog, wenn ich hier an ihrem Tisch stehen blieb.

Mit klopfendem Herzen setzte ich mich und versuchte, nicht so angespannt und ungeduldig zu wirken, wie ich mich fühlte.

„Deine erste eigene Ermittlung?", fragte Morris und deutete mit dem Kinn auf Ben und Jesper, deren Gesichtslinien sich in meiner Abwesenheit beide entfacht hatten.

Ich versuchte, mir keine allzu großen Sorgen zu machen und nickte.

„Quirin hat dir den Auftrag erteilt?", fragte Morris weiter und runzelte fragend die Stirn.

„Nein", antwortete ich wahrheitsgemäß und spielte mit einigen Wasserperlen an meinem Handgelenk. „Ich ermittle auf mich allein gestellt. Gibt es Neuigkeiten im Fall der toten Spinner?", fragte ich, um das Thema von mir wegzulenken.

„Nun, die Untersuchung hat ergeben, dass zwei von ihnen Selbstmord begangen haben", sagte Morris bedauernd und nahm dankbar den Tee entgegen, den der weiße Träger gebracht hatte. „Deshalb wurden die Ermittlungen eingestellt."

„Und was ist mit dem ausgebluteten Körper?", fragte ich angespannt.

„Da du nicht mit dem Fall betraut wurdest, sollte ich eigentlich nicht mit dir darüber sprechen", sagte Morris, „aber es deutet alles darauf hin, dass ein Streit zwischen den Spinnern eskaliert ist und ein Todesopfer gefordert hat. Wir vermuten, dass die anderen daraufhin Selbstmord begangen haben, weil auf der Anwendung dieser dunklen Magie ohnehin die Todesstrafe steht."

Ich glaubte, meinen Ohren nicht zu trauen wegen so viel Ignoranz und übermäßigem Vertrauen. Marcus saß einfach nur da und sah mich schweigend an.

„Und was ist mit dem vierten Becher?", drängte ich. „Habt ihr einen Ansatz, wer noch dort gewesen sein könnte?"

„Der vierte Becher wird noch untersucht", sagte Morris mit einem Tonfall, der erkennen ließ, dass er das Thema für beendet erklärte. „In der Zwischenzeit haben wir andere Aufträge übernommen. Auf diese Weise kann ich Marcus einen umfassenden Überblick über den Aufgabenbereich eines Wächters vermitteln. Als Mentor kann man verschiedene Wege gehen. Manche", er hob die Stimme und ich hatte den Eindruck, dass er von sich selbst sprach, „erachten es als große persönliche Verantwortung und haben das Ziel, dem jungen Wächter so viel wie möglich beizubringen. Andere hingegen", aus seiner Stimme sprach wenig Enthusiasmus, „stehen auf dem Standpunkt, dass ein Wächter mehr lernt, wenn er auf sich selbst gestellt die Welt erforscht. Ich vertraue darauf, dass beide Wege ihre Stärken und Schwächen haben."

Er sprach so langsam, dass ich mich beherrschen musste, nicht mit den Fingernägeln auf den Tisch zu trommeln.

„Wie lange habt ihr vor zu bleiben?", fragte ich und blickte mich unauffällig im Raum um.

„Wir warten seit geraumer Zeit auf Lydia", sagte Morris. „Sie wollte hier zu uns stoßen, um einer Versammlung der Macht der Acht beizuwohnen. Da sie sich im roten Land gut auskennt, haben wir uns an diesem neutralen Ort verabredet. Doch wie es aussieht, hat sie andere Verpflichtungen."

Ich nickte, während ich mir lebhaft vorstellen konnte, wie diese „anderen Verpflichtungen" aussahen: Wahrscheinlich bestanden sie daraus, jedem mit ihrer schlechten Laune auf die Nerven zu gehen und irgendwelche bedauernswerte Sinnträger in Wächterkugeln zu stopfen.

„Da wir nicht mehr viel Zeit haben, um die Reise zum Versammlungsort anzutreten, vertraue ich darauf, dass du uns begleitest", sagte Morris.

„Einfach so?", erwiderte ich überrascht.

Er nickte. „Du springst für Lydia ein."

Ich zögerte.

„Es handelt sich um einen Notfall, der großzügig entlohnt wird", fuhr Morris fort und nahm einen

Schluck von seinem Wachsamkeitstee. Sogleich wurden seine Augen etwas größer und er musterte mich scharf. „Du bräuchtest einen guten Grund, um abzulehnen, Wächterin."

„Wie lange wird es denn dauern?", fragte ich und biss mir auf die Lippen, während es in meinem Kopf ratterte. Wenn ich mit Marcus und Morris mitging, verpasste ich vielleicht die Ankunft des Kontaktmannes. Ein Blick in Morris' Augen verriet mir jedoch, dass ich nicht wirklich eine Wahl hatte – denn abgesehen davon, dass ich die Blätter gut gebrauchen konnte, wollte ich Morris nicht erklären müssen, welche eigene Mission wichtiger war als ein Auftrag bei den Acht der Macht. Und dass ich eigentlich nur hierbleiben wollte, um einen Kontaktmann zu treffen, weil mir ein Gefühl sagte, dass die Totaa den Untergang der Welt planten und dazu irgendwelche Lichtsteine brauchten, die ich vor ihnen finden wollte. Wenn man es so beleuchtete, klang es sogar in meinen eigenen Ohren etwas verrückt.

„Gut, dann lasst uns aufbrechen", sagte Morris und stand auf, ohne meine Antwort abzuwarten.

Als wir vor das rosafarbene Gebäude traten, war die Sonne gerade dabei unterzugehen.

„Wie kommen wir zu dem Versammlungsort?", fragte ich und hoffte, dass es kein weiter Weg bis zum nächsten magischen Portal sein würde.

„Über das Wasser", sagte Morris und zog eine kleine Flasche mit einer durchsichtigen Flüssigkeit aus seiner Brusttasche.

„Du kannst schon übers Wasser reisen?", fragte ich Marcus fasziniert, woraufhin dieser wie selbstverständlich nickte.

„Morris hat es mir sofort nach der Prüfung beigebracht", sagte er und zog ebenfalls eine Flasche mit Wasser hervor.

„Quirin nicht?", fragte Morris und hob eine Augenbraue in die Höhe. Ich schüttelte stumm den Kopf. Quirin und ich hatten nach der Prüfung kein Wort miteinander gewechselt und ehrlich gesagt war ich froh darüber gewesen. Ich wusste zwar, dass die Fähigkeit, über Wasser zu reisen von manchen Wächtern beherrscht wurde, doch es war eine Besonderheit, von der ich immer gedacht hatte, dass man dafür jahrelanges Training benötigte, um sie sich anzueignen.

„Ihr könnt gemeinsam reisen, wenn du es noch nie gemacht hast", sagte Morris und seine Zeichnung glühte in weißem Vertrauen. „Marcus wird dich führen. Keine Sorge, er kann es gut." Mit diesen Worten schüttete er den Inhalt seiner Flasche auf den Boden, machte einen Schritt in die Pfütze hinein und verschwand.

Marcus streckte mir die Hand entgegen und ich nahm sie nach kurzem Zögern.

„Soll ich die Luft anhalten?", fragte ich und er schüttelte ernst den Kopf.

„Das ist nicht nötig. Vertrau mir einfach."

„Vertrauen ist nicht unbedingt meine Stärke", sagte ich und dachte an die Worte des Hologramms. Ein Zucken seines Mundwinkels verriet mir, dass ihn meine Worte belustigten.

„Meine auch nicht", sagte er und leerte den Inhalt seiner Flasche auf den Boden. Dann machte er einen großen Schritt in die Pfütze und zog mich mit sich.

Öffentliche Bekanntmachung zur außerplanmäßigen Ernennungszeremonie

Nach der Beisetzung von Gestalterin Crisula kam es gestern zu der bereits angekündigten Ernennungszeremonie im Zentralen Raum der Macht der Acht, die im Sinne der Verstorbenen gewesen wäre. Als Träger der Angst erfüllt mich der plötzliche Tod unserer Gestalterin Crisula mit einer unbekannten Trauer, die mich meinen violetten Sinn für einen Herzschlag vergessen lässt.

In tiefer Dankbarkeit für Ihre Dienste, die sie dem Angstland gewidmet hat, verkünde ich im Auftrag der Macht der Acht ihre Nachfolge:

Panica, Tierverbundene, erweckt mit der Berufung zur Magiebegabten übernimmt mit sofortiger Wirkung die Führung des Ministeriums der Angst und die Leitung der Künstler

Keine Veränderungen gibt es bei den Vorsitzen der anderen Sinnesländer:

Philomena, Menschverbundene, Gestalterin der Freude, betraut mit der Leitung der Reisenden

Arkadius, Tierverbundener, Gestalter des Ekels, betraut mit der Leitung der Templer

Gemma, Menschverbundene, Gestalterin der Trauer,
betraut mit der Leitung der Naturverbundenen

Sinja, Tierverbundene, Gestalterin der Wut, betraut mit
der Leitung der Beschützer

Coel, Menschverbundener, Gestalter des Erstaunens,
betraut mit der Leitung der Magiebegabten

Quirin, Tierverbundener, Gestalter der Wachsamkeit,
betraut mit der Leitung der Wächter

Joost, Menschverbundener, Gestalter des Vertrauens,
betraut mit der Leitung der Heiler

gezeichnet Alfonsus, im achten Sonnenlauf
des grünen Sterns

Kapitel 17

Das Wasser umschloss mich wie ein alter Freund, wand seine blauen Arme sorgsam um mich und für einen Herzschlag stand meine Welt still. Mein ganzes System wurde aufgeladen, als würde man es neu starten. Ich spürte, wie eine erfrischende Lebensenergie mich durchfuhr und jede Zelle in meinem Körper erfüllte, während die rauschenden Klänge des Ozeans an mein Ohr drangen – bis sie irgendwann verebbten und ich sanft in einem dunklen Raum landete. Es war ein kleines Zimmer, nicht mehr als eine Besenkammer und ich fühlte noch immer das Prickeln, das die Wasserreise auf meiner Haut hinterlassen hatte. Neben mir konnte ich zwei Gestalten ausmachen und ich versuchte, mich in der Enge des Raumes nicht zu abrupt zu bewegen. Wir waren durch eine Wasserpfütze am Boden gereist. Morris stand rechts neben mir, er roch nach Jasmin und sein Herzschlag ging langsam und regelmäßig, während mich Marcus' Duft an Honigmoos erinnerte. Ich vernahm seinen Herzschlag, er war kräftig und hatte etwas Beruhigendes an sich, es war wie ein Mantra, das ungeachtet dessen, was passierte, mit sich im Reinen war, wie ein Fels in der Brandung.

„Wo genau sind wir?", fragte ich Morris und versuchte mir nicht anmerken zu lassen, dass ich unter Zeitdruck stand. Wenn der Kontaktmann gerade jetzt im Gasthaus auftauchte, waren meine Chancen, das Orakel zu finden, auf null gesetzt. Ich presste die Lippen zusammen und hoffte, dass die Sitzung der Macht der Acht nicht lange dauern würde.

„Wir sind hier im Ministerium der Angst", antwortete Morris und strich sich über seinen weißen Ziegenbart. „Kommt", wies er uns an und Marcus und ich folgten ihm mit schnellen Schritten eine lange schwarze Wendeltreppe hinauf. 369 Stufen später gelangten wir an ein großes schwarzes Tor, das in der Höhe spitz zusammenlief.

„Uns bleibt nicht viel Zeit", erklärte Morris und seine weiße Zeichnung begann zu glimmen. „Nach und nach werden sich die Gestalter am Versammlungsort materialisieren. Marcus und Lee, ihr seid als Innenwächter abgestellt. Eure Aufgabe wird es sein, Unregelmäßigkeiten zu erkennen. Sollte irgendetwas Auffälliges passieren, und damit meine ich nicht die Sinne der Gestalter, sondern spreche von einer unwillkommenen Person, einem unerfreulichen Zwischenfall", instruierte er uns, „dann werdet ihr diese Signalkreide knicken." Er reichte uns beiden einen dünnen schwarzen Kreidestift. „Damit könnt ihr die Wächter alarmieren. Aber setzt den Kreidestift nur im äußersten Notfall ein und beachtet, dass die Gestalter ihre Eigenarten haben und ihre Sinne sehr intensiv ausleben. Und: Bei der Sitzung der Macht der Acht werden Informationen geteilt, die für niemanden außer der Macht der Acht bestimmt sind."

Marcus kräuselte die Stirn. „Was sollen wir dann mit unserem Wissen tun?", fragte er.

Morris lächelte sanft. „Keine Sorge, der Ort verfügt über einen Schutzzauber. Ihr werdet euch an das, was während der Sitzung gesprochen wird, nicht erinnern. So und jetzt geht hinein, sprecht kein Wort und haltet Ausschau nach unnatürlichen Aktivitäten. Man kann nie wissen und es wäre nicht das erste Attentat auf einen der

Gestalter.“

„Wie lange wird es denn ungefähr dauern?“, fragte ich, obwohl ich wusste, dass es unpassend war.

Morris betrachtete mich intensiv. „Manche Sitzungen sind nach kurzer Zeit vorbei, andere dauern eine Ewigkeit“, er hob eine Augenbraue, „und andere fühlen sich nach einer Ewigkeit an. Aber jetzt geht.“

Marcus nickte mir zu und gemeinsam öffneten wir das Tor. Als wir über die Schwelle schritten, konnte ich nichts sehen, denn nur tiefe Dunkelheit schlug uns entgegen. Erst als das schwarze Tor wieder ins Schloss fiel, erkannte ich, an welchem Ort die Sitzung stattfinden sollte.

Wir befanden uns auf einem dunklen Grashügel, der von einem rußfarbenen Eisenzaun und violetten Lichtsteinen begrenzt wurde, die in regelmäßigen Abständen ihr kühles Licht in die Dunkelheit aussandten. Etwas bewegte sich über unseren Köpfen am Nachthimmel und ich sah nach oben. Graulila Wolken huschten in unnatürlicher Form und Schnelligkeit über den schwarzen Platz, es war, als würden Schattenwesen den Ort bewachen. Ein leises Gefühl der Angst kroch über meinen Rücken und ich versuchte, ihm nicht zu viel Aufmerksamkeit zu schenken. Langsam senkte ich meinen Kopf und ließ den Blick über die acht Granitsteine schweifen, die in der Mitte des Hügels kreisförmig aufgebaut waren – und wusste sofort, worum es sich handelte: Es waren Grabsteine. Hinter mir war das schwarze Tor verschwunden und an dessen Stelle war nun ein Eisentor erschienen, dessen pfeilartige, spitze Stäbe drohend in die Höhe ragten.

Ohne ein Wort miteinander zu wechseln, postierten Marcus und ich uns vor dem Eisentor des Friedhofs.

Ein lautes Zischen hallte über den Platz. In der Mitte

des Grabsteinkreises entfachte sich eine mannshohe violette Flamme, aus der nach und nach die Gestalter stiegen. Einige von ihnen rümpften die Nase, als sie ihren Tagungsort erkannten, andere von ihnen reagierten unbewegt oder sogar belustigt. Nach und nach setzten sie sich auf die Grabsteine, in denen sofort der jeweilige Name des Gestalters in lodernden Lettern eingebrannt wurde.

„Es ist seltsam, seinen eigenen Namen auf einem Grabstein zu lesen", bemerkte Gestalterin Sinja, die sich mit Anmut auf ihrem breiten Grabstein niedergelassen hatte. Sie trug ein aus rotschwarzen Seidenfäden gesponnenes Kleid und ihre goldblonden Haare fielen ihr weich über die Schultern. Quirin, der direkt neben Sinja saß, nickte und strich mit seinen Fingern über die Buchstaben seines Namens. Ich wusste, dass der kahlköpfige Gestalter mich gesehen hatte – dennoch würdigte er mich keines Blickes. Ich straffte die Schultern und versuchte so professionell wie möglich auszusehen.

„Ein Friedhof. Welch überraschende Abwechslung", erklärte Coel, der Gestalter des Erstaunens, und blickte anerkennend über den finsteren Ort, während sein Mantel sich der Umgebung anpasste und von einem satten Grün zu Schwarz wechselte.

„Ich wusste, dass es Euch gefallen wird, Gestalter Coel", warf Panica ein und ihre Augen funkelten vergnügt. Ihre pechschwarzen Haare hatte sie nach oben toupiert und in ihrem violetten, wallenden Kleid sah sie aus, als wäre sie auf dem Weg zu einem Ball.

„Ein Friedhof. Das hatten wir noch nicht", sagte der weiß gekleidete Joost und ich war unsicher, ob der Gestalter des Vertrauenslandes es lobend oder abfällig meinte. Außerdem hoffte ich, dass sich das Geplänkel bald auflösen und sich die Gestalter an die Tagesordnung machen würden.

„Habt Ihr denn keine Angst?", fragte Coel an Panica gerichtet und ein spitzbübisches Lächeln huschte über sein jungenhaftes Gesicht.

„Vor einem Friedhof?", fragte Panica und lächelte gelassen. „Was soll hier denn schon passieren? Unsere Toten werden uns wohl kaum heimsuchen. Außerdem versprüht dieser Ort eine Ruhe, wie man sie nur selten findet. Würdet Ihr öfter", sie hob eine Augenbraue und sah Coel vorwurfsvoll an, „unser Land besuchen, dann wüsstet Ihr, dass Friedhöfe zu unseren Orten der Entspannung gehören."

Arkadius, der mit verschränkten Armen an seinem Grabstein lehnte, räusperte sich und es war ihm aus dem Gesicht abzulesen, dass er keine Lust auf Small Talk hatte.

„Lasst uns beginnen", verkündete Panica und verengte die Augen, als ihr Blick über die Gestalter streifte und an dem schwarzen Träger hängen blieb. „Ich freue mich, dass das Land der Angst heute den Vorsitz hat. Der wichtigste Punkt unserer Tagesordnung ist das mutige Mondlichtfest, DAS Ereignis unserer Welt. Jeder von uns weiß, dass es nur alle magischen Zeiten zu einer derartigen Huldigung kommen kann und was es bedeutet, wenn nicht jedes Detail geplant und alles perfekt organisiert ist. Nur ungern möchte ich an das letzte Massaker erinnern, doch die dunklen Bilder sind uns sichtlich allen im Gedächtnis. Der Tod meiner Vorgängerin, Gestalterin Crisula, war ein tragischer Verlust, doch sie wird immer in unseren Herzen bleiben."

Joost nickte. „Vor Angst erstarrt … weil sie die Vorbereitungen überanstrengt hatten … was für ein grausamer Tod", murmelte er. Panica presste die Lippen zusammen und ihre violette Zeichnung begann leicht zu glimmen.

„Das diesjährige mutige Mondlichtfest wird ohne Zwischenfälle verlaufen, aber dafür ist minutiöse Planung erforderlich. Das letzte Mal, als die magischen Portale anfällig und unberechenbar geworden waren, hat das Mondlichtfest die Magie besänftigt. Genau wie das letzte Mal, werden wir das mutige Mondlichtfest in der Nacht abhalten, in der die acht Monde zum letzten Mal in einer Reihe stehen. Wie ihr wisst, kommt es nur alle magischen Zeiten zu dieser Konstellation." Sie machte eine dramatische Pause, die Sinja zu nutzen wusste.

„Ich möchte die Bedeutung des mickrigen Mondlichtfestes nicht infrage stellen", begann sie, „aber es gibt noch einen wichtigeren Punkt, den wir nicht weiter unter den Teppich kehren dürfen. Die Unruhen in unserem Land nehmen zu, die Spannungen zwischen Mensch- und Tierverbundenen verletzen die Harmonie unserer Gemeinschaft. Wir müssen etwas unternehmen, wir können nicht länger so tun, als würde es nicht passieren. Wir müssen handeln. Jetzt."

Quirin hob eine Augenbraue. „Ihr prescht zu schnell vor", erklärte er hart. „Es gibt Anzeichen, Anzeichen, wie es sie schon immer gegeben hat. Ich rate davon ab, überstürzt zu handeln. Wir benötigen Beweise, dass es sich um mehr handelt als die übliche Rivalität."

„Ich bin auch dafür, darauf zu vertrauen, dass sich die Unruhen von alleine regeln", bestätigte Joost mit krächzender Stimme und zwirbelte seinen weißen, langen Bart.

„Ihr könnt doch nicht die Fakten ignorieren", zischte Sinja und ihre Zeichnung begann zu glimmen. „Als Gestalter ist es unsere Pflicht -"

„Meine Liebe", fiel ihr Joost unhöflich ins Wort, „wir können unsere Aufmerksamkeit nicht jedem Straßenkampf, jeder Auseinandersetzung widmen."

„Aber es ist nicht bloß eine Auseinandersetzung", donnerte Sinja und wirkte trotz ihres zerbrechlichen Aussehens plötzlich ganz schön gefährlich.

„Wenden wir uns doch erfreulicheren Themen zu", mischte sich Philomena, die Gestalterin der Freude, ein. Ihre orangefarbenen Haare hatte sie wild zusammengesteckt und sie sahen aus wie ein Vogelnest, das lange nicht mehr benutzt worden war.

„Das mutige Mondlichtfest", versuchte es Panica erneut, „ist von enormer Bedeutung. Wir müssen hier und jetzt jedes Detail absprechen, um zu garantieren, dass es zu keinen …"

„Das mordsteure Mondlichtfest", knurrte Arkadius und sein schwarzer Bart zitterte. „Immer nur dieses mordsteure Mondlichtfest. Haben wir Gestalter denn nichts Wichtigeres zu tun, als uns um die Organisation eines Festes zu kümmern? Die Gestalterin der Wut hat recht, die Unruhen sind auch in meinem Land zu verzeichnen und wir müssen sie im Auge behalten." Die Schattenwesen über unseren Köpfen zischten bei seinen Worten noch schneller hin und her.

„Die Unruhen gab es schon immer und wird es immer geben. Das ist der Preis einer vielfältigen Welt", sagte eine melancholische Frauenstimme in dem Moment, die zu Gemma, der Gestalterin des Trauerlandes, gehörte. Ihre weißen Haare umrundeten ihr blasses Gesicht und standen im Kontrast zu ihrer dunklen Kleidung und ihren schwarzblauen Augen, deren Schwermut sie wie schwarze Steine schimmern ließ. „Deswegen haben wir auch die Anti-Diskriminierungsgesetze eingeführt. Ich glaube nicht, euch an das Schicksal der weißen Trägerin Sienna erinnern zu müssen, deren tragischer Tod Stein des Anstoßes für diese Gesetze war. Aber egal wie viele Gesetze wir im Zentralen Raum der Macht der Acht beschließen – wir werden die Konflikte auf diese Weise nicht lösen. Solange es Mensch- und Tierverbundene gibt, solange wird es Unruhen geben." Gemma schwieg deprimiert.

„Aber ist es nicht unsere Pflicht, diese Unruhen in den Griff zu bekommen?", fragte Coel und fuhr sich müde über die grüne Zeichnung. „Es erstaunt mich, dass Ihr es offenbar nicht mehr als die Aufgabe der Gestalter seht, für die Balance und die Gleichberechtigung zu sorgen."

Arkadius lachte verächtlich. „Welch edle Worte. Ihr könntet ein Zeichen setzen, indem Ihr Eure erstaunlichen Edelgrünsteinvorräte mit den anderen Ländern teilt."

Coel sah Arkadius überrascht an. „Ich dachte nicht, dass Ihr das wieder ansprechen würdet. Ihr könntet ein Zeichen setzen, wenn Ihr Eure Sumpfburg für alle zugänglich machen würdet. Wie kommt es, dass nur schwarze Träger Eure Burg betreten dürfen? Ist das nicht auch eine Form der Diskriminierung?"

Arkadius' Augen verengten sich. „Das letzte Mal, als ein Erstaunensträger die heiligen Hallen betreten hat, lag sein Gestank noch Mondläufe später in der Luft."

„Aber bitte, aber bitte", unterbrach Panica und fuhr sich durch die pechschwarzen Haare, „wir kommen vom Thema ab. Das mutige Mondlichtfest …" Danach sprachen alle durcheinander und ich war überrascht, wie zügellos die Gestalter ihre Sinne lebten. Es war kein Wort mehr zu verstehen und eine Diskussion über die Länder entbrannte, während ich das Gefühl hatte, dass mir das Orakel vollkommen aus den Händen glitt. Je mehr Zeit ich hier vertrödelte, desto geringer war meine Chance, den Kontaktmann zu treffen. Als sich die Gruppe endlich beruhigt hatte und man sich darauf einigte, bei der heutigen Sitzung nur die wichtigsten Details des mannigfaltigen Mondlichtfestes anzusprechen – die Location, die Skulptur, das Essen und die Mondgesänge – hatte ich das Gefühl, dass schon eine Ewigkeit vergangen war. Das Einzige, was sich hier schnell bewegte, waren die violettgrauen Schattenwesen über unseren Köpfen. Ich warf einen Seitenblick zu Marcus, der starr das Spektakel vor sich beobachtete, und als es endlich zu Ende war, hatte ich das unwiderrufliche Gefühl, dass es für mich zu spät geworden war.

Die Wasserreise zurück war noch schneller vorbei, und als ich aus der Pfütze schnellte, befand ich mich wieder in der Straße vor dem Gasthaus der hitzigen Gemüter.

„Danke", sagte ich zu Marcus und löste meine Hand aus seiner.

„Wir danken dir", sagte Morris, der neben uns erschienen war, und drückte mir einen weißen Umschlag in die Hand. „Dein Lohn für deine Wachsamkeit. Wir sehen uns sicher wieder, Wächterin."

Ich nickte und hoffte inständig, er und Marcus würden nicht ins rosafarbene Gasthaus zurückkehren. Zu meiner grenzenlosen Erleichterung reichten sie mir zum Abschied die Hand und wandten sich ab. Ich blickte mich in der Straße um. Inzwischen war es dunkel geworden und die kühle Nachtluft strich beruhigend über mich hinweg. Alles in mir betete darum, den Kontaktmann nicht verpasst zu haben und ich stieß die Tür entschlossen auf.

Das Gasthaus war in der Zwischenzeit noch lauter und voller geworden. Eine explosive Mischung aus Sinnen lag in der Luft, die Musik hatte sich hochgepeitscht und war noch schneller geworden, und auf einigen Tischen wurde getanzt.

Unbewusst entfachten sich meine Linien und ich scannte den Raum. Siebenundsechzig Sinnträger waren neu hinzugekommen, dreizehn waren gegangen. Jesper hing halb ohnmächtig über einem Stuhl und Sabber lief ihm aus dem Mund. Doch trotz all des Trubels und dieses Anblicks wurde mein Blick wie magnetisch von zwei Gestalten angezogen, die an unserem Tisch saßen und sich tief in die Augen blickten. Diese beiden waren Ben und Nihan.

Eine Schale mit einer dunkelgrünen Paste stand vor ihnen auf dem Tisch und ich sah, wie die Heilerin sich zu Ben beugte und ihm etwas davon zärtlich auf die Wange strich. Er hielt ganz still und sie lachte, als er sich zu ihr beugte und ihr etwas ins Ohr flüsterte. Dann griff sie in ihren Beutel, holte ein orangefarbenes Tuch daraus hervor und tupfte ihm damit vorsichtig über die Haut. Ben nahm ihr das Tuch aus der Hand und griff dann nach ihrem zarten Kinn. Seine zweite Hand legte sich um ihren Nacken und ich fühlte etwas aus den Tiefen meines Selbst emporsteigen, als ich sah, wie er seinen Kopf immer näher zu ihrem beugte, wie ihre Augen sich schlossen und er ihren Mund mit seinem bedeckte.

„Lee", sagte eine kühle Stimme neben mir, „Morris hat dir den falschen Umschlag gegeben." Es war Marcus, der prompt erstarrte, als er meinem Blick zu Nihan und Ben folgte.

„Wie bitte? Ach so, danke – ich …", murmelte ich und versuchte, weniger dämlich herumzustammeln. „Danke, Marcus." Ich reichte ihm meinen Umschlag und nahm dafür seinen entgegen.

„WO IST ER?", brüllte in diesem Moment eine tiefe Stimme, die ich als Jespers identifizierte. Erschrocken richtete ich meinen Blick auf den tobenden Beschützer. Die Musik, die Trinkspiele und Gespräche ringsum verstummten.

„Du!", stieß Jesper hervor und stampfte bedrohlich auf Ben und seine Begleitung zu. Nihan sprang erschrocken auf und auch Ben erhob sich gemächlich. Seine Bewegung wirkte träge, doch in seinem Blick konnte ich eine Gewaltbereitschaft sehen, die mir einen kalten Schauer über den Rücken jagte.

Sofort versuchte ich, mir einen Weg zu den beiden zu bahnen. Marcus folgte mir in einigem Abstand, und ich wollte mich am liebsten umdrehen und ihm zurufen, dass er besser gehen sollte, aber das hätte nur noch mehr Aufmerksamkeit erregt.

„Was willst du?", fragte Ben herablassend an Jesper gewandt.

„Du hast mir einen Knock-out-Trunk in mein Feuerbier gemischt!", tobte Jesper und gab Ben einen Stoß vor die Brust, der ihn zurücktaumeln ließ.

„Interessant", sagte Ben, „bei all deinen Fähigkeiten, mit denen du geprahlt hast, sollte ein Knock-out doch gar nicht möglich sein."

„Du verdammter Ekelträger, nicht mit mir. Ich fordere dich heraus!", röhrte Jesper und ich erkannte, dass – egal, was Ben getan hatte – es so schlimm gewesen sein musste, dass bei Jesper deswegen eine Sicherung durchgeknallt war.

Endlich hatte ich die beiden erreicht. „Hey, lasst uns die Sache ruhig regeln", versuchte ich die Situation mit Worten zu entspannen und schob mich zwischen sie.

„Halte dich da raus", sagte Ben kalt und trat einen

Schritt auf Jesper zu. „Na los, tu's doch, wenn du dich traust."

„Wenn ich mich traue?", spie Jesper ihm entgegen. „Du weißt, was auf dem Spiel steht."

„Also?" Ben reckte erwartungsvoll das Kinn. „Ich warte."

„Nein", zischte ich. „Tu das nicht!"

„Ich fordere dich zum magischen Duell", sagte Jesper in offiziellem Tonfall. „Dem Sieger soll das Recht zuteilwerden, den Verlierer öffentlich zu demütigen und die magische Fähigkeit des anderen zu übernehmen."

„Angenommen", sagte Ben. Ausgehend von den beiden raste eine schwarze Druckwelle durch den Raum, der nur Augenblicke später eine rote Druckwelle folgte. Ich griff mir an den Oberarm und keuchte auf, als ich spürte, wie mir ein Zeichen in die Haut gebrannt wurde.

„Ihr Dummköpfe!", schrie eine rote Trägerin mitten in die Stille hinein. „Glaubt ihr, ich habe nichts Besseres zu tun, als zu eurem dämlichen Duell zu kommen und einen von euch anzufeuern?" Ich blieb stehen und strich über meine Wasserperlen, um die brennende Stelle an meinem Arm zu inspizieren. Ein schwarzes B hatte sich mir in die Haut gebrannt.

Ben und Jesper wurden in der Zwischenzeit mit den übelsten Beschimpfungen bedacht. Erst jetzt fiel mir auf, dass alle im Gasthaus ein Zeichen auf der Haut trugen. Einige hatten, so wie ich, ein schwarzes B, andere ein rotes J eingebrannt bekommen.

„Auf welcher Seite stehst du?", fragte mich Marcus und seine Stimme war so kalt wie sein Blick. Ich zeigte ihm meinen Arm und er nickte knapp, als hätte er nichts anderes erwartet.

„Ich bin für den Wutträger", fauchte er und betrachtete

Nihan, die deutlich sichtbar ebenfalls ein schwarzes B auf der Haut trug.

Als sie Marcus sah, kam sie zögernd auf uns zu.

„Was geht hier vor, Marcus?", hauchte sie und sah sich mit großen Augen in dem tobenden Gasthaus um. „Was ist hier gerade geschehen?"

Mir fiel es schwer, sie anzusehen und ich war froh, dass Marcus die Erklärung übernahm.

„Wir sind eben als Zuschauer bei einem magischen Duell verpflichtet worden", sagte Marcus kühl und verschränkte die Hände hinter dem Rücken. „Dem Zeichen auf deinem Arm zufolge wirst du den schwarzen Träger unterstützen."

Sie rieb sich nervös über ihr schwarzes B.

„Aber was macht es für einen Unterschied, auf welcher Seite ich stehe?", fragte sie und keuchte erschrocken auf, als ein Bierkrug durch die Luft geflogen kam. Ich zog meinen Wächterstab und legte einen leichten Schild um denjenigen, der geworfen hatte. Marcus nahm Nihan an den Schultern und schob sie aus dem stärksten Tumult.

„Es macht einen Unterschied", erklärte er sachlich. „Spätestens beim Duell wirst du es sehen. Die Magie sorgt dafür, dass jeder der Kontrahenten gleich viel Unterstützung erhält, deshalb wurden die Zeichen vergeben. Wir haben keinen Einfluss darauf."

Nihan sah sich in dem Gedränge um. Die Musik hatte wieder zu spielen begonnen, konnte die wütenden Pöbeleien der Gäste jedoch nicht übertönen.

„Und was ist, wenn ich zum Duell einfach nicht komme?", sagte sie mit einem Anflug von Trotz.

Ich warf ihr einen knappen Blick zu. „Du wirst kommen. Jeder hier wird kommen, denn wir werden auch ohne unser Einverständnis zum Duellplatz teleportiert."

Jetzt verstand Nihan offenbar die wütenden Reaktionen der anderen Gäste. Ben schien das Spektakel jedoch beinahe zu genießen. Er kletterte auf einen Stuhl und blickte über die Menge hinweg. Mein Herz krampfte sich zusammen, denn ich ahnte bereits, was er als Nächstes vorhatte. Und wenn er das tat, sanken unsere Chancen, von dem Kontaktmann noch angesprochen zu werden, definitiv auf null. Ich ließ Nihan und Marcus stehen und kämpfte mich mit vollem Körpereinsatz durch die Masse an Leibern zu Ben hindurch. Doch bevor ich ihn erreichte, sah ich, wie er Luft holte.

„Ich will angefeuert werden!", brüllte er aus vollem Hals und die Hälfte aller Gäste riss ihre Arme hoch, hüpfte auf und nieder und brüllte: „Ben! Ben! Ben! Wir alle sind dein Fan!"

Und ich auch.

„Wie konntest du das tun?", fragte ich Ben einige Minuten später, als sich die Lage allmählich wieder beruhigt hatte.

„Ich wollte nur sehen, ob es funktioniert", gab er schulterzuckend zurück.

„Das meine ich nicht." Ich seufzte und strich mir durch mein langes Haar. „Wieso hast du dich auf dieses Duell eingelassen? Du weißt doch, was dabei auf dem Spiel steht."

Ben kippte einen Mondlichtschnaps hinunter und stellte das Schnapsglas mit einem Klirren auf den Tisch zurück.

„Er hat mich herausgefordert."

Ich nickte ungeduldig. „Ja, aber du hast angefangen."

Ben hob eine Augenbraue. „Woher willst du das wissen, wenn du gar nicht da warst?" Er musterte forschend mein

Gesicht und seine dunklen Augen verengten sich.

„Ich muss nicht da gewesen sein, um es zu wissen", antwortete ich. Ben nickte auf meinen noch immer entblößten Arm. Schnell strich ich die Wasserperlen über das schwarze B.

„Ich kann mir schon vorstellen, dass du lieber ein rotes ‚J' gehabt hättest. Tja, manchmal spielt das Leben nicht so, wie man es sich wünscht."

Ich lehnte mich auf meinem Stuhl zurück und starrte in den Raum, während ich noch immer hoffte, dass aus irgendeiner Ecke der verabredete Kontaktmann auf uns zukäme, während ich gleichzeitig wusste, dass das nicht mehr geschehen würde.

„Da gebe ich dir ausnahmsweise recht", murmelte ich resigniert.

Kapitel 18

Ben und ich verließen das Gasthaus der hitzigen Gemüter in die Richtung, die ins Vertrauensland führte. Es war seltsam, so nah aneinander zwei derart unterschiedliche Welten zu erleben. Der weiße Teil der Grenzstadt wirkte als totaler Kontrast zum roten Bereich. Hier war es sauber, die Abendluft roch rein und frisch und die Häuser zeigten keinerlei Zeichen der Zerstörung. Es waren hübsche Rundbauten, die wie die Eier eines riesigen Vogelnestes aussahen und mich ein wenig an die dritte Prüfung des Triangels erinnerten. Helle kleine Lichtsteine beleuchteten einen Weg aus weißen Kieselsteinen, der über die hügelige Stadt hinweg in eine steppenähnliche Landschaft führte, die von einem undurchdringlichen weißen Nebel bedeckt wurde.

Jesper hatte sich nach der Duellaufforderung ziemlich schnell verabschiedet und es stand ihm ins Gesicht geschrieben, dass er von nun an nur noch ein Ziel hatte: Ben zu vernichten. Er murmelte etwas von einem Auftrag, von einer wichtigen Sache, der er nachgehen musste und irgendwie war ich froh, dass die beiden Zankträger nun getrennte Wege gingen. Als ich sah, wie der Beschützer mit energischen Schritten in der Dunkelheit verschwand, war mir klar geworden, dass ich ihn nicht so bald wiedersehen würde. Durch das Duell schien der Kuss für Jesper an Bedeutung verloren zu haben und ich war erleichtert, denn am liebsten hätte ich die Situation im Zelt ungeschehen gemacht. Ich verfluchte Yolander und ich verfluchte den Kontaktmann, ich verfluchte Morris und die Sitzung der Macht der Acht … und obwohl ich im Vertrauensland war, schwappte unversöhnliche Wut in mir hoch.

Ich hatte es vermasselt, dachte ich und rieb mir über die Augen. Der Kontaktmann war einfach nicht mehr aufgetaucht und wir hatten keinen Anhaltspunkt, wo das Orakel zu finden war. Sollten wir nochmals zu Yolander gehen? Nein, alles in mir wehrte sich dagegen, den Typen noch einmal zu treffen. Ausgelaugt lehnte ich mich gegen eine weiße Häuserfront und ließ mich nach unten auf den Kieselsteinboden sinken.

„Schon wieder müde, Dornröschen?", fragte Ben und steckte sich die Hände in die Hosentaschen.

„Ich -", setzte ich an und widerstand dem Drang, mich zu rechtfertigen. „Ja, Ben, ich bin verdammt müde."

Ben hob eine Augenbraue und sah mich eindringlich an.

„Resigniert?", fragte er. Seine Stimme klang nett, beinahe fürsorglich. Ich nickte und es war mir egal, welche blöde Bemerkung gleich folgen würde. Ich war es leid, ständig dieser bescheuerten Fata Morgana aus Anhaltspunkten hinterherzurennen, die sich, sobald ich einen Schritt näher kam, sofort wieder in Luft auflöste.

„Du musst Vertrauen haben", sagte Ben mit samtiger Stimme.

„Sehr witzig."

„War das nicht der Schlüssel? Vertrauen?", wiederholte Ben und lehnte sich neben mich an die weiß schimmernde Hausmauer. „Waren das nicht deine Worte?"

„Okay, Ben, du hast deinen Punkt gemacht", sagte ich erschöpft. Ein spöttischer Zug erschien in seinem Gesicht.

„Vertrauen, Wächterin. Du solltest etwas mehr vertrauen."

„Kannst du das jetzt bitte lassen?", sagte ich gereizt und schloss die Augen für einen Moment.

„Du vertraust anscheinend nicht den richtigen Leuten", sagte Ben nüchtern.

„Wenn ich zugebe, dass du gewonnen hast, dass das hier eine Schnapsidee war … hörst du dann endlich damit auf? Wenn ich noch einmal das Wort mit V höre, dann …", sagte ich bissig und machte eine Pause.

„Dann was?"

Ich atmete tief ein. „Willst du das wirklich herausfinden?", fragte ich und öffnete die Augen. Ben erwiderte meinen Blick mit einer Ruhe, die mich noch mehr entkräftete. Müde ließ ich meinen Kopf abermals gegen die Mauer sinken.

„Und dein nächster Schritt?"

„Keine Ahnung", sagte ich und legte ein Bein über das andere. „Zufrieden?"

„Ein wenig."

„Das genießt du jetzt, oder?"

„Ein wenig."

Ich rieb mir über die Augen. „Vielleicht sollten wir einfach alles abblasen und es gut sein lassen."

Ben reckte den Hals. „Hey, das nenne ich mal eine Idee."

Ich starrte trübsinnig auf die Kieselsteine unter meinen Zehen. Sollte ich das wirklich? Sollte ich einfach aufgeben? Ich schluckte. „Lass mich eine Nacht drüber schlafen. Jetzt sollten wir uns erst einmal eine Unterkunft suchen."

„Wo?"

„Na hier."

„In der weißen Hölle?"

„Willst du lieber auf die andere Seite?", fragte ich und gähnte.

„Nein, ich würde am liebsten in der Steppe schlafen."

Ich sah Ben irritiert an. „Wieso das?", hakte ich stirnrunzelnd nach.

„Sag, dass du mir vertraust."

„Wie bitte?"

„Sag es einfach."

Ich betrachtete Ben. Ein süffisantes Lächeln umspielte seinen Mund und ich fragte mich, ob er vielleicht zu viele Mondschnäpse intus hatte. Oder zeigte das Vertrauensland seine Wirkung?

„Du stehst wirklich auf dem Schlauch. Vor allem für eine Wachsamkeitstussi."

Ich weiß nicht, ob ich es sagte, weil ich schon müde war oder ob es wirklich an den Schwingungen des weißen Landes lag, aber irgendwann sagte ich schließlich: „Ben, ich vertraue dir."

„Gut, denn ich habe mit dem Kontaktmann gesprochen."

Ich sprang auf. „Du hast was?", stieß ich hervor, während die Lebensenergie in mich zurückschoss.

Ben grinste. „Ich habe den Kontaktmann gesprochen."

„Aber warum – wieso erzählst du mir das erst jetzt?"

Bens Miene wurde ernst. „Versuch doch einmal, dankbar zu sein."

Ich nickte heftig. „Ja, schon gut", sagte ich schnell, „vielen Dank. Ich dachte schon …"

„Dass alles verloren ist?"

Ich nickte noch einmal.

„Du musst einfach den richtigen Leuten vertrauen, Lee."

Ich musste mich beherrschen, Ben nicht um den Hals

zu fallen. „Was hat er gesagt?"

„Wir sollen unser Nachtlager in der Steppe unter dem Baum der Sterne aufbauen."

„Und?", fragte ich ungeduldig weiter.

„Er hat kaum gesprochen."

„Ein Baum aus Sternen? In einer Steppe?", fragte ich mehr mich selbst als Ben. „Was hat das zu bedeuten?"

Ben zuckte mit den Schultern. „Keine Ahnung. Aber ich denke, wir sollten aufbrechen. Wir haben schon genug Zeit vergeudet."

„Wir haben was?", fragte ich ungläubig und dachte an Bens Kuss und das Duell.

„Wer war denn mit seinen Wächterfreunden unterwegs?"

Ich sah ihm geradewegs in die dunklen Augen. „Das war ein Auftrag. Ich konnte nicht ablehnen. Außerdem hast du die Zeit anscheinend gut zu nutzen gewusst."

Ben fixierte mich. „Du hast es also gesehen."

„Wie bitte?"

„Du hast es also gesehen", wiederholte er. „Eifersüchtig?"

„Nicht die Spur."

„Dann ist es ja gut."

„Ja, alles ist gut", bekräftigte ich und wir machten uns auf den Weg in die nebelumwobene Grassteppe.

Das Gras unter meinen Füßen kitzelte. Ich legte den Kopf in den Nacken und konnte am Nachthimmel keinen einzigen Stern ausmachen, nur die acht schimmernden Monde, die ihr Licht sanft über die Steppenlandschaft schickten. Je tiefer wir durch das kniehohe Gras zogen, desto dichter wurde das Nebelmeer, das mich in seiner unklaren und verschwommenen Form an meine eigenen Gedanken erinnerte. Ein unheimliches Gefühl beschlich mich. Wann hatte ich meine letzte Vision gehabt? Noch vor meiner Wächterprüfung – warum blieben sie jetzt aus?

Ich schluckte. Obwohl ich meine Vorahnungen von Beginn an verteufelt hatte, hatten sie sich im Nachhinein als nützlich erwiesen. Immerhin war es meinen Visionen zu verdanken gewesen, dass ich den Dunklen Ort erreicht hatte. Aber warum traten sie jetzt nicht mehr auf? Hatte es mit meinem alten Leben zu tun? Hatte ich das Leben aus der anderen Welt losgelassen? Ich streckte meine Hand aus, die im weißen Nebel versank und etwas tief in mir drinnen wusste, dass es in der anderen Welt noch etwas zu tun gab, und weigerte sich, meine Vergangenheit fallen zu lassen.

„Ben?", fragte ich, als sein Rücken im weißen Dunst verschwand und ich nichts mehr außer Weiß sah. Er antwortete nicht. Ich versuchte, den Schlag seines Herzens auszumachen, aber es war, als ob der Nebel sämtliche Geräusche verschluckt hätte. „Ben?", wiederholte ich und setzte vorsichtig einen Schritt nach dem anderen. Mein Licht entfachte sich, wurde jedoch sofort vom weißen Dunst aufgesogen.

„Leee", sagte eine tiefe Stimme bedrohlich hinter mir. Reflexartig fuhr ich herum, griff instinktiv nach einem Arm und schleuderte den männlichen Körper über meine Schulter. Die Gestalt riss mich jedoch mit sich, ich verlor das Gleichgewicht und landete quer auf einer muskulösen Brust. Der Nebel lichtete sich ein wenig und ich konnte das Gesicht sehen, obwohl ich meinen Irrtum natürlich schon gefühlt hatte.

„Du wolltest mich doch schon immer flachlegen", sagte Ben amüsiert.

„Was erschreckst du mich so?", fragte ich schroff. „Du

hättest sonst wer sein können!"

„Ausrede."

„Vielleicht einer von den Totaa, wir wissen nicht, ob sie uns verfolgen", setzte ich an.

„Ausrede."

Ich kniff die Augen zusammen. „Hättest du wohl gerne."

„Du bist eine Wächterin."

„Ja", sagte ich und rappelte mich schnell auf, „aber der Nebel trübt meinen Instinkt. Außerdem, wer weiß … vielleicht wolltest du auch über mich herfallen."

Ben grinste und nahm einen Schluck aus seiner Wasserflasche. „Träumst du schon wieder, Dornröschen?"

„Ben, du kommst garantiert nicht in meinen Träumen vor", sagte ich und drehte mich weg. Ben stand hinter mir auf und der weiße Nebel umhüllte uns wie Wolkenwatte.

„Bist du dir sicher?", raunte er mir ins Ohr und ein kühles Prickeln rann über meinen Rücken.

„Sehr sicher", sagte ich mit fester Stimme und versuchte mich auf die Aufgabe zu konzentrieren. „Ein Baum aus Sternen? Was kann er damit gemeint haben?"

„Vielleicht hatte er zu viel Mondschnaps getrunken."

„Er war besoffen?"

Ben nickte. „Machte zumindest den Eindruck."

„Sagtest du nicht, dass er kaum gesprochen hat?"

„Ja. Es war mehr ein Lallen."

„Ben!", fuhr ich ihn an. „Hat er sonst noch etwas gesagt?"

Bens Mundwinkel zuckte. „Ja, jetzt wo du mich fragst", begann er, „der Kontaktmann hat tatsächlich noch etwas gesagt."

„Was denn?", drängte ich.

Bens Gesicht kam meinem ganz nahe und die

Spannung wuchs, bis er schließlich flüsterte: „Bist du bereit?"

„Ben!"

„Er sagte noch", hauchte Ben, „hab Vertrauen."

Ich schlug ihm gegen die Schulter.

„Großartig", murmelte ich missmutig. „Wie sollen wir in dieser weißen Watte überhaupt etwas finden?"

Ben grinste mich an. „Hab Vertrauen", wiederholte er, griff nach meiner Hand und zog mich durch den dicken Nebel.

4993 Herzschläge später lichtete sich der Dunst und das kitzelnde Gras reichte mir nun beinahe bis zu den Knien. Ein weißer Fluss schlängelte sich seitlich über die Grasebene, die zu einer weißen Bergkette führte. Der Nebel hüllte sie ein und nur ihre weißen Bergspitzen waren klar zu erkennen.

„Müde?", fragte Ben und ließ meine Hand los, als wir uns den Weg durch das hohe Gras bahnten.

„Ja. Unglaublich", sagte ich und spürte, wie schwer sich meine Beine anfühlten. „Wir sollten unser Nachtlager aufschlagen."

„Gute Idee. Aber wo?"

„Vielleicht unter dem Baum?", fragte Ben ungerührt. Ich verengte die Augen und suchte nach einem Baum, konnte aber nichts sehen.

„Welcher Baum?", fragte ich erschöpft.

„Er wird sich zeigen, wenn wir dem Fluss folgen."

Meine Augen weiteten sich. „Sieht so aus, als wäre der Kontaktmann doch gesprächiger gewesen", bemerkte ich unterkühlt.

„Oder ich weiß einfach, wo es langgeht", erwiderte Ben trocken.

„Was verheimlichst du mir noch alles?", fragte ich

schroff. „Ich dachte …"

„Du dachtest was?"

„Ach, ich war so naiv zu glauben, dass wir zusammenarbeiten."

Ben hob eine Augenbraue. „Wonach sieht das denn für dich aus?", fragte er kalt. „Glaubst du, dass ich meine Zeit gerne in der weißen Hölle verbringe?" Seine Augen funkelten mich dunkel an.

„Warum hältst du dann Informationen vor mir zurück? Macht es dir derartigen Spaß, mich hinters Licht zu führen?"

Ben verschränkte die Arme hinter dem Rücken. „Vielleicht tut es dir ganz gut, mal nicht die Kontrolle über alles zu haben. Vielleicht tut es dir ganz gut, einfach mal loszulassen."

„Ben, fällt dir etwas auf?", fauchte ich. „Seit Simeons Tod habe ich nichts mehr unter Kontrolle. Warte – das stimmt nicht. Seit du mir zum Dunklen Ort gefolgt bist, läuft alles schief."

Sein Kiefer spannte sich an und er trat einen Schritt auf mich zu. „Du machst mich dafür verantwortlich?"

Ich versuchte, seinem Blick standzuhalten. Natürlich war er nicht daran schuld, aber ich war müde und unfair – und ich wollte es nicht zugeben.

„DU bist mir in die Höhle gefolgt", sagte ich.

„Da verwechselst du was."

„Was bitte schön verwechsle ich denn?", fragte ich.

„Seit wir uns kennen, suchst du meine Nähe", erklärte er trocken.

Mein ganzer Körper spannte sich an. Sein Gesicht war meinem ganz nah und ich konnte seinen Duft nach geschnittenem Gras, Zedernholz und einem Hauch Zimt einatmen. Die braunen Sprenkel in seiner Iris versuchte ich zu ignorieren und sog ruhig die Luft ein. Ben ließ mich nicht aus den Augen, seine zerzausten Haare fielen ihm ins Gesicht und wir fixierten uns gegenseitig, sodass nichts mehr zwischen unseren Blick passte – schlagartig waren nur noch wir beide da, keine Steppe, kein Nebel, keine Hinweise – es gab nur noch uns. Die Spannung erdrückte mich und ich sah, wie Ben in Zeitlupe näher kam, wie sich mein Körper automatisch auf ihn zubewegte und nur noch ein Wunsch zwischen uns lag, der Wunsch, dass seine Lippen …

Ein ohrenbetäubendes Krachen ließ mich herumfahren. Der Boden erzitterte und an einer Stelle neben dem Fluss schoss ein Baum donnernd in die Höhe. Sein brauner Stamm war lang und schmal und seine weißen Äste verliefen gen Himmel.

Ben räusperte sich. „Sieht nach dem Sternenbaum aus", sagte er und ging auf den Baum zu. Ich folgte ihm.

Was war soeben passiert? Hätte ich Ben beinahe geküsst? Ich strich mir ein paar Haarsträhnen aus dem Gesicht und spürte, wie meine Finger leicht zitterten. Es musste an dem weißen Land liegen, sagte ich mir, die Schwingungen des Landes hatten mich überwältigt.

„Dann lass uns unser Nachtlager hier aufschlagen", schlug ich vor und begann, ein paar Gräser auszurupfen und mir daraus eine provisorische Matratze zu fertigen. Der Nachthimmel war noch immer ohne Sterne.

Ben legte sich auf den Boden ins Gras und verschränkte die Arme hinter seinem Kopf. Ich nahm noch einen Schluck Wasser aus meiner Proviantasche, dann ließ ich mich ein paar Schritte neben ihm auf mein Lager fallen.

„Wo sind die Sterne?", fragte ich.

„Hab Vertrauen", raunte Ben und ich musste lächeln. Das Gras unter mir fühlte sich verblüffend weich an und der dunkle Himmel über mir, der sanft von den weißen Blättern des Baumes berührt wurde, verbreitete eine beinahe idyllische Atmosphäre.

„Und, wie war dein Auftrag mit den Wächterfreunden?", fragte Ben irgendwann in die Stille hinein.

„Ganz … okay. Wir haben eine Sitzung der Macht der Acht bewacht."

„Langweilig oder interessant?"

Ich zuckte mit den Schultern. „Daran kann ich mich nicht mehr erinnern. Der Ort war mit einem Schutzzauber belegt. Ich kann mich nur noch an das dunkle Tor erinnern, durch das ich hineingegangen bin – und später wieder rauskam."

„Wieso finden die Sitzungen nicht öffentlich statt?"

„Weil geheime Inhalte besprochen werden."

„Geheime Inhalte?", schnaubte Ben. „Diese ganze Geheimhaltung ist doch nur Mist."

„Wie bitte?"

„Überleg doch mal", begann er, „wie viel besser unsere Welt wäre, wenn nicht hinter verschlossenen Türen, sondern vor allen, vor der Masse diskutiert werden würde. Wenn nicht vereinzelte Personen eine derartige Macht innehätten."

Ich grinste. „Du bist also ein Anhänger der Anarchie."

„Ich bin ein Anhänger der Offenlegung."

„Der Offenlegung? Als derart offen hätte ich dich nicht eingeschätzt", murmelte ich und gähnte.

Ben drehte seinen Kopf zu mir. „Offenlegung ist meistens der beste Weg."

„Tu dir keinen Zwang an", sagte ich und biss mir sogleich auf die Lippen.

„Wächterin, machst du mich schon wieder an? Willst du mich wieder nackt sehen?"

Ich rieb mir über die Augen. „So war das nicht gemeint. Außerdem habe ich mich damals weggedreht."

„Sag einfach, wenn ich meinen Körper freilegen soll." Er grinste und ich schüttelte den Kopf. Ben lachte. „Sieh an", sagte er mit samtiger Stimme. „Wirst du etwa rot? Moment – schau nach oben."

Ich blickte in den Nachthimmel und unzählige kleine Sterne funkelten um die Wette. Sie glitzerten wunderschön.

„Der Baum der Sterne", sagte ich. „Es sieht so aus, als hätte er sie mit seinen Ästen in den Himmel gehoben."

„Na, na", machte Ben. „So romantisch? Muss ich mir Sorgen machen?"

„Keine Angst", sagte ich und richtete mich auf. Hatte sich sonst noch etwas verändert? Mein Blick schweifte über die dichten weißen Blätter des Baumes. „Da", entfuhr es mir und ich drehte den Kopf. „Da ist etwas in den Blättern."

Ich sprang auf und machte mich dran, den Baum zu erklimmen. Doch bis zum untersten Ast waren es zweieinhalb Meter. Ich sprang in die Höhe und versuchte, nach dem ersten Halt zu greifen, doch es fehlte ein gutes Stück.

„Räuberleiter", sagte ich. „Wir müssen eine Räuberleiter machen."

„Ich klettere nach oben", erwiderte Ben ruhig.

Ich atmete tief ein. „Vielleicht solltest du lieber die Räuberleiter machen."

„Nennt man das etwa Gleichberechtigung?", fragte Ben sarkastisch, verschränkte jedoch die Hände ineinander.

„Danke", sagte ich und setzte meinen Fuß in seine Hände. Mit einer kräftigen Bewegung hob mich Ben hoch, so schnell, dass ich überrascht war und beinahe das

Gleichgewicht verloren hätte, doch ich griff rechtzeitig nach dem braunen Ast und zog mich nach oben. Flink kletterte ich weiter hinauf, sprang von einem Zweig zum nächsten, bis ich dem weißen Gegenstand immer näher kam.

„Es sieht aus wie ein Vogelkäfig", rief ich nach unten, nachdem ich mich daneben niedergelassen hatte, „nur ist hier kein Vogel drinnen. Es ist ein Stück Pergament."

„Kannst du es herausholen?"

„Leider nein. Ich komme nicht ran", erklärte ich lautstark, während ich mit meinen Fingern versuchte, durch die weißen Gitterstäbe des runden Käfigs zu fassen. Doch sie waren zu eng aneinander. Ich probierte den Haken des Käfigs, der in den Ast eingeschlagen war, zu lösen, doch es bewegte sich nichts.

„Vielleicht musst du wieder singen", rief Ben mir zu und selbst von hier oben konnte ich den süffisanten Unterton in seiner Stimme erkennen.

„Genau. Und als nächster Tipp kommt sicherlich wieder: Hab Vertrauen", murmelte ich und stockte. Vielleicht war das die Lösung? Vielleicht musste ich nur ein wenig Vertrauen haben?

Ich legte meine Hände auf die kühlen Gitterstäbe des weißen Rundkäfigs und schloss die Augen. Ich musste Vertrauen haben, Vertrauen in diese Welt, Vertrauen in meinen Weg, Vertrauen in meinen Instinkt, Vertrauen in …

„Hey, Dornröschen, nicht da oben einpennen", forderte Ben mich auf. Ich versuchte seine Worte zu ignorieren, versuchte sie hinter Watte zu packen, versuchte mich auf den Sinn des Vertrauens zu fokussieren, dachte an meine Fähigkeiten, denen ich vertraute, dachte an Ben … mit einem quietschenden Geräusch öffnete sich die Tür des

Vogelkäfigs. Das Pergament flatterte an mir vorbei wie ein aufgeregter Wellensittich, ich sprang auf, versuchte danach zu greifen, doch es machte sich bereits auf den Weg nach unten. Schnell folgte ich ihm, sprang von Ast zu Ast und auf den Boden, doch es war bereits verschwunden. Ein kurzes Gefühl der Hoffnungslosigkeit befiel mich, doch Ben lächelte mich siegessicher an. Seine Arme hatte er hinter dem Rücken verschränkt.

„In deiner Hand?", fragte ich.

„Und – hast du Vertrauen gehabt?", fragte er grinsend, hielt seinen Arm nach vorne und öffnete seine Hand. Das Stückchen Pergament entrollte sich in seiner Handfläche und zeigte seine Innenseite, auf der in dunklen Lettern geschrieben stand: Das, was ihr sucht, befindet sich im Herzen des weißen Berges.

„Hey, das nenne ich mal konkret", murrte Ben und blickte auf die weiße Bergkette, die sich meilenweit in die Länge zog. Jeder Berg sah aus wie der andere und sie wirkten wie eine Aneinanderreihung von spitzen weißen Hüten.

„Zumindest haben wir einen Hinweis", sagte ich hoffnungsfroh und gähnte. „Lass uns aufbrechen."

„Jetzt? Also wieder stürmisch und schnell?", fragte Ben und verengte die Augen.

„Ja, jetzt. Sofort."

„Glaubst du, dass uns das Herz des Berges weglaufen wird?"

Ich schüttelte den Kopf. „Wir haben keine Zeit zu verlieren."

„Wir sind müde." Er legte sich auf den Boden und schlug die Beine übereinander.

„Okay, aber nur ein paar Stunden", sagte ich missmutig, da ich wusste, dass er recht hatte. Ich machte es mir auf meinem provisorischen Nachtlager gemütlich, dachte daran, was der Hinweis genau zu bedeuten hatte, schloss kurz die Augen – und dann war ich auch schon eingeschlafen.

Helles Sonnenlicht weckte mich. Erschöpft drehte ich mich zu Ben, doch der Platz, an dem er gelegen hatte, war leer. Wo war er? Ich fuhr herum, rappelte mich auf, konnte jedoch außer der weitläufigen Steppenlandschaft nichts erkennen. Der Nebel hatte sich gelichtet und wallte nur noch in sanften Schüben über den Boden. Wo war Ben? Hatte er mich allein gelassen? Hatte es ihm so gereicht, dass er in der Nacht bereits aufgebrochen war?

Ich atmete mehrmals tief durch und strich mir die Haare zurecht, als ich ein leises Rascheln über mir vernahm. Ein paar Herzschläge später schwang sich Ben den letzten Ast hinunter und kam neben mir zu Boden.

„Guten Morgen", sagte er kauend und hielt mir ein paar weiße Blätter entgegen.

„Guten Morgen", erwiderte ich und griff mit fragendem Gesichtsausdruck danach.

„Sternenbaumblätter. Schmecken gar nicht so schlecht."

Ich knabberte an einem großen, herzförmigen Blatt, das nach Honig schmeckte. „Ganz okay", gab ich zu.

„Hey, weitaus besser, als der Trockenproviant, den du mitschleppst."

„Ist das eine Beschwerde?"

„Habe ich denn etwas zu beschweren?"

Ich zuckte mit den Schultern. „Wir müssen mit unseren Ausgaben haushalten."

Ben grinste frech und biss von einem Blatt ab. „Und ich unterstütze dich dabei, indem ich für Nahrung sorge."

„Du sorgst für Nahrung?"

„Was ist das denn sonst?", fragte er und reichte mir ein weiteres Blatt, nachdem ich meines schon komplett aufgegessen hatte.

„Du kannst Blätter pflücken", sagte ich und hob beide Augenbrauen, „ich bin beeindruckt."

„Du weißt nicht im Entferntesten, was ich alles kann", erwiderte Ben und seine dunklen Augen fixierten mich eindringlich. Ich widerstand der Versuchung, seinem Blick auszuweichen und lächelte süß. „Fürs Erste reicht es, wenn du das Herz des Berges finden kannst."

Es war ein längerer Fußmarsch, als ich es mir vorgestellt hatte, denn jedes Mal, wenn ich das Gefühl hatte, der Bergkette näher zu kommen, rückte sie wieder ein Stück weiter in die Ferne.

„Ich hasse dieses Land", giftete Ben und strich sich durch seine verstrubbelten Haare. „Und sag es jetzt bloß nicht."

„Es ist nicht mehr weit", sagte ich und versuchte nicht zu lachen.

„Diese beschissene weiße Hölle", stieß Ben hervor und marschierte verdrossen weiter.

„Vielleicht müssen wir Vertrauen haben."

Ben blieb abrupt stehen und sah mich betroffen an. „Jetzt ist es nicht mehr witzig."

„Es war nie witzig, Ben."

„Doch, das war es."

„Nein, war es nicht."

„Gib es doch zu."

„Also", sagte ich und atmete tief durch. „Vielleicht müssen wir einfach beide ganz stark darauf vertrauen, dass wir die Bergkette erreichen und hier nicht wie Sisyphus unserem Schicksal harren."

„Wir sollen vertrauen?", fragte Ben und rieb sich über das Kinn. Sein Dreitagebart stand ihm wirklich gut. „Hast du keine andere Lösung? Vertrauen ist nicht so meine Sache." Er sah mich unbewegt an.

„Hast du vielleicht einen anderen Vorschlag?", fragte ich und hob die Augenbrauen.

„Vielleicht reicht es, wenn nur du vertraust."

„Denkst du nicht, dass ich das schon ausprobiert hätte?"

„Vielleicht musst du es mehr wollen."

„Vielleicht aber auch nicht", sagte ich und schüttelte den Kopf.

„Versuch es doch." Er sah mich auffordernd an und ich wusste genau, was er wollte.

„Bitte", presste ich hervor.

„Na, geht doch."

Wir gingen weiter, das Gras unter meinen Füßen fühlte sich schlagartig wärmer an und ich versuchte, mich auf das Gefühl des Vertrauens zu konzentrieren. Ich erinnerte mich daran, wie es sich angefühlt hatte, das Stück Pergament aus dem weißen Käfig zu befreien, ich versuchte loszulassen, versuchte leichtherzig und optimistisch zu sein, mich auf die Bergkette vor uns …

„Also Vertrauen sieht auch bei dir verdammt dämlich aus", gab Ben sarkastisch von sich.

„Wie bitte?"

„Dein Gesichtsausdruck. Als hättest du was geraucht."

Ich kniff die Augen zusammen. „Wie steht es denn mit dir? Komischerweise siehst du aus wie immer."

„Und wie sehe ich aus?", fragte Ben mit spöttischem Unterton und sah mich herausfordernd an. Der dunkle Anzug passte perfekt zu seinen Augen, die unergründlich und geheimnisvoll waren.

„Du wirst dich freuen: ekelhaft wie eh und je", sagte ich. „Aber das bringt uns hier nicht weiter. Ben, versuche es doch wenigstens."

„Okay, aber streng dich etwas mehr an", erwiderte er und fuhr sich durch die verstrubbelten braunen Haare.

„Wie bitte?"

„Also – wollen wir?", fragte Ben und ich nickte. Entschlossen schob ich alles andere zur Seite und versuchte, einfach nur zu vertrauen. Ein Seitenblick zu Ben verriet mir, dass sich seine Miene kein Stück veränderte. Langsam gingen wir los und schritten durch das hohe Gras, darauf vertrauend, dass es funktionieren würde. Es dauerte genau 339 Herzschläge, bis wir die Bergkette erreichten und vor einer riesigen, weiß schimmernden Felswand standen.

„Es hat funktioniert", hauchte ich.

„Mein Verdienst", sagte Ben nüchtern.

Ich drehte mich zu ihm um. „Dein Verdienst?"

„Soweit ich mich erinnern kann, hat es vorhin nicht funktioniert, als du es probiert hast."

Meine Augen weiteten sich. „Schon mal auf den Gedanken gekommen, dass wir es zusammen geschafft haben?"

Ben betrachtete die felsige Bergflanke. „Nö."

Ich sog geräuschvoll die Luft ein.

„Ist etwas?", fragte Ben amüsiert und drehte den Kopf zu mir.

„Nö", sagte ich gelassen, „deine Arroganz ist immer wieder erfrischend."

„Wusste ich es doch."

Ich legte den Kopf schief und sah mir die helle Gesteinswand näher an. An manchen Stellen war sie gesprenkelt und mit einzelnen grauen Rissen durchzogen, aber ich sah nichts, das nach einem Durchgang aussah.

„Irgendwo hier muss es einen Eingang geben."

„Vielleicht aber auch Tausende Meter weiter links oder rechts", meinte Ben mürrisch und deutete in beide Richtungen. „Es kann ewig dauern, bis wir den Zugang finden."

„Ich vergaß deinen Optimismus", sagte ich.

„Auch erfrischend?", fragte Ben.

„So erfrischend wie der Sand der Wüste", antwortete ich und berührte mit meiner Hand die steinerne Mauer vor uns. Sie fühlte sich kühl und rau an. Das, was ihr sucht, befindet sich im Herzen des weißen Berges, wiederholte ich in meinem Kopf. Mussten wir ins Zentrum des Berges gelangen, oder hatten die Worte eine andere Bedeutung? Ich ging ein paar Schritte und ließ meine Hand behutsam über den steinernen Untergrund streichen, während das Gras der Steppe an meinen Unterschenkeln kitzelte.

„Und dein Plan ist jetzt, den Berg so lange zu streicheln, bis er uns reinlässt?", fragte Ben widerstrebend.

„Das funktioniert vielleicht bei deinen Bekanntschaften", sagte ich, ohne den Blick von der Wand und ihren Unebenheiten zu wenden, „aber hier", ich blieb stehen, „muss man schon ins Herz treffen."

Wachsam strich ich über eine Stelle, an der die Risse ein handgroßes Herz formten. Ich konzentrierte mich, versuchte mich auf das Gefühl des Vertrauens einzulassen, doch mein eigener Sinn war zu stark und ich spürte, wie sich mein Licht entfacht hatte. „Komm her", wies ich Ben an.

„Ich mag diesen schroffen Ton", sagte er und schritt auf mich zu.

„Leg deine Hand hierher", erklärte ich ihm, „und vertraue."

Ben hob spöttisch eine Augenbraue. „Weil ich es besser kann als du."

„Nein, weil mein Sinn zu stark ist."

„Weil ich es besser kann."

„Nein, weil mein Sinn zu stark ist", wiederholte ich und Bens Mundwinkel zuckte amüsiert. Dennoch legte er die Hand auf das Herz im Stein und sah mich an. Einen Herzschlag später krachte ein dicker Riss durch die Felswand und teilte den Stein, sodass sich ein mannshoher Spalt auftat.

„Nach dir", deutete Ben und die Genugtuung stand ihm ins Gesicht geschrieben. Ich quetschte mich durch den Zugang und stieg auf einen schmalen Felsvorsprung. Vorsichtig fand ich Halt auf der glatten und rutschigen Oberfläche und richtete meinen Blick nach vorne. Vor mir erstreckte sich ein großer blubbernder See, der von weißen Stalaktiten und Stalagmiten durchzogen war. Am anderen Ende des grün leuchtenden Wassers befand sich eine kreisrunde aus weißem Stein, auf der ein buckliger Sinnträger zu sehen war.

„Wir müssen dorthin", sagte ich und entdeckte einen Weg aus weißen Steinen, der uns die Möglichkeit bot, trocken bis auf die andere Seite zu gelangen. Ben nickte und wir sprangen über den steinernen Pfad zur Plattform. Die Steine waren glatt und wir mussten aufpassen, aber sie standen nah genug aneinander, um mühelos hinüberzugelangen.

„Habt ihr meinen Freund mitgebracht?", krächzte der alte Mann, als wir die weiße Plattform erreicht hatten. Sein langer grauer Bart schleifte über den Boden und er stand neben einem weißen Quader.

„Deinen Freund?", wiederholte ich und spürte, wie meine Provianttasche leicht vibrierte.

„Der sieht nicht so aus, als hätte er Freunde", raunte mir Ben ins Ohr. Ich warf ihm einen warnenden Seitenblick zu und öffnete meine Tasche. Das Stück Pergament aus dem weißen Käfig flatterte in die Luft, schwirrte auf den Alten zu und setzte sich auf dessen Buckel.

„Tja, mehr als ich erwartet hatte", sagte Ben spitz.

Der weiße Träger, der mich mit seinem langen Bart an einen zu groß geratenen Zwerg erinnerte, legte seinen faltigen Kopf schief und streichelte über das flatternde Stück Pergament, das sich an ihn schmiegte.

„Sehr gut, alter Freund", knarzte er und seine Gesichtszeichnung, die wie eine Schriftrolle aussah, begann zu glimmen. „Wen hast du mir denn da mitgebracht?" Er betrachtete uns durchdringend mit seinen grauen Augen und machte ein paar hüpfende Schritte auf uns zu. „Legt eure Hand auf den Codeworknacker."

„Auf den was?", fragte Ben und der alte Sinnträger deutete nur auf den weißen Felsquader. Wir folgten seiner Anweisung, und nachdem unsere Hände die Oberfläche berührt hatten, projizierte der Stein zuerst meinen Kuss mit Jesper und danach Bens Kuss mit Nihan in die Luft. Es versetzte mir einen Stich, das alles noch einmal zu sehen und ich konnte nicht sagen, welche Begebenheit ich schrecklicher fand.

„Nicht schon wieder", stöhnte der Alte. „Dieser furchtbare Zeitendieb, er hat euch geschickt, oder?"

„Yolander, ja", sagte ich.

„Sieht ihm ähnlich, dem miesen Gauner", meckerte der weiße Träger und zwirbelte seinen langen Bart um den Finger, während er mit der anderen Hand das Stück Pergament auf seinem Buckel streichelte. „Falsch, falsch, schon wieder falsch!", murrte er. „Nicht irgendjemanden sollt ihr küssen, euch sollt ihr küssen. Und euer erster

Kuss darf nicht länger als acht Stunden her sein."

Ich runzelte die Stirn. „Aber was ist, wenn man alleine unterwegs ist? Oder wenn man sich schon davor geküsst hätte?", fragte ich und sah, wie Ben eine Augenbraue hob.

„Habt ihr denn, ihr zwei?", krächzte der Alte.

„Nein, nein", sagte ich schnell, „aber diese Regel ist doch nicht immer einzuhalten, das meinte ich."

„Regeln sind Regeln, das muss ich doch keiner Wächterin erklären!", murrte der Alte. „Eine Wächterin, die zum Orakel will … schon merkwürdig", setzte er mit Blick auf meinen Stab nachdenklich hinzu.

„Wir sollen uns küssen?", fragte Ben ohne Umschweife.

„Der Kerl ist schon mehr nach meinem Geschmack", ächzte der Alte und ich fühlte, wie sich mein Herzschlag beschleunigte.

Ben drehte sich zu mir um. „Freust du dich jetzt?", fragte er mit samtiger Stimme.

„Ich würde es nicht tun, wenn es nicht wichtig wäre."

„Genau." Ben kam auf mich zu und ich fühlte, wie mein Blut in Wallung geriet. Seine Haare fielen ihm verführerisch ins Gesicht und seine Augen trugen eine Entschlossenheit, die mich für einen Moment vergessen ließ zu atmen. Ein krachendes Geräusch ertönte und wir fuhren herum. Hinter dem Alten zog sich ein Riss durch den Stein und öffnete einen Spalt, durch den ein weiterer weißer Träger schritt.

„Na, na, Torwächter", sagte der hagere Sinnträger mit dem dicken Muttermal auf der Stirn und schüttelte den Kopf, „treibst du schon wieder deine Späße mit den Besuchern?"

Der bucklige Alte zuckte zusammen. „Nur ein Spaß, nur ein Spaß", erklärte er, „die Wächterin hatte schon eine Ahnung."

„Sie haben eine lange Reise hinter sich."

„Dann ist so ein Späßchen doch genau das Richtige", krächzte der Alte und hüpfte hin und her.

„Ihr könnt durch", erklärte der weiße Träger mit dem Muttermal, bedachte den anderen mit einem strafenden Blick und drückte uns vertrauensvoll zwei Masken in die Hand, als wir durch den neu entstandenen Durchgang schlüpften. Dahinter befand sich eine enge Steinkammer.

„Na, bist du traurig, dass es nicht passiert ist?", fragte Ben und ich setzte mir schnell meine Holzmaske auf, die das Antlitz eines Panthers zeigte.

„Soll mich das etwa überzeugen?", fragte er spöttisch. Ich erwiderte nichts und hoffte inständig, der Weg zum Orakel wäre nicht mehr weit.

Im nächsten Moment atmete ich erfrischende Bergluft ein. Wir waren direkt auf den Berggipfel teleportiert worden, in die Mitte eines Platzes, der von feinem magischem Nebel umhüllt wurde und jedes Geräusch verschluckte. Rings um den Platz waren jede Menge höhlenartige Geschäfte in den weißen Stein gehauen worden.

„Zieh die Maske über", zischte ich Ben zu, während ich mich umsah. „Wir sollten hier lieber nicht auffallen." Maskierte Gesichter tauchten aus dem Dunst auf, der seine Farbe stetig wechselte. Als mich ein roter Schwall erreichte, spürte ich, wie diffuser Zorn in mir hochstieg.

„Setz die Maske auf", verlangte ich nochmals mit Nachdruck.

„Schon gut", knurrte Ben und der Nebel färbte sich in ein dunkles Lila. „Ich hasse Nebel." Er blickte sich unruhig um.

„Wie sollen wir hier das Orakel finden?", murmelte ich und drückte die Angst, die in mir aufstieg, hinunter. Ich durfte mich von dem magischen Nebel nicht beeinflussen lassen. Ben stülpte sich seine Tiermaske über und war nun ein weißer Tiger mit blitzblauen Augen.

„Komm, Kätzchen, da lang", sagte ich und verließ mich ganz auf meinen Wächterinstinkt. Gemeinsam tauchten wir im Getümmel der vielen maskierten Besucher unter, die sich lediglich mit Handzeichen verständigten. Es war so unglaublich ruhig, ganz anders als der Markt in der Schwarzweißen Stadt. „Die Handzeichen sind ein altes Ritual des Mystischen Marktes. Diese Art der Kommunikation hat eine lange Geschichte", erklärte ich flüsternd, „es ist ein Wandermarkt, nie derselbe Ort, immer ein anderes Land. Und immer vollkommen still."

„Hier kann man sicher einiges Nützliches erwerben", bemerkte Ben und ich wollte gar nicht daran denken, wie viele illegale Artefakte und Elixiere hier angeboten wurden. Mein Blick schwenkte über die höhlenartigen Geschäfte und blieb an einem Eingang hängen, der mit einem Vorhang verschlossen war. Durch einen Spalt konnte ich eine Gestalt erkennen, die sorgsam über einen mit Sand belegten Tisch fuhr. Ihre Hände kreisten anmutig darüber und ich wandte rasch den Kopf ab. Das, was die Gestalt hier praktizierte, nannte man Sandmalerei. Eine alte, verbotene und fast vergessene Kunst – angewandt, um die Wahrnehmung einer anderen Person zu schwächen und ihre Gedanken zu vernebeln.

Ich schluckte. Als Wächterin wäre es eigentlich meine Aufgabe, hier einzuschreiten und diesen höchst illegalen Zauber zu untersagen. Aber dann … dann würden wir nicht mehr zum Orakel kommen und unsere Chance, den Lichtstein noch vor den Totaa zu finden, würde sich in Luft auflösen.

Ein hünenhafter Sinnträger mit einer aufwendig

gefertigten Tiermaske, auf welcher ein riesenhaftes Geweih thronte, blieb stehen und blickte uns durchdringend an. Unwillkürlich beschleunigten wir unseren Schritt, als eine weibliche Gestalt mit einer zornig verzerrten Gesichtsmaske auf uns zutrat. Stumm öffnete sie einen Sack voller schwarzer Murmeln. Dazu vollführte sie ein kompliziertes Handzeichen und knurrte leise.

„Ich hätte auch ein Handzeichen für sie", raunte mir Ben zu und ich deutete ihm, still zu sein. Ich imitierte das Handzeichen eines anderen Sinnträgers und machte in schneller Abfolge die beiden Zeichen für „welcher Preis" und „welche Funktion". Die Händlerin reagierte mit einem neuen Zeichen. „Fünfzig Blätter?", hauchte ich beinahe lautlos. Was mussten diese Kugeln können?

Ich wiederholte das Handzeichen mit der Frage nach der Funktion und die Händlerin zischte: „Schlucke eine Murmel und du wirst für 2222 Herzschläge zum Schattenwesen. So kannst du deinem Geliebten", sie warf Ben einen bezeichnenden Blick zu, „ungesehen überallhin folgen und weißt, was er wirklich so treibt – und mit wem", fügte sie heiser kichernd hinzu.

Ich zog eine Augenbraue hoch und fragte mich, was mich mehr irritierte. Die Tatsache, dass sie Ben für meinen Geliebten hielt oder dass sie einen derart mächtigen Zauber für Liebeszwecke einsetzen würde. Stumm vollführte Ben ein weiteres Handzeichen: „Was hast du noch?" Die Händlerin bedeutete uns, ihr zu folgen und führte uns zu einer dunklen Nische im Fels. Dann murmelte sie einige Wörter und wie aus dem Nichts erschienen mehrere Wandvertiefungen im hellen Stein, auf denen die unterschiedlichsten Elixiere ihren Platz fanden. Die Sinnträgerin mit der Zorn-Maske deutete auf eine Reihe dampfender Gläser.

„Sinn-Änderungs-Tränke. Damit du weißt, wie sich eine andere Heimat anfühlt. Schmerzhaft und selten wirksam, aber interessant."

„Interessant?", wiederholte ich skeptisch.

„Vielleicht probierst du mal ein wenig Ekel", flüsterte mir Ben ins Ohr.

„Oder du ein wenig Vertrauen?", flüsterte ich zurück.

„Oder ihr kauft jetzt auch endlich etwas", murrte die Händlerin.

„Wir suchen das Orakel", sagte ich geradeheraus, als weißer Nebel zu uns in die Nische wallte.

„Das verkaufe ich nicht", zischte die Sinnträgerin, die ihren Körper ganz nach hinten in die Nische drückte, um die Nebelschwaden nicht zu berühren.

„Jetzt stell dich nicht so an. Kauf dir doch was Hübsches", raunte mir Ben vertrauensvoll ins Ohr, „oder kauf mir was Hübsches."

„Was ist das denn?", fragte ich und nahm eine schwarze, eiförmige Kugel in die Hand.

„Das ist ein Knebelei, mit mittlerer Seilstärke und -dauer", erklärte die Händlerin mit einer Selbstverständlichkeit, als wäre ein Knebelei das Normalste auf der Welt. „Es kann für eine Person verwendet, aber auch für mehrere eingesetzt werden, einfach fallen lassen. Bei mehreren Personen reduziert sich gewiss die Knebelzeit."

Gewiss. Ich warf Ben einen Blick zu.

„Genau das Richtige für den Hübschen", murmelte ich, „wie viel?"

Ben zog die Augenbrauen zusammen. „Ernsthaft?"

„Siebzehn Blätter", knurrte die Sinnträgerin mit der Zorn-Maske und ich drückte ihr das Geld in die Hand. Sie zählte es eifrig und deutete dann auf einen breiten

Höhleneingang ganz in der Nähe.

„Das Orakel ist dort", schnauzte sie, bevor sie uns den Rücken zukehrte. Ich steckte das schwarze Knebelei lächelnd ein, bedankte mich und wir machten uns auf den Weg durch die maskierten Sinnträger.

Die Höhle des Orakels reichte tief in den Fels hinein. Weit entfernt im Dunkel konnte ich einige größere Lichtkugeln erkennen, die langsam durch die Luft schwebten. Gerade als wir die Schwelle überschreiten wollten, stellte sich uns ein massiger Sinnträger mit einer Furcht einflößenden schwarzen Gesichtsbedeckung in den Weg. Die gehörnte Maske, die er trug, ähnelte den Teufelsfratzen aus der anderen Welt und war aus gewandeltem Feuer gefertigt.

„Was wollt ihr?", knurrte er uns an und die schwarzen Flammen, die sein Gesicht bedeckten, loderten aggressiv auf.

„Zum Orakel", antwortete Ben ruhig und ich drückte dem Höhlenhüter acht Blätter in die Hand. Der Hüter grollte leise und holte zwei gewaltige, runde Lichtsteine aus dem schweren Sack, den er an der Hüfte trug. Dann legte er uns jeweils einen Stein in die Hand und murmelte ein magisches Wort. Sofort erstrahlte die Leuchtkugel in blendender Helligkeit und saugte sich an meiner Handinnenfläche fest.

„Lasst ihr den Stein fallen, schmeiße ich euch raus", grollte der Hüter.

„Gut zu wissen", sagte Ben trocken und begann mit seiner Kugel zu spielen.

„Lass das", wies ich ihn an und schritt rasch in die weitläufige Höhle. Mein ganzer Körper war gespannt und ich lauschte angestrengt in die Dunkelheit hinein. Ich musste aufpassen, dass sich mein Sinn nicht entfachte.

„Pass auf deine Gesichtszeichnung auf", begann Ben, „wenn du jetzt deinen Sinn zu stark lebst -"

„Ich weiß, dann kann das böse Folgen haben. Zu viel magische Energie macht den Lichtstein kaputt", sagte ich und seufzte laut auf, „versuche also, nicht zu ekelhaft zu sein."

„Ich? Schmuseweich wie ein Kätzchen", sagte Ben spöttisch und griff sich an seine Tigermaske. Ich beobachtete die anderen Besucher, die ebenfalls große, aktivierte Lichtsteine mit sich herumtrugen. Dadurch hatte es im ersten Moment so ausgesehen, als würden die Leuchtkugeln schwerelos durch die Dunkelheit schweben.

In der Mitte der dunklen Höhle thronte ein gigantisch fetter, glatzköpfiger Sinnträger auf einem riesigen Berg purpurfarbener Polster. Seine Gesichtsmaske war mit leuchtenden Federn aus der anderen Welt geschmückt und mit glühenden Symbolen bemalt. Zu seinen Füßen hatte sich eine kurze Schlange von drei dunkel gekleideten Sinnträgern gebildet. Sie alle hielten ihre Leuchtkugeln in der rechten Hand und die Köpfe demütig gesenkt. Der glatzköpfige Sinnträger leckte sich die Lippen und seine volltönende Stimme hallte durch das Gewölbe: „Ich bin das Orakel. Ich kenne die Antwort auf deine Fragen. Ich spreche zu jedem nur einmal. Überlege deshalb gut, was du zu wissen begehrst."

Die Sinnträger sogen ehrfurchtsvoll die Luft ein und warfen dem Orakel unzählige Währungsblätter vor die fetten Füße.

„Frisst er die gleich auf?", ätzte Ben. Ich zog skeptisch eine Augenbraue hoch, irgendetwas stimmte hier nicht. Das Orakel hatte ich mir anders vorgestellt. Langsam ließ ich meinen Blick durch die Höhle schweifen und stockte plötzlich. In einer Ecke saß ein unscheinbarer Mann. Er war in eine graue Kutte gekleidet und schien mit dem dunklen Felsgestein beinahe zu verschmelzen. Seine Eulenmaske war ebenfalls grau und er war der Einzige, der keinen leuchtenden Lichtstein in den Händen trug. Einem Impuls folgend ging ich auf ihn zu und Ben schloss sich mir ungefragt an. Als ich vor ihm stehen blieb, hämmerte das Herz in meiner Brust. Es war, als hätte mich eine innere Stimme zu ihm hingezogen und ich wusste ohne jeden Zweifel, dass ich das richtige Orakel gefunden hatte. Er sah zu uns hoch und die starre Maske verharrte bewegungslos, während er uns viele Atemzüge lang einfach nur still betrachtete.

„Lee, Wächterin und Tochter der Wachsamkeit, ich grüße dich", sprach er schließlich flüsternd. „Und Ben, Reisender und Sohn des Ekels. Setzt euch zu mir, und nehmt die Masken ab. So fällt es mir leichter, die Wahrheit zu erkennen."

Ich ließ mich mit einer geschmeidigen Bewegung neben dem echten Orakel nieder und nahm mir die schwarze Panthermaske vom Gesicht. Ben setzte sich neben mich, hielt seine Tigermaske in der Hand und ich war froh, dass er jeglichen Kommentar für sich behielt.

„Ihr seid auf der Suche", sagte das Orakel leise und sah uns prüfend an. „Ihr beide." Seine gelben Eulenaugen hatten etwas Durchdringendes, so als ob sie in mein tiefstes Ich sehen konnten, als läge mein Herz, meine Seele – alles offen vor ihnen. Instinktiv schlug ich die Arme um meinen Körper und fühlte mich plötzlich ganz klein.

„Ihr seid zu Fuß gekommen. Das schätze ich sehr, denn jeder Schritt in unserem Leben zählt." Er blickte

Ben an. „Alles hat seine Bedeutung, das dürft ihr nicht vergessen, auch wenn der Zweifel an euch nagt."

Ben war ungewohnt ruhig. Seine Augen hatte er auf den Boden gerichtet und es war, als würden ihm die Worte irgendwie nahegehen.

„Euch steht noch eine aufregende Reise bevor", fuhr das Orakel gedämpft fort und sah mich intensiv an. „Aber etwas in dir hält noch an deiner menschlichen Vergangenheit fest, Wächterin, das fühle ich." Er lächelte sanft. „Manchmal muss eine Reise jedoch enden, damit eine neue Reise beginnen kann. Für die einen ist die Vergangenheit von Bedeutung, für die anderen ist sie es nicht. In Wahrheit ist die Gegenwart die einzige Zeit, die zählt. Was in der Zukunft passieren wird, ob wir nach dieser Welt noch in eine andere Welt oder ins Nichts driften, dazu gibt es viele Thesen, aber im Grunde", er schloss die Augen, „wissen wir es nicht, denn bislang ist noch keiner zurückgekehrt."

Ich schluckte. Warum erzählte er uns das alles?

„Um in der Gegenwart leben zu können, müssen wir aber auch die Vergangenheit verstehen, zumindest die Vergangenheit hier, in der Sinnlichen Welt", sagte ich und wollte endlich Antworten haben. „Warum musste Simeon sterben? Was hat es mit den Lichtsteinen auf sich? Warum wollen die Totaa sie haben und wie können wir sie aufhalten?", fragte ich drängend.

„Ich weiß nichts vom Tod deines Freundes", hauchte das Orakel und ein kühler Windzug fuhr mir durchs Haar. „Du hast viele Fragen, Wächterin und es ist deine Aufgabe, sie zu beantworten. Wir alle haben ein Schicksal, einen vorbestimmten Weg, dem wir uns nicht entziehen können."

„Aber Ihr solltet es doch wissen", entgegnete ich

entmutigt.

„Du hast recht, die Last des Wissens liegt auf mir. Es ist eine Bürde und was gäbe ich dafür, dem Sturm des Wissens zu entkommen. Wissen ist Macht, Wissen ist Verantwortung, Wissen ist ein Fluch."

„Was soll das bedeuten? Dass du uns nicht helfen willst?", fragte Ben, der aus seiner Starre erwacht war.

Das Orakel blieb still.

„Dafür sind wir so weit gereist?", sagte Ben gereizt. „Dafür?"

„Seht euch doch nur an", begann das Orakel leise, „ihr seid der Schlüssel, es liegt vor euch, doch ihr seht es nicht."

„Was sehen wir nicht?"

„Wo ist der Lichtstein?", fragte Ben unfreundlich.

Das Orakel schloss seine Lider. „Ich bin müde. Die Unterhaltung mit euch strengt mich an."

„Aber ..."

Er hielt die Hand in die Höhe und ich hörte, wie der Höhlenhüter mit schweren Schritten auf uns zukam.

„Wächterin, warum glaubst du, bist du mit dem schwarzen Träger unterwegs?", murmelte das Orakel, als es sich aufrichtete. Ich kräuselte die Stirn. „Er kann dich zum nächsten Stein führen", hauchte der Alte, „lass dich von ihm führen." Er beugte sich nach vorne. „Vertraue deinen Visionen, Wächterin. Sie sind keine Bürde, sie sind ein Geschenk", flüsterte er mir ins Ohr. Die gelben Augen hinter der Eulenmaske schlossen sich, die schweren Schritte kamen immer näher und ich fühlte, wie ungestüme Verzweiflung meine Selbstbeherrschung hinter sich ließ.

„Nein!", rief ich und meine Wachsamkeitslinien erglühten. „Sag mir wenigstens noch – ahhh!" Ich keuchte auf.

Der Lichtstein in meiner Hand flackerte, als meine Gesichtszeichnung zu leuchten begann. Ich versuchte, meinen Sinn zu bändigen, doch die magische Energie war zu stark und heizte den Stein weiter auf. Das Flackern wurde immer heller und ich schrie gequält auf, als sich der Stein in meiner Hand festbrannte. Ben reagierte blitzschnell, er stieß mit seinem Ellbogen gegen den Lichtstein, der sich mit einem Schmatzen von meiner Haut löste und einen Herzschlag später in der Luft zersprang. Die Druckwelle schleuderte mich gegen Ben und ich fühlte, wie er schützend seine Arme um mich legte, während der Höhlenhüter mit den feurigen Teufelshörnern herangestapft kam und uns grob in die Höhe zerrte.

„Raus", verlangte er, „ich habe gesagt, hier werden keine Fähigkeiten eingesetzt!"

„Ich wollte meine Fähigkeit nicht einsetzen", flüsterte ich unter Schmerzen, doch der Blick aus seinen düsteren Augen gab mir zu verstehen, dass jede Diskussion sinnlos war.

„Nimm deine Pfoten von ihr", fauchte Ben und versetzte dem stämmigen Höhlenhüter einen Stoß. „Bist du verletzt?", fragte er mich. Ich ballte meine schmerzende Hand zu einer Faust und schüttelte den Kopf. Die Lichtkugel hatte meine Haut verbrannt, aber das würde heilen. Und ich hatte Glück gehabt, dass nichts Schlimmeres passiert war.

„Und bei dir?", fragte ich Ben.

„Alles okay."

Der Höhlenhüter röhrte wütend und warf den Kopf in den Nacken.

„Lass uns hier verschwinden", sagte Ben und griff nach

meiner unverletzten Hand. Mit der Schulter rempelte er den Hüter im Vorbeigehen hart an und zog mich hinter sich her. Ich ließ es widerstandslos zu, drehte mich noch einmal um und starrte auf die Stelle, wo das Orakel mit geschlossenen Augen in der dunklen Ecke saß.

Würden die Informationen, die es uns gegeben hatte, wirklich reichen? Und wie kam es darauf, dass meine Visionen ein Geschenk waren? Ich biss mir auf die Lippen und hielt alle Zweifel zurück, bis wir den Mystischen Markt hinter uns gelassen hatten. Erst als wir in der Schlange vor einem magischen Portal standen, das uns überallhin bringen konnte, wandte ich mich an Ben.

„Bitte sag mir, dass du eine Ahnung hast, wo wir jetzt hinmüssen."

Ben sah mich ungläubig von der Seite an. „Ist das dein Ernst?"

Ich seufzte lautlos und wandte den Blick ab. Im Nachhinein kam es mir dumm vor, dass ich für einen Moment gehofft hatte, Ben könnte mehr wissen. Ben war gleichzeitig mit mir in diese Welt gestolpert – wie sollte er einfach so die Lösung aus dem Hut zaubern können?

„Schon gut", murmelte ich. „Ich habe nicht wirklich gedacht …"

„Was hast du nicht gedacht?", fiel mir Ben ins Wort. „Dass ich die Antwort kenne? Natürlich weiß ich, wo wir hinmüssen." Er straffte die Schultern und ein Glitzern in seinen Augen verriet, dass er die folgenden Worte genießen würde.

„Wir müssen dorthin, wo wir schon die ganze Zeit sein sollten. Dorthin, wo wir schon längst wären, wenn du nur einmal – nur ein einziges Mal – auf mich gehört hättest. Dorthin, wo", er grinste mich überheblich an, „es ausnahmsweise einmal MIR gefallen wird, Wächterin."

Das magische Portal vor uns wurde frei und ich wusste, was er als Nächstes sagen würde.

„Wir reisen in meine Heimat, ins schwarze Land."

Und so geht es weiter …

Der Gestank, der uns entgegenschlug, war so entsetzlich, dass ich mir unwillkürlich die Nase zuhielt.

„Ben", sagte ich, während ich nach ihm durch den schwarzen Nebel des magischen Portals tauchte, „bitte sag mir, dass es hier nicht immer so riecht."

Ben sog die stinkende Luft tief in seine Lungen und vergrub die Zehen beinahe übermütig in der schwarzen Erde, die bei genauerer Betrachtung voller Würmer war.

„Ist das nicht wunderbar?", fragte er mich und seine Zeichnung entfachte sich, während ich richtig sehen konnte, wie die Energie des Landes durch ihn hindurchströmte. „Sie freut sich, mich wiederzusehen."

„Sie? Der Ekel ist eine Sie?", fragte ich abfällig und trat zur Seite, als ein blasser Wurm den kürzesten Weg über meinen Fuß nehmen wollte.

„Meine Heimat", korrigierte mich Ben unverdrossen und ich dachte, dass ich ihn noch nie so … euphorisch erlebt hatte.

„Ich kann nicht glauben, dass man sich hier wohlfühlen kann", murmelte ich angewidert und sah mich um. Verkrüppelte Bäume mit kahlen Ästen wuchsen seltsam verdreht aus der schwarzen Erde. Zwischen ihren Wurzeln wucherten braune Blumen, deren geöffnete Blüten die Ursache für den schrecklichen Gestank sein mussten. Es roch nach Fäulnis, vergorenem Obst und brackigem Wasser – irgendwie alles in einem. Ich drehte mich einmal im Kreis und versuchte, das widerwärtig schmatzende Gefühl, mit dem meine Füße sich von der feuchten Erde lösten, zu ignorieren. Zu unserer Rechten erstreckte sich eine weitläufige Sumpflandschaft bis an den Horizont. Morsch aussehende Stege spannten sich über die Sümpfe und verästelten sich in der Ferne zu einem Netzwerk halb zerfallener Brücken. Zu unserer Linken führte ein schwarzer Weg in den Wald mit den verkrüppelten Bäumen und stinkenden Blumen. Die Sonne stand hoch am Himmel, doch die bräunlichen Strahlen, die sie auf das Land sandte, gaben allem einen ungesunden, kränklichen Schimmer. Es war wirklich ekelhaft hier.

„Ich hatte mir deine Heimat nicht ganz so widerlich vorgestellt", sagte ich wahrheitsgemäß.

„Ich nehme das als Kompliment", sagte Ben und grinste mich an. Die schwarzen Linien seiner Zeichnung funkelten schwach. Ich folgte mit den Augen seiner Musterung, die so viel interessanter aussah als andere Gesichtszeichnungen, und deren schwarze Zacken bis zu seinem Hals hinunterreichten.

„Und was jetzt?", fragte ich forsch und machte einen Schritt zur Seite, weil schon wieder so ein glibberiger Wurm mit meinem Fuß Bekanntschaft schließen wollte.

„Jetzt gehen wir ins Ministerium des Ekels, auch bekannt als Sumpfburg", sagte Ben mit Bestimmtheit.

Irgendetwas an seiner Stimme irritierte mich; es war nicht nur der neu gewonnene und ungewohnte Elan – es schien noch mehr dahinterzustecken.

Meine Augen verengten sich. „Ist der Lichtstein der einzige Grund, warum du ins Ministerium möchtest? Sag die Wahrheit."

Ben stockte für einen Moment und die gewohnte

Arroganz kehrte zurück. „Sag mal, was wird das hier? Ein Verhör?"

„Wieso antwortest du nicht auf meine Frage, Ben?"

„Wieso stellst du solche Fragen, Lee?", äffte er mich nach. „Was soll ich im Ministerium denn sonst tun, als nach deinem blöden Lichtstein zu suchen?"

„Es ist nicht ‚mein' blöder Lichtstein", fauchte ich wütend, weil er mit nur einem Satz genau in meinen wunden Punkt getroffen hatte.

Irgendwie war es eben doch „mein" blöder Lichtstein, irgendwie schien ich die Einzige zu sein, die sich wegen der Totaa ernsthaft Sorgen machte und etwas gegen sie unternehmen wollte. Ich fühlte mich orientierungslos, ich fühlte mich der Aufgabe nicht gewachsen, und obwohl ich hier mit Ben stand und er direkt an meiner Seite war, fühlte ich mich allein.

„Ist doch völlig egal, wessen Lichtstein es ist", schnappte Ben und fuhr sich durch seine zerstrubbelten Haare. „Dieser Orakeltyp hat gesprochen und nun sind wir hier. Das war zumindest endlich mal jemand, der Ahnung hatte."

Ich sog die Luft ein. „Ahnung? Er wusste nicht mal etwas von Simeons Tod. Ich bin mir nicht sicher, inwieweit wir uns auf seine Worte verlassen -"

„Er wusste, dass wir ins schwarze Land müssen. Das reicht doch."

„Du wolltest doch nur in deine Heimat", erwiderte ich und blickte mich angewidert um.

Ben reckte den Hals. „Ich wusste von Anfang an, dass wir hier richtig sind. Kommst du jetzt oder willst du lieber hier rumstehen und dich von den Würmern fressen lassen?"

Ich folgte seinem Blick nach unten und schüttelte mit

einem Schrei meinen Fuß, als ich sah, dass ein besonders fettes Exemplar mit milchig weißen Segmenten sich an meinem Knöchel hochwand.

„Wieso habe ich den nicht gefühlt?", schrie ich entsetzt.

Ben grinste süffisant. „Mistmaden passen sich der Körpertemperatur ihrer Opfer an. So verstärken sie den Überraschungseffekt – und den Ekel, wenn sie entdeckt werden."

„Ehrlich, Ben", sagte ich und wischte mir die Wasserperlen meines Anzugs bis über meine Finger und Zehen, „nach fünf Minuten hier kann ich nicht verstehen, was du am Vertrauensland so schrecklich gefunden hast."

„Du gewöhnst dich dran", sagte er ungerührt. „Lass uns aufbrechen, bis zur Sumpfburg ist es noch weit."

Entgegen meiner Vermutung wandte sich Ben jedoch nicht den Stegen der Sumpflandschaft, sondern dem verkrüppelten Wald zu und ich passte genau auf, wohin ich trat, während ich ihm durch das ungesunde Licht hindurch folgte. Anders als in den anderen Ländern, in denen stets die Natur oder Architektur im Mittelpunkt meiner Betrachtungen gestanden hatte, waren es hier eindeutig die kleinen Bewohner. Überall wuselte, brummte, schmatzte und klackerte es vor sich hin. Schwärme von Modermotten flatterten auf, als wir durch das diffuse Licht des Waldes wanderten, und ich spürte nicht nur einmal das Kitzeln kleiner behaarter Beinchen, die über meinen Nacken huschten und versuchten, unter meine Wasserperlen zu schlüpfen. Am liebsten hätte ich mir meinen Anzug bis über das Gesicht gespannt und nur zwei Schlitze für die Augen frei gelassen, aber dafür reichte die Anzahl meiner Wasserperlen einfach nicht aus. Außerdem wäre es ein gefundenes Fressen für Ben gewesen.

Nachdem wir den halben Tag gegangen waren, legte sich die Dämmerung wie eine leichte Decke über den Wald. Das Licht veränderte sich, zuerst wurde es grünlicher, dann kippte es ins Grau und die Geräusche der Bewohner des Ekellandes nahmen zu. Ich hatte mich inzwischen an sie gewöhnt. Die Würmer in der Erde schafften es nicht, an mir hochzukriechen, solange ich in Bewegung blieb. Und das krabbelnde Getier, das mich an Tausendfüßler erinnerte und sich aus den Bäumen herunterfallen ließ, löste auch keine Ekelanfälle mehr aus. Ich versuchte, einfach nicht zu genau hinzusehen, wenn ich sie mit ruckelnden Füßchen und zuschnappenden Greifwerkzeugen von meinen Wasserperlen pflückte. Ein Geräusch, das nach dem Schlagen vieler pelziger kleiner Flügel klang, ließ mein gelbes Licht erstrahlen. Ich duckte mich unwillkürlich und blickte in die Äste der verkrüppelten Bäume hinauf.

„Was ist das, Ben?"

Ben schlenderte weiter den schwarzen Weg entlang und schüttelte den Arm, als der Schleimpfropfen eines dieser geflügelten kleinen Wesen auf ihm landete.

„Das sind Ekelsauger. Sie werden in der Dämmerung aktiv und saugen den Ekel aus einem heraus", sagte er seelenruhig über die Schulter. „Keine Sorge, solange du einen auf gelbe Laterne machst, bist du uninteressant für sie."

Ich zog den Kopf in den Nacken und hoffte, dass Ben recht hatte. „Dauert es noch lange, bis wir aus dem Wald herauskommen?", fragte ich und verzog angewidert das Gesicht, als ich mit dem Fuß in einen schwammigen Pilz trat, der sich unter meinem Gewicht in einen stinkenden Haufen Matsch verwandelte.

„Das kommt darauf an, was du unter ,lange' verstehst",
sagte Ben mit einem hämischen Grinsen über die
Schulter.

Als er seinen Kopf zurück nach vorne drehte, schrie
ich erschrocken auf. An seinem Nacken klebte ein kleines
Ding, das mit rhythmischen Bewegungen an seiner
Haut zu saugen schien. Es war schwarz und haarlos und
erinnerte mich an eine Fledermaus aus der anderen Welt.
Seine ausgebreiteten Flügel hatte es flach auf Bens Nacken
gepresst, während es mit großen Schlucken seinen Sinn
in sich aufnahm.

„Ben, du hast da was", presste ich hervor und schlug
mir die Hand vor den Mund. Ich hatte nicht geahnt, wie
sehr mich der Anblick des Ekelsaugers aus der Fassung
bringen würde, doch nun hoffte ich inständig, dass Ben
alleine mit dem Vieh fertigwurde. Während der wenigen
Herzschläge, die vergangen waren, hatte das Volumen
der nackten Fledermaus stetig zugenommen und ihre
pelzigen Flügel hingen Ben inzwischen bis zu den
Schulterblättern über den Rücken.

Ben schlug mit der Hand auf die Stelle in seinem
Nacken und der Ekelsauger verpuffte zu schwarzem
Rauch, der sich gleich darauf in der Luft wieder zu
einer Art Fledermaus zusammenballte, die keckernd
davonflatterte.

Bei dem Gedanken, dass vielleicht in diesem Moment
so ein Sauger auch auf mir klebte, schüttelte es mich.

„Das war so widerlich", keuchte ich und tastete meinen
Körper ab. „Hab ich auch so ein Ding auf mir sitzen?"

„Lass mal sehen", sagte Ben, der stehen geblieben
war. „Dreh dich mal." Ich drehte mich langsam im
Kreis, während ich meine Umgebung argwöhnisch im
Blick behielt. „Und jetzt die Arme hoch", befahl Ben

stoisch. Obwohl ich mir blöd vorkam, befolgte ich seine Anweisungen.

„Ich sehe nichts. Vielleicht unter deinem Anzug?"

„Schon gut", fauchte ich, als ich das verräterische Zucken seiner Mundwinkel bemerkte. Ben wandte sich grinsend um und ich folgte ihm, wütender auf mich selbst als auf ihn. Ich hatte damit gerechnet, dass ich durch den Sinn dieses Landes kurzfristig an Sarkasmus und Arroganz gewinnen würde – doch stattdessen wurde ich zu einer verdammten Tussi, der es vor allem und jedem ekelte.

„Wo ist denn nun diese blöde Sumpfburg?", maulte ich, als die Dunkelheit hereinbrach und das Flattern pelziger Flügel um uns herum seinen Höhepunkt erreichte.

„Hab Vertrauen, es ist nicht mehr weit", gab Ben zurück.

„Das ist nicht witzig", murmelte ich.

Abrupt blieb Ben stehen und ich wäre beinahe in ihn hineingerannt, als er sich zu mir umdrehte.

„Du hast recht", sagte er mit samtiger Stimme, während um uns herum Schleim aus den Bäumen tropfte. „Es ist nicht witzig. Es ist *sehr* witzig. Wo ist denn dein ganzes Vertrauen hin?" In der Dunkelheit konnte ich nicht viel mehr als das Blitzen seiner weißen Zähne sehen, und für einen Moment wünschte ich, er würde einfach eine Art Zauberstab schwingen und uns aus dieser Hölle herausbringen.

„Also wie weit ist es noch?", drängte ich zu wissen und gähnte.

„Einige Stunden. Vielleicht auch ein paar mehr."

„Dann sollten wir ein Nachtlager aufschlagen", sagte ich, obwohl mir bei dem Gedanken, mich auf die schwarze Erde dieses Landes zu legen, alles andere als wohl war.

Ben zuckte mit den Schultern. „Wenn du meinst.“

Ich blinzelte durch die dicht stehenden Bäume. Der unstete Schein eines Lagerfeuers beleuchtete die verdrehten Stämme.

„Sieht so aus, als wären wir nicht die Einzigen im Wald.“

Ben nickte und fixierte einen Baum hinter mir. „Und ich glaube, er mag dich.“

Mit einem unguten Gefühl in der Magengrube drehte ich mich in die Richtung, in die Ben blickte. Der Ekelsauger, der sich an ihm gütlich getan hatte, hing kopfüber von den kahlen Zweigen und glotzte uns aus runden Glupschaugen sehnsüchtig an. Unwillkürlich wich ich einen Schritt zurück und stieß mit dem Rücken gegen Ben.

„Wir sollten ihn Fledi nennen“, schmunzelte er. „Möchtest du ihn nicht streicheln?“

„Wir sollten zu dem Feuer gehen“, murmelte ich mit belegter Zunge.

„Bist du sicher? Was, wenn dort ein Irrer sitzt?“, flüsterte Ben in mein Ohr und ich fühlte, wie sein Atem über meine Haut strich.

„Das wäre ja nicht der Erste“, schnaubte ich und machte, dass ich von Fledi wegkam.

Wenig später erreichten wir den Ort des Lagerfeuers; eine idyllische Lichtung, die am Ufer eines kleinen Sees lag. Die acht Monde waren aufgegangen und spiegelten sich auf der glatten Wasseroberfläche, von der ausnahmsweise ein frischer, angenehmer Geruch zu uns herüberwehte.

Zusätzlich roch es nach gerösteten Maiskolben und

der Duft ließ mir das Wasser im Mund zusammenlaufen. Kein Wunder, wenn ich bedachte, dass meine letzte Mahlzeit ein paar Sternbaumblätter gewesen waren.

Ein feister Ekelträger, der über und über mit Tätowierungen bedeckt war, saß am Feuer und richtete seine ganze Aufmerksamkeit auf einen Topf, der vor ihm auf dem Boden stand. Als wir auf die Lichtung traten, steckte der schwarze Träger zwei Finger hinein und schloss genießerisch die Augen. Ein Zittern lief dabei über seinen Körper und er stöhnte leise auf. Ich blieb wie angewurzelt stehen, da ich das Gefühl hatte, ihn in einem höchst intimen Moment zu stören.

„Vielleicht sollten wir uns doch einen anderen Platz zum Schlafen suchen", zischte ich Ben zu und wandte mich halb ab.

„Nun hab dich nicht so", erwiderte Ben und machte einen Schritt auf den Ekelträger zu.

Ich hielt ihn am Arm zurück. „Bist du echt so hungrig?"

„Hast du etwas anderes als Trockennahrung dabei?", fragte Ben zurück und ich hörte, wie sein Magen vernehmlich knurrte.

Als der schwarze Träger unser Gezanke hörte, zog er die Finger aus dem Topf und leckte sie langsam ab, bevor er uns mit der anderen Hand langsam zu sich winkte. Ein Schauer rann über meinen Körper und ich vergaß meinen Hunger, als ich mir vorstellte, was er sich da vielleicht gerade von den Fingern leckte.

„Ah, Wanderer", sagte der schwarze Träger, als wir näher kamen. „Auf dem Weg zur Sumpfburg?"

„Wie kommst du darauf?", fragte ich und versuchte, mir mein Unbehagen nicht anmerken zu lassen.

„Sind nicht alle auf dem Weg zur Sumpfburg?" Er wies mit einer einladenden Geste auf sein Lager und lächelte uns an. „Nehmt Platz, ihr seht müde aus. Wollt ihr etwas essen?"

„Klar", sagte Ben und ließ sich mit einem Seufzer auf die schwarze Erde fallen. „Was hast du denn?"

„Einen Topf mit destilliertem Ekelschleim, aber der ist nicht jedermanns Sache. Und ich hab das da." Der tätowierte Sinnträger zeigte ins Feuer und kratzte sich am Kopf. „Keine Ahnung, was es ist. Ich hab es irgendwo unterwegs aufgelesen und dachte mir, es könnte nicht schaden, es mal zu kosten. Jedenfalls riecht es lecker."

Ben und ich wechselten einen Blick. Das Ding, das er über dem Feuer röstete, sah aus wie eine vergorene Banane – und trotz des ansprechenden Geruchs war ich nicht mehr so scharf darauf, als Erste davon zu kosten.

„Ich fülle mal unsere Wasservorräte auf", sagte ich und machte Anstalten, zu dem See hinüberzugehen.

„Das würde ich an deiner Stelle nicht tun", sagte der schwarze Träger und strich mit einem Finger über den Rand des Topfes vor ihm, der mit einer Art fluoreszierendem Schleim gefüllt war.

„Wieso?", fragte ich und fühlte, wie meine Linien sich erwärmten.

„Besser für dich, glaub mir", sagte der Ekelträger und griff in den Topf. Sofort wurde sein Körper von einem Schauder durchzogen.

„Was machst du da eigentlich?", fragte ich und schaffte es nicht ganz, den Abscheu aus meiner Stimme rauszuhalten.

„Ich bade in meinem Sinn", seufzte der schwarze Träger. „Man nennt mich übrigens Xrambald."

„Lee", sagte ich und beobachtete, wie der Ekelsauger, den Ben „Fledi" getauft hatte, über die Lichtung flatterte und sich auf Xrambalds breitem Rücken niederließ. Der tätowierte Träger schubste Fledi weg und der Sauger verpuffte zu schwarzem Rauch.

„Ben", stellte sich Ben ebenfalls vor.

„Ben, soso." Xrambald öffnete die Augen, die er vor Vergnügen – oder Abscheu – beim Kontakt mit dem Schleim geschlossen hatte, um einen Spalt. „Dein Sinn lebt stark in dir, mein Junge. Was machst du beruflich?"

„Ich bin Reisender", presste Ben hervor und vermied den Blick in meine Richtung. „Und du?"

Ich setzte mich zu den beiden ans Feuer und runzelte die Stirn. Wieso reagierte Ben so seltsam auf diese harmlose Frage?

„Ich bin Künstler." Lächelnd breitete Xrambald die tätowierten Arme aus. „Genauer gesagt: Schriftsteller. Ich reise durch die Länder und sammle Eindrücke, die ich in lyrischen Werken verarbeite."

Ich nickte höflich und unterdrückte ein Gähnen. Die Wärme des Feuers machte mich noch schläfriger – und die Flammen schienen das krabbelnde Getier fernzuhalten. Am liebsten hätte ich mich auf der schwarzen Erde ausgestreckt und die Augen zugemacht. Mit geschlossenen Augen ließ es sich auch leichter von der vergorenen Banane kosten, die nach Mais roch.

„Ich war schon überall in der Sinnlichen Welt, nur noch nicht bei unseren Lebensspendern", sprach Xrambald weiter. „Vielleicht nimmst du mich ja mal mit zu den Menschen und Tieren?", fragte er Ben.

„Nö", erwiderte dieser knapp und hielt seinen Kopf gesenkt.

Ich warf Ben einen prüfenden Blick zu.

„Na ja, jeder, wie er mag", sagte Xrambald und stocherte mit einem Ast im Feuer. „Wird sich schon mal ergeben. Ich war sogar schon in der Sumpfburg, um die

Genehmigung für eine Reisendenprüfung zu bekommen, aber das wollten sie mir nicht erlauben. Sagten, ich solle mich aufs Künstlersein beschränken. Sagten, das wäre ja noch schöner, wenn jeder dahergelaufene Sinnträger zu einer Reisendenprüfung antreten könnte." Seine schwarze Zeichnung, die mich an verschnörkelte Buchstaben erinnerte, erglühte. „Strenge Zeit, furchtbar strenge Zeit, sage ich euch. Inzwischen haben sie sogar ein Strafgefangenenlager für die Sinnträger angelegt, die unerlaubt die Sumpfburg betreten."

„Da warst du wahrscheinlich auch schon, wenn du alle Orte der Sinnlichen Welt bereist hast", sagte Ben missmutig und schielte auf die Banane, die noch immer auf einem Stöckchen über dem Feuer hing.

„Natürlich", sagte Xrambald und nickte.

„Als Besucher oder als Gefangener?", fragte ich.

Der schwarze Träger richtete seine glänzenden Augen auf mich. „So etwas fragt man nicht, Wächterin."

„Tut mir leid", sagte ich. „Das sollte nicht respektlos klingen."

„Schon gut", murrte Xrambald, holte endlich die Banane aus dem Feuer und legte sie zum Auskühlen auf einen flachen Stein. „Das Gefangenenlager kann ich nicht empfehlen. Da stecken sie die ganzen Sinnträger hin, die unerlaubt ihre Nase ins Ministerium gesteckt haben. Nur noch schwarze Träger dürfen rein."

„Aber warum?", fragte ich mit gerunzelter Stirn.

„Keine Ahnung, da musst du schon Arkadius fragen", antwortete Xrambald. „Ich glaube, dass er einfach nur nach kostenlosen Arbeitskräften sucht, um mehr Geld fürs Land heranzuschaffen. Ihr wisst ja, in den Gefangenenlagern wird destillierter Ekelschleim gewonnen und teuer verkauft." Er machte eine kurze Pause. „Teuer deshalb, weil es eine unglaublich widerwärtige Angelegenheit ist, das könnt ihr mir glauben." Er schnalzte mit der Zunge und schüttelte sich.

Ich blickte auf den großen Topf zwischen Xrambalds Beinen. „Destillierter Ekelschleim", wiederholte ich leise und ein kühler Schauer jagte mir über den Rücken.

Xrambald nickte und hielt mir den Topf hin. „Mal probieren?"

„Nein, danke", lehnte ich höflich ab.

„Ist nicht jedermanns Sache, den Sinn so stark zu fühlen", räumte er ein und tunkte einen Finger in den Schleim, „doch für mich bedeutet es Geborgenheit und Heimat."

„Schön gesagt", ließ sich Ben vernehmen. „Wollen wir jetzt die Banane kosten?"

„Klar", sagte Xrambald und teilte das Ding in drei gleich große Stücke.

„Wie wird der Ekelschleim denn gewonnen?", fragte ich, weil es mich wirklich interessierte.

„Das willst du nicht wissen", sagte Ben grinsend und biss in sein Bananen-Mais-Ding. Der Gesichtsausdruck, den er im nächsten Moment machte, ließ darauf schließen, dass der Geschmack mit dem Geruch nicht mithalten konnte.

„Oh", sagte auch Xrambald und legte sein angebissenes Stück zurück. „Der Versuch ist wohl gescheitert." Eine Welle des Ekels überlief seinen Körper und Fledi pirschte sich mit gierigen Augen immer näher heran, um Xrambalds Sinn aufzusaugen.

„Vorsicht", sagte ich, doch da schoss Xrambalds tätowierter Arm auch schon in die Höhe und er fing Fledi im Flug.

„Wenn man den Sauger an seinen engelhaften

Flügelchen packt, kann er nicht verpuffen", erklärte mir Xrambald und drehte Fledi so herum, dass ich seinen wabbeligen Bauch sehen konnte. Er war durchscheinend und schien mit einer leuchtenden Flüssigkeit gefüllt zu sein. „Da drin ist der Schleim. Kann man raussaugen", erklärte Xrambald und presste seine Lippen auf Fledis Bauch. Sofort begann der Ekelsauger, herzzerreißend zu fiepen. „Keine Sorge, ich mach's ja nicht", murrte Xrambald und ließ Fledi los. „Ist ja nicht so, als ob es Spaß macht."

Ich schluckte und versuchte, mir nicht vorzustellen, in naher Zukunft Ekelschleim aus den Bäuchen von Riesenfledermäusen saugen zu müssen, weil ich unerlaubt in die Sumpfburg eingedrungen war.

Das Gespräch plätscherte noch ein wenig dahin, bis wir schließlich alle unserer Müdigkeit nachgaben. Und obwohl ich das Gefühl hatte, mit dem Wissen, dass ein Ekelsauger nur wenige Schritte entfernt an einem Baum hing, keinesfalls einschlafen zu können, gelang es mir doch erstaunlich leicht.

Als ich im Morgengrauen aufwachte, sah ich als Erstes die Silhouette von Xrambald, der anscheinend im Sitzen schlief – und rechts und links von seinen Schultern die riesigen Flügel von Fledi, der sich in der Nacht offenbar am Sinn des Ekelträgers gütlich getan und nun die Größe eines kleinen Flugsauriers erreicht hatte.

Mit einem Schrei sprang ich auf und weckte damit Ben, der ebenfalls schlaftrunken auf die Beine kam.

„Was ist los?", keuchte er und rieb sich die Augen.

„Nichts … ich bin nur … sorry", murmelte ich verstört und beobachtete, wie sich Xrambald in aller Ruhe streckte und den Ekelsauger mit einer nachlässigen

Handbewegung verscheuchte. „Seid leise, wenn ihr geht", schmatzte er schlaftrunken, „ich bin kein Frühaufsteher."

Ohne weiteren Lärm zu verursachen, setzten wir unseren Weg fort und erreichten wenig später die Sumpfburg. Sie erhob sich auf einer freien Fläche außerhalb des Waldstückes. Ihren Namen hatte sie sich redlich verdient, denn ein stinkender Burggraben umgab die gezähnte Mauer, aus deren zahlreichen Gusslöchern sich eine widerliche, dampfende braune Masse ergoss. Ich rümpfte die Nase und ließ meinen Blick über die unterschiedlich hohen Türme der Festung gleiten. Trutzig erhoben sie sich in den düsteren Himmel und an ihren Spitzen wehten schwarze Fahnen, die das Symbol der Unendlichkeit, das Zeichen der Templer, trugen.

„Ehrlich, Ben", flüsterte ich ihm zu, während ich darauf achtete, im Schatten der Bäume zu bleiben, „das ist so ziemlich der widerlichste Geruch, den ich je gerochen habe. Im Vergleich hierzu kommt der Wutwassergeysir ja fast schon einem Spa-Aufenthalt gleich."

Ben sah mich von der Seite an und ein kurzes Lächeln glitt über sein Gesicht. „Siehst du die beiden Ekelträger dort?", fragte er dann.

Ich blickte auf die heruntergelassene Zugbrücke und nickte. Zwei schwarze Träger mit langen, fettigen schwarzen Haaren standen vor dem großen Eingangstor und kontrollierten jeden Sinnträger, der die Burg betreten wollte. Dabei stritten sie unentwegt und ich erinnerte mich, sie mit Jesper beim magischen Portal im Wutland schon einmal gesehen zu haben.

„Die achten darauf, dass nur schwarze Träger hineinkommen", kommentierte Ben das Offensichtliche. „Ich schlage vor, dass ich allein gehe und nach dem

Lichtstein suche. Du wartest hier."

„Kommt gar nicht infrage", brauste ich auf. „Wir haben bisher alles zusammen geschafft, wir werden uns jetzt nicht trennen." Fledi flatterte hinter uns näher; ich hörte das vertraute Knattern seiner pelzigen Flügel und warf dem Ekelsauger einen scharfen Blick zu. Er riss die untertellergroßen Augen auf und verpuffte zu schwarzem Rauch.

„Hör zu, wir sind hier in keinem Teenie-Horrorfilm aus der anderen Welt", sagte Ben ungeduldig. „Wir können uns trennen, ohne dass etwas Schlimmes passiert. Vertrau mir."

„Pah", entfuhr es mir. „Dir vertrauen? Also mit Vertrauen hast du es bekanntlich ja nicht so. Ich weiß genau, dass du mir irgendetwas verheimlichst, du kannst mir nichts vormachen."

Ben erstarrte und seine Miene gefror zu Eis. Ich biss mir auf die Lippen und wünschte, ich hätte nachgedacht, bevor ich die Worte herausposaunt hatte. Es lag am Sinn dieses Landes; er brachte nicht meine besten Seiten zum Vorschein. Obwohl es durchaus der Wahrheit entsprach. Ich vertraute Ben in dieser Hinsicht wirklich nicht.

„Was schlägst du vor?", fragte Ben kalt und steckte die Hände in die Hosentaschen. „Deine Gesichtszeichnung schwarz färben, damit du als Ekelträgerin durchgehst?"

Ich atmete tief durch. „Über die Brücke schaffen wir es nicht hinein. Wir müssen einen anderen Weg suchen."

„Wie du meinst", sagte Ben. „Auf dein Risiko, Wächterin."

Geduckt schlichen wir am Rand des Waldes entlang, bis wir die Rückseite der Sumpfburg erreicht hatten. Eine einzige, halb gerissene Hängebrücke spannte sich von der schlammigen Erde über den Blasen schlagenden

Burggraben, dessen ekelhafter Geruch boshaft in unsere Nasen kroch.

„Was soll das?", fragte ich flüsternd und deutete auf die Brücke. Sie endete direkt an der Außenmauer der Sumpfburg – ich sah keine Tür, kein Loch und kein Fenster, durch das wir hineinkämen. „Ist das eure Art von Humor?"

„Die Hängebrücken werden schon lange nicht mehr benutzt", erklärte Ben gedämpft und maß die Konstruktion mit einem angewiderten Blick. „Früher war es eine Art Mutprobe für Ekelträger, sich direkt durch die schlammigen Mauern zu drücken und auf diese Weise in die Burg zu arbeiten. Doch die meisten Brücken sind gerissen und manche schwarze Träger liegen heute noch auf dem Grund des Grabens. Der Schlamm ist tückisch; manche wurden von seinem Gestank so betäubt, dass sie darin erstickt sind. Irgendwann wurde entschieden, die Brücken nicht mehr instand zu setzen, weil Arkadius etwas dagegen hatte, gute Arbeitskräfte an den Schlamm zu verlieren."

Ich atmete so tief durch, wie ich mir bei dem widerwärtigen Gestank zutraute. „Und sonst gibt es keinen Weg hinein?", fragte ich leise.

„Keinen, den ich kenne."

„Na, dann los", sagte ich. Ich bückte mich, rieb mir etwas schwarze Erde auf meine Zeichnung und strich mir mein Haar zurück. Ich glaubte nicht, damit jemanden ernsthaft täuschen zu können, aber aus der Ferne würde man mich im ersten Moment vielleicht für eine schwarze Trägerin halten.

Rasch liefen Ben und ich vom Waldrand zu der

schaukelnden Hängebrücke. Sie sah nicht sehr stabil aus und verbreitete einen modrigen Gestank. Vorsichtig belastete ich mit meinem Fuß das grobmaschige Netz. Sofort ächzten die Seile gequält auf und die braunen, stinkenden Blasen im Burggraben blubberten lauter.

„Langsam und vorsichtig oder schnell und stürmisch?", fragte Ben mit hochgezogener Augenbraue.

Ich schüttelte den Kopf. „Keine Ahnung", murmelte ich. „Lass es uns einfach hinter uns bringen."

So schnell und vorsichtig wir konnten, liefen wir über die Seile. Die Hängebrücke ächzte bedrohlich und begann unter unseren Bewegungen wild zu schwanken. Als wir die Hälfte geschafft hatten, hörte ich ein reißendes Geräusch und sackte mit dem Fuß ins Leere. Instinktiv warf ich mich nach vorne. Da, wo eben noch ein Strick gewesen war, klaffte nun ein Loch, und noch während ich keuchend in den Seilen hing, spürte ich, wie sich immer mehr Verknüpfungen langsam aufdröselten. Ben war knapp hinter mir und rettete sich mit einem gewaltigen Sprung, der ihn zu mir brachte. Als sein Gewicht die Stricke belastete, riss wieder ein Tau und wir baumelten, an einer letzten Querverbindung hängend, direkt über dem achtzehn Meter tiefen Abgrund.

„Jetzt besser nicht nach unten sehen", quetschte Ben zwischen zusammengebissenen Zähnen hervor und machte einen gewaltigen Klimmzug nach oben. Ich mobilisierte meine letzten Kräfte und gemeinsam schafften wir es irgendwie, über die verbliebenen Maschen nach oben zu klettern, bis wir das Ende der Brücke erreicht hatten. Sie war direkt an dem schlammverkrusteten Stein befestigt und ich klammerte mich an den Tauen fest, als ich einen vorsichtigen Blick hinter mich warf. Auf diesem Weg kamen wir jedenfalls nicht zurück, so viel war klar.

Der Großteil der Seile in der Mitte war gerissen, es blieb uns also nur der Weg nach vorne.

„Bitte sag mir, dass du weißt, wie wir durch die Mauer kommen", sagte ich und versuchte die schwindelerregende Höhe, in der wir uns befanden, zu ignorieren.

„Theoretisch", murmelte Ben und betastete die Mauer vor uns.

„Theoretisch?", wiederholte ich beunruhigt. „Ich will ja nicht ätzend sein, aber praktisch wäre mir lieber."

„Ich glaube, wir müssen einfach nur wollen", murmelte Ben wie zu sich selbst und steckte die Finger seiner Hand in die schlammverkrustete Wand. „Es funktioniert!" Er grinste, wurde im nächsten Augenblick aber ernst. „Scheiße, ist das widerlich." Mit diesen Worten packte er meine Hand und zog mich mit sich durch die Mauer der Sumpfburg.

Es war eine unglaublich widerwärtige Angelegenheit. Sobald ich mit der matschigen, warmen Masse in Berührung gekommen war, spürte ich, wie sich ein ekelhafter Geschmack in meinem Mund ausbreitete und von dort in meine Kehle kroch. Mit angehaltenem Atem quälten wir uns Stück für Stück durch den warmen Brei, der mich an eine Mischung aus Fäkalien und Erbrochenem erinnerte. Es schien ewig zu dauern, und als wir die Mauer auf der anderen Seite durchbrachen, schnappte ich gierig nach Luft.

„Das war so ziemlich das Widerwärtigste, was ich je getan habe", keuchte ich zwischen zwei Atemzügen und Ben, der neben mir auf dem Rücken lag, warf mir einen undefinierbaren Blick zu. „Jesper zu küssen mit eingeschlossen?"

Ich verdrehte die Augen und kam auf die Beine. Wir

befanden uns in einem kleinen, schmucklosen Raum, aus dem nur eine Tür hinausführte. Es gab keine Möbel, sondern lediglich drei düstere Wandteppiche, die die Sumpfburg aus verschiedenen Perspektiven zeigten. Kaum hatte Ben seine Hand auf die Türschnalle gelegt, ging ein Alarm los.

„Mist", murmelte ich. „Hast du einen Plan, wie es von hier aus weitergeht?"

Ben blickte sich gehetzt um. Sein Gesicht sah besorgt aus. „Es war ein Fehler, dich mitzunehmen", knurrte er. „Wenn sie uns hier finden, stecken sie dich ins Gefangenenlager."

„Dann sollten sie uns besser nicht finden", fauchte ich zurück und erstarrte, als ich die näherkommenden Schritte zweier Sinnträger hörte.

Lies weiter in:
„Acht Sinne – Band 3 der Gefühle"

Du möchtest wissen, wann ein neues Buch von uns
erscheint?
Dann melde Dich hier für unseren Newsletter an:
www.rosesnow.de/newsletter

Wir freuen uns auf Deine Nachricht und wünschen
Dir bis dahin eine gefühlvolle Zeit!

Deine Rose Snow

Personenverzeichnis

Menschverbundene:

Lee, Wachsamkeit (gelb), Wächterin
Ben, Ekel (schwarz), Reisender
Jesper, Wut (rot), Beschützer
Simeon, Erstaunen (grün), Magiebegabter
Mariola, Freude (orange), Templerin
Otto, Freude (orange), Magiebegabter
Schnelle Bertha, Erstaunen (grün), Reisende
Ken, Trauer (blau), Künstler
Rufus, Freude (orange), Naturverbundener
Damien, Angst (violett), Wächter
Marcus, Trauer (blau), Wächter
Mel, Wachsamkeit (gelb), Wächter
Conrad, Wachsamkeit (gelb), Wächter
Phil, Wut (rot), Reisender
Jakob, Vertrauen (weiß), Reisender
Skobi, Angst (violett), Reisender
Leonora, Vertrauen (weiß), Naturverbundene
Yolander, Vertrauen (weiß), Magiebegabter
Modeberater, Freude (orange), Künstler

Tierverbundene:

Casimir, Ekel (schwarz), Templer
Thaya, Trauer (blau), Naturverbundene
Jaron, Freude (orange), Künstler
Edomir, Angst (violett), Templer
Caprice, Vertrauen (weiß), Heilerin
Schmotz, Angst (violett), Reisender
Morris, Vertrauen (weiß), Wächter
Alfonsus, Angst (violett), Reisender
Ruwen, Erstaunen (grün), Magiebegabter
Anführer der Totaa, Freude (orange), Magiebegabter
Sirina und Serena, Wut (rot), Beschützer
Delara, Vertrauen (weiß), Heilerin
Tränenleserin Cleo, Trauer (blau), Magiebegabte
Gabriel, Vertrauen (weiß), Wächter
Charleen, Trauer (blau), Naturverbundene
Nasela und Casela, Wachsamkeit (gelb), Künstler
Lydia, Wut (rot), Wächterin
Nihan, Freude (orange), Heilerin

Die Macht der Acht:

Panica, Angst (violett), Tierverbundene

Philomena, Freude (orange), Menschverbundene

Arkadius, Ekel (schwarz), Tierverbundener

Gemma, Trauer (blau), Menschverbundene

Sinja, Wut (rot), Tierverbundene

Coel, Erstaunen (grün), Menschverbundener

Quirin, Wachsamkeit (gelb), Tierverbundener

Joost, Vertrauen (weiß), Menschverbundener

Über die Autorinnen

Hinter dem Pseudonym Rose Snow stecken wir, Carmen und Ulli. Zusammen sind wir 73 Jahre alt, haben 2 Männer, 6 Kinder und einen Hund. Wir können ewig reden, lieben Pizza und Schokolade und lachen unheimlich gerne, vor allem über uns selbst.

Seit dem Sommer 2014 schreiben wir als Rose Snow Romantasy, darunter die vierteilige Bestsellerreihe „17 – Die Bücher der Erinnerung". Im Herbst 2016 ist mit „Für dich soll's tausend Tode regnen" unter Anna Pfeffer unser erster Jugendroman bei cbj erschienen. Seitdem veröffentlichen wir regelmäßig neue Jugendbücher und Romantasy-Reihen.

Kühn nachgerechnet sind wir schon seit unfassbaren 22 Jahren befreundet. Wir kennen uns aus unserer Schulzeit und schreiben trotz der Distanz Wien – Hamburg miteinander. Bedeutet: Unzählige Stunden via Skype, schallendes Gelächter und das Teilen tiefster Geheimnisse, auch wenn sie noch so peinlich sind.

Wenn ihr informiert werden möchtet, sobald ein neues Buch von uns erscheint, dann meldet euch gerne bei unserem Newsletter an:
www.rosesnow.de/newsletter

Und wenn ihr einfach mal quatschen oder Hallo sagen wollt, besucht uns doch auf unserer Autorenseite, auf Instagram oder auf Facebook. Wir freuen uns immer sehr über das Feedback und den direkten Austausch mit unseren Lesern.
www.rosesnow.de
www.instagram.com/rosesnow_annapfeffer
www.facebook.com/rose.snow.was.sich.liebt
www.facebook.com/groups/RoseSnow

Übrigens: Eine extra Portion Romantik gibt es auch jeden Dienstag und Freitag bei unserem kostenlosen Blogroman von Eric & Esther, den menschlichen Ichs von Ben & Lee aus den Acht Sinnen: www.rosesnow.de/blogroman

Weitere Romantasy-Reihen von uns:

17 - Die Bücher der Erinnerung
Was würdest du tun, wenn du plötzlich in fremde Erinnerungen sehen könntest?
17 - Das erste Buch der Erinnerung
17 - Das zweite Buch der Erinnerung
17 - Das dritte Buch der Erinnerung
17 - Das vierte Buch der Erinnerung

Die 11 Gezeichneten - Die Bücher der Sterne
Ohne Dunkelheit könntest du keine Sterne sehen ...
Die 11 Gezeichneten - Das erste Buch der Sterne
Die 11 Gezeichneten - Das zweite Buch der Sterne
Die 11 Gezeichneten - Das dritte Buch der Sterne

3 Lilien - Die Bücher des Blutadels
Ihn zu küssen hatte sich so richtig angefühlt, obwohl es so falsch gewesen war ...
3 Lilien - Das erste Buch des Blutadels
3 Lilien - Das zweite Buch des Blutadels
3 Lilien - Das dritte Buch des Blutadels

PS: Wir werden immer wieder darauf angesprochen, dass wir in unseren Büchern Anspielungen auf andere Reihen machen und die Welten auf diese Weise miteinander vernetzen. In „17" finden sich beispielsweise Verbindungen zu unserer Acht Sinne-Saga und den „11 Gezeichneten", die auch mit den „3 Lilien" und unserem Blogroman „Groupie wider Willen" verknüpft sind. Dennoch kann jede Reihe unabhängig voneinander gelesen werden! Viel Spaß beim Knobeln! :)

„17 - Die Bücher der Erinnerung"

Seit Jo denken kann, zieht sie mit ihrem Vater von Ort zu Ort, fast, als wären sie auf der Flucht. Als er ihr eröffnet, dass sie nun ausgerechnet im nasskalten Hamburg sesshaft werden sollen, hält sich ihre Begeisterung in Grenzen.

Bis sie in ihrer neuen Schule zwei gut aussehenden Jungs begegnet, die unterschiedlicher nicht sein könnten: Adrian, der Jo bewusst auf Distanz hält, und Louis, der sich offensichtlich für sie interessiert. Die zwei Jungs verbindet eine geheimnisvolle Rivalität, die Jo nicht zu deuten weiß - aber noch weniger versteht sie, was gerade mit ihr selbst los ist. Was für Bilder tauchen plötzlich in ihrem Kopf auf? Hat sie Halluzinationen? Oder sind das tatsächlich fremde Erinnerungen, in die sie kurz vor ihrem 17. Geburtstag auf einmal blicken kann?

„Die 11 Gezeichneten - Die Bücher der Sterne"

Seit jeher lieb Stella die Sterne – ohne zu ahnen, wie tief ihre Verbindung zu ihnen tatsächlich ist. Das erkennt sie erst, als sie mit ihrem Zwillingsbruder Cas an eine geheimnisvolle Universität gelangt, auf die schon ihre Eltern gegangen sind. Kurz nach der Ankunft begegnet Stella dort dem selbstbewussten Cedric, der nicht nur der heißeste Typ der Uni ist, sondern Stella auch viel zu schnell viel zu nahe kommt ...

„3 Lilien - Die Bücher des Blutadels"

Seit Monaten wartet die 17-jährige Lorelai darauf, dass die alte Gabe des Blutadels bei ihr erwacht – wobei sie nicht mal ihrer besten Freundin von ihrer magischen Abstammung erzählen darf. Denn die Gesetze des Blutadels sehen vor, das geheime Wissen unter keinen Umständen mit Außenstehenden zu teilen. Doch das erweist sich als äußerst schwierig, als Lorelai den verwegenen Vitus kennenlernt. Zwischen ihnen knistert es gewaltig - und während Lorelai noch mit ihren Gefühlen kämpft, haben die Probleme gerade erst angefangen ...